【臺灣現當代作家
研究資料彙編】64

鍾梅音

國立台灣文學館
出版

部長序

　　時光的腳步飛快，還記得去年「臺灣現當代作家研究資料彙編第三階段」成果發表會當天，眾多作家、文友，以及參與計畫的學者專家齊聚一堂，將小小的紀州庵擠得水洩不通，窗外是陰雨綿綿的冬日，但溫潤燦麗的文學燭光，卻點燃了滿室熱情與溫馨。當天出席的貴賓，除了表達對資料彙編成書的欣喜之情，多半不忘殷殷提醒，切莫中斷這場艱鉅卻充滿能量的文學馬拉松，一定要再接再厲深入梳理更多資深作家的創作與研究成果，將其文學身影烙下鮮明的印記。

　　就在眾人引頸期盼與祝福聲中，國立臺灣文學館以前此豐碩成果為基礎，於 2014 年持續推動「臺灣現當代作家研究資料彙編計畫」第四階段，出版刻正呈現於讀者眼前的蘇雪林、張深切、劉吶鷗、謝冰瑩、吳新榮、郭水潭、陳紀瀅、巫永福、王昶雄、無名氏、吳魯芹、鹿橋、羅蘭、鍾梅音共 14 位前輩作家的研究資料專書。看到這份名單，想必召喚出許多人腦海中悠遠而美好的閱讀記憶：蘇雪林的《綠天》、《棘心》，謝冰瑩的《從軍日記》、《女兵自傳》，為我們勾勒了 20 世紀初現代女性的新形象；臺灣最早的「電影人」黑色青年張深切、上海名士派劉吶鷗的風采；人人都能琅琅上口的王昶雄《阮若打開心內的門窗》；無名氏純情而又淒美的《塔裡的女人》；鹿橋對抗戰時期西南聯大青年學子生活和理想的詠歎《未央歌》、鍾梅音最早的女性旅遊書寫《海天遊蹤》……。每一部作品，都是一幅時代風景，是臺灣人共同走過的生命絮語，也是涓滴不息的臺灣文學細流。只是，隨著光陰流轉，許多資深前輩作家逐漸滑進歷史的夾縫，淡出了文學的舞臺。

　　而「臺灣現當代作家研究資料彙編」叢書的出版，無疑正是重現這些文學巨星光芒的一面明鏡，透過相關資料的蒐集、梳理、彙整，映現作家的生命軌跡、文學路徑；評論者巧眼慧心的析論，則為讀者展開廣闊的閱讀視野，讓文本解讀的面向更加豐富多元。這不僅是對近百年來臺灣新文學的驗收或檢視，同時也是擴展並深化臺灣文學研究的嶄新契機。在此特別感謝承辦單位台灣文學發展基金會所組成的工作團隊，以及參與其事的專家、學者，當然更要謝謝長期以來始終孜孜不倦、埋首於文學創作的前輩作家們，因為有您們，才讓我們收穫了今日這一片臺灣文學的繁花似錦。

文化部部長　龍應台

館長序

　　作家站在文學與時代的樞紐，在時代風潮、社會脈動中，用文字鋪展出獨具個人風格的作品。透過心與筆，引領讀者進入真與美的世界，與充滿無限可能的人生百態。而作家到底是什麼樣的一群人？他們寫什麼？如何寫？又為何寫？始終是文學天地裡相當引人入勝的問題之一。此所以包括學院裡的文學研究者和文壇書市中的讀者書迷，莫不對「作家」充滿好奇與興趣，想要一窺其人生之路的曲折、梳理其心靈感知的走向、甚至是挖掘、比較其與不同世代乃至同輩寫作者的風格異同。這些面向，不僅關乎作家自身的創作經歷和文學表現，更與文學史的演進有密不可分的關係。

　　作為一所國家級的文學博物館，國立臺灣文學館除了致力於臺灣文學的教育、推廣，舉辦各項展覽，另一項責無旁貸的使命即是文學史料的蒐集、整理、研究，並將這些資源和成果與社會大眾分享，以促進臺灣文學的活絡與發展。懷抱著這樣的初衷，本館成立11 年以來，已陸續出版數套規模可觀的文學史料圖書，其中，以作家為主體，全面觀照其文學樣貌與歷史地位的「臺灣現當代作家研究資料彙編」系列叢書，可說是完整而貼切地回答了上述問題，向讀者提出對作家及其作品的理解與詮釋。

　　「臺灣現當代作家研究資料彙編計畫」啟動於 2010 年，先後分三階段纂輯、彙編、出版賴和等 50 位臺灣重要現當代作家研究資料專書，每冊皆涵蓋作家影像、生平小傳、作品目錄及提要、文學年表以及具代表性的評論文章和研究目錄。由於內容翔實嚴謹，一致獲得文學界人士高度肯定，並期許持續推展，以使臺灣作家研究累積

更為深化而厚實的基礎。職是之故，臺文館於 2014 年展開第四階段計畫，承續以往，以經年的時間完成蘇雪林、張深切、劉吶鷗、謝冰瑩、吳新榮、郭水潭、陳紀瀅、巫永福、王昶雄、無名氏、吳魯芹、鹿橋、羅蘭、鍾梅音共 14 位資深前輩作家研究資料彙編。本計畫工程浩大而瑣碎，幸賴承辦單位秉持一貫敬謹任事的精神，組成經驗豐富的編輯團隊，以嫻熟縝密的工作流程，順利將成果呈現於讀者眼前；在此也同時感謝長期支持參與本計畫的專家學者，齊為這棵結實纍纍的文學大樹澆灌滋養。

國立臺灣文學館館長　翁誌聰 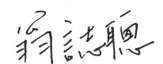

編序

◎封德屏

緣起

1995 年 10 月 25 日，在臺灣師範大學教育大樓的 201 室，一場以「面對臺灣文學」為題的座談會，在座諸位學者分別就臺灣文學的定義、發展、研究，以及文學史的寫法等，提出宏文高論，而時任國家圖書館編纂張錦郎的「臺灣文學需要什麼樣的工具書」，輕鬆幽默的言詞，鞭辟入裡的思維，更贏得在座者的共鳴。

張先生以一個圖書館工作人員自謙，認真專業地為臺灣這幾十年來究竟出版了多少有關臺灣文學的工具書，做地毯式的調查和多方面的訪問。同時條理分明地針對研究者、學生，列出了十項工具書的類型，哪些是現在亟需的，哪些是現在就可以做的，哪些是未來一步一步累積可以達成的，分別做了專業的建議及討論。

當時的文建會二處科長游淑靜，參與了整個座談會，會後她劍及履及的開始了文學工具書的委託工作，從 1996 年的《臺灣文學年鑑》起始，一年一本的編下去，一直到現在，保存延續了臺灣文學發展的基本樣貌。接著是《中華民國作家作品目錄》的新編，《臺灣文壇大事紀要》的續編，補助國家圖書館「當代文學史料影像全文系統」的建置，這些工具書、資料庫的接續完成，至少在當時對臺灣文學的研究，做到一些輔助的功能。

2003 年 10 月，籌備多年的「臺灣文學館」正式開幕運轉。同年五月《文訊》改隸「財團法人台灣文學發展基金會」，為了發揮更大的動能，開

始更積極、更有效率地將過去累積至今持續在做的文學史料整理出來，讓豐厚的文藝資源與更多人共享。

於是再次的請教張錦郎先生，張先生認為文學書目、作家作品目錄、文學年鑑、文學辭典皆已完成或正在進行，現在重點應該放在有關「臺灣現當代作家評論資料目錄」的編輯工作上。

很幸運的，這個計畫的發想得到當時臺灣文學館林瑞明館長的支持，於是緊鑼密鼓的展開一切準備工作：籌組編輯團隊、召開顧問會議、擬定工作手冊、撰寫計畫書等等。

張錦郎先生花了許多時間編訂工作手冊，每一位作家的評論資料目錄分為：

（一）生平資料：可分作者自述，旁人論述及訪談，文學獎的紀錄。

（二）作品評論資料：可分作品綜論，單行本作品評論，其他作品（包括單篇作品）評論，與其他作家比較等。

此外，對重要評論加以摘要解說，譬如專書、專輯、學術會議論文集或學位論文等，凡臺灣以外地區之報刊及出版社，於書名或報刊後加註，如中國大陸、香港、新加坡等。此外，資料蒐集範圍除臺灣外，也兼及中國大陸、香港、新加坡、日本、韓國及歐美等地資料，除利用國內蒐集管道外，同時委託當地學者或研究者，擔任資料蒐集工作。

清楚記得，時任顧問的學者專家們，都十分高興這個專案的啟動，但確定收錄哪些作家名單時，也有不同的思考及看法。經過充分的討論後，終於取得基本的共識：除以一般的「文學成就」為觀察及考量作家的標準外，並以研究的迫切性與資料獲得之難易度為綜合考量。譬如說，在第一階段時，作家的選擇除文學成就外，先考量迫切性及研究性，迫切性是指已故又是日治時期臺籍作家為優先，研究性是指作品已出土或已譯成中文為優先。若是作品不少而評論少，或作品評論皆少，可暫時不考慮。此外，還要稍微顧及文類的均衡等等。基本的共識達成後，顧問群共同挑選出 310 位作家，從鄭坤五、賴和、陳虛谷以降，一直到吳錦發、陳黎、蘇

偉貞，共分三個階段進行。

　　「臺灣現當代作家評論資料目錄」專案計畫，自 2004 年 4 月開始，至 2009 年 10 月結束，分三個階段歷時五年六個月，共發現、搜尋、記錄了十餘萬筆作家評論資料。共經歷了三位專職研究助理，近三十位兼任研究助理。這些研究助理從開始熟悉體例，到學習如何尋找資料，是一條漫長卻實用的學習過程。

接續

　　「臺灣現當代作家評論資料目錄」的專案完成，當代重要作家的研究，更可以在這個基礎上，開出亮麗的花朵。於是就有了「臺灣現當代作家研究資料彙編暨資料庫建置計畫」的誕生。為了便於查詢與應用，資料庫的完成勢在必行，而除了資料庫的建置外，這個計畫再從 310 位作家中精選 50 位，每人彙編一本研究資料，內容有作家圖片集，包括生平重要影像、文學活動照片、手稿及文物，小傳、作品目錄及提要、文學年表。另外每本書分別聘請一位最適當的學者或研究者負責編選，除了負責撰寫八千至一萬字的作家研究綜述外，再從龐雜的評論資料中挑選具有代表性的評論文章，平均 12～14 萬字，最後再附該作家的評論資料目錄，以期完整呈現該作家的生平、創作、研究概況，其歷史地位與影響。

　　第一部分除資料庫的建置外，50 位作家 50 本資料彙編（平均頁數 400 ～500 頁），分三個階段完成，自 2010 年 3 月開始至 2013 年 12 月，共費時 3 年 9 個月。因為內容充實，體例完整，各界反應俱佳，第二部分的 50 位作家，接著在 2014 年元月展開，第一階段計畫出版 14 本，預計在 2015 年元月完成。超量的出版工程，放諸許多臺灣民間的出版公司，都是不可能的任務。

　　首先，工作小組必須掌握每位編選者進度這件事，就是極大的挑戰。於是編輯小組在等待編選者閱讀選文的同時，開始蒐集整理作家生平照片、手稿，重編作家年表，重寫作家小傳，尋找作家出版品的正確版本、

版次，重新撰寫提要。這是一個極其複雜的工程。還好有宇霈帶領認真負責的工作同仁，以及編輯老手秀卿幫忙，才讓整個專案延續了一貫的品質及進度。

成果

　　雖然過程是如此艱辛，如此一言難盡，可是終究看到豐美的成果。每位編選者雖然忙碌，但面對自己負責的作家資料彙編，卻是一貫地認真堅持。他們每人必須面對上千或數百筆作家評論資料，挑選重要或關鍵性的評論文章，全面閱讀，然後依照編選原則，挑選評論文章。助理們此時不僅提供老師們所需要的支援，統計字數，最重要的是得找到各篇選文作者，取得同意轉載的授權。在起初進度流程初估時，我們錯估了此項工作的難度，因為許多評論文章，發表至今已有數十年的光景，部分作者行蹤難查，還得輾轉透過出版社、學校、服務單位，尋得蛛絲馬跡，再鍥而不捨地追蹤。有了前面的血淚教訓，日後關於授權方面，我們更是如臨深淵、如履薄冰，希望不要重蹈覆轍，在面對授權作業時更是戰戰兢兢，不敢懈怠。

　　除了挑選評論文章煞費苦心外，每個作家生平重要照片，我們也是採高標準的方式去蒐集，過世作家家屬、友人、研究者或是當初出版著作的出版社，都是我們徵詢的對象。認真誠懇而禮貌的態度，讓我們獲得許多從未出土的資料及照片，也贏得了許多珍貴的友誼。許多作家都協助提供照片手稿等相關資料，已不在世的作家，其家屬及友人在編輯過程中，也給予我們許多協助及鼓勵，藉由這個機會，與他們一起回憶、欣賞他們親人或父祖、前輩，可敬可愛的文學人生。此外，還有許多作家及研究者，熱心地幫忙我們尋找難以聯繫的授權者，辨識因年代久遠而難以記錄年代、地點、事件的作家照片，釐清文學年表資料及作家作品的版本問題，我們從他們身上學習到更多史料研究可貴的精神及經驗。

　　但如何在規定的時間內，完成每個階段資料彙編的編輯出版工作，對

工作小組來說，確實是一大考驗。每一冊的主編老師，都是目前國內現當代臺灣文學教學及研究的重要人物，因此都十分忙碌。每一本的責任編輯，必須在這一年多的時間內，與他們所負責資料彙編的主角——傳主及主編老師，共生共榮。從作家作品的收集及整理開始，必須要掌握該作家所有出版的作品，以及盡量收集不同出版社的版本；整理作家年表，除了作家、研究者已撰述好的年表外，也必須再從訪談、自傳、評論目錄，從作品出版等線索，再作比對及增刪。再來就是緊盯每位把「研究綜述」放在所有進度最後一關的主編們，每隔一段時間提醒他們，或順便把新增的評論目錄寄給他們（每隔一段時間就有新的相關論文或學位論文出現），讓他們隨時與他們所主編的這本書，產生聯想，希望有助於「研究綜述」撰寫的進度。

在每個艱辛漫長的歲月中，因等待、因其他人力無法抗拒的因素，衍伸出來的問題，層出不窮，更有許多是始料未及的。譬如，每本書的選文，主編老師本來已經選好了，也經過授權了，為了抓緊時間，負責編輯的助理們甚至連順序、頁碼都排好了，就等主編老師的大作了，這時主編突然發現有新的文章、新的資料產生：再增加兩三篇選文吧！為了達到更好更完備的目標，工作小組當然全力以赴，聯絡，授權，打字，校對，重編順序等等工作，再度展開。

此次第二部分第一階段共需完成的 14 位作家研究資料彙編，年齡層較上兩個階段已年輕許多，因此到最後的疑難雜症，還有連主編或研究者都不太清楚的部分，譬如年表中的某一件事、某一個年代、某一篇文章、某一個得獎記錄，作家本人絕對是一個最好的諮詢對象，對解決某些問題來說，這是一個好的線索，但既然看了，關心了，參與了，就可能有不同的看法，選文、年表、照片，甚至是我們整本書的體例，於是又是一場翻天覆地的大更動，對整本書的品質來說，應該是好的，但對經過多次琢磨、修改已進入完稿階段的編輯團隊來說，這不啻是一大挑戰。

1990 年開始，各地縣市文化中心（文化局），對在地作家作品集的整

理出版，以及臺灣文學館成立後對日治時期作家以迄當代重要作家全集的
編纂，對臺灣文學之作家研究，也有了很好的促進作用。如《楊逵全
集》、《林亨泰全集》、《鍾肇政全集》、《張文環全集》、《呂赫若日
記》、《張秀亞全集》、《葉石濤全集》、《龍瑛宗全集》、《葉笛全
集》、《鍾理和全集》、《錦連全集》、《楊雲萍全集》、《鍾鐵民全
集》等，如雨後春筍般持續展開。

　　經過近二十年的努力，臺灣文學的研究與出版，也到了可以驗收或檢
討成果的階段。這個說法，當然不是要停下腳步，而是可以從「臺灣現當
代作家評論資料目錄」所呈現的 310 位作家、10 萬筆資料中去檢視。檢視
的標的，除了從作家作品的質量、時代意義及代表性去衡量外、也可以從
作家的世代、性別、文類中，去挖掘還有待開墾及努力之處。因此在這樣
的堅實基礎上，這套「臺灣現當代作家研究資料彙編」，每位編選者除了
概述作家的研究面向外，均有些觀察與建議。希望就已然的研究成果中，
去發現不足與缺憾，研究者可以在這些不足與缺憾之處下功夫，而盡量避
免在相同議題上重複。當然這都需要經過一段時間去發現、去彌補、去重
建，因此，有關臺灣文學的調查與研究，就格外顯得重要了。

期待

　　感謝臺灣文學館持續支持推動這兩個專案的進行。「臺灣現當代作家
評論資料目錄」的完成，呈現的是臺灣文學研究的總體成果；「臺灣現當
代作家研究資料彙編」套書的出版，則是呈現成果中最精華最優質的一
面，同時對未來臺灣文學的研究面向與路徑，作最好的建議。我們可以很
清楚的體會，這是一條綿長優美的臺灣文學接力賽，我們十分榮幸能參與
其中，更珍惜在傳承接力的過程，與我們相遇的每一個人，每一件讓我們
真心感動的事。我們更期待這個接力賽，能有更多人加入。誠如張恆豪所
說「從高音獨唱到多元交響」，這是每一個人所期待的。

編輯體例

一、本書編選之目的，為呈現鍾梅音生平、著作及研究成果，以作為臺灣
文學相關研究、教學之參考資料。

二、全書共五輯，各輯內容及體例說明如下：

輯一：圖片集。選刊作家各個時期的生活或參與文學活動的照片、著
作書影、手稿（包括創作、日記、書信）、文物。

輯二：生平及作品，包括三部分：

1.小傳：主要內容包括作家本名、重要筆名，生卒年月日，籍
貫，及創作風格、文學成就等。

2.作品目錄及提要：依照作品文類（論述、詩、散文、小說、
劇本、報導文學、傳記、日記、書信、兒童文學、合集）及
出版順序，並撰寫提要。不收錄作家翻譯或編選之作品。

3.文學年表：考訂作家生平所進行的文學創作、文學活動相關
之記要，依年月順序繫之。

輯三：研究綜述。綜論作家作品研究的概況，並展現研究成果與價值
的論文。

輯四：重要文章選刊。選收國內外具代表性的相關研究論文及報導。

輯五：研究評論資料目錄。收錄至 2014 年 11 月底止，有關研究、論
述臺灣現當代作家生平和作品評論文獻。語文以中文為主，兼
及日文和英文資料。所收文獻資料，以臺灣出版為主，酌收中
國大陸、香港、日本和歐美國家的出版品。內容包含三部分：

1.「作家生平、作品評論專書與學位論文」下分為專書與學位
論文。

2.「作家生平資料篇目」下分為「自述」、「他述」、「訪談」、
「年表」、「其他」。

3.「作品評論篇目」下分為「綜論」、「分論」、「作品評論目
錄、索引」、「其他」。

目次

輯一◎圖片集

影像◎手稿◎文物

1939年，就讀廣西大學文法學院法律系的
鍾梅音。（余令恬提供）

1940年2月，鍾梅音攝於廣西桂林。（余令
恬提供）

1941年8月，鍾梅音攝於廣西桂林。（余
令恬提供）

鍾梅音與時任第五軍工程師的余伯祺於1942年1月1日結婚。
夫妻合影於1942～1943年。（余令恬提供）

1949年，余伯祺出任臺灣肥料公司廠長，鍾梅音隨夫遷居至宜蘭蘇澳。
（余令恬提供）

1949～1950年，鍾梅音與丈夫余伯祺、長子余占正合影於蘇澳自宅門前。（文訊文藝資料中心）

1951年4月，中國文藝協會開會，鍾梅音與文友合影於臺北新公園。後排左起：林海音、鍾梅音、艾雯、王琰如；前排左起：王琰如長子黃湘、林海音長女夏美麗、鍾梅音長子余占正、林海音次女夏祖麗。（文訊文藝資料中心）

1951年5月4日,女作家於「中國文藝協會成立一周年」活動合影,攝於臺北第一女子中學(今第一女子高中)禮堂前。前排右二起:艾雯、徐鍾珮、鍾梅音、王文漪;中排右四起:王琰如、蕭傳文;後排右五為劉枋。(文訊文藝資料中心)

1952年，居於蘇澳時期的鍾梅音。（余令恬提供）

1956年，鍾梅音至高雄岡山探訪艾雯，兩家人合影留念。左起：余伯祺、鍾梅音、艾雯、朱楔；前為艾雯之女朱恬恬。（文訊文藝資料中心）

1958年，鍾梅音攝於臺灣大學校園。（王明書提供）

1958年，鍾梅音全家福，攝於臺北。後為長子余占正。前排左起：鍾梅音、次女余令恬、丈夫余伯祺。（余令恬提供）

1959年5月12日，女作家慶生會後，攝於臺北。前排左起：鍾梅音、黃和英、
林燕玢、劉枋；後排左起：章一萍、王貺思（後）、王文漪、劉咸思（後）、
林海音、艾雯、王琰如、張明、林秀英、琦君。（文訊文藝資料中心）

1959年6月12日，鍾梅音隨中國文藝協會訪問馬祖，與當地蛙人士兵合影。後刊印於1959年7月1日出刊之《暢流》第19卷第10期封面。（余令恬提供）

1959年冬，鍾梅音與次女余令恬合影於高雄大貝湖（今澄清湖）。（王明書提供）

1950年代，鍾梅音與女作家合照。右起：鍾梅音、劉枋、張明、林海音。（文訊文藝資料中心）

1950年代，鍾梅音與女作家合照。前排左起：張時、李青來、鍾梅音、劉枋、張漱菡；後排左起：林海音、徐鍾珮、武月卿、王琰思、劉咸思、王琰如。（文訊文藝資料中心）

1961年4月，訪艾雯，合影於高雄橋頭糖廠。右起：
鍾梅音、艾雯、童真。（文訊文藝資料中心）

1962年，鍾梅音與王明書（右）合影於臺北新公園。
（王明書提供）

1963年8月17～18日，以〈金門頌〉
作詞人身分隨國軍示範樂隊前往金
門。左起：鍾梅音、馬安瀾將軍、
〈金門頌〉主唱者申學庸教授。
（余令恬提供）

1964年3月7日，鍾梅音主持臺灣電視公司「藝文
夜談」節目，專訪張秀亞（右）。（余令恬提供）

1964年6～9月間，鍾梅音隨丈夫余伯祺業務考察兼環
球旅行，夫婦合影於瑞士日內瓦。鍾梅音將此趟旅
程視為銀婚紀念之旅，1966年出版遊記《海天遊蹤》
時，於扉頁題字：銀婚誌慶。（翻攝自《海天遊蹤》
第2集，臺北：大中國圖書公司）

1966年6月，散文集《海天遊蹤》獲嘉新水泥公司文化基金會第二屆嘉新新聞獎「文藝創作獎」。鍾梅音手捧獎座留影。（余令恬提供）

1969年3月，鍾梅音出席中國國民黨第十次全國代表大會，攝於陽明山中山樓前。（余令恬提供）

1960年代，鍾梅音與丈夫余伯祺、長子余占正合影於臺北新公園。（王明書提供）

1971年，鍾梅音攝於曼谷自宅。（余令恬提供）

1972年，鍾梅音與次女余令恬合影於新加坡機場。（文訊文藝資料中心）

1972年，鍾梅音旅行至義大利威尼斯，於橋上眺望聖馬可教堂。（余令恬提供）

1972年，鍾梅音攝於美國紐澤西愛迪生故居「格林芒特」（Glenmont）門前。（余令恬提供）

1976年，鍾梅音攝於新加坡自宅門前。（余令恬提供）

1976年，鍾梅音攝於大溪地。後刊印於1978年4月皇冠出版社出版之散文集《這就是春天》封底。（余令恬提供）

1979年6月，移居美國的鍾梅音（前排右四）參加洛杉磯中華合唱團。前排左四
為擔任鋼琴伴奏的余令恬，最右者為指揮林寬。（余令恬提供）

1982年4月，闊別臺灣13年的鍾梅音入住臺大醫院養病。攝於12月23日，隔日返
美。（王明書提供）

海音女士：

午前忽奉信問候您，因子刻音信很忙，施香亭三人接受近忙，要寫稿，而以沒有奉覆，多忍近次科名北亭住登門拜訪一番，偏又考了通訊處，在本刊刊登的那篇拙作「友情」，不知您可看見？回家以後，來信說是寫信前來，這及又抽科填為女士的信，她記著要我代她向您致意，氣有時代，婦女社的許社長，婦我請您寫稿，借看這個題目，我覺先正言順，祝花特先寄上一本最近出版的請您指教，敬忝您一些非常寶貴的意摬未好，且嗎？

時代婦女為了擴充篇幅，特別需要三四千字的長稿，許久沒有雅誌能洋之太從備的「請寫記」，「度週末記」一類的精束力記了，敢希望能在下期的時代婦女再看到，該刊截稿期在每月二十日，社址在南陽街十三號，近來我之情況也，記得去年為文，常感偏稿先生限制字教太刻，風氣，今年則雖啟「拒」長西不可得，也拟摘筆不寫，但是一寫成了習慣，免免寫下寫後沒有為出寺潘葬的秀洵，勉力其難，但是手一寫慣，結終歇得煩悒下，既笑大方而已，真是寺而之之，如此家不寧，寫出倘有的，待不章指報以平。說

暑安

鍾梅音 上　九．十．

1950年9月10日，鍾梅音致林海音信函。（國立臺灣文學館提供）

1972年旅遊歸來所寫〈無盡的文化寶藏〉部分手稿。後收錄於《旅人的故事》，1973年8月由大地出版社出版。（余令恬提供）

1972年旅遊歸來所寫〈快樂惱人的巴黎〉部分手稿。後收錄於《旅人的故事》，1973年8月由大地出版社出版。（余令恬提供）

1970年代，鍾梅音定居新加坡，從陳文希教授習畫時所繪水彩畫。（余令恬提供）

1970年代，鍾梅音所繪寫意水彩畫。（余令恬提供）

鍾梅音贈文友畢璞及其夫婿林翊重之行草墨寶。（文訊文藝資料中心）

鍾梅音作畫時使用之畫筆、調色工具。
（余令恬提供）

鍾梅音生前穿著之洋裝。（余令恬提供）

輯二◎生平及作品

小傳◎作品◎年表

小傳

　　鍾梅音，女，筆名音、小芙、羅桑、愛珈等，籍貫福建上杭。1922 年 1 月 25 日（農曆民國 10 年 12 月 28 日）生於北平，1948 年 3 月來臺，1969 年、1971 年、1977 年先後移居泰國曼谷、新加坡、美國加州，1983 年 2 月回臺養病，1984 年 1 月 12 日辭世，享壽 63 歲。

　　幼年患氣喘病，未能順利就學。曾以同等學力考取湖北藝術專科學校、廣西大學文法學院法律系，均未畢業。1949 年第一篇散文〈雞的故事〉發表於《中央日報》「婦女與家庭」周刊，此後專職寫作。曾任善後救濟復員會中文祕書、《婦友》月刊主編、《大華晚報》「甜蜜的家庭」版主編、臺灣電視公司「藝文夜談」節目主持人。曾獲嘉新文藝創作獎。

　　鍾梅音創作文類以散文為主，另有小說及兒童文學。早期多為溫婉細膩的小品，以「家」為創作核心，提出「兩處鄉愁」的概念，在地化書寫鄉居閒情、家庭瑣事、懷鄉憶舊等題材，呈現對臺灣「新鄉土」的認同。第一部作品《冷泉心影》描繪安居蘇澳的樸實情景，道出移民者播遷臺灣落腳生根又思鄉情切的心境。隨後出版《母親的憶念》及《海濱隨筆》，前者追憶往事，真情自然流露，體現對家庭生活之關愛；後者論理言之有物，反映當時社會面貌，足見對現實環境之觀察入微。

　　1966 年出版的《海天遊蹤》，為其散文創作歷程之轉捩點，創作主題由「家臺灣」走向世界。記敘 1964 年環遊世界 80 天的所見所聞所感，揉

合知性與感性，抒寫異國文化的衝擊，映照對家國的自省，筆觸渾圓成熟，寓情理於諧趣之中，開創女性旅遊文學的寫作風氣，被譽為「最完美的遊記」。趙滋蕃評為：「放眼世界，心存故國；活的地球，活的縮影。」姊妹作《旅人的故事》記錄 1972 年的歐美重遊，寫人事重於景物，深入刻畫歷史與人文風情。此外亦有《蘭苑隨筆》、《昨日在湄江》、《這就是春天》等敘述海外生活的散文集。

除散文之外，鍾梅音也曾創作小說與兒童文學。在小說方面，唯一的短篇小說集《遲開的茉莉》，或以優美文字描寫現代社會的女性故事，或以童話體裁述說小兒女故事，呈現女性在職場、家庭等不同場合中為人妻子、媳婦、母親、女兒等多重角色的樣貌與心理。在兒童文學方面，善用擬人手法，發揮天真巧思，結合旅遊經歷，著有改寫女兒日記而成的《我從白象王國來》，以及《到巴黎去玩兒》、《不知名的鳥兒》等。

鍾梅音一生與氣喘病纏鬥，晚年又罹患帕金森氏症，曾自言病中掙扎與奮鬥的過程猶如寫作，都是「向痛苦索取代價」。然而她「裹傷而戰」，將病痛轉化為藝術的能量，作品流露樂觀的心境，展現「與造化抗爭」的勇氣。在寫作與家務之餘學習音樂、繪畫及英文、泰文，開過個人畫展，也參加過美國教會的唱詩班，可見她對生命的熱愛。張瑞芬認為鍾梅音在 1950 年代的女作家之中，「散文作品的藝術性最稱優質，並且開拓了在地書寫與旅遊文學的範式，反映了女作家在職業、家庭間擺盪的困境，有著相當豐富的開創性與探討可能」。

作品目錄及提要

【散文】

重光文藝 1951　　重光文藝 1954

重光文藝 1962

冷泉心影

臺北：重光文藝出版社
1951 年 7 月，32 開，138 頁

臺北：重光文藝出版社
1954 年 3 月，32 開，138 頁

臺北：重光文藝出版社
1962 年 6 月，32 開，138 頁

本書選輯作者 1949 至 1951 年間所寫人物憶
往、生活隨筆等文章。全書收錄〈父親的悲
哀〉、〈未寄的信札〉、〈有朋自遠方來〉、〈鷄
的故事〉等 30 篇。正文前有重光文藝出版社
〈出版小言〉、陳紀瀅〈序《冷泉心影》〉、鍾
梅音〈自序〉。
1954 年重光文藝版：正文與 1951 年重光文藝
版同。正文前刪去〈出版小言〉、〈自序〉，新
增鍾梅音〈再版後記〉。
1962 年重光文藝版：正文與 1951 年重光文藝
版同。正文前刪去〈出版小言〉。

母親的憶念

臺北：復興書局
1954 年 4 月，32 開，159 頁

本書選輯作者 1950 至 1953 年間，發表於報章雜誌的旅行遊記、
人物憶往及生活隨筆等文章。全書收錄〈夾竹桃的新生〉、〈滇西
憶舊〉、〈基隆一夕〉等 26 篇。正文前有蘇雪林〈寫在《母親的
憶念》前面〉。正文後有鍾梅音〈作者附記〉。

海濱隨筆

臺北：大華晚報社
1954 年 11 月，32 開，175 頁

本書選輯作者 1949 至 1952 年間發表於《大華晚報》、《中央日報》、《中華日報》、《新生報》副刊的專欄文章，抒發對時事、教育、女權之看法。全書收錄〈女人與高等教育〉、〈半瓶醋〉、〈統統滾開〉、〈木炭簍子〉、〈血氣之剛〉等 98 篇。正文前有鍾梅音詩〈海濱之夜（代序）〉。

小樓聽雨集

臺北：大中國圖書公司
1958 年 6 月，32 開，169 頁

本書選輯作者 1954 年下半年的生活隨筆、讀書心得、議論散文等文章。全書分三輯，收錄〈小鎮溫情〉、〈母親的淚珠〉、〈南遊瑣憶〉、〈愛之鳥〉等 44 篇。正文前有鍾梅音〈自序〉。

塞上行

臺中：光啟出版社
1964 年 2 月，32 開，302 頁
文藝叢書 18

本書選輯作者自述生活、回憶故往及旅行遊記等文章。全書分「散文」、「隨筆」、「遊記」三輯，收錄〈童年〉、〈今之芸娘〉、〈湖畔〉、〈賃屋記〉等 35 篇。正文前有鍾梅音照片。

文星書店 1964　　傳記文學 1969

十月小陽春

臺北：文星書店
1964 年 4 月，40 開，269 頁
文星叢刊 37

臺北：傳記文學出版社
1969 年 12 月，40 開，269 頁
文史新刊 92

本書選輯作者部分舊作，及新作畫評、書評、隨筆等。全書收錄〈詩人的畫〉、〈白色的畫家〉、〈歡樂童年〉、〈藝術的陶冶〉等 40 篇。正文前有鍾梅音

〈自序〉。正文後有蕭孟能〈「文星叢刊」出版緣起〉。
1969 年傳記文學版：正文與 1964 年文星書店版同。正文後刪去〈「文星叢刊」出版緣起〉。

第一集

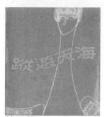

第二集

海天遊蹤（二集）
臺北：大中國圖書公司
1966 年 4 月，14.5×17 公分，259 頁、267 頁
中華大典

臺北：大中國圖書公司
1967 年 3 月，14.5×17 公分，264 頁、268 頁
中華大典

本書為作者 1964 年環球旅行 80 日，遊歷 13 國 25 座城市，撰述沿途經歷及對本國文化的省思。全書分兩集，第一集收錄〈漫談觀光〉、〈香江屐痕〉、〈臥榻之旁的人物〉等 24 篇，圖片共 20 張；正文前有鍾梅音〈序〉。第二集收錄〈滑鐵盧之行〉、〈「小人尿」及其他〉、〈比京漫步〉等 27 篇，圖片共 20 張；正文前有梁容若〈梁容若教授序〉。
1967 年大中國圖書版：正文與 1966 年大中國圖書版同。第一集正文後新增鍾梅音〈再版後記〉。第二集正文前刪去〈梁容若教授序〉。

摘星文選
臺北：三民書局
1967 年 1 月，40 開，189 頁
三民文庫 10

本書選輯作者 1964 至 1966 年間所寫的小品專欄與藝術欣賞。全書收錄〈半帆風順〉、〈聰明之累〉、〈圍城之喻〉、〈襪爛怪靴〉等 39 篇。正文前有三民書局編輯委員會〈三民文庫編刊序言〉、鍾梅音〈耳朵、素描、及其他──代序〉。

我祇追求一個「圓」
臺北：三民書局
1968 年 2 月，40 開，209 頁
三民文庫 28

本書選輯作者自 1967 年《摘星文選》出版後所寫的遊記、講稿、讀書隨筆、繪畫欣賞、寫作心得與生活小品等文章。全書收錄〈訪麥克辛米倫宮〉、〈兒女〉、〈生活與生存〉、〈夜上成功嶺〉等 31 篇。正文前有三民書局編輯委員會〈三民文庫編刊序言〉、

鍾梅音〈神祕的礦藏（代序）〉。

夢與希望
臺北：三民書局
1969 年 2 月，40 開，182 頁
三民文庫 39

本書選輯作者抒情散文、遊記與赴金門訪問前線等文章。收錄〈新年試筆〉、〈夢與希望〉、〈讀書之樂〉等 28 篇。正文前有三民書局編輯委員會〈三民文庫編刊序言〉。正文後有鍾梅音《夢與希望》後記〉。

風樓隨筆
臺北：三民書局
1969 年 8 月，40 開，182 頁
三民文庫 55

本書選輯作者遷居曼谷前所寫隨筆文章，內容涵蓋藝術、教育、婚姻、讀書、吃食等，及十封給女兒的信。全書收錄〈詩人的畫〉、〈顧曲餘談〉、〈論華嚴女士《智慧的燈》〉等 25 篇。正文前有三民書局編輯委員會〈三民文庫編刊序言〉、鍾梅音〈前記〉。

三民書局 1971

三民書局 2005

蘭苑隨筆
臺北：三民書局
1971 年 6 月，40 開，171 頁
三民文庫 130

臺北：三民書局
2005 年 1 月，新 25 開，189 頁
三民叢刊 180

本書選輯作者 1970 年起發表於《中央日報》副刊專欄「蘭苑隨筆」的文章，內容為作者旅居泰國期間，認識東南亞風土民情及生活所見所感。全書收錄〈鳥歌〉、〈張震南和她的獨唱會〉、〈曼谷的冬天〉等 20 篇。正文前有三民書局編輯委員會〈三民文庫編刊序言〉。
2005 年三民書局版：正文與 1971 年三民書局版同。正文前刪去〈三民文庫編刊序言〉，新增三民書局編輯委員會〈新版說明〉。

小草出版社 1972

半島書樓 1975

皇冠出版社 1977

啼笑人間

香港：小草出版社
1972 年，40 開，189 頁
小草叢刊之 11

香港：半島書樓
1975 年 8 月，32 開，189 頁
小草叢刊之 11

臺北：皇冠出版社
1977 年 5 月，32 開，218 頁
皇冠叢書第 498 種

本書選輯作者發表於《中央日報》副刊「婦女
與家庭」及《大華日報》副刊的書評、畫評，
及描寫臺北生活的隨筆。全書分兩輯，收錄
〈寂寞〉、〈聊天〉、〈談話〉、〈最後防線〉等
36 篇。正文前有鍾梅音〈內心的聲音——兼
序《啼笑人間》〉。
1975 年半島書樓版：正文與 1972 年小草版
同。
1977 年皇冠版：正文與 1972 年小草版同。

春天是你們的

臺北：三民書局
1973 年 3 月，40 開，176 頁
三民文庫 164

本書選輯作者 1951 至 1972 年間，描寫親子生活與為人母之情感
的文章。全書收錄〈春天是你們的〉、〈早飛的小鳥〉、〈小灝的日
記〉等 21 篇。正文前有三民書局編輯委員會〈三民文庫編刊序
言〉、鍾梅音〈序〉。

旅人的故事

臺北：大地出版社
1973 年 8 月，14.5×17 公分，335 頁
萬卷文庫 19

臺北：大地出版社
1979 年 1 月，14.5×17 公分，335 頁
萬卷文庫 19

本書為作者 1972 年二度遊歷歐美歸來所寫的遊記。全書收錄
〈生命是可愛的謎〉、〈萬里浮雲的銀夜〉、〈林肯的身旁瑣事〉、

〈另一個愛子基督〉、〈民族音樂拓荒者〉等 56 篇，圖片共 33 張。正文後有鍾梅音
〈跋〉。
1979 年大地版：正文與 1973 年大地版同。正文前新增鍾梅音〈痛苦的昇華——三
版綴語〉。

立雨公司 1975   皇冠出版社 1977

昨日在湄江
香港：立雨公司
1975 年 8 月，32 開，266 頁
小草叢刊之 17

臺北：皇冠出版社
1977 年 2 月，32 開，282 頁
皇冠叢書第 490 種

本書選輯作者移居東南亞後，描寫泰國及新加
坡風土民情、歷史文化的文章。全書分兩輯，
收錄〈兩首小詩〉、〈從「做工」談起〉、
〈「吃」在新加坡〉、〈客家人〉等 40 篇。正文
前有鍾梅音〈美的畫像——《昨日在湄江》
序〉。
1977 年皇冠版：正文與 1975 年立雨版同。

這就是春天
臺北：皇冠出版社
1978 年 4 月，32 開，244 頁
皇冠叢書第 540 種

本書選輯作者 1975 至 1977 年間發表於臺灣、新加坡、馬來西
亞、美國等地報章雜誌的生活小品、藝文論、政治論、遊記等文
章。全書收錄〈這就是春天〉、〈我與蘭花有約〉、〈水底洞天〉、
〈海濱故人〉等 34 篇。正文前有鍾梅音〈自序〉。

天堂歲月
臺北：皇冠出版社
1980 年 6 月，32 開，222 頁
皇冠叢書第 693 種

本書為作者生前最後一部出版作品，選輯作者旅居美國時期的文
章。全書收錄〈但願人長久〉、〈百年悲君亦自悲——悼嚴鑫女
士〉、〈接力賽——報人王桂生百日祭〉等 20 篇。正文前有鍾梅
音〈裹傷而戰（代序）〉。正文後附錄郭淑敏〈宗教‧生活‧理
想——鍾梅音二三事〉。

【小說】

三民書局 1957

三民書局 2008

遲開的茉莉

臺北：三民書局
1957 年 12 月，32 開，146 頁

臺北：三民書局
1959 年 8 月，32 開，146 頁

臺北：三民書局
2008 年 1 月，25 開，183 頁
人文叢書文學類 8

短篇小說集。本書選輯作者發表於報章雜誌的小說作品。全書收錄〈好日子〉、〈路〉、〈湯餅會〉、〈新生南路的憂鬱〉、〈邱比特的箭鏃〉、〈失去的婚禮〉、〈玫瑰的傳奇〉、〈玩具的糾紛〉、〈遲開的茉莉〉、〈完〉共十篇。正文前有羅家倫〈序言〉。正文後有鍾梅音〈後記〉。

1959 年三民書局版：正文與 1957 年三民書局版同。正文後新增鍾梅音〈小說創作話艱辛（再版後記）〉。

2008 年三民書局版：正文與 1957 年三民書局版同。正文前新增三民書局編輯部〈新版說明〉。正文後新增鍾梅音〈小說創作話艱辛（再版後記）〉。

【兒童文學】

我從白象王國來／余令恬合著

臺北：大中國圖書公司
1968 年 5 月，32 開，132 頁

本書為少年遊記，作者改寫女兒余令恬於 1968 年寒假旅遊曼谷之日記，以少女口吻記述所見所聞。全書收錄〈幸福之航〉、〈富庶繁榮的耀華力路〉、〈這日子會再來嗎？〉、〈鄭王塔和曼蘿拉〉等 36 篇。正文前有鍾梅音〈序〉。

到巴黎去玩兒／席德進圖

臺北：臺灣省教育廳
1968 年 9 月，17×23.5 公分，36 頁
中華兒童叢書・文學類 41053

本書選輯作者介紹巴黎的城市風光與特色景點的文章。全書收錄
〈羅浮宮〉、〈靜靜的塞納河〉、〈王府花園〉等 17 篇。正文前有
潘振球前言。

不知名的鳥兒／黃昌惠圖

臺北：臺灣省教育廳
1969 年 11 月，17×23.5 公分，36 頁
中華兒童叢書・文學類 41073

本書選輯作者的童詩創作，描寫鳥兒與昆蟲的故事。全書收錄童
詩〈不知名的鳥兒〉、〈開礦的啄木鳥〉、〈陽臺上的音樂會〉等四
篇。正文前有潘振球前言。

燈

臺北：臺灣省教育廳
1970 年 2 月，17×23.5 公分
中華兒童叢書・文學類

（今查無傳本）。

泰國見聞／郭玉吉圖

臺北：臺灣省教育廳
1971 年 10 月，17×23.5 公分，92 頁
中華兒童叢書・文學類 51082

本書選輯作者改寫《昨日在湄江》中的部分文章，介紹泰國的地
理、文化。全書收錄〈先看看曼谷〉、〈雨季和冬天〉、〈悠閒的讀
書〉等 16 篇。正文前有潘振球前言。

文學年表

1922 年　1 月　25 日（農曆民國 10 年 12 月 28 日），出生於北平，籍貫福建上杭。父親鍾之琪。

1924 年　本年　感冒因中醫誤診，轉為支氣管炎，終生皆為氣喘病所苦。

1928 年　本年　移居南京，就讀漢西門小學，因病時續時輟，念完初小（小學一～四年級）已 12 歲。

1934 年　夏　升上高小（小學五年級）前，考上中華女子中學（今南京大學附屬中學），因父母不同意而未入學。

1936 年　本年　畢業於漢西門小學，參加南京市會考考取第二名，獲獎學金保送就讀中央大學實驗學校（今南京師範大學附屬中學），兩個月後因病休學返家靜養。

1937 年　本年　以同等學力考入五年制湖北藝術專科學校。

1938 年　本年　盧溝橋事變爆發，隨堂兄遷居漢口，因逢武漢大撤退而未能進入湖北藝專就讀，再避難至廣西。

1939 年　冬　與時任第五軍工程師的余伯祺認識並訂婚。
　　　　　本年　就讀廣西大學文法學院法律系。

1942 年　1 月　1 日，與余伯祺結婚，定居雲南祥雲。

1943 年　6 月　長子余占正出生。

1945 年　12 月　25 日，首次回上海婆家。

1946 年　12 月　任職善後救濟復員會中文祕書。

1947 年　秋　長女余令怡出生。

1948 年　3 月　1 日，隨余伯祺攜長子余占正抵臺灣，定居基隆。長女余令

怡滯留中國，失去聯繫。

| 1949 年 | 3 月 | 余伯祺出任臺灣肥料公司蘇澳廠長，隨夫遷居宜蘭蘇澳，並開始寫作。 |

3 月　余伯祺出任臺灣肥料公司蘇澳廠長，隨夫遷居宜蘭蘇澳，並開始寫作。

6 月　14～15 日，第一篇散文〈鷄的故事〉以筆名「音」連載於《中央日報》第 6 版。

7 月　7～8 日，〈臺北行〉以筆名「音」連載於《中央日報》第 6 版。

14 日，〈日本房子及其他〉以筆名「音」發表於《中央日報》第 6 版。

17 日，〈鄉居閑情〉以筆名「音」發表於《中央日報》第 6 版。

23 日，〈也談愛美〉以筆名「音」發表於《中央日報》第 6 版。

8 月　5 日，〈有朋自遠方來〉以筆名「音」發表於《中央日報》第 5 版。

8 日，〈父親的悲哀〉以筆名「音」發表於《中央日報》。

12 日，〈筆名〉以筆名「音」發表於《中央日報》第 6 版。

21 日，〈從吃飯想起〉以筆名「音」發表於《中央日報》第 5 版。

23 日，〈笑〉以筆名「音」發表於《中央日報》第 5 版。

9 月　2 日，〈關於「推拖」〉以筆名「音」發表於《中央日報》第 6 版。

5～6 日，〈阿 P 外傳〉以筆名「音」連載於《中央日報》第 6 版。

21 日，〈颱風目擊記〉以筆名「音」發表於《中央日報》第 6 版。

28 日，〈雨〉以筆名「音」發表於《中央日報》第 6 版。

10月　6 日，〈中秋感懷〉以筆名「音」發表於《中央日報》第 6版。

8 日，〈嘆氣〉以筆名「音」發表於《中央日報》第 6 版。

11 日，〈肉食〉以筆名「音」發表於《中央日報》第 6 版。

18 日，〈懷上海〉以筆名「音」發表於《中央日報》第 6版。

19 日，〈憶重慶〉以筆名「音」發表於《中央日報》第 6版。

21 日，短篇小說〈飯桌上的童話〉以筆名「音」發表於《中央日報》第 6 版。

11月　3 日，〈自尊心〉以筆名「音」發表於《中央日報》第 6 版。

6 日，〈再婚〉以筆名「音」發表於《中央日報》第 7 版，「婦女與家庭」第 33 期。

8 日，〈十月小陽春〉以筆名「音」發表於《中央日報》第 6版。

10 日，〈給〉以筆名「音」發表於《中央日報》第 6 版。

12 日，〈憶中山陵〉以筆名「音」發表於《中央日報》第 6版。

16 日，〈賣蛋記〉以筆名「音」發表於《中央日報》第 6版。

20 日，〈從離婚說起〉以筆名「音」發表於《中央日報》第 6版。

12月　4、11 日，〈小灝的日記〉以筆名「音」連載於《中央日報》第 7 版，「婦女與家庭」第 37、38 期。

8 日，〈望團圓〉以筆名「音」發表於《中央日報》第 6 版。

15 日，〈佈道捷徑〉以筆名「音」發表於《中央日報》第 6版。

20 日,〈我對「懼內」的看法〉以筆名「音」發表於《中央日報》第 6 版。

1950 年　1 月　6～8 日,〈一個沒落的藝術家〉以筆名「音」連載於《中央日報》第 6 版。

8 日,〈過來‧奶奶〉以筆名「音」發表於《中央日報》第 7 版,「婦女與家庭」第 42 期。

12 日,〈元日小紀〉以筆名「音」發表於《中央日報》第 6 版。

15 日,〈無為而治〉以筆名「音」發表於《中央日報》第 7 版,「婦女與家庭」第 43 期。

19 日,〈徵兵洋幽默〉以筆名「音」發表於《中央日報》第 6 版。

20 日,〈陳素卿之死〉以筆名「音」發表於《中央日報》第 6 版。

22 日,〈我與孩子〉以筆名「音」發表於《中央日報》第 7 版,「婦女與家庭」第 45 期。

24～26 日,〈阿蘭走了以後〉以筆名「音」連載於《中央日報》第 6 版。

29 日,〈我的生活〉以筆名「音」發表於《中央日報》第 7 版,「婦女與家庭」第 47 期。

2 月　11～12、14 日,〈我的弟弟〉以筆名「音」連載於《中央日報》第 6 版。

12 日,〈節外生枝〉以筆名「音」發表於《大華晚報》第 3 版,「瓜棚豆架閒話」專欄;〈母親與校長一夕談——學校與家庭合作之重要〉以筆名「音」發表於《中央日報》第 7 版,「婦女與家庭」第 49 期。

13 日,〈翻案〉以筆名「音」發表於《大華晚報》第 3 版,

「瓜棚豆架閒話」專欄。

15 日,〈信不信由你〉以筆名「音」發表於《大華晚報》第 3 版,「瓜棚豆架閒話」專欄。

18 日,〈上帝〉以筆名「音」發表於《大華晚報》第 3 版,「瓜棚豆架閒話」專欄。

19 日,〈洋書〉以筆名「音」發表於《大華晚報》第 3 版,「瓜棚豆架閒話」專欄。

20 日,〈女人與高等教育〉以筆名「音」發表於《大華晚報》第 3 版,「瓜棚豆架閒話」專欄。

22 日,〈半瓶醋〉以筆名「音」發表於《大華晚報》第 3 版,「瓜棚豆架閒話」專欄;〈三十大慶〉以筆名「音」發表於《中央日報》第 6 版。

23 日,〈襯衫問題〉以筆名「音」發表於《大華晚報》第 3 版,「瓜棚豆架閒話」專欄。

24 日,〈統統滾開〉以筆名「音」發表於《大華晚報》第 3 版,「瓜棚豆架閒話」專欄。

26 日,〈不足為訓〉以筆名「音」發表於《大華晚報》第 3 版,「瓜棚豆架閒話」專欄。

27 日,〈夜間工作的樂趣〉以筆名「音」發表於《大華晚報》第 3 版,「瓜棚豆架閒話」專欄。

28 日,〈木炭簍子的功用〉以筆名「音」發表於《大華晚報》第 3 版,「瓜棚豆架閒話」專欄。

3月　2 日,〈只此一家別無分店〉以筆名「音」發表於《大華晚報》第 3 版,「瓜棚豆架閒話」專欄。

4 日,〈閹雞的苦悶〉以筆名「音」發表於《大華晚報》第 3 版,「瓜棚豆架閒話」專欄。

4～5 日,〈爐邊夜話——吳伯超先生周年忌〉以筆名「音」

連載於《中央日報》第 6 版。

5 日,〈勸募與攤派〉以筆名「音」發表於《大華晚報》第 3 版,「瓜棚豆架閒話」專欄;〈金銀爪與酒〉以筆名「音」發表於《中央日報》第 7 版,「婦女與家庭」第 50 期。

6 日,〈傻子與壞蛋〉以筆名「音」發表於《大華晚報》第 3 版,「瓜棚豆架閒話」專欄。

7 日,〈血氣之剛〉以筆名「音」發表於《大華晚報》第 3 版,「瓜棚豆架閒話」專欄。

8 日,〈記憶的促狹〉以筆名「音」發表於《大華晚報》第 3 版,「瓜棚豆架閒話」專欄。

9 日,〈三過其門不入〉以筆名「音」發表於《大華晚報》第 3 版,「瓜棚豆架閒話」專欄。

10 日,〈跳舞〉以筆名「音」發表於《大華晚報》第 3 版,「瓜棚豆架閒話」專欄。

11 日,〈斤斤較量〉以筆名「音」發表於《大華晚報》第 3 版,「瓜棚豆架閒話」專欄;〈春天的信使〉以筆名「音」發表於《中央日報》第 6 版。

12 日,〈希望與祝福──《中央日報》周年紀念感言〉以筆名「音」發表於《中央日報》第 7 版,「婦女與家庭」第 51 期。

15 日,〈鞠躬盡瘁死而已〉以筆名「音」發表於《大華晚報》第 3 版,「瓜棚豆架閒話」專欄。

16 日,〈唱高調的悲哀〉以筆名「音」發表於《大華晚報》第 3 版,「瓜棚豆架閒話」專欄。

17 日,〈我們應該積極勞軍〉以筆名「音」發表於《大華晚報》第 3 版,「瓜棚豆架閒話」專欄。

18 日,〈不亦樂乎〉以筆名「音」發表於《大華晚報》第 3

版,「瓜棚豆架閒話」專欄。

19 日,〈關於平劇〉以筆名「音」發表於《大華晚報》第 3
版,「瓜棚豆架閒話」專欄。

20 日,〈除了盲聾以外〉以筆名「音」發表於《大華晚報》
第 3 版,「瓜棚豆架閒話」專欄。

21 日,〈耳朵裝有開關〉以筆名「音」發表於《大華晚報》
第 3 版,「瓜棚豆架閒話」專欄。

24 日,〈答默冰先生〉以筆名「音」發表於《大華晚報》第 3
版,「瓜棚豆架閒話」專欄。

25 日,〈使音樂走向普羅〉以筆名「音」發表於《大華晚
報》第 3 版,「瓜棚豆架閒話」專欄。

26 日,〈朋友不必太瞭解論〉以筆名「音」發表於《大華晚
報》第 3 版,「瓜棚豆架閒話」專欄;〈他們不在家的時候〉
以筆名「音」發表於《中央日報》第 7 版,「婦女與家庭」第
53 期。

27 日,〈先要接收人心〉以筆名「音」發表於《大華晚報》
第 3 版,「瓜棚豆架閒話」專欄;〈愛情的泥淖〉以筆名
「音」發表於《新生報》第 9 版。

28 日,〈子面〉以筆名「音」發表於《大華晚報》第 3 版,
「瓜棚豆架閒話」專欄。

30 日,〈政客與政治家〉以筆名「音」發表於《大華晚報》
第 3 版,「瓜棚豆架閒話」專欄。

31 日,〈且話桑麻〉以筆名「音」發表於《大華晚報》第 3
版,「瓜棚豆架閒話」專欄。

4 月　1 日,〈再話桑麻〉以筆名「音」發表於《大華晚報》第 3
版,「瓜棚豆架閒話」專欄。

4 日,〈冒充風雅〉以筆名「音」發表於《大華晚報》第 3

版,「瓜棚豆架閒話」專欄。

5 日,〈成事不足敗事有餘〉以筆名「音」發表於《大華晚報》第 3 版,「瓜棚豆架閒話」專欄。

6 日,〈臭味與香味〉以筆名「音」發表於《大華晚報》第 3 版,「瓜棚豆架閒話」專欄。

7 日,〈雞毛當令箭〉以筆名「音」發表於《大華晚報》第 3 版,「瓜棚豆架閒話」專欄。

8 日,〈遇人不淑〉以筆名「音」發表於《大華晚報》第 3 版,「瓜棚豆架閒話」專欄;〈發揚民歌〉以筆名「音」發表於《中央日報》第 6 版。

15 日,〈弟弟的小天地〉以筆名「音」發表於《大華晚報》第 3 版,「瓜棚豆架閒話」專欄。

16 日,〈我愛唐納〉以筆名「音」發表於《大華晚報》第 3 版,「瓜棚豆架閒話」專欄。

17 日,〈幻想曲〉以筆名「音」發表於《大華晚報》第 3 版,「瓜棚豆架閒話」專欄。

18 日,〈啡館中一小時〉以筆名「音」發表於《大華晚報》第 3 版,「瓜棚豆架閒話」專欄。

28 日,〈從「豬哥」想起〉以筆名「音」發表於《大華晚報》第 3 版,「瓜棚豆架閒話」專欄。

29 日,〈小姐注意〉以筆名「音」發表於《大華晚報》第 3 版,「瓜棚豆架閒話」專欄。

30 日,〈敬答琰如女士〉以筆名「音」發表於《大華晚報》第 3 版,「瓜棚豆架閒話」專欄。

5 月　8 日,〈怒吼吧,寶島!〉以筆名「音」發表於《中央日報》第 6 版。

15 日,〈《我是毛澤東的女祕書》〉(蕭英著)以筆名「音」發

表於《新生報》第 9 版。

22 日，新詩〈祖國在呼喚〉以筆名「音」發表於《中央日報》第 6 版。

27 日，新詩〈美麗的臺灣〉以筆名「音」發表於《中央日報》第 6 版。

28 日，〈女人不是鋼鐵鑄的〉以筆名「音」發表於《中央日報》第 7 版，「婦女與家庭」第 62 期。

6 月　23 日，〈拿著襪子找襪子〉以筆名「音」發表於《中央日報》第 6 版。

28 日，〈短簡〉以筆名「音」發表於《中央日報》第 6 版。

7 月　12 日，〈七七聽廣播〉以筆名「志潔」發表於《新生報》第 8 版。

26 日，〈夜闌人語〉以筆名「音」發表於《新生報》第 8 版；〈睡眠〉以筆名「音」發表於《中央日報》第 7 版。

8 月　7 日，〈牛步化的兒子〉以筆名「音」發表於《大華晚報》第 3 版，「鄉居小事」專欄。

8 日，〈背道而馳〉以筆名「音」發表於《大華晚報》第 3 版，「鄉居小事」專欄。

9 日，〈沙灘捉蟹〉以筆名「音」發表於《大華晚報》第 3 版，「鄉居小事」專欄。

10 日，〈燈籠花〉以筆名「音」發表於《大華晚報》第 3 版，「鄉居小事」專欄。

11～12 日，〈研究室的喬遷〉以筆名「音」發表於《大華晚報》第 3 版，「鄉居小事」專欄。

13 日，新詩〈黎明的號角〉以筆名「音」發表於《中央日報》第 7 版。

9 月　1 日，新詩〈我們追求的是自由與光明──獻給九一記者

節〉發表於《中央日報》第 4 版;〈滇西憶舊〉發表於《暢流》第 2 卷第 2 期。

5 日,〈友情〉以筆名「音」發表於《中央日報》第 8 版。

20 日,〈無題〉以筆名「音」發表於《中央日報》第 8 版。

10 月　17 日,〈關於〈嗚咽的嘉陵江〉〉以筆名「梅音」發表於《中央日報》第 8 版。

27 日,〈煤渣盆景〉以筆名「音」發表於《中央日報》第 10 版。

11 月　16 日,〈夾竹桃的新生〉發表於《暢流》第 2 卷第 5 期。

25 日,〈論修養〉以筆名「音」發表於《中華日報》第 6 版;〈漫談詩歌〉發表於《新生報》第 10 版,「每周文藝」第 26 期。

27 日,〈論宣傳〉以筆名「音」發表於《中華日報》第 6 版。

12 月　13 日,〈也談「工筆與漫畫」〉發表於《中華日報》第 6 版。

23 日,〈再論宣傳〉以筆名「音」發表於《中華日報》第 6 版。

1951 年　1 月　7 日,〈出乎意外的故事〉發表於《藝與文》。

13 日,〈某夜〉發表於《中華日報》第 6 版。

15 日,〈我們需要的聲音〉以筆名「梁燕」發表於《中華日報》第 6 版。

2 月　14 日,〈云云〉發表於《中華日報》副刊;〈婚後第一個春節〉以筆名「音」發表於《中央日報》第 6 版,「婦女與家庭」第 67 期。

28 日,〈我對「婦周」的希望〉以筆名「音」發表於《中央日報》第 6 版,「婦女與家庭」第 69 期。

3 月　22 日,〈嫂嫂〉以筆名「音」發表於《中央日報》第 5 版,

「婦女與家庭」。

4月　1 日，〈春天的小花〉以筆名「音」於《自由談》第 2 卷第 4 期。

3 日，〈鄉村戲的演出〉以筆名「音」發表於《中華日報》第 6 版。

18、25 日，〈祝福〉以筆名「音」連載於《中央日報》第 6 版，「婦女與家庭」第 75、76 期。

5月　4 日，出席「中國文藝協會成立一周年」活動。

16 日，〈人生的黃金時代〉以筆名「音」發表於《中央日報》第 6 版，「婦女與家庭」第 79 期。

28 日，〈基隆一夕〉發表於《中國一周》第 57 期。

31 日，〈喜聞「中醫科學化」〉以筆名「音」發表於《中華日報》第 6 版。

6月　12 日，〈〈文學語言的再創造〉讀後〉（楊念慈著）發表於《中華日報》第 6 版。

13 日，〈畫像記〉以筆名「白驥」發表於《中央日報》第 6 版，「婦女與家庭」第 83 期。

26 日，〈我們的收音機〉以筆名「音」發表於《中央日報》第 6 版。

7月　1 日，〈我看傻常順兒〉（陳紀瀅，《荻村傳》）發表於《自由中國》第 5 卷第 1 期。

4 日，〈我的手〉以筆名「羅桑」發表於《中央日報》第 6 版。

《冷泉心影》由臺北重光文藝社出版。

8月　2 日，〈關於《愛與船》〉（王文漪著）發表於《中華日報》第 6 版。

6 日，〈一個商榷〉（林海音，〈關於軍歌〉）以筆名「音」發

表於《中央日報》第 6 版。

23 日,〈捕蠅記〉以筆名「羅桑」發表於《中央日報》第 6 版,「婦女與家庭」第 87 期。

9 月　1 日,〈蘇花之旅〉發表於《暢流》第 4 卷第 2 期。

5 日,〈拜拜紀盛〉以筆名「音」發表於《中央日報》第 6 版。

10 月　1、8、15、22 日,兒童文學〈小白流浪記〉以筆名「音」連載於《新生報》第 6 版,「兒童之頁」第 76～79 期。

4 日,〈不老術〉以筆名「音」發表於《中央日報》第 4 版,「婦女與家庭」。

11 月　21 日,〈談工程師〉以筆名「音」發表於《中央日報》第 6 版。

12 月　1 日,〈上帝之謎〉以筆名「音」發表於《中央日報》第 6 版。

24 日,〈《少女狂想曲》〉(A. Sohnitzler 著;耕藝譯)發表於《中央日報》第 6 版。

31 日,〈漫談健康與教育〉以筆名「音」發表於《中央日報》第 6 版。

1952 年　1 月　5、12 日,〈醫手記〉連載於《國語日報》第 3 版,「周末」第 158～159 期。

6 日,〈談今後的女子教育〉以筆名「音」發表於《新生報》第 6 版,「自由婦女」第 22 期。

17 日,〈賢妻良母需要智慧〉以筆名「音」發表於《中央日報》第 4 版,「婦女與家庭」第 105 期。

2 月　3 日,〈阿土哥〉發表於《中華日報》第 6 版。

11 日,〈溫莎公爵的悲劇〉發表於《中國一周》第 94 期。

3 月　28 日,〈年終獎金〉以筆名「小芙」發表於《中華日報》第 6

版。

4 月　30 日，〈表舅〉以筆名「小芙」發表於《中華日報》第 6
版。

〈雜感〉發表於《中國語文》第 1 卷第 1 期。

7 月　5 日，〈鐘樓〉發表於《文藝報》旬刊。

7 日，〈母親的憶念〉以筆名「音」發表於《中央日報》第 4
版。

8 月　28 日、9 月 4 日，〈兒童夏令營〉以筆名「音」連載於《中央
日報》第 4 版，「婦女與家庭」第 132～133 期。

9 月　5 日，認識孫多慈教授，10 月開始以通信方式向孫多慈習
畫。

10 月　2 日，〈健忘頌〉以筆名「音」發表於《中央日報》第 6 版，
「婦女與家庭」第 137 期，「每周漫談」專欄。

9 日，〈節約〉以筆名「小芙」發表於《中央日報》第 6 版，
「婦女與家庭」第 138 期，「每周漫談」專欄。

16 日，〈愛美〉以筆名「音」發表於《中央日報》第 6 版，
「婦女與家庭」第 139 期，「每周漫談」專欄。

30 日，〈祝壽〉以筆名「音」發表於《中央日報》第 6 版，
「婦女與家庭」第 141 期，「每周漫談」專欄。

11 月　16 日，〈《悔罪女》〉（黑貝爾〔Friedrich Hebel〕著；湯元
吉、俞敦培譯）發表於《暢流》第 6 卷第 7 期。

12 月　1 日，〈喜訊〉發表於《國風》；〈女作家寫作生活第一集之
三──我的寫作生活〉發表於《讀書》第 1 卷第 10 期。

4 日，〈器量〉以筆名「小芙」發表於《中央日報》第 6 版，
「婦女與家庭」第 146 期，「每周漫談」專欄。

11 日，〈修辭〉以筆名「音」發表於《中央日報》第 6 版，
「婦女與家庭」第 147 期，「每周漫談」專欄。

16 日,〈民間藝術〉以筆名「音」發表於《中央日報》第 6 版。

25 日,〈禮物〉、〈私德〉分別以筆名「音」、「小芙」發表於《中央日報》第 6 版,「婦女與家庭」第 149 期,「每周漫談」專欄。

1953 年　1 月　7 日,〈寂寞〉以筆名「音」發表於《中央日報》第 6 版,「婦女與家庭」第 151 期,「每周漫談」專欄。

14 日,〈聊天〉以筆名「小芙」發表於《中央日報》第 6 版,「婦女與家庭」第 152 期,「每周漫談」專欄。

21 日,〈談話〉以筆名「音」發表於《中央日報》第 6 版,「婦女與家庭」第 153 期,「每周漫談」專欄。

29 日,〈金錢〉以筆名「小芙」發表於《中央日報》第 6 版,「婦女與家庭」第 154 期,「每周漫談」專欄。

〈木瓜〉發表於《中國語文》第 2 卷第 1 期。

2 月　4 日,〈最後防線〉以筆名「音」發表於《中央日報》第 6 版,「婦女與家庭」第 155 期,「每周漫談」專欄。

11 日,〈總務官〉以筆名「小芙」發表於《中央日報》第 6 版,「婦女與家庭」第 156 期,「每周漫談」專欄。

18 日,〈不虞匱乏〉以筆名「音」發表於《中央日報》第 4 版,「婦女與家庭」第 157 期,「每周漫談」專欄。

3 月　4 日,〈木瓜之喻〉以筆名「音」發表於《中央日報》第 6 版,「婦女與家庭」第 159 期,「每周漫談」專欄。

18 日,〈戀愛自由〉以筆名「音」發表於《中央日報》第 6 版,「婦女與家庭」第 160 期,「每周漫談」專欄。

25 日,〈一部電影〉以筆名「小芙」發表於《中央日報》第 6 版,「婦女與家庭」第 161 期,「每周漫談」專欄。

春　定期赴臺北隨孫多慈習畫。

4月　1 日，〈主人翁〉以筆名「音」發表於《中央日報》第 6 版，「婦女與家庭」第 162 期，「每周漫談」專欄。

8 日，〈給新娘〉以筆名「小芙」發表於《中央日報》第 6 版，「婦女與家庭」第 163 期，「每周漫談」專欄。

15 日，〈給新郎〉以筆名「音」發表於《中央日報》第 6 版，「婦女與家庭」第 163 期，「每周漫談」專欄。

22 日，〈婆太太〉以筆名「小芙」發表於《中央日報》第 6 版，「婦女與家庭」第 164 期，「每周漫談」專欄。

30 日，〈丈母娘〉以筆名「音」發表於《中央日報》第 6 版，「婦女與家庭」第 165 期，「每周漫談」專欄。

5月　1 日，〈母子之間〉發表於《中華婦女》第 3 卷第 11 期。

6 日，〈大拚盤〉以筆名「小芙」發表於《中央日報》第 6 版，「婦女與家庭」第 167 期，「每周漫談」專欄。

中旬，完成油畫「自畫像」。

20 日，〈意氣之爭〉以筆名「音」發表於《中央日報》第 6 版，「婦女與家庭」第 169 期，「每周漫談」專欄。

27 日，〈交友之道〉以筆名「小芙」發表於《中央日報》第 6 版，「婦女與家庭」第 170 期，「每周漫談」專欄。

6月　3 日，〈保留三分〉以筆名「音」發表於《中央日報》第 6 版，「婦女與家庭」第 171 期，「每周漫談」專欄。

17 日，〈「軍事學」〉以筆名「音」發表於《中央日報》第 6 版，「婦女與家庭」第 173 期，「每周漫談」專欄。

24 日，〈老嬰兒〉以筆名「小芙」發表於《中央日報》第 6 版，「婦女與家庭」第 174 期，「每周漫談」專欄。

7月　1 日，為歌曲〈開礦歌〉作詞，由劉大浪譜曲，發表於《中國勞工》第 64 期。

6 日，〈幸福的信〉以筆名「音」發表於《中央日報》第 4

版。

8 日，〈為她們祈禱〉以筆名「小芙」發表於《中央日報》第 6 版，「婦女與家庭」第 176 期，「每周漫談」專欄。

15 日，〈夫婦之間〉以筆名「音」發表於《中央日報》第 6 版，「婦女與家庭」第 177 期，「每周漫談」專欄。

22 日，〈借箸代籌〉以筆名「小芙」發表於《中央日報》第 6 版，「婦女與家庭」第 177 期，「每周漫談」專欄。

8 月　5 日，〈情之所鍾〉以筆名「音」發表於《中央日報》第 6 版，「婦女與家庭」第 178 期，「每周漫談」專欄。

12 日，〈保持距離〉以筆名「小芙」發表於《中央日報》第 6 版，「婦女與家庭」第 179 期，「每周漫談」專欄。

19 日，〈不平之鳴〉以筆名「音」發表於《中央日報》第 6 版，「婦女與家庭」第 180 期，「每周漫談」專欄。

26 日，〈戀愛與事業——兼答某先生〉以筆名「小芙」發表於《中央日報》第 6 版，「婦女與家庭」第 181 期，「每周漫談」專欄。

9 月　2 日，〈望子成龍〉以筆名「音」發表於《中央日報》第 6 版，「婦女與家庭」第 182 期，「每周漫談」專欄。

9 日，〈為了下一代〉以筆名「小芙」發表於《中央日報》第 6 版，「婦女與家庭」第 183 期，「每周漫談」專欄。

16 日，〈少女的心〉以筆名「音」發表於《中央日報》第 6 版，「婦女與家庭」第 184 期，「每周漫談」專欄。

23 日，〈哀樂中年〉以筆名「小芙」發表於《中央日報》第 6 版，「婦女與家庭」第 185 期，「每周漫談」專欄。

30 日，〈婚姻佳話〉以筆名「音」發表於《中央日報》第 6 版，「婦女與家庭」第 187 期，「每周漫談」專欄。

應羅家倫先生之邀，畫秋瑾巨像。

11 月　　3 日，〈養鼠記〉以筆名「小芙」發表於《中央日報》第 6
版。

1954 年　1 月　14 日，〈赤子之心──師院藝術系師生習作展覽會〉發表於
《中央日報》第 6 版。

31 日，新詩〈為義士高唱〉發表於《中央日報》第 6 版。

3 月　　21 日，〈《冷泉心影》再版後記〉發表於《中央日報》第 6
版。

《冷泉心影》由臺北重光文藝出版社出版。

4 月　　1 日，〈紀化裝晚會〉以筆名「音」發表於《中央日報》第 6
版。

17 日，〈漂亮與美〉發表於《中央日報》第 6 版。

25 日，〈《母親的憶念》作者附記〉發表於《聯合報》第 6
版。

《母親的憶念》由臺北復興書局出版。

10 月　　2 日，〈小鎮溫情〉發表於《中央日報》第 6 版。

11 月　　6 日，〈詩人的畫〉發表於《中央日報》第 6 版。

10 日，〈智慧的鎖鑰──教吾兒作文〉發表於《中央日報》
第 5 版，「婦女與家庭」第 242 期。

《海濱隨筆》由臺北大華晚報社出版。

1955 年　4 月　遷居臺北。

5 月　　23 日，〈從遊記想起〉發表於《中央日報》第 6 版。

25 日，〈母親的淚珠──給還未出世的孩子〉發表於《中央
日報》第 6 版，「婦女與家庭」第 268 期。

27～28 日，〈南遊瑣憶〉連載於《聯合報》第 6 版。

6 月　　次女余令恬（暱稱小白羊）出生。

9 月　　24～26 日，短篇小說〈亞熱帶的煩悶〉連載於《聯合報》第
6 版。

10 月　31 日，〈評《長相憶》〉（王琰如著）發表於《中央日報》第 6 版。

11 月　17 日，〈愛之鳥〉發表於《中央日報》第 6 版。

　　　22 日，〈渡周末記〉發表於《中央日報》第 6 版。

1956 年　1 月　8 日，〈讀《冬青樹》〉（林海音著）發表於《中央日報》第 6 版。

　　　13 日，〈說話的藝術〉發表於《中央日報》第 6 版。

2 月　25 日，〈可愛的小包袱——給一個不相識的嬰兒〉發表於《中央日報》第 6 版。

3 月　10 日，短篇小說〈玫瑰的傳奇〉發表於《婦友》第 18 期。

4 月　10 日，〈張雪門先生訪問記——三民主義與兒童教育〉發表於《婦友》第 19 期。

　　　應王文漪、林海音、姚葳之邀，任職《婦友》月刊主編，至 1957 年 11 月因宿疾辭去職務。

5 月　2 日，〈讀普雷姜德小說〉發表於《聯合報》第 6 版。

6 月　23 日，〈介紹聯合西畫展〉發表於《中央日報》第 6 版。

7 月　10 日，〈金許聞韻女士作曲演奏會〉發表於《婦友》第 22 期。

9 月　21 日，〈哀瓊尼〉發表於《聯合報》第 6 版。

　　　30 日，〈《溫莎公爵夫人回憶錄》綴語〉（Wallis Warfield, duchess of Windsor 著）發表於《聯合報》第 6 版。

10 月　2 日，〈在庸俗中求安樂〉發表於《徵信新聞》第 8 版。

　　　4 日，〈林聖揚先生的畫〉發表於《中央日報》第 6 版。

11 月　16 日，〈聽鄭秀玲的歌〉發表於《中央日報》第 6 版。

1957 年　4 月　12 日，〈金勤伯先生的畫〉發表於《聯合報》第 5 版，「藝文天地」。

　　　24 日，〈我所知道的蔡幼珠〉發表於《中央日報》第 6 版。

8 月　10 日，〈請帶我們再打一戰——《蘇俄在中國》讀後〉（蔣中正著）發表於《婦友》第 35 期。

12 月　8 日，〈《遲開的茉莉》後記〉發表於《中央日報》第 6 版。

短篇小說集《遲開的茉莉》由臺北三民書局出版。

1958 年　1 月　8～9 日，〈勝利者〉連載於《聯合報》第 6 版。

10 日，〈孫多慈其人其畫〉發表於《婦友》第 40 期。

4 月　23 日，〈白色的畫家——觀袁樞真女士畫後記〉發表於《聯合報》第 6 版，「藝文天地」。

5 月　22 日，〈青春誠可貴〉發表於《中華日報》第 6 版。

31 日，〈《小樓聽雨集》自序〉發表於《中央日報》第 6 版。

6 月　8 日，〈病中祭父親〉發表於《中央日報》第 6 版。

《小樓聽雨集》由臺北大中國圖書公司出版。

10 月　19 日，應青年寫作協會邀請訪問金門，時值八二三砲戰後再度駁火；後將此行經驗寫成〈金門頌〉混聲大合唱曲的歌詞。

11 月　3 日，〈父親瞑目否？〉發表於《聯合報》第 7 版。

26 日，〈寄金門英勇戰士——樂為大兵摯友〉發表於《正氣中華日報》第 3 版。

1959 年　1 月　1 日，短篇小說〈寂寞的新娘克麗絲汀嘉莉〉以筆名「羅桑」發表於《暢流》第 18 卷第 10 期。

4 月　1、5～8、10～13、15、17 日，〈怎樣寫散文？〉連載於《正氣中華日報》第 3 版，「陣中文壇」專欄。

6 月　12～15 日，隨中國文藝協會馬祖訪問團赴馬祖，團長為趙友培，副團長為王藍，團員有師範、墨人、王鼎軍、龔聲濤、吳裕民、謝吟雪、張大夏、朱介凡、程其恆。

遷居高雄。

與俞南屏先生合寫〈不朽的八二三〉合唱曲歌詞。

	7月	1 日，〈赴馬祖途中〉發表於《暢流》第 19 卷第 10 期。
		4 日，〈小說創作話艱辛〉發表於《聯合報》第 7 版。
	8月	短篇小說集《遲開的茉莉》由臺北三民書局出版。
	9月	10 日，〈蘭心蕙質的陳香梅〉以筆名「愛珈」發表於《婦友》第 60 期。
		18 日，〈南行歸鴻〉發表於《聯合報》第 6 版。
	11月	27 日，〈送病文〉發表於《聯合報》第 6 版。

1960 年　9月　19 日，〈《華夏八年》讀後〉（陳紀瀅著）發表於《中國一周》第 543 期。

1961 年　4月　8 日，〈寫在鄭秀玲獨唱會之前〉發表於《聯合報》第 6 版，「新藝」。

　　　　8月　14 日，〈母親的淚珠〉發表於《中國一周》第 590 期。

　　　　11月　14 日，〈《軍人之子》讀後〉（葉霞翟著）發表於《中央日報》第 7 版。

　　　　12月　1 日，〈七寶樓臺棲蘭山〉發表於《作品》第 2 卷第 12 期。

　　　　本年　遷居臺北。

1962 年　2月　15 日，〈《綠色的年代》跋〉（蕭綠石著）發表於《中央日報》第 7 版。

　　　　5月　8 日，〈風雨故人來〉發表於《中央日報》第 7 版。

　　　　　　　14 日，〈新派畫的欣賞──從席德進先生的畫想起〉發表於《中央日報》第 7 版。

　　　　　　　〈我的中學生活〉發表於《中國語文》第 10 卷第 5 期。

　　　　6月　4 日，〈評《兇手》〉（劉枋著）發表於《中央日報》第 6 版。

　　　　　　　《冷泉心影》由臺北重光文藝出版社出版。

1963 年　1月　1 日，〈旅途隨筆〉發表於《中央日報》第 6 版。

　　　　　　　7 日，〈繪畫應往何處去？〉發表於《中央日報》第 6 版。

　　　　3月　7 日，〈寫給女兒〉發表於《中央日報》第 6 版。

4 月　20～21 日,〈過河卒子〉連載於《徵信新聞報》第 8 版。

5 月　1 日,〈文學創作——板橋之春〉發表於《中國語文》第 12 卷第 5 期。

9 日,〈從《金門頌》談到現代歌曲〉發表於《中央日報》第 6 版。

31 日,〈弔〉發表於《中央日報》第 6 版。

8 月　5 日,〈畫裏乾坤〉發表於《中國一周》第 693 期。

17～18 日,以〈金門頌〉作詞人身分隨國軍示範樂隊第二度前往金門。

24～26 日,〈金門二度行——〈金門頌〉的成功〉連載於《中央日報》第 3 版。

9 月　9 日,與俞南屏合著歌曲〈金門頌〉,發表於《中國一周》第 698 期。

主持並參與製作臺灣電視公司「藝文夜談」節目,1964 年 3 月底卸任。

1964 年　1 月　18～19 日,〈藝術的陶冶——談蓮韻合唱團與師大畫展〉連載於《中央日報》第 7 版。

2 月　12 日,〈我看《蚵女》〉發表於《中央日報》第 7 版。

《塞上行》由臺中光啟出版社出版。

3 月　6～7 日,〈評聯合彩色影展〉連載於《中央日報》第 7 版。

4 月　4 日,兒童文學〈知了博士的婚禮〉發表於《聯合報》第 7 版。

13 日,〈寫生與臨摹——談林玉山教授畫展〉發表於《中央日報》第 7 版。

《十月小陽春》由臺北文星書店出版。

6 月　24 日～9 月 2 日,隨余伯祺業務旅行出國,環遊世界 80 天,途經泰國、馬來西亞、黎巴嫩、希臘、義大利、瑞士、西

德、挪威、比利時、法國、英國、美國、日本 13 個國家，停
留香港、曼谷、新加坡、貝魯特、雅典、羅馬、米蘭、日內
瓦、蘇立克、慕尼黑、杜塞爾道夫、柏林、奧斯陸、布魯塞
爾、巴黎、倫敦、紐約、水牛城、芝加哥、米爾華基、底摩
艾、舊金山、洛杉磯、火奴魯魯、東京 25 座城市。後將此行
經驗連載於《中央日報》副刊，1966 年結集為《海天遊蹤》
出版。

7 月　〈給李敖的一帖瀉藥〉發表於《文星》第 81 期。

10 月　10 日，〈香江屐痕〉發表於《聯合報》第 13 版。

12 月　12 日，〈畫的趣味——談心象畫會的作品〉發表於《中央日
報》第 6 版。

1965 年　1 月　7 日，〈狄氏樂園一日遊〉發表於《中央日報》第 6 版。

2 月　14 日，〈橫看是嶺側成峯〉發表於《聯合報》第 7 版。

16 日，〈春天永在〉發表於《中央日報》第 6 版。

27 日，〈夏威夷，ALOHA！〉發表於《中央日報》第 6 版；
〈倫敦人的思古幽情〉發表於《徵信新聞報》第 7 版。
〈評《含淚的微笑》〉（許達然著）發表於《幼獅文藝》第
121 期。

5 月　18 日，〈自己的路——談王藍旅美畫展〉發表於《中央日
報》第 6 版。

25 日，〈大英博物館〉發表於《聯合報》第 7 版。

8 月　17 日，〈臺中快遊〉發表於《徵信新聞報》第 7 版。

24 日，〈新居二三事〉發表於《聯合報》第 7 版。

25 日，〈回憶故居〉發表於《中央日報》第 6 版。

9 月　28 日，〈理髮師的梳子——談理想住宅之一〉發表於《聯合
報》第 7 版。

29 日，〈中國人的生活——談理想住宅之二〉發表於《聯合

報》第 7 版。

〈福隆的海濱〉發表於《幼獅文藝》第 128 期。

10 月　10 日，〈險筆〉發表於《現代學苑》第 2 卷第 7 期。

11 月　25 日，〈巴黎與倫敦的蠟人館〉發表於《中央日報》第 6
版。

26 日，〈拿破崙與約瑟芬──瑪爾梅莊巡禮〉發表於《中央
日報》第 6 版。

27～28 日，〈溫莎古堡與漢普頓宮〉連載於《中央日報》第 6
版。

29～30 日，〈路易十四與凡爾賽宮〉連載於《中央日報》第 6
版。

12 月　1～3 日，〈羅浮宮的一鱗半爪〉連載於《中央日報》第 6
版。

4 日，〈畫家天堂蒙馬特〉發表於《中央日報》第 6 版。

5 日，〈滑鐵盧之行〉發表於《中央日報》第 6 版。

6～7 日，〈閒話巴黎〉連載於《中央日報》第 6 版。

8～9 日，〈「小人尿」及其他〉連載於《中央日報》第 6 版。

10～11 日，〈比京漫步〉連載於《中央日報》第 6 版。

11～12 日，〈阿玉〉連載於《徵信新聞報》第 7 版，「家庭生
活」。

12～13 日，〈挪威的「白夜」〉連載於《中央日報》第 6 版。

14～15 日，〈北歐的土風舞〉連載於《中央日報》第 6 版。

16 日，〈我與奧斯陸──古老又年輕的城市〉發表於《中央
日報》第 6 版。

17～18 日，〈遊中山博物院〉連載於《徵信新聞報》第 7
版；17～20 日，〈杜城瑣記〉連載於《中央日報》第 6 版。

21～22 日，〈我們在慕尼黑〉連載於《中央日報》第 6 版。

23 日,〈得意志博物館〉發表於《中央日報》第 6 版。

24～25 日,〈靜靜的紐芬堡〉連載於《中央日報》第 6 版。

26～28 日,〈羅安格林的婚禮——在慕尼黑國家劇場觀劇〉連載於《中央日報》第 6 版。

29 日,〈一塵不染的日內瓦〉發表於《中央日報》第 6 版。

30～31 日,〈瑞士的漁人節〉連載於《中央日報》第 6 版。

1966 年	1 月	1～3 日,〈蘇立克與瑞士鄉村〉連載於《中央日報》第 6 版。

4～7 日,〈我在米蘭〉連載於《中央日報》第 6 版;〈我與氣喘病〉連載於《中央日報》第 8 版,「現代家庭」。

8～11 日,〈走馬永恆之城〉連載於《中央日報》第 6 版。

12 日,〈聖彼德大教堂〉發表於《中央日報》第 6 版。

13 日,〈關於梵諦岡〉發表於《中央日報》第 6 版。

14～16 日,〈卿本佳人〉連載於《中央日報》第 6、10、6 版。

17～20 日,〈神仙的故鄉〉連載於《中央日報》第 6 版。

26～28 日,〈上帝創造亞當的地方——中東古國黎巴嫩〉連載於《中央日報》第 6 版。

29～30 日,〈第四古國腓尼基的化身〉連載於《中央日報》第 6 版。

31～2 月 1 日,〈星馬行腳〉連載於《中央日報》第 6 版。

2 月　2～3 日,〈泰國的音樂和舞蹈〉連載於《中央日報》第 6 版。

4～5 日,〈水上市場與曼谷寺廟〉連載於《中央日報》第 6 版。

6～8 日,〈幸福樂土‧人間天堂〉連載於《中央日報》第 6 版。

18 日,〈色調的世界——看「師大師生聯合美展」〉發表於《中央日報》第 6 版。

28 日,〈馬白水的水彩畫〉發表於《中央日報》第 6 版。

3 月　25 日,〈《海天遊蹤》序〉發表於《中央日報》第 6 版。

29 日,〈黃君璧國畫欣賞會——兼談國畫教學〉發表於《中央日報》第 6 版。

4 月　1 日,〈哥本哈根國際機場〉發表於《幼獅文藝》第 135 期。

《海天遊蹤》(二集)由臺北大中國圖書公司出版。

5 月　10 日,〈《海天遊蹤》再版後記〉發表於《中央日報》第 6 版。

6 月　《海天遊蹤》獲嘉新水泥公司文化基金會第二屆嘉新新聞獎「文藝創作獎」獎金四萬元及獎章一座。

9 月　21～22 日,〈從米變成酒——席德進其人其畫〉連載於《中央日報》第 6 版。

10 月　13 日,〈天臺的鬧劇〉發表於《徵信新聞報》第 6 版。

15 日,〈輕濤低語時〉以筆名「羅桑」發表於《中央日報》第 6 版。

20 日,〈禮帽下的兔子〉發表於《中央日報》第 6 版。

〈假如我有三百六十五元〉發表於《幼獅文藝》第 141 期。

12 月　13 日,〈耳朵、素描及其他——《摘星文選》代序〉發表於《中央日報》第 9 版。

30 日,〈逆水行舟〉發表於《中央日報》第 6 版。

1967 年　1 月　《摘星文選》由臺北三民書局出版。

3 月　《海天遊蹤》(二集)由臺北大中國圖書公司出版。

4 月　20 日,〈我祇追求一個「圓」〉發表於《徵信新聞報》第 9 版。

6 月　26～27 日,〈讀《一位陌生女子的來信》有感〉(Stefan

Zweig 著）連載於《中央日報》第 10 版。

7 月　26 日，〈考執照〉發表於《中央日報》第 9 版。

9 月　21 日，〈與吾兒書〉發表於《中央日報》第 9 版。

10 月　〈健忘頌及其他〉發表於《幼獅文藝》第 153 期。

11 月　8 日，〈施翠峯其人其書——兼談《日韓琉之旅》〉發表於《中央日報》第 9 版。

29～30 日，〈談抽象畫——兼論胡奇中作品〉連載於《中央日報》第 9 版。

12 月　4 日，〈一粒種子〉（胡光麃，《波逐六十年》）發表於《大華晚報》第 5 版，「讀書人」。

1968 年　1 月　17～18 日，〈急流勇退談創作——看劉國松作品預展〉連載於《中央日報》第 9 版。

2 月　攜次女余令恬赴曼谷，與余伯祺共度春節。

《我祇追求一個「圓」》由臺北三民書局出版。

3 月　7 日，〈神祕的礦藏——《我祇追求一個「圓」》代序〉發表於《中央日報》第 9 版。

21 日，〈程芥子人物畫〉發表於《聯合報》第 5 版，「新藝」。

5 月　2 日，〈《我從白象王國來》序〉發表於《中央日報》第 9 版。

與次女余令恬合著兒童文學《我從白象王國來》，由臺北大中國圖書公司出版。

9 月　10 日，〈多彩多姿的旅行——讀耿修業先生著《非洲見聞錄》〉發表於《中央日報》第 9 版。

〈夢與希望〉發表於《幼獅文藝》第 164 期。

兒童文學《到巴黎去玩兒》由臺北臺灣省教育廳出版。

10 月　〈我看婚姻制度〉發表於《婦女雜誌》第 1 期。

11 月　24 日，〈與黃友棣教授談作曲——兼為〈遺忘〉新歌詮釋〉（鍾梅音作詞；黃友棣作曲）發表於《中央日報》第 9 版。

12 月　14 日，〈關於〈思我故鄉〉〉（秦孝儀作詞；黃友棣作曲）發表於《中央日報》第 9 版。

23 日，〈夜窗書簡〉發表於《中國一周》第 974 期。

30 日，〈火車之戀〉發表於《中國一周》第 975 期。

1969 年　1 月　14 日，〈顧曲餘談〉發表於《中央日報》第 9 版。

27 日，〈《夢與希望》後記〉發表於《大華晚報》第 8 版，「讀書人」。

2 月　15 日，〈甚麼叫做「對位曲調」？——兼論黃友棣的《舟中》〉發表於《中央日報》第 9 版。

《夢與希望》由臺北三民書局出版。

3 月　5～6 日，〈與君一夕談——致國光合唱團指揮〉連載於《中央日報》第 9 版。

出席中國國民黨第十次全國代表大會。

自行出版樂譜《黃友棣藝術歌曲選》。

4 月　6 日，〈《黃友棣藝術歌曲選》前言〉發表於《中央日報》第 11 版。

13～14 日，〈論華嚴女士《智慧的燈》〉連載於《中央日報》第 9 版。

〈合唱與音詩〉發表於《中央月刊》第 1 卷第 6 期。

5 月　移居泰國曼谷。

8 月　《風樓隨筆》由臺北三民書局出版。

11 月　18～19 日，〈張震南和她的獨唱會〉連載於《中央日報》第 9 版。

兒童文學《不知名的鳥兒》由臺北臺灣省教育廳出版。

12 月　《十月小陽春》由臺北傳記文學出版社出版。

1970 年　1 月　12 日,〈關於《一樹紫花》〉(葉霞翟著)發表於《中央日報》第 9 版。

21 日,〈泰王盃足球賽〉發表於《中央日報》第 9 版。

〈曼谷的冬天〉發表於《中央月刊》第 2 卷第 3 期。

2 月　兒童文學《燈》由臺北臺灣省教育廳出版。

3 月　18～19 日,〈鳥歌〉連載於《中央日報》第 9 版。

4 月　24～25 日,〈泰國腹地遊〉連載於《中央日報》第 9 版。

7 月　19～20 日,〈參觀朱大畢業典禮〉連載於《中央日報》第 9 版,「蘭苑隨筆」專欄。

23 日,〈女人與長髮〉發表於《中央日報》第 10 版,「蘭苑隨筆」專欄。

8 月　1～2 日,〈已涼天氣話桑麻〉連載於《中央日報》第 9、11 版,「蘭苑隨筆」專欄。

5 日,〈桂河大橋〉發表於《中央日報》第 9 版,「蘭苑隨筆」專欄。

9 月　8～9 日,〈兩年前的電話〉連載於《中央日報》第 9 版,「蘭苑隨筆」專欄。

15 日,〈團員四重唱〉發表於《中央日報》第 9 版,「蘭苑隨筆」專欄。

21 日,〈漫遊記趣〉發表於《中央日報》第 9 版,「蘭苑隨筆」專欄。

22 日,〈在旅遊中〉發表於《中央日報》第 9 版,「蘭苑隨筆」專欄。

23 日,〈檳城一瞥〉發表於《中央日報》第 9 版,「蘭苑隨筆」專欄。

10 月　3～4 日,〈金馬崙與吉隆坡〉連載於《中央日報》第 9 版,「蘭苑隨筆」專欄。

5～6 日,〈馬六甲古國〉連載於《中央日報》第 9 版,「蘭苑隨筆」專欄。

9 日,〈現實的理想國〉發表於《中央日報》第 9 版,「蘭苑隨筆」專欄。

12 月　23 日,〈大羚紀這麼說〉發表於《中央日報》第 9 版。

1971 年　2 月　〈暹邏復國英雄鄭昭〉發表於《中央月刊》第 3 卷第 4 期。

5 月　9～10 日,〈海闊天空敘離情〉連載於《中央日報》第 9 版。

6 月　6 日,〈鄭著《六十自述》〉(鄭通和著)發表於《中央日報》第 9 版。

《蘭苑隨筆》由臺北三民書局出版。

8 月　13～14 日,〈漫談寫作〉連載於《中央日報》第 12 版。

移居新加坡。

10 月　兒童文學《泰國見聞》由臺北臺灣省教育廳出版。

1972 年　4 月　至 6 月,旅遊美國、歐洲兩個月。

7 月　11 日,〈《亂世佳人》〉(舞臺劇 *Gone with the Wind*)發表於《中央日報》第 9 版。

9 月　8 日,〈早飛的小鳥〉發表於《中央日報》第 9 版。

〈我心仍在克普里島〉發表於《中央月刊》第 4 卷第 11 期。

11 月　14 日,〈看花與種花〉發表於《中央日報》第 9 版。

12 月　1～3 日,〈海隅漫筆〉連載於《中國時報》第 12 版,「海外專欄」。

19～20 日,〈內心的聲音——兼序《啼笑人間》〉連載於《中央日報》第 9 版。

本年　《啼笑人間》由香港小草出版社出版。

1973 年　1 月　17 日,〈《春天是你們的》序〉發表於《中央日報》第 9 版。

3 月　《春天是你們的》由臺北三民書局出版。

7 月　24～25 日,〈鳥國春秋〉連載於《中國時報》第 13 版,「海

外專欄」。

8 月 《旅人的故事》由臺北大地出版社出版。

10 月 1 日,〈聆樂抒懷〉發表於《音樂與音響》第 4 期。

1974 年 2 月 5 日,翻譯新詩〈春回來了〉(Virginia Blanck Moore 著)發表於《中國時報》第 12 版。

11 日,翻譯新詩〈春天永在〉(Patience Strong 著)發表於《中國時報》第 12 版。

11 日,翻譯新詩〈我喜歡雨〉(Ella Luick Bliss 著)發表於《中國時報》第 12 版。

3 月 7～8 日,〈星島近事〉連載於《中央日報》第 10 版。

《海天遊蹤》(二集)由臺北大中國圖書公司出版。

4 月 2 日,〈兩首小詩〉發表於《中央日報》第 10 版。

6 月 23 日,翻譯新詩〈我的寶藏〉(Susan G. Wier 著)發表於《中國時報》第 12 版。

8 月 19 日,翻譯新詩〈帶我回去〉(Hilda Lorber 著)發表於《中國時報》第 12 版。

11 月 3 日,〈沉默的一羣——從《實用和聲學》想起〉(蔡盛通 著)發表於《中央日報》第 10 版。

12 月 拜隨新加坡畫家陳文希習畫。

1975 年 3 月 28 日,〈臺灣蔬菜〉發表於《中央日報》第 12 版。

4 月 13 日,〈寫作無如結束難——小談於梨華的《考驗》〉發表於《中國時報》第 12 版。

27 日,〈如何鼓勵青年寫作——在新加坡國家圖書舘講稿〉發表於《中華日報》第 9 版。

6 月 7 日,翻譯新詩〈春之魅力〉(Jean L. Roush 著)發表於《中國時報》第 12 版。

20 日,〈在莎地亞家「抹乾」〉發表於《聯合報》第 12 版。

23 日,〈生之慾〉發表於《中國時報》第 12 版。

7 月　1 日,〈冷眼旁觀夜總會的音樂〉發表於《音樂與音響》第 25
期。

15～16 日,〈從文藝座談想起〉連載於《大華晚報》第 2
版。

8 月　4 日,〈美的畫像——《昨日在湄江》序〉發表於《聯合報》
第 12 版。

5 日,〈昨日在湄江〉發表於《聯合報》第 12 版,「昨日在湄
江」專欄。

6 日,〈曼谷的雨和冬天〉發表於《聯合報》第 12 版,「昨日
在湄江」專欄。

7～8 日,〈我所知道的泰國人〉連載於《聯合報》第 12 版,
「昨日在湄江」專欄。

9 日,〈從愛美到學舌〉發表於《聯合報》第 12 版,「昨日在
湄江」專欄。

10～11 日,〈寺廟和壁畫〉連載於《聯合報》第 12 版,「昨
日在湄江」專欄。

12 日,〈國家博物院〉發表於《聯合報》第 12 版,「昨日在
湄江」專欄。

13 日,〈王家田側影〉發表於《聯合報》第 12 版,「昨日在
湄江」專欄。

14～15 日,〈節日的狂歡〉連載於《聯合報》第 12 版,「昨
日在湄江」專欄。

16～17 日,〈獵象的故事〉連載於《聯合報》第 12 版,「昨
日在湄江」專欄。

18 日,〈恐龍的子孫〉發表於《聯合報》第 12 版,「昨日在
湄江」專欄。

　　　　　　　19 日,〈花果的王國〉發表於《聯合報》第 12 版,「昨日在
　　　　　　　湄江」專欄。

　　　　　　　20～21 日,〈泰國人怎樣吃〉連載於《聯合報》第 12 版,
　　　　　　　「昨日在湄江」專欄。

　　　　　　　22～23 日,〈泰國生活二三事〉連載於《聯合報》第 12 版,
　　　　　　　「昨日在湄江」專欄。

　　　　　　　24～26 日,〈詩麗盧娜——泰國民間故事〉連載於《聯合
　　　　　　　報》第 12 版,「昨日在湄江」專欄。

　　　　　　　27～29 日,〈王后的微笑〉連載於《聯合報》第 12 版,「昨
　　　　　　　日在湄江」專欄。

　　　　　　　30～9 月 2 日,〈鄭王與泰國〉連載於《聯合報》第 12 版,
　　　　　　　「昨日在湄江」專欄。

　　　　　　　《啼笑人間》由香港半島書樓出版;《昨日在湄江》由香港立
　　　　　　　雨公司出版。

　　　　10 月　22 日,〈痛苦的昇華——《旅人的故事》三版綴語〉發表於
　　　　　　　《聯合報》第 12 版。

1976 年　3 月　翻譯《亞洲民間故事》,由新加坡聯邦出版社出版。

　　　　4 月　21～22 日,〈筆記的筆記——《含英錄》讀後〉(起文著)連
　　　　　　　載於《中華日報》第 11、9 版。

　　　　6 月　8 日,〈枝頭好鳥〉發表於《中央日報》第 10 版。

　　　　7 月　29 日,〈文章幕後〉發表於《中華日報》第 12 版。

1977 年　2 月　《昨日在湄江》由臺北皇冠出版社出版。

　　　　3 月　〈明天〉發表於《幼獅文藝》第 279 期。

　　　　5 月　《啼笑人間》由臺北皇冠出版社出版。

　　　　7 月　余伯祺退休,隨夫移居美國加州洛杉磯。

　　　　8 月　27 日,〈原始與文明之間〉發表於《中國時報》第 12 版,
　　　　　　　「海外專欄」。

	9 月	4 日,〈美和俗——談高更（Paul Gauguin）的繪畫〉發表於《中央日報》第 10 版。
	10 月	〈高更在大溪地〉發表於《藝術家》第 29 期。
1978 年	4 月	《這就是春天》由臺北皇冠出版社出版。
	5 月	〈新加坡「畫伯」李曼峰〉發表於《藝術家》第 36 期。
1979 年	1 月	5 日,〈你不配作為政治家——給卡特總統的信〉發表於《聯合報》第 3 版。
		18 日,〈百年悲君亦自悲——悼嚴鑫女士〉發表於《中央日報》第 10 版。
		《旅人的故事》由臺北大地出版社出版。
	3 月	28 日,〈工作・寫作・生活——今日是一張小小的明信片,明日是一卷厚厚的文學史〉發表於《聯合報》第 12 版,「作家明信片」專欄。
	4 月	16 日,〈接力賽——報人王桂生百日祭〉發表於《中央日報》第 10 版。
		於美國加州洛杉磯藝術學院舉行個人畫展,參加洛杉磯的唱詩班。
	7 月	7 日,〈最美好的時光〉發表於《中央日報》第 10 版。
	秋	罹患帕金森氏症。
	10 月	21 日,〈頂上工夫〉發表於《中央日報》第 10 版。
1980 年	6 月	《天堂歲月》由臺北皇冠出版社出版。
1982 年	4 月	返回闊別 13 年的臺北,住進臺大醫院治病。
	8 月	31 日,口述〈觀劇雜感〉,由湯愛群筆錄,發表於《中央日報》第 10 版。
	12 月	24 日,離臺返回美國家中。
1983 年	2 月	再度返臺,住進新店耕莘醫院,認識特別護士樓美美。
	4 月	移居桃園中壢樓美美家中。

　　　　　　5 月　　16 日，最後一篇散文〈何處是歸程〉發表於美國《世界日報》。

　　　　　　8 月　　27 日，余伯祺發起籌建慈光療養中心，實現鍾梅音「病吾病以及人之病」的理想。

　　　　　　12 月　　25 日，慈光療養院在桃園平鎮揭幕。

1984 年　　1 月　　12 日，因併發症病逝臺北林口長庚醫院。

　　　　　　　　　　22 日，在臺北衛斯理堂舉行追思會，由牧師魏立建證道，作家陳紀瀅報告生平；隨後由余伯祺帶其骨灰至美，安葬於美國加州。

2005 年　　1 月　　《蘭苑隨筆》由臺北三民書局出版。

2008 年　　1 月　　短篇小說集《遲開的茉莉》由臺北三民書局出版。

參考資料：

・鍾梅音，〈我的中學生活〉，《塞上行》（臺中：光啟出版社，1964 年 2 月），頁 43～52。

・鐘麗慧，〈當代作家研究資料彙編——鍾梅音卷〉（一）～（五），《文訊》第 32～36 期（1987 年 10 月、1987 年 12 月、1988 年 2 月、1988 年 4 月、1988 年 6 月）。

・李雅情，「鍾梅音生平年表」，〈徐鍾珮、鍾梅音遊記散文研究〉（東海大學中國文學系碩士論文，2008 年 1 月）。

・國家圖書館——臺灣期刊論文索引系統網站、中國文化研究論文目錄網站。

・網站：五〇年代文藝雜誌及作家影像資料庫——鍾梅音生平年表。最後瀏覽日期：2014 年 11 月 13 日。

http://tlm50.twl.ncku.edu.tw/wwzmy2.html

輯三◎
研究綜述

作家‧編者‧旅者
鍾梅音的創作生涯

◎王鈺婷

一、1950 年代女性文學研究視角下的鍾梅音研究

　　鍾梅音的研究概況，和臺灣學界所開展 1950 年代女性文學評論模式的進展息息相關。臺灣學界目前對於 1950 年代女性文學的研究有極大的突破，其中最大的關鍵在於女性主義文學批評與性別研究視角的確立，突破反共文學時期文學史觀，並建構出女性文學的傳統。其一為從女性創作角度來敘述臺灣文學史，梅家玲從性別論述角度切入女性與家國論述的交互辯證當中，深入說明女作家在家國想像內自我定位的複雜性；[1]邱貴芬提出戰後初期可視為女性創作空間大幅度開展的時刻，也打開臺灣文壇一向由男性作家主宰的瓶頸；[2]陳芳明在書寫臺灣新文學史時，也在臺灣文學史的發展脈絡以及性別意識的背景下，檢視女作家的創作實踐。[3]除此之外，應鳳凰透過《自由中國》文藝欄上女作家發表的中長篇小說，印證出女作家創作質量之高，正面肯定 1950 年代女作家書寫的價值。[4]

　　其次，為從范銘如所開啟的「臺灣新故鄉」此一研究主題，重啟 1950

---

[1]梅家玲，〈導言──性別論述與戰後臺灣小說發展〉，《性別論述與臺灣小說》（臺北：麥田出版公司，2000 年），頁 13～29。

[2]邱貴芬，〈從戰後初期女作家的創作談臺灣文學史的敘述〉，《後殖民及其外》（臺北：麥田出版公司，2003 年），頁 49～82。

[3]陳芳明，〈一九五〇年代的臺灣文學局限與突破〉，《臺灣新文學史》（臺北：聯經出版公司，2011 年 10 月），頁 287～316。

[4]應鳳凰，〈「反共＋現代」：右翼自由主義思潮文學版──五〇年代臺灣小說〉，《臺灣小說史論》（臺北：麥田出版公司，2007 年），頁 111～195。

年代女性文學與男性史家對話的視角,並且展示著多元的面向。[5]范銘如關
注於空間對主體的影響,提出 1950 年代這一批女作家在新的空間配置下,
尋覓身分定位與思索空間文化。「臺灣新故鄉」的研究框架,反思並回應目
前評論界重要的觀點,譬如文化身分、性別政治等,也在評論界興起了一
股為 1950 年代女性文學定位的風潮。由上述學者的批評實踐中,可知性別
視角的提出,無疑開闊了 1950 年代女性文學研究新的批評視野,也促成
1950 年代女性文學建制與正典化之可能,鍾梅音受到廣泛的注意,也和臺
灣 1950 年代女性文學研究受到矚目,不無關係。

　　臺灣是鍾梅音寫作生涯的重要起點,來臺後鍾梅音以搶眼的表現與優
異的成績,攻占大小刊物藝文版面,她第一篇作品〈雞的故事〉(1949
年)發表於《中央日報》副刊,[6]而後與張秀亞、琦君、艾雯、張漱菡、徐
鍾珮等人齊名,尤其與林海音並稱「二音」,成為臺灣戰後第一代女作家的
代表人物。鍾梅音早年以小說見長,而後以散文聞名,兼作家、雜誌編輯
等主要文藝活動,也出版過散文、小說、旅行文學、兒童文學等近三十種
著作,並在新加坡與美國等地開過畫展,可謂是集多重文化人的身分於一
身。在學界重探鍾梅音文學價值的同時,鍾梅音作品的意義相當值得再予
以重估,鍾梅音的文學研究概述,可以從鍾梅音眾多文學研究中所突出她
的三種身分來作為表徵,此三種身分分別為作家、編者與旅者。[7]

　　作家身分為鍾梅音最為人所熟知的定位,鍾梅音的散文創作,以小品
文為主,文風典雅秀逸,兼及談論時事的雜文,鍾梅音的作品內容涵蓋懷
鄉思親、家庭生活情趣、夫妻相處之道、文學閱讀隨筆、時事論評等,早
期以懷鄉文學與主婦文學奠定其風格,在抒情美文境界上有其獨特表現,

---

[5]范銘如,〈臺灣新故鄉——五〇年代女性小說〉,《眾裏尋她——臺灣女性小說縱論》(臺北:麥田
出版公司,2002 年),頁 13~46。
[6]鍾梅音,〈雞的故事〉,《中央日報》,1949 年 6 月 14~15 日,第 6 版。
[7]本文以「作家、編者與旅者」來綜述鍾梅音研究的三大面向,是受到新加坡南洋理工大學衣若芬
教授由「文筆・譯者・畫筆」來闡釋鍾梅音南洋創作經歷之視角所啟發,特此致謝。見衣若芬,
〈文筆・譯者・畫筆——鍾梅音在南洋〉,「第一屆文化流動與知識傳播——臺灣文學與亞太人文
的相互參照」國際學術研討會,臺灣大學臺灣文學研究所主辦,2014 年 6 月 27~28 日。

如鄭明娳就從鍾梅音散文筆下的父親形象，凸顯出鍾梅音寫作題材的獨特性。[8]而編者身分，則是鍾梅音創作生涯較少論及的部分，鍾梅音曾在 1956 年 4 月至 1957 年 11 月間接掌《婦友》月刊編務工作，並曾主編《大華晚報》，鍾梅音在此間所處的特殊身分，和當時文化生態變動、女性文化推動與文藝潮流之間的關係，頗值得探究，也能夠表彰出當時女作家較少被觸及的編輯成就。

另外，鍾梅音的「旅者」身分的研究，則和臺灣文學研究中空間理論此一研究領域的擴展極為相關。目前從「旅者」身分出發的鍾梅音研究中，則開展出不同空間向度的文學批評模式，開拓出鍾梅音研究的範疇，也涵蓋其思索臺灣與異國此兩重地理空間，並開啟文學跨界與文化交流的多重意涵。以下將從鍾梅音文學研究中三種身分：作家、編者與旅者，來勾勒出鍾梅音文學研究的輪廓。

二、鍾梅音的創作歷程與文學風格

鍾梅音由於從小染上喘病，迫使求學之路極盡坎坷，而大半輩子必須與喘病共處，晚年又與帕金森氏症搏鬥，這一切使得鍾梅音獨飲人生的苦澀，倍嘗旁人無及的艱辛。鍾梅音曾在晚年最後一本出版的作品集《天堂歲月》中，以「裹傷而戰」來作為一生最貼近的寫照，以自喻歷經家國創痛、父母創痛與個人創痛的生命歷程。[9]為宿疾、生活與養兒育女所苦的鍾梅音，自認從未立志成為作家，只是將生命視為走鋼索，切實把握每一個今天，雖然「裹傷而戰」，卻比任何人活得充實、有朝氣，可見鍾梅音以不懈的努力，堅持在人生黑暗的隧道中，開鑿出「天堂歲月」的無限光源，將終身的創作凝結成藝術的頂峰。

除了「裹傷而戰」，鍾梅音也以「逆水行舟」來比喻她整個寫作生命經

---

[8]鄭明娳，〈臺灣現代散文女作家筆下的父親形象〉，《現代散文現象論》（臺北：大安出版社，1992年 8 月）。

[9]鍾梅音，〈裹傷而戰（代序）〉，《天堂歲月》（臺北：皇冠出版社，1980 年 6 月），頁 5～10。

歷。在〈逆水行舟〉（1966 年）一文中，自述從 1949 年開始，以第一篇作品〈鷄的故事〉發表於《中央日報》副刊所開啟的漫長創作歷程，以及在「中副」此一嚴格審稿環境中，促使她戰戰兢兢的自我要求與自我砥礪。鍾梅音提到她第一篇作品即躍居龍門，主要是因為從小為母親和外祖母代筆寫信，使其思想早熟，而在上海時期擔任祕書工作，也磨鍊出她的表達能力，並認為好的作家除了勤能補拙之外，還必須學會安於寂寞。而在此，鍾梅音也自述其創作觀，認為寫作的條件除了必須具備寫作能力之外，還必須要有寫的原動力，以作為燃料，鍾梅音一一列舉：愛心、愛自然、愛人類、愛世界、愛真理為寫作的原動力，也指出藝術和寫作的道路是相通的，包括：繪畫、音樂和文學，都屬於同一個母親，所以作家應該各方面的知識都要涉獵，才不至於孤陋寡聞。[10]

而在〈在庸俗中求安樂〉（1956 年）則是鍾梅音自述在主婦繁瑣的生活中，勉力兼顧著文學的理想，也道出女作家在家務與志業兩難的情況下，如何安排生活的方寸之道，自有可觀之處。[11]鍾梅音從讀書、運動與朋友聚首和旅行等四項，一一細訴讀書如何不為消遣而讀，必須開卷有益；而運動則是為了使身體恢復健康與調劑精神；與知己好友聚首的開心恣意；以及旅行如何促進心靈的領略，而鍾梅音也道出歡樂淺嚐與人生庸俗的妙悟：「吾何憾於主婦生活之庸俗？惟其生活之庸俗，故能見出某些事物之不平凡。」此番體悟，點出主婦生活與主婦文學自身的尊嚴和價值，尤顯意義深長。

此外，關於鍾梅音的生平與文學歷程，以親友及文友們所撰述的鍾梅音印象，以及學者所撰述的鍾梅音文學概述，最值得關注。前者包括余伯祺〈我的老婆大人〉；[12]後者以鍾梅音於 1984 年過世後，文友表達對其懷想

---

[10]鍾梅音，〈逆水行舟〉，余光中等著，《筆墨生涯》（臺北：中央日報社，1979 年 9 月），頁 32～39。
[11]鍾梅音，〈在庸俗中求安樂〉，《徵信新聞報》，1956 年 10 月 2 日，第 8 版。
[12]余伯祺，〈我的老婆大人〉，言曦等，《我的另一半》（臺北：中華日報社，1982 年 7 月），頁 151～163。

與追思之文為主,其中以王文漪〈懷思梅音〉與王琰如〈機緣──「天堂歲月」鍾梅音〉,最具有代表性。[13]余伯祺為鍾梅音的先生,為著名的工程師與實業家。余伯祺為浙江大學化工系畢業,1950 年代初期擔任蘇澳臺肥廠廠長,1960 年代初就任臺灣交通公司總經理,而後又被王永慶延攬入台塑,其後到泰國、新加坡創辦事業,直至 1970 年代後期退休定居美國洛杉磯。余伯祺於〈我的老婆大人〉,語調輕鬆,妙趣橫生,描繪出多病的鍾梅音比常人更加堅強的意志力,溫柔又剛強,興趣廣泛多元,夫妻兩人性格雖南轅北轍,卻又桴鼓相應,十分和諧,余伯祺的才能與體恤,也成就鍾梅音成就文學與藝術的圓。王琰如的〈機緣──「天堂歲月」鍾梅音〉,則透過一張 1951 年自己與鍾梅音、林海音、艾雯與其幼兒合影之照,勾勒出這一群女作家在文藝協會與文學版面上集結,所建構起女文友的網絡。王琰如刻畫出 1950 年代鍾梅音屢屢迎接臺北文藝界的友人到蘇澳遊玩,也追憶 1952 年初夏,和外子隨公路局公務踏勘東西橫貫公路時,途經蘇澳受到鍾梅音夫婦熱情款待的溫馨記憶。

　　而關於「作家」鍾梅音文學綜合印象的單篇評論,則以應鳳凰和鄭秀婷合著的〈與病魔抗爭的寫實能手──鍾梅音〉[14]、張瑞芬的〈文學兩「鍾」書──徐鍾珮與鍾梅音散文的再評價〉[15]與許珮馨的「各具風姿的閨秀散文──從宜室宜家到海天遊蹤」[16],最具有參考價值。〈與病魔抗爭的寫實能手──鍾梅音〉中,應鳳凰和鄭秀婷以翔實客觀的研究態度,將鍾梅音的作品風格與文學思想進行總體性的評價,提出鍾梅音一生與喘病搏鬥,歷經崎嶇不平的求學之路,卻也具有堅毅的人生觀,竭盡創作,兼顧

---

[13]王文漪,〈懷思梅音〉,《中央日報》,1984 年 2 月 18 日,第 12 版。王琰如,〈機緣──「天堂歲月」鍾梅音〉,《文友畫像及其他》(臺北:大地出版社,1996 年 7 月),頁 93~97。

[14]應鳳凰、鄭秀婷,〈與病魔抗爭的寫實能手──鍾梅音〉,《明道文藝》第 357 期(2005 年 12月),頁 48~53。

[15]張瑞芬,〈文學兩「鍾」書──徐鍾珮與鍾梅音散文的再評價〉,《霜後的燦爛──林海音及其同輩女作家學術研討會論文集》(臺南:國立文化資產保存研究中心籌備處,2003 年 5 月),頁 385~424。

[16]許珮馨,「各具風姿的閨秀散文──從宜室宜家到海天遊蹤──鍾梅音」,〈五○年代的遷臺女作家散文研究〉(臺灣師範大學國文學系博士論文,2006 年 6 月),頁 258~274。

事業與家庭，並發揮「病吾病以及人之病」的精神。應鳳凰的另一篇佳作〈鍾梅音《冷泉心影》──女作家在地書寫〉，[17]則是針對《冷泉心影》進行細膩的觀察，呈現出鍾梅音文本中鄉居情趣，也凸顯出女作家文本所展現的臺灣記憶圖景，在反共懷鄉文學之「外」的重要價值。

張瑞芬的〈文學兩「鍾」書──徐鍾珮與鍾梅音散文的再評價〉，則是從臺灣當代散文史的研究視角切入，細膩重估徐鍾珮與鍾梅音散文的價值，對於鍾梅音散文作品的特色有深入觀察。張瑞芬特別從四方面來探討徐鍾珮與鍾梅音散文的時代意義與特殊性，包括：以散文為主要創作文類、最早的在地化書寫、開啟女性旅遊文學的先聲、職業婦女與家庭主婦的兩極，也提出必須正視兩人在臺灣當代文學史的地位。許珮馨的「各具風姿的閨秀散文──從宜室宜家到海天遊蹤──鍾梅音」，則是將鍾梅音散文風格進行全面性觀察，她特別觀察到鍾梅音作品一方面以溫馨樸實的筆調，書寫在臺灣的安居歲月，使鍾梅音成為典型主婦文學的作家；另一方面，鍾梅音留下豐富的旅遊文學，內容涵蓋臺灣紀行，以及旅遊世界各地的見聞。所以本文從「宜室宜家」到「海天遊蹤」，精確闡釋出鍾梅音散文的特色，評論出鍾梅音散文的風貌。

而圍繞在鍾梅音 1950 年代作品發表的藝文報章與主婦文學的相關探討，以封德屏的〈遷臺初期文學女性的聲音──以武月卿主編《中央日報》「婦女與家庭」周刊為研究場域〉[18]，和天神裕子的〈賢慧‧智慧‧使命感──鍾梅音散文中的家庭主婦形象〉[19]，最為可觀。對於臺灣文學傳播現場與文藝編輯學有深入研究的封德屏，在此篇著力甚深與史料豐富的論文中，特別關注於 1950 年代初期武月卿主編的婦女版面《中央日報》「婦女

---

[17]應鳳凰，〈鍾梅音《冷泉心影》──女作家在地書寫〉，《文訊》第 337 期（2013 年 11 月），頁 3。

[18]封德屏，〈遷臺初期文學女性的聲音──以武月卿主編《中央日報》「婦女與家庭」周刊為研究場域──鍾梅音（1922～1984）〉，《永恆的溫柔──琦君及其同輩女作家學術研討會論文集》（桃園：中央大學中文系琦君研究中心，2006 年 7 月），頁 22～24。

[19]天神裕子，〈賢慧‧智慧‧使命感──鍾梅音散文中的家庭主婦形象〉，發表於「御茶水女子大學中國文學會七月例會」，御茶水女子大學中國文學會主辦，2014 年 7 月 5 日。

與家庭」周刊（1949 年 3 月 13 日～1955 年 4 月 27 日），封德屏指出此一
婦女版面，女性編輯和女作家所扮演的重要角色，並提出此一版面觸及多
元而迥異的性別議題，也介入女性自覺運動，封德屏也精闢指出鍾梅音在
「婦周」的發表量排名第一，並深入探討鍾梅音文風細膩、文辭優美的散
文創作特色。

　　封德屏對於「婦周」的研究視野，也開啟日本研究者天神裕子的研究
興趣，天神裕子特別觀察鍾梅音在「婦周」中與主婦生活經驗有關的作
品，天神裕子認為鍾梅音筆下並非呈現溫順的賢妻良母形象，而是聰明能
幹的家庭主婦，也要求婚姻中男性負擔同等責任，天神裕子特別標識出主
婦文學自身的尊嚴與價值，提出此一新主婦所具有的獨立昂揚精神，在臺
灣新天地護衛自己管理小家庭的毅力和決心，頗發人深省。

　　此外，王鈺婷的〈代言、協商與認同——五○年代女性文學中臺籍家
務勞動者的文本再現〉，[20]是近期討論鍾梅音主婦文學中所呈現的台籍女性
勞動者形象及其再現意義的論述。鍾梅音留下同一時代與台籍女性勞動者
有關最具規模文本書寫，本文借鏡史碧娃克（Gayatri Chakravorty Spivak）
所提出之底層論述議題，來探討身為家庭主婦的鍾梅音如何藉由僱傭關係
之思考，更深入釐清他者與自我之定位，體現再現和認同之間的密切關
聯。

三、鍾梅音編輯檯上的成就

　　1950 年代有不少女作家集多重文化人的身分，兼作家、報社編輯，到
獨立刊物主編和出版人等主要文藝活動，編輯檯上的成就，也與她們的文
學創作相互輝映。1950 年代在當時文壇舉足輕重的文藝主編，包括：王琰
如主掌鐵路局《暢流》、姚葳主編《新生報》；劉枋歷任《全民日報》副

---

[20]王鈺婷，〈代言、協商與認同——五○年代女性文學中臺籍家務勞動者的文本再現〉，《成大中文
學報》第 46 期（2014 年 9 月），頁 245～270。

刊、《文壇》、《中華婦女》的編務工作；鍾梅音曾主編過《大華晚報》副刊及《婦友》月刊；王文漪也長期主持《婦友》月刊，其中鍾梅音主編《婦友》月刊的情形，值得細心關注。

　　1950 年代重要的女性編輯，在戰後女性創作空間的拓展上具有關鍵性的意義，也開啟女性文學社群與女性結盟的重要議題，並且能夠將 1950 年代女性文學研究觸角進一步延伸。尤其是當時女性編輯如何透過主持藝文版面，提供給具有創作才華的女作家發表舞臺，並打造出另類的文壇氣象，或是當時重要女性編輯如何在文化生態變動的機會中，扮演穿針引線的工作，進一步改變文壇中性別失衡的現象，頗值得深入研究。關於鍾梅音主編《婦友》月刊的重要論述，代表作為游鑑明所撰述的〈是為黨國抑或是婦女？——1950 年代的《婦友》月刊〉，[21]另外也包括同為《婦友》前後任編輯的王文漪懷念鍾梅音的散文〈懷思梅音〉[22]。

　　國內外以近代中國與臺灣婦女史研究為人所熟知的游鑑明，在〈是為黨國抑或是婦女？——1950 年代的《婦友》月刊〉，展現游鑑明一貫研究上的寬廣度與細膩翔實。此篇論述針對 1954 年 10 月至 1964 年 9 月的《婦友》進行深入研究，涵蓋史料研究與性別研究的重大價值，尤其是游鑑明也透過婦工會年度報告、「婦指會議」與國民黨中央委員會的會議紀錄，在多元史料的厚度上，展現廣袤的視角。游鑑明特別關注於此一政黨主導發行的刊物中，是否存在著以女性為閱讀主體的可能，並且提供給女性發聲的機會，以釐清出其中女性的自主空間。游鑑明指出《婦友》的內容雖然不乏黨國色彩，但是也是一份屬於婦女的刊物，主要為促進婦女工作，與改善婦女生活。此外，游鑑明也關注於研究現今學術研究焦點——文化生產的議題，掌握知識生產的背景，深入研究《婦友》的生產過程、編輯群、編輯方式、刊物流通、經費、人力，到刊物內容，以完整呈現 1950 年

---

[21]游鑑明，〈是為黨國抑或是婦女？——1950 年代的《婦友》月刊〉，《近代中國婦女史研究》第 19 期（2011 年 12 月），頁 76～129。
[22]王文漪，〈懷思梅音〉，《中央日報》，1984 年 2 月 18 日，第 12 版。

代《婦友》的全貌。

　　在〈是為黨國抑或是婦女？——1950 年代的《婦友》月刊〉，也特別呈現出《婦友》的女性編輯如何因應當時文學生態，以耕耘出燦爛的文學園地。游鑑明透過多元史料，呈現出《婦友》前後期編輯委員，匯集各界女性菁英，包括：陸寒波、張岫嵐、張明、趙文藝、盧月化、葉霞翟、徐鍾珮、辜祖文、張秀亞、陳約文、王理璜等人，婦女刊物的編輯委員不完全由發行單位婦工會黨工組成，也有部分編委和《中華婦女》幾乎相同，可知與國民黨關係密切的《婦友》和《中華婦女》，編委各具專長。女性編輯委員對於編務的用心與同心，在游鑑明辛苦整理文學史料與細心詮釋下逐漸浮現，包括張秀亞對於《婦友》的支持、徐鍾珮經常來函指導編務、張明在版面上的相關建議等，可見編委對於編務也十分熱心投入。

　　游鑑明也細緻勾勒出鍾梅音主編《婦友》月刊時，不僅婦工會非常重視鍾梅音，鍾梅音的編輯能力也令編輯群讚賞不已，另外鍾梅音也以主編身分邀集作家座談，顯示其對於女性文友結盟的熱心，也具有組織能力。游鑑明特別從《婦友》中鍾梅音描述其編輯《婦友》的過程，細膩挖掘出有藝術造詣的鍾梅音也身兼數職，挑起美化版面設計的工作，補白名人雋語與幽默小文，務使編輯工作盡善盡美。游鑑明勾勒出《婦友》的全景，以鼓勵婦女從事文藝研究為宗旨，除了「女作家介紹」專欄，具有代表性女作家專欄，還包括：琦君的「溪邊瑣語」、張秀亞的「少女手冊」、菱子的「主婦生活漫談」、心蕊的「梅齋寄語」、盧月化的「西洋文藝講座」等，此外，也有女青年園地、婦工會同志所進行的婦女特寫或是婦女工作的報導等，游鑑明論證《婦友》的出版確實帶來女性創作空間，也發掘出具有文藝創作天分的女學生，可見《婦友》確實開啟了戰後臺灣女性文學的嶄新氣象，當時女作家當道的文化現象，《婦友》有推波助瀾之功。

　　王文漪的〈懷思梅音〉，則是王文漪對於鍾梅音的追思與感懷，具有時代見證。王文漪曾主編《軍中文藝》（1954 年 1 月～1956 年 2 月）及其前身《軍中文摘》（1950 年 6 月～1954 年 1 月），此兩份刊物主要是以指導軍

中文藝創作，發掘軍中的創作人才為職志，也見證軍中文藝運動的蓬勃發
展。王文漪在 1954 年奉命創辦與兼編《婦友》月刊，由於其他宣傳工作的
忙碌，而於 1956 年聘請鍾梅音來主持編輯工作。〈懷思梅音〉中，王文漪
以感性的筆觸，勾勒出鍾梅音主編《婦友》時的風采，提到鍾梅音冰雪聰
明與才華洋溢，投身編務時尤其出色與細心，而敏捷動作一如敏捷才思，
做事之快速，也是朋儕中少見。王文漪也特別提到鍾梅音審稿的嚴格，一
是有一次《婦友》鍾梅音退某位女作家的文稿，使這位作家一怒之下告到
婦工會的高層，鍾梅音回函詳細點評女作家大作，使她終至心服口服；二
是有一次《婦友》舉辦徵文活動，請名家複審後，名次評定，鍾梅音為了
解這些文稿是否出自作者本人，而與王文漪親自登門拜訪，查驗作品的真
實性，這兩件事足以說明鍾梅音做事謹慎與認真。王文漪並提及鍾梅音雖
為宿疾氣喘所苦，但大病之後精神亦和常人無異，在其羸弱的軀體內居住
著剛強的靈魂，生命力極為堅強，然而 1957 年因為氣喘宿疾復發，而堅辭
主編職務。

四、思索臺灣與觀察異國──「旅者」鍾梅音

　　鍾梅音的「旅者」身分的研究，涉及鍾梅音文學評論思索臺灣與異國
此兩重地理空間的特殊性。鍾梅音的作品以臺灣生活為起點，1948 年隨夫
婿余伯祺來臺，居住蘇澳六年，而其後足跡遍布臺灣東海岸，與旅居臺北
等地，遊歷臺灣西岸風光，並曾三次至金門、馬祖勞軍，鍾梅音書寫早期
臺灣的風土民情，記錄外省女作家來臺後的時代樣貌。

　　范銘如的〈臺灣新故鄉──五〇年代女性小說〉，演繹出「空間閱讀」
與文化位置之間的相互映照，對於 1950 年代女性文學影響深遠，具有典範
性意義。[23]〈臺灣新故鄉──五〇年代女性小說〉中，范銘如針對 1950 年
代代表性女作家及其作品中所涉及「家臺灣」部分作一整體探討，指出相

---

[23]范銘如，〈臺灣新故鄉──五〇年代女性小說〉（〈閒話臺灣〉部分），梅嘉玲編，《性別論述與臺
　灣小說》（臺北：麥田出版公司，2000 年），頁 55～56。

較於男性文人於小說中尋找家國的重返，與尋求權威的渴望，女作家的視
角卻從中原往邊緣挪移，流露出認同臺灣與落地生根的認同軌跡，也正視
省籍與性別議題，在此，范銘如關注空間與主體性的建構，她特別觀察出
這一群女作家，對於所立足的臺灣土地所產生的新認同，因而在新舊空間
變換的衝擊下，發展出相異的身分敘述。范銘如精闢指出鍾梅音的〈閒話
臺灣〉，有幾項值得注意之處，包括此篇文章寫於原應讚頌政府德政的光復
節當天，卻不淪為歌功頌德，反而對政府提出建言，批判政府社會福利政
策的不足；其次為鍾梅音為三餐不繼的本省同胞向政府請命，認為日治時
期的「吃不著」和光復後的「吃不起」沒有多大的差別，也以社會主義的
論點闡釋生產者與消費者之間存在著剝削階級，而使得一般民眾的血汗無
端被剝削，范銘如提到在此可以看到鍾梅音對於忠厚、不尚虛偽本省同胞
的關懷，以及流露出企圖泯滅族群界線的努力。范銘如的論述，也對鍾梅
音在文本中如何思索性別與族群議題，給予正面而肯定的評價。

　　王鈺婷的〈想像臺灣與再現本土〉，也受到范銘如提出的「臺灣新故
鄉」指標性研究的影響，進一步探索女性文學中「臺灣新故鄉」相關議
題，希冀凸顯 1950 年代女性文學鄉土想像的異質性。[24]本文首先指出「鄉
土」此一概念出現在臺灣不同政治時空之中，成為多重勢力爭奪之所在，
臺灣在女作家的鄉土想像中構築著流動、與時俱進的空間意識，而女性鄉
土想像也提供研究者思索文化機制下女性主體實踐的可能。鍾梅音這一代
新移民女作家的視點中，在在聚焦於空間的意涵，女作家從內陸遷徙至風
土意識不同於中原的臺灣，其臺灣語境的表述模式，一方面迎合反共氛圍
意識，回應國民黨遷臺後所經營的民族敘事與主導模式；一方面則蘊含著
主體思索與新家園交融的特殊策略。由於鍾梅音擁有在臺灣具體的生活經
驗，透過地誌書寫，在鍾梅音筆下空間記憶的感覺結構與地方感逐步形
成，此時鍾梅音定居的蘇澳，成為一種新的土地認同的趨向，也挑戰著目

---

[24]王鈺婷，〈想像臺灣與再現本土〉，《女聲合唱——戰後臺灣女性作家群的崛起》（臺南：國立臺灣
　文學館，2012 年 12 月），頁 149～154。

前盛行的單一土地認同論述。〈想像臺灣與再現本土〉,反映出女性鄉土書寫的多重面貌,呈現出女作家書寫臺灣此一議題的複雜性。

　　如果我們從旅者的角度來看待鍾梅音,鍾梅音無疑留下豐富的旅遊文學,鍾梅音的遊記散文是當代女性旅行文學先鋒性作品。鍾梅音 1966 年出版的《海天遊蹤》,及 1973 年出版的《旅人的故事》,足跡遍及美、歐、亞三地,也將女性遊記拓展至環球的範疇。《海天遊蹤》被評為「最完美的遊記」,這部遊記最初以連載的方式刊登在《中央日報》副刊上,引起社會大眾關注,而後重印 16 版之多,十分暢銷,在當代女性旅行文學上具有里程碑的重要意義。子敏的〈讀《海天遊蹤》〉,頗能呈現出身處戒嚴氛圍下的臺灣,文化人對於《海天遊蹤》所呈現一幅幅異國風情畫的期待與關注。[25]

　　討論鍾梅音《海天遊蹤》與《旅人的故事》的重要論述,則以陳室如的「萌芽與過渡 1949～1987——封閉中的出走」,[26]和蘇碩斌的〈旅行文學之誕生——試論臺灣現代觀光社會的觀看與表達〉,[27]最具有代表性。「萌芽與過渡 1949～1987——封閉中的出走」,為陳室如博士論文的重要篇章,此一論文以 1949 至 2002 年的臺灣旅行書寫作品為主要研究對象,從整體性、系統性的研究分析,以呈現出臺灣旅行書寫的風貌。陳室如特別從旅行者本身的中介位置,以及旅行主體和移動結構的關係,來剖析鍾梅音《海天遊蹤》與《旅人的故事》中如何凝視西方文化的部分,陳室如提到鍾梅音在旅程中透過反照對比的過程,不時提醒自己,臺灣在社會建設、生活秩序與禮節上落後他人的哀痛,也思考臺灣現實環境的調整與改善。

　　蘇碩斌的〈旅行文學之誕生——試論臺灣現代觀光社會的觀看與表達〉,則是社會學者出身的蘇碩斌,從寬廣的文化社會理論研究專長出發,

---

[25]子敏,〈讀《海天遊蹤》〉,洪炎秋、何凡、子敏合著,《茶話》(二)(臺北:國語日報社,1976年 11 月),頁 71～73。

[26]陳室如,「萌芽與過渡 1949～1987——封閉中的出走」(鍾梅音部分),〈出發與回歸的辯證——臺灣現代旅行書寫研究(1949～2002)〉(彰化師範大學國文學系碩士論文,2003 年 6 月),頁 30～33、48。

[27]蘇碩斌,〈旅行文學之誕生——試論臺灣現代觀光社會的觀看與表達〉,《臺灣文學研究學報》第 19 期(2014 年 10 月),頁 255～286。

重新思考臺灣旅行文學中諸多值得深究的議題，包括：旅行文學的定位與
認知、旅行文學的文體規範，也深入寫實主義式「客觀」描述與「主體」
觀察之間的關係，以此開啟臺灣旅行書寫更寬闊的視野與解讀空間。在蘇
碩斌眾多獨特見解中，也特別強調臺灣旅行文學的「文學內部」的變革，
提到 1960 年代陳之藩、鍾梅音、余光中、何凡等人的旅行文學作品，為紀
實層面的報導性遊記，也是在父母之國的集體視線下所撰述。蘇碩斌將鍾
梅音視為 1960 年代旅行文學的代表性作家，標舉出鍾梅音的觀察視線，認
為鍾梅音不是一個「個體性主體」的姿態，而是背負責任的「集體性主
體」的觀察，承載著「為國人觀景、為國人論景」的框架，此種觀看視線
也和表達方式形成的「美文傳統」吻合，此一論述帶領我們剖析鍾梅音旅
者身分所展現的時代意義，觸及臺灣旅行書寫與社會文化的互動關係，深
具創見。

五、鍾梅音航向南洋

　　鍾梅音於 1969 年告別居住 20 年的臺灣，移居泰國曼谷，與到該地創
業的丈夫余伯祺先生團聚，1971 年底，鍾梅音又舉家遷居新加坡，此後兩
年，並有兩度歐美之旅，1977 年其夫退休，又隨夫赴美與兒女團聚，定居
於美國加州洛杉磯。鍾梅音移居海外之後，仍寫作不輟，陸續出版《啼笑
人間》、《春天是你們的》、《蘭苑隨筆》、《昨日在湄江》、《這就是春天》、
《天堂歲月》等書。旅居海外之後，鍾梅音寫作的天地拓寬了，其中尤其
是以旅居泰國與新加坡所寫的文章，文字更凝鍊有味。鍾梅音移居曼谷兩
年三個月中，她勤學英語和泰語，也描繪出旅泰的見聞和感想，如《蘭苑
隨筆》中有 12 篇均以曼谷生活為題材，為其旅居泰國的生活小品，而在
《昨日在湄江》一書第二輯中，收錄 18 篇以刻畫湄江上王國的歷史文化、
風土民情為主的作品。鍾梅音旅居新加坡期間，曾拜陳文希先生學畫，辦
過畫展，在《蘭苑隨筆》、《昨日在湄江》與《這就是春天》等書中，則有
鍾梅音為旅居新加坡所寫的遊記，亦有記敘新加坡的生活點滴，談讀書、

寫作與藝術的相關著作，和兼論時事的作品。南洋時期的生活經歷，不僅造就鍾梅音個人寫作風格的改變，並增廣鍾梅音的文化視野，也使得鍾梅音往藝術高峰前進。

　　兩位於南洋知名大學任教的學者，包括新加坡南洋理工大學中文系衣若芬和馬來西亞拉曼大學的許文榮，也特別關注鍾梅音南洋時期的創作經歷，將鍾梅音的研究帶往南洋，開啟了一條更為寬廣的臺灣文學研究路徑，並且賦予鍾梅音研究在文學跨界和跨文化交流的重大意涵。

　　衣若芬於 2006 年來到了新加坡南洋理工大學任教，除了研究，也持續從事文學創作，並在新加坡《聯合早報》上發表每月專欄。由於旅居新加坡的緣故，衣若芬開始研究新加坡及鄰近東南亞國家的各種文化關係，並撰述與新加坡有關的人文軼事，衣若芬曾發表散文〈鍾梅音的天堂歲月〉，[28]並於臺灣大臺灣文學研究所「第一屆文化流動與知識傳播——臺灣文學與亞太人文的相互參照」國際學術研討會，發表〈文筆・譯筆・畫筆——鍾梅音在南洋〉（2014 年 6 月）一文。[29]在〈鍾梅音的天堂歲月〉這篇閃耀文字輝光的短文中，衣若芬提到對於鍾梅音有特殊感受，在於 1960 年代鍾梅音的《海天遊蹤》，開啟她旅行夢想，而後她比鍾梅音晚移居新加坡 35 年，於重讀鍾梅音書寫南洋的文章時，體認到新加坡成為鍾梅音人生的重要地標和轉捩點，在於新加坡所擁有的多元文化。衣若芬認為在南洋與東西文化交匯處，新加坡的「不中不西，又中又西」，混合著印度與馬來西亞的影響，顯得生機勃發，使得鍾梅音感受到新加坡華人移民社會與宗教上的多元文化。以中國詩畫藝術、題畫文學等領域見長的衣若芬，展現她一貫討論文學與美術互文圖像藝術的研究，發掘出鍾梅音在南洋時期文學活動，除了創作，還包括繪畫藝術，並以「天堂之鳥」此一畫作的優容才

---

[28]衣若芬，〈鍾梅音的天堂歲月〉，新加坡《聯合早報》，2014 年 6 月 28 日，第 2 版，「上善若水」專欄。

[29]衣若芬，〈文筆・譯筆・畫筆——鍾梅音在南洋〉，發表於「第一屆文化流動與知識傳播——臺灣文學與亞太人文的相互參照」國際學術研討會，臺灣大學臺灣文學研究所主辦，2014 年 6 月 27～28。

情，來標示出鍾梅音繪畫藝術的高度。

　　而許文榮的〈文學跨界與會通——蘇雪林、謝冰瑩及鍾梅音的南洋經歷與書寫的再思〉，[30]則從臺灣文學的境外經營與相關影響，追索 1950 年代末期越界到南洋的三位著名女作家蘇雪林、謝冰瑩、鍾梅音的南洋行旅，以勾勒出兩地文學跨界與會通的景況。許文榮透過紮實的歷史視角、深入的田野調查，與細讀文獻資料，一步步還原三位女作家在南洋期間的生活、交往與書寫。本文勾勒出鍾梅音的南洋經歷對其個人人生觀和思想上的衝擊，在於其信仰上的轉變，受洗為基督徒；其次為拜師學畫，使得她的繪畫天賦受到啟發，而在這雙重人生經歷影響下，鍾梅音的作品流露更多對於生命的禮讚與熱情，並且能更領略南洋風俗民情，也深入和當地人交往溝通，進行深刻的文化觀察。

　　此外，許文榮也深入釐清鍾梅音南洋旅居期間人際關係網絡的建立，梳理出鍾梅音與馬來西亞出版界知名作家與出版家姚天平（筆名姚拓）之間的交往，並在新加坡期間與學者作家王潤華及其夫人淡瑩的深刻友情。對於鍾梅音在南洋的遊記，許文榮認為鍾梅音是屬於「學者型的旅者」，在參考歷史與地理資料後，寫作融合學術知性與文學感性的遊記散文，並特別標舉出鍾梅音對於新加坡文化特質，有先知性的眼界，也對於南洋特有的「異言中文」（Chinese of difference）現象十分敏銳，以「文人雅士」氣質來統稱鍾梅音南洋書寫。

　　鍾梅音身為臺灣著名的女作家，她在東南亞期間如何推廣文藝、談寫作理論，帶動臺灣和東南亞文壇互動與交流，是另一條可以研究的線索，比如說鍾梅音在 1971 年應曼谷中國語文訓練班主持人李華偉博士之邀，談寫作經驗，發表〈漫談寫作〉的講詞，由泰國「麗的呼聲」電臺轉播；更在 1975 年應新加坡國立圖書館的邀請，談「如何鼓勵青年寫作」的講稿，

---

[30]許文榮，〈文學跨界與會通——蘇雪林、謝冰瑩及鍾梅音的南洋經歷與書寫的再思〉，發表於「臺灣文學研究的界線、視線與戰線國際研討會」，成功大學臺灣文學系、成功大學文學院、成功大學閩南文化研究中心主辦，2013 年 10 月 18～19 日。

在這份講稿中，鍾梅音關心新加坡青年寫作情況，也介紹臺灣文藝雜誌如
何提供給作者發表的機會、文藝函授學校和文藝講習班創辦的情形。

　　鍾梅音在旅居南洋時所建立的文藝人際網絡，又是如何影響其創作出
版和發表？這一切和冷戰時期跨地域文學傳播現象有何關係呢？鍾梅音的
研究走向南洋，也擴大了臺灣文學研究的範圍，打開了臺灣文學的跨界想
像與影響範疇，勾連出臺灣與東南亞各地文壇在 1960、1970 年代的微妙關
係。當鍾梅音研究航向南洋，還有更多更豐富的議題，正等待開展之中。
鍾梅音研究的越界與跨國，也正是臺灣文學越界與跨國的另一個有趣起
點，等待有心人投入這一個寬廣的研究領域之中。

輯四◎
重要評論文章選刊

在庸俗中求安樂

◎鍾梅音

「人間」編者要我為《徵信新聞》六周年紀念寫篇小文，出了這麼一個題目，多年未見面，這位編輯先生以為還是像以前那樣優哉悠哉，度著一種令人羨慕的主婦生活，有許多靈感可以填方格呢！

自從北遷年餘，我的主婦生活已與一般主婦無異；由於生活方式比鄉村複雜，我時常愁米愁鹽；因為我不能獨力操持家務，我必須忍受下女的閑氣；當小灝投考初中編級生時，我緊張得只想唸佛；有時小白羊纏得我不耐煩了，照樣會讓她小屁股遭殃……總之，我的主婦生活非常庸俗。

但如我不能在這庸俗的生活中尋求安排方寸之道，恐怕編者先生派人取稿之日，只能「索余於枯魚之肆矣」！

至於如何安排方寸，第一件是讀書。我的讀書談不上效率，想到就拿起來讀，既非為做學問而讀，故讀時可以從容不迫；也不只為消遣而讀，故必須開卷有益。當我興至時，往往一讀半夜，如感精神困乏，立刻隨手拋卻。總之，書是我的閨中密友，招之即來，揮之可去，不拘時間，不拘禮節，你有念心，物我兩忘，便有萬斛煩惱，亦不覺付諸東流矣。

第二件是運動。我最初學游泳，是為了想使身體恢復健康，行之有素，我發現這也是最好的調劑精神妙法，除了偶然在假日與家人同往海水浴場或水源地外，平常有暇時，我總在寓所附近一所學校的游泳池內自得其樂。雖然常因事忙，颱風，或有友人來訪，不能每天都去，但只要天公作美，心無掛礙，我絕不會錯過。也曾想把這份快樂與一位住在齊東街的友人分享，她說：「我已退伍，連游泳衣都送給我姪女了！」我說：「老兵

不死，何必退伍？歸隊以後，你就會發現自己實在年輕如昔。」可惜我的游說未能生效，倒是另一位友人得悉我有這麼高的興致以後，曾說：「我就是沒有游伴，也退伍多時了，幾時我來找你一塊去吧？」我在相見恨晚之餘，唯有跟她相約明年再會，因為當她說這話時，夏天的芳蹤已杳，怕冷的我，已經多日不曾下水了。

　　與朋友聚首是第三件，無論我看人，人看我，都是最開心的事，不過因為沒有代步工具，又兼四體不動，比較起來，還是人家看我的時候多。尤其知己好友，不嫌我家粗茶淡飯，既做了不速之客，何妨坐下邊吃邊談。曾有一次，好友素琴午睡醒來忽然提議看電影，時間急迫，說做就做，我在五分鐘內便穿戴整齊，跨上三輪車再對著看小鏡抹唇膏。這舉動也許不登大雅之堂，但我就是這麼一個收得起，放得下的人，必要時，我也可以打扮得一絲不苟，出現於鄭重的宴會裡，不過我永遠不能忍受一小時之久的化妝工作，時間對我非常寶貴。

　　旅行，勉強可以列為第四件，因為它是奢侈的活動。可是今年我們終於有過一次快樂的旅行，回到曾經住過七年之久的蘭陽看看，「偷得浮生半日閑」的境界，比起當年住在斯食於斯的情景，似乎另有一番滋味，而友情的溫暖，尤其令人感動，覺得過去的七年並未虛度。這五天的盤桓，應是最近一年半以來最快樂的光陰，無論是奔馳於平原上，浮沉於碧波間，我都以全心靈來領略這份歡喜，我不必在早晨起來先展閱工作手冊，也不必點心落肚，就衝進菜場張羅當日的生存卡羅里，然後做一個「職業讀者」，拆開一個一個稿件的信封，從事披沙鍊金的頭痛工作，當然更不必軟硬兼施地對付牛皮糖的製版廠、印刷廠，既怕忘了這個，又怕誤了那個……套句 20 年前中學生作文的口頭禪——「一切的一切」，完全擲諸腦後，至今只要閉上眼睛略一回想，我依然可以看見山河似織，市廛如畫，小鎮溫情，倍見親切，到處是動人的笑容。

　　或者讀者要說：「假使天天如此，豈不更好？」

　　我卻不這樣想，五天時間，已覺所獲太多，假使一直繼續下去，反覺

平淡無奇，就像以前住蘇澳時，倒要時常想往臺北跑了。

　　所以人生似乎本來就是庸俗的，歡樂卻是不正常的，應當淺嚐即止，若然，吾何憾於主婦生活之庸俗？唯其生活之庸俗，故能見出某些事物之不平凡，因此為了使快樂的日子常駐我心，我非常安於這份庸俗的主婦生活。

　　　　　　　　　　　　　──選自《徵信新聞》，1956 年 10 月 2 日，第 8 版

漫談寫作

◎鍾梅音

　　張校長、李博士、各位老師、各位同學：今天我很高興能夠和同學們談談，這所謂的「高興」，絕不是客套，而是真心真意的。因為我很了解在這兒學中文並不是一件很時髦的事，我不但佩服張校長和李博士的辦學精神，更佩服同學們的學習精神，所以當我們大使館徐參事來問我時，我明知自己不會演講，卻立刻答應了。但所謂專題演講更不敢當，我只能談談關於我個人的感想和寫作的經驗，提供同學們參考，並且希望各位老師指教。

　　首先，我要對各位同學說，你們的努力是值得的，你們的選擇是正確的。記得七年前我曾有一次環球旅行，在倫敦大學發現有很多英國人學中文。他們的理由，據在倫敦大學執教的孫瑩教授說，因為中文是世界上最古老的文字之一，可是像埃及文、拉丁文、梵文等等都已成了古董，或者只是專家研究古典文學的工具，唯有中文直到現在還活生生地被普遍使用著，所以中文一定有它的奧妙，他們相信十年以後，地球上平均每五個人裡就有一個人懂中文。這句話到現在還不到十年，可是據上次賴炎元博士的演講，如今使用中國語文的已差不多占世界人口三分之一了。事實上在臺灣就有不少美國人已把中文學得很好，我有一位朋友的朋友是德國大學教授，甚至正在編中文課本準備讓德國的中學生選修，那麼像我們這些黃帝的子孫如果不懂中文，豈不反而要讓外國人笑話了嗎？

　　中國文學也是世界上最古老的文學之一，我們的《詩經》比荷馬的史詩發跡更早。可是像奇蹟似的，中國文學雖已這麼一大把年紀了，卻是青

春常駐。如今英美青年讀三百年前的莎士比亞作品已格格不入，我們讀一千三百年前李白的「床前明月光，疑是地上霜，舉頭望明月，低頭思故鄉。」就像剛採下的果子那麼新鮮。假使再讀九百年前女作家李清照的詞，簡直就是白話詩，「新來瘦，非干病酒，不是悲秋。」「傷心枕上三更雨，點滴淒清，點滴淒清，愁損離人，不慣起來聽。」這些用俗字和疊句點綴的作品甚至有民謠風味。其實五代以來流傳下來的好詞幾乎都是用白話寫的，只是真正了解白話文的價值，使白話文蔚成一代風氣，為我們的文學又灌輸了新生命的，卻是五四運動時代的無數作家。這一運動把我們語言和文字之間的距離大大地縮短了，如今我們只要能說話，會寫字，就有資格學寫文章。

華僑青年學習中文的困難，是方言的複雜。記得去年我到新加坡去，有一天坐在海邊的小飯館裡，那位胖老闆用國語問我是那裡人，我說是福建人，他又問：「你故鄉說那裡話？你可知道福建話有一百八十種嗎？」我說我應當說客家話，只是說不大好，長久不用，有點忘記了。我不知道福建話是不是真有一百八十種，但也可見我們的方言的確很複雜，就連客家話裡也有很多不大一樣，而在泰國至少有四種中國方言：潮州話、海南話、客家話、廣府話。聽說老師們教中文最頭痛的正是這個問題，好在由於國語注音符號的推行，這種困難已比從前減輕很多了。

在泰國，最令我感動的是五家華文報紙，每天都有一版的篇幅專供青年學生發表作品，這是最好的鼓勵。記得在我做學生的時候，報紙根本不理會兒童與青年，自己的作品能被貼在學校的壁報上已經很神氣了。所以，由於泰華文化界人士的熱心提倡，同學們的寫作環境是很不錯的，能讓自己的思想和感情變成鉛字印在報上，所謂「以文會友」，也是人生一樂，文字也可以獲得更快的進步，希望同學們好好珍重。

寫作除了有剛才說的這種好處，還有一個好處，那就是常保純潔的童心。因為寫作的人觀察世上的眾生相，必須以極大的同情，用心靈的眼睛去看，才能看見一般人所看不見的東西。這種過程在美學上叫作「移情作

用」或「忘我之境」。「春江水暖鴨先知」，你不是鴨子，何以知道鴨子能感覺春天來了呢？「只恐雙溪舴艋舟，載不動，許多愁。」這就更玄了，「愁」又怎麼會有重量呢？但這正是「移情作用」的具體表現。

　　《浮生六記》裡的沈三白，小時候蹲在花壇旁邊看蟋蟀，看得出了神，彷彿自己也變了蟋蟀，跟牠們在一起玩得好開心。忽然一隻老虎以排山倒海的姿態翻觔斗過來，使他大吃一驚，蟋蟀也不見了，等定下神來一看，原來是一隻癩蝦蟆。對這隻煞風景的闖入者，他很生氣，於是「驅蝦蟆別院，鞭數十。」這是進入「忘我之境」最凸出的例子，如果我們現在還有誰做這種事，那一定是神經不正常。但能保持純潔的童心，卻是創造藝術與文學的主要動力，也是寫作的人比一般人幸福的地方。因為孩子總是歡歡喜喜，便有不如意事也很快就忘了，很少計較世俗的得失，耶穌也說，在天國裡的，正是像兒童一樣的人（〈馬太福音〉19章）。

　　至於寫作的經驗，我只能談談散文。因為興趣與個性的關係，這些年來，我一直嘗試寫散文，無論是小品、遊記、隨筆，都屬於散文的範圍。廣義地說，演講詞、政論、傳記，甚至三五千字的短篇小說，也可以算是散文。但狹義地說，散文是一種比較精純的文字，當它抒情時，深厚蘊藉，餘味無窮，像一首詩；當它寫景時，觀察入微，氣韻生動，像一幅畫。當它敘事時，娓娓道來，就像風雨黃昏來看你的朋友那麼親切；當它說理時，卻有如椽之筆，千鈞之力，表現出卓越的智慧，豐美的才思。

　　散文沒有故事，或只有很少的故事，或雖有很多的故事而只給人一個簡單的輪廓，因為故事並不是散文的主體。散文的主體是作者的思想、感情，所以散文給讀者的感受是直接的。而散文家必須也是思想家和詩人，雖然他未必是一流的思想家，也不必是一流的詩人，因為散文家所要借重的只是思想家和詩人的表達方法。此外，凡是成名的散文家都曾在文字上下過很深的工夫，所以它是一種比較精純的文字，不許有一字不妥，不能有一句廢話。脈絡分明，但不是簡陋呆板的紀錄；肌理細緻，但又不是累贅浮華的堆砌。

　　散文也講究韻律，只是和詩歌的韻律不一樣，如何中節，要靠長久的體味。原則上寫悲哀忌用很響的字和很快的節奏，否則很不調和；寫壯烈忌用很啞的字和緩慢的節奏，否則就軟弱無力。疊句大多用於抒情，不宜輕試。至於拗口，那是絕對不能有的毛病。所以散文雖然和詩歌不一樣，卻有很多地方要向詩歌學習，而學寫散文的人一定要能欣賞詩歌，就我個人的經驗來說，我得力於詩歌的好處多於散文。

　　中國的古詩除了《詩經》、古風、樂府之外，像五絕、五律、七絕、七律，對於聲音的平仄都有一定的規格。這種規格是漸漸形成的，人們終於發現若照這種規格，不但可以免了拗口的毛病，並且更強調了詩歌的音樂性，於是就變成一種創作的形式了。而寫散文，那怕是白話文，當你發現文字裡有一處拗口時，一定是平仄有了問題，只要換一字，或顛倒一字，就順暢了。

　　至於用字的響和啞的程度，這兒可以舉個例，譬如「江」、「光」、「狂」、「東」都是擲地有聲的，「豪」、「道」、「考」、「歌」就比較溫和，「琴」、「真」、「回」、「亭」已很柔媚了，「淒」、「綿」、「魚」、「許」簡直輕得像一聲歎息。這些聲音輕重的分別，跟發聲的方法，以及所需音量大小都有關係。還有節奏的快慢，我們可以從境界上領會，同樣是李白的作品，「棄我去者，昨日之日不可留；亂我心者，今日之日多煩憂。長風萬里送秋雁，對此可以酣高樓……」開始的四句節奏一定較快，聲音也響，到「長風」漸慢下來，聲音也較輕。「燕草如碧絲，秦桑低綠枝，當君懷歸日，是妾斷腸時……」那聲音一定是像輕調小箏一般輕輕慢慢地。我說不出所以然的理由，只是境界和韻腳的輕重給我的感覺如此。而散文的節奏須隨氣勢變化，往往自然而然在你腕底出現，所以古人主張「修辭立其誠」，也關係著節奏的自然。

　　等寫好之後，還要仔細琢磨，那兒要加強？那兒要減輕？那兒重複了？一定要捨得刪，盡量丟掉不必要的東西。就連驚歎號也不要隨便用，因為一旦用得濫了，到該用的時候反而不起作用了。我只見過一個例外，

那就是聽說歐陽修寫〈相州晝錦堂記〉時，開始兩句本來是「仕宦至將相，富貴歸故鄉。」後來才改為「仕宦而至將相，富貴而歸故鄉。」他為何如此做？我想正是因為氣勢和韻律的關係。傳說私塾裡有個學生也模倣他在自己文章裡加了許多「而」字，氣得他的老師在本子上批道：「當而而不而，不當而而而，而今而後，已而已而！」可見散文用字必須謹慎，在我個人的經驗，一篇文章很少不換上三次稿的。所謂「文章本天成，妙手偶得之」。只是神來之筆，可惜這樣的幸運並不太多。

——選自《中央日報》，1971 年 8 月 13～14 日，第 12 版

逆水行舟

◎鍾梅音

好萊塢名小說家兼戲劇家柏德・蕭伯（Budd Schulberg），寫過一篇文章，是關於他幼年的事。

那時他才八歲，父親是派拉蒙公司的製片經理，母親是各種學術活動裡的領袖人物。有一天，他寫了一首小詩給媽媽看，媽媽讀完之後樂得眼淚直流：「柏弟，不是你寫的吧？美極、美極了！」

當他喜孜孜地再送給爸看，爸卻說：「糟透！」媽媽為此和爸吵了起來：「我有時真不了解你，柏弟只是個孩子，你現在又不是在你的片廠，他需要鼓勵。」

「為什麼要鼓勵他？這世界上的壞詩已夠多了，法律又沒規定柏弟必須做詩人。」他們一面吵，柏弟卻哭著衝上樓去，以後有很多年，他不敢再到父親面前去露一手。可是後來再看那詩，確是糟透，當他再拿作品給父親看時，已經 12 歲了，父親仍說不好，但非完全不可救藥。

直到他以寫作為業，才領悟到這件往事給予他的重大啟示，認為自己十分幸運，有一位慈愛的母親，又有一位嚴酷的父親，這是每一位作家，甚至任何人都需要的兩種不同的力量。

讀了這篇文章，我感到柏德・蕭伯學習寫作的過程有如逆水行舟，也使我想起了「中副」。

民國 38 年夏天，我第一篇作品〈鷄的故事〉發表於「中副」，正值久病初愈，只是遣興之作，如今提起，就像把自己小時候用的圍涎拿出來「亮相」那麼害臊。

真難以相信，就這麼寫了 17 年下來。除了曾有三年因病停筆，其餘時間儘管也常為國內外其他報刊雜誌寫稿，大體說來，我始終沒有離開「中副」。

我第一篇作品能夠一舉躍登龍門，現在回想，實非偶然。

我幼年常為母親和外祖母代筆寫信，這兩位都是極難纏的人物。她們的頭腦都很複雜，可是母親不會寫，卻會讀，要我表達的，常是一般兒童很難理解之事，每當聽見母親的傳呼，從喚聲裡便知自己任務性質，立即頭大如斗。而且還不是寫了就算，她會挑剔，輕了不行，重了也不行，一再的否定，往往一封信重寫達三四次。

外祖母雖不識字，寫完之後要一字不漏地唸給她聽，直到她認為滿意才能通過。不過她比較客氣，見我一再重寫，頗感抱歉，事後會有相當慰勞，譬如我能與她共享美孚油燈上的蓮米粥，便是令那些表弟妹非常妒嫉的「特權」。

這種工作在當時是極不愉快的，但使我思想早熟，也磨鍊出我表達的能力，進而奠定了後來就業和寫作的基礎。

在上海時，我曾擔任過兩年的祕書工作，那時我的主管有三位祕書，以我的資歷最差，年齡也最輕，但相當的受倚重。雖然我少不更事，然而凡是長官告訴我的意思，都能恰如其分地草擬出來，軟一點、硬一點、頂回去、打官腔，或引經據典，有所爭論，總能使他有「實獲我心」之感，當然他也教了我不少。我想我能勉強稱職，都是當年那種「斯巴達訓練」的結果，所以有些事從表面看來是一種浪費，實際上還是有代價的。

只具有表達能力，還不能構成寫作的條件，更重要的卻是愛心，愛自然、愛人類、愛世界、愛真理……這是寫作的原動力，假如表達能力是機器，愛心便是燃料。

「中副」編輯先生曾經數度更換，最早的一位是茹茵先生，他對水準不夠的稿件之處理方式只是積壓，直到作者自知「夜長夢多」，必是有何不妥，自動去信向他要回來重寫。

最久的一位是仲父先生，他比茹茵先生急躁，有「退稿專家」的美稱，與這美稱同樣出名的，是他刪稿的「鐵腕」。不過，無論壓也好、退也好、刪也好，這使「中副」兼有柏德・蕭伯所說的「兩種不同的力量」，成全了多少作者，也使我一直知道愛惜羽毛，不可倚恃「盛名」濫寫。

我當然不歡迎退稿，但能諒解，因為編輯有他的立場；也不大願意被動手術，但很感謝，因為這是編輯的好意；為了避免這些，只有努力、努力。我的退稿與動手術紀錄雖不多，當我既遇上了，也並不以為「有損自尊心」。所謂當局者迷，旁觀者清，我自己擔任編輯時，也常為人改稿，而別人未必不如我，只是作者鑽進去一時出不來，未能發現自己的錯誤罷了。淵博如胡適先生尚且虛懷若谷，常請別人代為定稿，我又算得什麼？事實上，除了那些經過千百年時間的淘汰而仍能熠熠發光的作品，誰敢承認自己是完美的？

所以雖然稿約紛至，早在多年以前，只要我寫得出，都是可以「兌現」的「期票」，而且不會有「動手術的危險」，但有「中副」這面忠實的鏡子，我從不敢以為自己真的已好到那種程度。對於「作家」的頭銜，也隨著視界日闊而愈來愈敬謝不敏，如我真戴上它，令人多少懷疑它是贗品。

即使我這麼戰戰兢兢，這些年來由於「中副」新人輩出，水準不斷提高，我仍然追趕得非常吃力——「中副」作品並非篇篇都好，但一個作者總希望向好的看齊，不願拿劣的去寬恕自己。也因此，雖然我先後出版過七本小冊子，出版的時候，自以為那些文字都很不錯，可是沒有多久，我就連書名都不願提了。現在只有近作兩種可以端出來談談，一種是今年（1966 年）四月刊行現已四版的《海天遊蹤》，一種是剛剛出版的《摘星文選》。

民國 53 年 6 月下旬，我得到機會做環球旅行，80 天裡經過二十幾個城市，時間迫促，行色匆忙，沿途只能作簡單的日記，一面搜集資料陸續打包寄回家中。可是對於自己歸來之後能否寫出一些有分量的作品，當時

並無信心。

　　我的遊記是倒回去寫的，美國倦遊，心力已成強弩之末，歸來之後的生活又忙忙亂亂，雖然我沒有一篇文章不是用心寫的，可是第一集裡有幾篇文字確比第二集粗疏，結構既成，使後來付印之前的增刪也沒生色。

　　所以對於有些作家能夠隨時隨地寫作，非常羨慕，那是了不起的才情，對於我，這是永不可能的事。我很少在日間寫作，因為有許多雜務打擾；如在公共汽車上構思，一旦「進入情況」，往往到站不知下車。

　　我總在晚上八九點鐘以後才提筆，到子夜收工，早晨五點半又起來做別的事，因此下午經常蒙頭大睡。偶然逸興遄飛，欲罷不能，凌晨二三點才上床，早晨五點半又起床，知道我的朋友見我「面有菜色」，便調侃我「必有佳作」。

　　直到去年（1965 年）夏天，一個極難堪的打擊害我病了很久，情懷蕭索，使我把朋友都疏遠了。秋來眼看蹉跎又是一年，決定不分晝夜，抱病趕稿，可是精神渙散，思路艱澀，當我覺得不能勝任時，也常暫時放下，且先寫點輕鬆的零星小稿以為磨鍊，等我似乎又能對付比較困難的工作了，於是再來繼續計畫中的寫作。

　　中夜走筆，孤燈獨對，本是我一向的習慣，在那一段日子裡，萬籟俱寂中卻常有「吾生如秉燭，燃之於兩端」的悲痛，也多少帶一點自暴自棄的快意。

　　關於我在技巧上如何經營這些文字，已在今年十月間發表於「中副」的那篇〈禮帽下的兔子〉裡說了很多，這兒不再重複。現在我要強調的一點是由於《海天遊蹤》第二集比第一集有顯著的進步，證實一個才情並不很高的作者，除了勤以補拙，最要緊的還是必須學會安於寂寞。

　　所以我說寫作生涯並不可羨。世上雖然不乏喜愛寂寞的人，那是慧根特深，但平凡如我，從前熱鬧慣了，若非心情上的突變，是很難忍受寂寞的。

　　司馬遷被宮刑而飲恨餘生以作《史記》，曹雪芹在窮愁潦倒之後才來到

一處荒村寫他的《紅樓夢》。19 世紀美國散文作家亨利・大衛・梭羅，在華爾騰湖畔度過兩年出世的生活，才完成他那部美國文學史上的名著《湖濱散記》。可見「忙」，是寫作的大敵，一個作者從不能擺脫名韁利鎖之日開始，文藝生命即告終結。文不必「窮而後工」，但文藝之神的確不喜歡兩種人物：一種是庸庸碌碌的人物，一種便是炙手可熱的人物。

現在再談《摘星文選》，這裡面有一部分是小品專欄，原以筆名「綠詩」刊於《大華晚報》，都是千字左右一篇，不長不短，可以談國家大事，但不必道貌岸然，否則就成了社論。（其實依我看社論也不必道貌岸然，才使讀者樂於接受。而這種小品應當更隨便一點，因它又名「隨筆」。）也可以談身旁瑣事，但不能只寫瑣事本身，否則很不得體。因為這種文字是副刊之首，瑣事屬於個人私事，汗衫綴上珍珠也可以成為很美的藝術品，但幾曾見人把它當帽子戴呢？

《大英百科全書》曾為散文與隨筆下定義，關於散文（Prose）是「不理睬韻文規則，書寫而成的平實的人類語言」。關於隨筆（Essay）是「應為經驗與深思的果實，簡短而輕巧」。我想這種專欄應當屬於後者，既然其重點在「經驗與深思的果實」，如能言之有物，雋永有味，像這種短小精悍的文體對於作者倒是很好的磨鍊。

《摘星文選》中還有一部分關於藝術欣賞的文字，嚴格說來，藝術欣賞不是文學，正如許多遊記不能稱之為文學一樣，問題在看你怎麼寫法。事實上構成散文價值的是意境和韻律，風格與文采，不是內容。一個故事寫入「電影院說明書」不是文學，寫入小說就是文學了。

而且藝術與寫作的道路常是相通的，我一直以為繪畫、音樂、文學三個孩子都屬於一個母親。一個作者不只需要藝術的修養，對其他各方面的知識都要涉獵一點，雖然智力有限，學問無涯，我們不可能把天地間的森羅萬象統統吸收，可是孤陋寡聞易使作品內容流於貧乏。《海天遊蹤》得力於廣泛的興趣很多，蔣經國先生曾說它「富於知識性」（早在發表於「中副」時，他已讀過），也許有人以為「知識性」並非文藝的使命，可是林黛

玉病得奄奄一息時，曹雪芹並未因為醫病不是文藝的使命而不給她開藥方。遊記文字由於本身的性質，與「知識性」更是不可分的，問題是也不能把它寫成地理課本。

17 年，不算短的時間，若非寫作，真不知如何度過這河山破碎流落異鄉的歲月，假使我的作品像一枚石子投入深潭似的，曾給這人心麻木的社會一點小小的影響，就算歲月沒有虛度。然而，這收穫是許多許多人所賜——讀者的、編者的、朋友的、外子的。

尤其「中副」，它是我發表作品最多的園地，它那嚴酷的要求，與毫不寬假的態度，正與柏德・蕭伯的看法完全一致，甚至有時更近乎我母親那種「斯巴達精神」。能接受這種考驗真是幸運，事實上不止柏德・蕭伯如此，整個的寫作生命過程便是逆水行舟，若沒有「中副」，我就想停留在〈雞的故事〉那個階段也不可能呢。

——選自余光中等著《筆墨生涯》
臺北：中央日報社，1979 年 9 月

我的老婆大人

◎余伯祺[*]

　　首先我要聲明，我原是用鋤頭的，我為這篇文章所費的氣力，比我開了六年大理石礦還要辛苦，事後經過老婆大人的潤飾，也在意料之中。華副主編是最擅於命題的人，早在去年，就異想天開向我提過，我想，老婆大人有甚麼好寫的？尤其是我的老婆，早已把她自己寫得差不多了，損她既有未便，捧她更是錦上添花。又況從頭細數，這一輩子已被她折磨夠了，我等於跟一個藥罐子結了婚，為她的病，我不但學會打針噴霧，還宰過貓，剝過蛇，騙她是龍肝鳳膽吃下去。以後她重新做了人，非但不知感恩，因發現我上過酒家，居然恨了我一輩子。她對別人倒是「宰相肚裡好撐船」，唯獨對我，有機會就揭瘡疤，老向我打聽酒家是甚麼樣子？若裡面都是高尚人士，為甚麼太太不能進去？若酒家對業務是如此重要，為何不索性把辦公室設在酒家裡？……

　　吾豈好進酒家哉？一則是奉命行事，二則有人說不進酒家就不是男子漢；結果我成了男子漢，老婆卻從一個溫柔可愛的婦人變成老婆大人。為了酒家，她恨我真是恨到椎心泣血的程度。直到離開臺灣以後，生活回到正常，她才有點好顏色給我看。但仍不時吃陳年醋，此外我忘了晨操，她要管；我在廁所裡蹲得太久，她要管；我把襪子、領帶掛在書架上，她更要管；我青年從軍，吃飯講究速戰速決，夾菜時把筷子頭堆得高高地，至今偶爾故態復萌，她又要管！那天我忍無可忍，恨得咬牙切齒說道：「從今以後你不許再管我的事」她大吃一驚，如受重傷，結結巴巴地說：「那次我

---

[*]余伯祺（1917～2013），鍾梅音先生，江蘇宜興人。工程師。發表文章時已退休。

不是把最好最多的一份給你？誰跟你爭過食？孩子們在家你還像個樣子，老了怎麼反而越長越回去了？」我說那麼廁所裡坐久一點又干卿底事？她說她最恨在廁所裡看書讀報，那是對文化的一種褻瀆。我說你的廁所本身不就是文化麼？否則你為何在廁所裡也供上花兒、掛著畫兒？她說但廁所不是書房客廳，更不是閱覽室，在那兒坐久了不但減低效率，也銷磨志氣，又況人們可能還用你讀過的報紙去包吃的，未免太沒公德心等等。總之她要和你講理時，橫的豎的都是她的理，實在麻煩透了。可是扔掉她又捨不得，你看她有時好像很了不起，為學畫而把脖子畫出了毛病，戴上鐵枷還笑咪咪地，出門依舊昂然而行，回來照畫照寫照煮不誤，可是一看見老鼠就完全忘了她的尊嚴。

當她笑咪咪時，我覺得那些鋼條螺絲繞在她脖子上美得像 1976 年的巴黎新裝。雖然這種新裝也不是人人能穿的，每隔四小時就要「解脫」片刻以恢復精神。在過去的日子裡，平心而論，她除了發病時不像人，好端端時也真是個好幫手。初來臺灣的公務員生活，還幸虧她搖搖筆桿賺來不少稿費賴以養廉。而且她又是我的祕書、管家、廚子；孩子們的保姆、裁縫、皮匠。兒子在大學一年級的作文〈我的母親〉裡，念念不忘是母親在童年養雞養鴨種菜種果以改善家人營養的往事和樂趣。的確，不管這一生還有甚麼更好的日子，提起那段生活，老婆大人又快活、又心酸得眼淚汪汪。快活的是她歷盡繁華，覺得還是那段樸實寧靜的生活最可留戀；心酸的是孩子們都已長成而遠走高飛，各有各的心事，各人都要面對現實的挑戰，那段日子再也不會回來了。

提起那段日子，我還有更得意的一面——有一年颱風自東部登陸，接著就山洪暴發，宜蘭臺北之間的交通全部癱瘓，我正在臺北述職，好容易等到晚上電話才通，先問礦上災情，工務股長只說：「整個的完了，請主任帶人回來『驗屍』就是！」

他是位極能幹的工程人才，但木訥又憤世嫉俗，再別想問出第二句話，問題是我要知道詳細災情，才能請款搶修。不料我的賢妻第二天一大

早「披掛上陣」了，她喘病剛愈，左面扶著工務股長，右面扶著座車司機，涉急流攀峭壁，徒步往返 30 里，一面勘察災情，一面慰問員工眷屬，回來以後立即向我報告，何處塌方，何處流失，何處鐵軌掛在空中如高壓電線……根據這一報告，我才獲得上方寶劍，陪同掌管工程的欽差大臣先乘飛機至花蓮，又從花蓮換機帆船至南方澳，吾妻帶著兒子在南方澳山坳裡鵠候竟日，起岸立即召集投標的包工一同上山，黃昏歸來，漏夜開標決標，天明立即開始搶修。當我回家休息，也已是凌晨四時，想起昨天水勢退多了，可是面目全非，真不知她早兩天是如何上去的？山上工人提起她都翹大拇指，據說曾有一處懸崖吾妻拉住茅草剛剛跨過，踩過的地方立即崩落千尺！

　　我這小礦要供應兩大肥料廠的原料，兩廠都不曾因供應斷絕而停工，實在應記吾妻一功；但她不久就忘了此事，閑來仍寫她的文章，根本不過問我的公務。

　　她是至性中人，國家需要她時，一有徵召，立即前往，金門就去過不止一次，而且有一次是在戰情危急之時。但她記性太差，總不認路，臺北 20 載，只認得中山北路與西門町。曼谷總共那麼幾條大路，她卻「到處為家」。自從來到新加坡，她的眼中每天都是新世界，因此雖然考得國際駕駛執照，為免時常要麻煩我去警局把她領回來，她只好乖乖地待在家裡。想起當年上山踏勘災情的壯舉，以及金門、馬祖叱咤風雲的威儀，如今真是虎落平陽了。

　　所以她雖然有其能幹處，卻又不很可靠。總算她有自知之明，兩度承蒙以前服務的機構要保送她上陽明山受訓，她都婉謝。又出席過第十次全國代表大會，卻在投票時才發現自己也被提名競選中央委員。後來我問她為何如此「不爭氣」？她說：「連自己被提名都不知道，可見我原不是那塊料啊。」

　　還有她的數字觀念也不大清楚，沒有選上中央委員確是國家的福祉。譬如新臺幣二元才合泰幣一銖，泰幣八銖才合叻幣一元，她常把銖當新臺

幣用，後來又把叻幣當銖用，以致第一次進新加坡菜場把車錢都買掉了。有遠客住在我家，欣賞浴缸上的塑膠刷子，問她何價？她說「大約六元。」客人對幣制也不大清楚，立即託她代購一雙，不料當日出門就遇見推車小販，架上掛滿那種塑膠刷子，每個只有六角！事後她說給我聽時，大有恨不能「一死以謝天下」之慨。無怪菜場小販見她駕到如遇財神，因她從不還價，總說：「人家終歲辛苦不過賺你一毛兩毛，有甚麼好講的？」但我知道她有更重要的理由——她的時間比金錢還寶貴，每次買菜如衝鋒陷陣，補足一周的給養。

　　她不該這樣忙碌，是我們的生活迫著她不得不永遠往前趕。因我服務的機構與外國機構時有往來，就在當地社交場合，新加坡人還是說英語的居多。難為她 80 歲學吹鼓手，經過多年努力，如今總算可以應付裕如了。可是中年後學的東西若不緊緊釘牢，轉瞬即忘，所以她強迫自己每天一定讀英文報，而讀報只是她生活裡附帶的事。我也被她寵壞，連吃兩個早晨的麵包就要有所建議（不敢抗議）。我最喜歡她做的蛋餅，軟滑香糯，塗以蜂蜜，美味絕倫。孩子們吃了美國廠家調配好的熱餅，仍然懷念媽媽的蛋餅。還有清粥小菜、蝦仁餛飩、酒釀丸子，以及用椰乳煮的「磨磨札札」……最好每周都能出現一次。有時她懇求我抹抹桌子好嗎？我眼睛盯住武俠小說道：「好啊，抹布送過來啊。」

　　我的岳母嫌她笨手笨腳，連我都抱不平，至少有一事很快——曾見一幅漫畫，太太坐在妝臺面前回頭問先生：「你怎麼還不去刮鬍子？」先生說：「我早已刮過，等你化妝，又長出來了。」而我的老婆大人，有何重要宴會，只須半小時前下令出發，但她站出來眉眼端正，毫不含糊。

　　我們有個很和善的女僕，就是不肯煮飯，她說她就是討厭煮飯才出來打零工，而且每周只做三次，言明自 8 點做到 12 點。但她掃地如繡花，總是弄到午後一時回家還要轉車兩次，老婆大人有惻隱之心，既不忍獨食，就留她供餐，日久竟成慣例。我中午總在城裡打游擊，也藉此會會朋友，老婆大人只注意我的營養，而她自己則往往發憤忘食。還幸虧那女僕，使

她至少每周有三天想到應當吃午飯，並且是太太煮給女僕吃。

世上最缺德的促狹，無過於把一個常年鬧失眠的妻子和一個可得「打鼾世界冠軍」的丈夫配在一起。不過也有好處，她有許多傑作都在失眠之夜完成，還真該謝謝我的鈞天聖樂。有時為了好奇，我希望她用錄音機把我的鈞天聖樂錄下來，也讓我自己欣賞一番。可是一到晚上，她忙她的，又忘了我的託付。據她描述有時如煮稀飯（真是三句不離本行），某次忽然半晌寂靜無聲，她反而慌了，連忙趕到床邊察看，說時遲，那時快，「不！」的一聲又爆了開來，她的心臟才由喉嚨裡落回原位。從此她認為還是打鼾能給她更多的安全感。

我最引以為榮的，是她寫了這些年，我總是她第一位讀者，也常挑挑她的毛病；她有時接受，也有時不接受，大體說來，還算虛懷若谷。但有一事我砸了自己的腳，記得她有一篇給女兒的文章，說她若有一天也成了甚麼家，但在家裡仍是妻子，切勿支使男人去做瑣務；男人做多了瑣務，就不再像男人了。為我自身利益著想，當然舉雙手贊成，這篇文章不曾引起新女性主義的恥笑，真是福星高照。雖然我知道她絕不是重男輕女，她只是覺得男女應當合作而不必競爭，何況在愛心裡，初無所謂尊卑之分。為免引起誤會，我原想發表一點意見，又覺天下那有敬酒不喝的傻瓜？不料事隔數載，我發現還是有修正的必要。她把我伺候得紅光滿面，健康更勝當年，閑來只想往外跑；而她自己原已食少事繁，這時只累得連陪我逛逛都有心無力。若我比她先入天堂，也不必擔心；若先入天堂的竟是她，屆時滔滔天下皆新女性也，我對鰥居既乏信心，再婚更是如何得了？這真是愛之適足害之，唯恐真把老婆累死，從現在起，我也幫忙搾搾橘汁、洗洗碗盞了。

她寫得太多時，弄得病病歪歪，我也責她不自珍重，我說：「你不能寫寫停停嗎？」她說：「你幾時見過一個產婦和醫生商量，說今天不想生了，明天再來？」

但她寫稿十有八次實在出於被動，倒是繪畫，就像少女時代一度相愛

過的大情人，原已「他生未卜此生休」了，只因偶然被人攛掇著又拿起了畫筆。當初這位多事的朋友　和，原想和她做個閨中良伴，畫著玩兒的，更盼她有時也能陪著去逛逛街、看看戲、釣釣魚，不料她一拿起畫筆就栽進去，從此連人都不見了。

我起初非常「震怒」，由她趴在吃飯的大圓桌上畫了整整一年，鯁得胸口生痛，就是不予支持。直到有一天連她老師都稱讚了，我才「批准」為她置個簡單的畫案。在此之前，她曾為此與我商量多次，其實那誠實的小木匠為這畫案只收了叻幣 120 元，還不及講究的太太們一件衣料錢，她若自作主張買了，我也只好事後追認。但她偏自尋煩惱崇尚民主，碰了釘子還要委委屈屈地說：「其實我也賺了錢的。」我說那麼你我易位如何？我來煮飯，你去賺錢？

事後又覺自己說得過分，因為也有太太既不煮飯又不賺錢的，何況做我這份工，能者多矣，她的成就卻是萬人之中難得一個。良心發現之後，我又為她大買水印名作，更趁大減價時為她買了大批畫筆（國畫材料以筆最貴），數量之多，她承認「這一輩子都用不完了」，想起少女時代因買不起材料而未能如願，她覺得自己忽然富可敵國。

她的繪畫已為她帶來更多的榮譽，自愧享盡虛名而對社會毫無貢獻（我卻反對此說，她的寫作對社會教育有很好的影響）。因為青年時代就有造福社會的宏願，她說有一天若她的畫有了價格，要把賣畫收入捐與孤兒院和教堂，為上帝的愛而工作。

想到她有壯志如此，我對自己的不善理財也就感到如釋重負。不過我所以富不起來，實在也怪她從不藏私房錢，她太羅曼蒂克，曾說：「有你在，我要私房錢何用？若沒你在，私房對我又有甚麼意義？」她甚至也從未要求買鑽戒，她以為若經濟狀況相稱，戴上假的別人也以為是真的；若經濟狀況不相稱，戴上真的也被人看成假的。但她連假的也沒戴過，卻比較喜歡珍珠玉石，也只為了欣賞美的藝術，絕非為了虛榮——我也覺得，她的光彩實非珠鑽寶石所能增益於萬一。

　　但那年在泰國，我還是千挑萬選，為她買了一枚緬甸的藍寶戒指，用碎鑽圍繞著精工鑲嵌而成。寶石晶瑩澄澈，毫無雜質瑕疵，燈下可以看見一粒豆大的星光在寶石面上游動，美得不似人間之物。這是我一生之中為她買的最貴重的首飾，也是她最心愛的首飾。可是後來兒子結婚，她因往返旅費已很可觀，無力另買鑽戒，竟把這唯一心愛的貴重首飾慷慨地送給了媳婦。當時我心裡很不是味道，她反而安慰我：「至少我曾擁有它。世上有甚麼東西能永遠屬於誰呢？給了兒子心愛的人，實在是最好的歸宿。」

　　還記得我與老婆大人訂婚時，她才 17 歲（那時真沒想到她會變成「大人」，一個嬌小嬌弱又迷迷糊糊的小女孩），剛從初中畢業不久，除了會唱幾首英文歌，ABCD 西瓜大字識不得一擔，但好像念了不少線裝書。我自己也不知這樁婚事怎麼落到我頭上來的。只記得在那遍地是黃臉灰衣女孩的偏僻地區，她真是一枝花，當時追她的有兩位青年才俊，一位北洋大學畢業，今已陷大陸；一位清華大學畢業，後來在緬甸撞車身故。我不該再提他們，只覺命運真是不可思議，不知是吾妻特受上帝愛寵？或她外祖母的好眼力？我那時只是機械化兵團一名中尉技士，機校二期學員班畢業，校長是　蔣中正先生。第一天自湖南湘潭移防廣西咸水時，我身佩軍人魂短劍，全副戎裝，駕一輛坦克車自地平線駛來，大約模樣兒很威風，被「星探」似的外祖母看到了，後來我就變成她家的嬌客；而且每次赴宴，自有「路不透社」訪員報與全營知曉。當正式由雙方家長出面議婚時，女方既不要聘金，也不要喜餅，只說女兒還小，我儘有時間再回到浙江大學戴上那頂方帽。於是那纖弱的小女孩也從此開始了繼續求學的流浪生涯。

　　我一戴上方帽就有了工作，就準備結婚，不再等待，那時的交通，雲南廣西之間比現在隔著半個地球還遠，自從訂婚以後，我們已有兩年零八個月不曾見面，雖有書信往還，總教我覺得這婚約似真似幻，一定要見了面才算數。那時她正是廣西大學的「新鮮人」，略表猶豫，我斷然下「哀的美敦書」說「幸勿自誤」！但沒嚇倒那小女孩，只好還是萬里迢迢過「七十二彎」去親自把她接了出來。

她的花招也真不少，又說結婚證書如賣身契，要另想辦法。人已在旁邊，料她也逃不到那兒去，且一切由她。只見她買了兩塊綢子，一紫紅、一粉紅、襯以硬底。紫紅的一面以彩繡上圖案及 1942，表示結婚的年代；粉紅的一面以銀線繡上花邊，然後由她與我用毛筆寫《詩經》二首，一唱一和，其文如是：

綢繆束薪，三星在天，今夕何夕？見此良人？
子兮子兮，奈此良人何？
綢繆束楚，三星在戶，今夕何夕？見此粲者？
子兮子兮，奈此粲者何？
夏之日，冬之夜，百年之後，歸於其室。
冬之夜，夏之日，百歲之後，歸於其居。

據說此詩原為亂世男女婚姻有失其時，最後終獲團圓而作。其實她生下兩天就是兩歲，那年實足年齡還不滿 19，我也只 25，不能說「有失其時」。倒是結束的一首頗有「生同衾，死同槨」的意味，真是一往情深。寫完後一同簽名，然後合攏去，折縫處拖曳著長長的流蘇，也是紫紅粉紅二貫，流蘇上還串著一粒大珠子，是從她陪嫁的項鍊上取下來的。這本別開生面的「結婚證書」鄭重保存了廿多年，唯恐蟲蛀，每年三伏天都要拿出來在太陽下曝曬。可是連年流徙，勞人草草，近年已沒曬箱子的習慣，這美麗的詩篇兼信物，竟有很久不曾看見了。它在法律上可能毫無作用，但在歷史和藝術方面，它應與維多利亞女皇的權杖同價。

從結婚到現在，真是一條很長的路，我只覺對老婆大人既熟悉又陌生，有時不免自己問自己：「她就是我的妻嗎？那名叫某某某的，我就是她丈夫嗎？」我驕傲一會兒，又惆悵一會兒，無論如何，她已不是當年那羞怯柔順的小婦人，客家女性的剛強與刻苦卻在她身上越來越明顯。她一直記住那副華僑朋友家的對聯：「不羨滿堂玉，但望子孫賢。」這也是她不太

重視金錢的原因。

　　她不會心肝寶貝地疼兒女，但她愛兒女有多深，只有兒女自己知道。我們夫婦間也是平平淡淡地，直到這次赴美探望兒女，臨時決定我先回來，讓她留在美國看看醫生，也陪陪兒女。上飛機時，我發現多少年來，這是我第一次孤鴻遠征，戀戀不捨之餘，又衝出候機室抱了一下老伴，反而惹得兒子在旁哈哈大笑：「啊，爸爸幾時變洋派啦？」好在爸爸臉皮很厚，也分別抱了兒子和女兒。

　　我在臺北躭了十天，真正在家做光棍的日子不過一周，但已等得六神無主。我認得機場大廈每一根柱子，時常迎接從未謀面的貴賓而萬無一失，老婆大人回家那天反而捉迷藏來。難為她帶病飛了卅多小時，到家後十足像個敗兵，的確需要靜養，電話都不敢接。

　　我像窩藏著一名通緝犯，談起她的行蹤嗯嗯啊啊，冰箱早已儲足食物，只由她靜悄悄做賊似地自己燉點好湯來喝。野獸受傷以後，都有躲在洞裡獨自舔創口的習慣，我當然不便硬綁鴨子上架。不是不知感謝朋友關切的好意，實在說話也要氣力，而當人們再見她時，她又容光煥發，若非脖子上有鐵枷為證，誰也不信她曾病過，而且是病得那麼狼狽。

　　還記得她到家翌日正值周末，趁她午睡，我又出去添些補給回來，她醒來發現，不禁拍拍我的肩膀說：「你真是上帝賜我的好丈夫啊！」

　　自從進過酒家以後，我的「聲望」迄未恢復，一聽這話，豈止受寵若驚，簡直差點兒感激涕零！彼何人斯？而作是語？這句話的分量，在美國能教任何一位總統候選人立即當選，我雖「不幸」而生在一個只重好妻子而不重好丈夫的國家，仍覺這句話真教我不虛此生，豈能無記？於是寫了這篇〈老婆大人〉。

——選自言曦等《我的另一半》
臺北：中華日報社，1982 年 7 月

懷思梅音

◎王文漪[*]

　　生命如燃著的燈，遲早會熄滅的，和病魔搏鬥了一生的梅音，終於安息了！

　　梅音是一位冰雪聰明，才華橫溢的作家，還記得早在民國 41 年，我和鍾珮、月卿、多慈諸姊，還有陳紀瀅先生到蘇澳，在她海濱的家去作客時，就發現她多方面的才華，敏捷的動作一如她敏捷的才思，又豈止擁有一支優美的筆？那幾天，她似乎很從容，只陪我們遊覽。我們還參觀了她〈冷泉心影〉所寫的冷泉，原來只是一個小小的泉池，她卻寫得那樣美，後來就以篇名名書。《冷泉心影》成了她第一本散文，也是她的成名之作。但每次我們遊罷歸來，一席可口豐盛的菜肴就端上桌了，竟不知她是甚麼時候做的，海邊買菜又極不方便，她還餐餐變換菜式，我們深感不安，真不知她事先花了多少心思來安排的，梅音是一個多才而又操心的人。

　　我和梅音相處最多的時候，是梅音主編《婦友》那一段時期。民國 43 年國慶日，我奉命創辦《婦友》月刊，最先由我自己兼編，但實在忙不過來，因我還要負責一個單位的行政工作，於是請梅音來編，多虧海音、姚葳兩姊促駕，這是民國 45 年的事，梅音全家已遷來臺北了。

　　梅音編得很出色，而做事之快速，也是朋儕中少見的。可惜她有宿疾氣喘，時常發作。我有一次去探視她的病，才知道這種病折磨人的苦痛，她趴在床上不停的喘，原來連躺下也不能，直喘得透不過氣來，更說不出

9789860432695*王文漪（1914～1997），筆名潔心、紫芹、煥然、林炘，江蘇江都人。詩人、散文家。發表文章時為《婦友》月刊編輯委員。

話。等到她先生伯祺接洽好醫院回來，幾個人把她抬到門外上車。我目送她車子駛赴醫院，才乘會裡的三輪車回辦公室。一上車，車伕老陳就對我說：「總幹事，鍾先生這次怕不行了！」剛才的景象將他嚇住了。但一周多後，梅音出院了，又精神奕奕的與常人無異，她的生命力原是極其堅強的。

但這磨人的喘病，說來就來，一來就狂風暴雨，令人難以招架，發作的次數多了，梅音就倦勤了，不想編《婦友》了。而編刊物的辛勞，只有編過刊物的人知道。記得有一次梅音退了一位女作家的稿，這位女作家勃然大怒，一狀就告到我們的上峰處，信上的措辭，真太凶，也太不客氣了。上峰囑梅音回覆她一封信，梅音只好將這位作家的大文，詳詳細細的評解一番。稿原已退了，梅音還記得很清楚，可見梅音看稿很仔細，編得很認真，這才使這位女作家心服，也才平息了這次風波。

不過編《婦友》也不完全是這些惱人的事，也有些愉快的。如有一次我們辦婦友徵文，稿件湧來數百件，我們很慎重，我和梅音只負責初審，複評請的全是名家巨匠如羅家倫、張道藩先生等。名次評定了，我看看這些陌生的作者的名字，真不知道，徵文是不是她們本人親自寫的，於是我和梅音共乘了一輛三輪車，又是老陳踏我們去的，一家一家的去訪問，果然發現一家，那年輕的主婦，我們和她談談，覺得她離開文藝和寫作實在太遠了。最後，她只有直說：是她先生寫的。這篇徵文自然不取了。

又訪問一家，作者喬曉芙，她的一篇是這次徵文最好的一篇。原來她是臺大醫學院的學生，立委喬鵬書（現早已過世）的女兒，後來取了首名。這位當年臺大醫科的高材生，現在已經是紐約的名醫了。去年夏天，曉芙回國省親，在短短逗留的個把月內，三赴中壢探視梅音的病。因《婦友》而獲識文友如曉芙，梅音也該有所安慰了！

曉芙曾經對我說：「梅音的病難好，但不會有危險！」想不到梅音竟死於併發症，天乎！

梅音那時既已倦勤，就一封封信寫給我，辭職不編了！她的信寫得很

動人，看上去全是落筆成章，字體尤其娟秀，我至今還將她那時寫給我的一疊信保存得好好的。我雖極力留她，但也無效。又多承海音、姚葳兩姊幾次奔到她家，為《婦友》挽留她，兩姊的情誼，令我永感！但梅音去意已堅，還是辭職去了。

梅音放下編務，勤加運動，尤其是努力游泳，一兩年後，果然將喘病克制得好多了。這帶給她長長一段好時光，環遊世界，寫《海天遊蹤》，都在這段時期內。民國 58 年，她隨夫婿旅居泰國，而後星洲，最後定居美國加州洛城，我們見面的機會日少。

直到民國 68 年夏天，我赴美探視兩女，並於洛城義展拙畫，梅音偕小白羊來看我，並邀我和我女兒浣芸外出餐敘，她還特挑選了一間情調雅緻的餐廳，我們合攝了好些照片。後來我又偕浣芸上她家去看她，並欣賞一下她的國畫。她在星洲曾從陳文希習畫，抵美後又隨周士心遊，而早在臺灣時，她就畫水彩，並跟袁樞真學過素描，很有根基。她的畫和她的散文一樣美，並有情趣，她還說明年要回國來開畫展。但我們那天回去後，浣芸忽然對我說：「媽，鍾阿姨現在怎麼變得有點呆呆的！」我一驚！仔細一想，她的言談舉止，確實沒有以前那麼靈敏了，她原是最迅速利落的呀！誰知不久，就是那年秋天，她的帕金森氏病症就顯露出來了。

梅音沒有回國來開畫展，卻回國來就醫。那是民國 70 年夏天，我幾次上醫院去探疾，她躺在病床上和我講話，初初幾次，還聽到她講的話，後來幾乎聽不到了，她聲音很低，而我的聽覺又差，我和小白羊談起這件事，小白羊是個孝順的女兒，多次回國來侍疾，報答母親養育深恩。還記得她小時候，和浣芸一同跟周老師學鋼琴，每個周末，梅音帶小白羊，我帶浣芸去學琴時，我們總會在老師家碰面的。那時梅音已離開《婦友》幾年了。帶孩子學琴也很辛苦的，不是一次、兩次，不陪路上又不放心。現在想起這些事來，還好像是昨天的事情一般。小白羊也對我說：「阿姨，別說你，連我也幾乎聽不到媽媽說的話。」梅音的氣息，已經微弱了。

後來她病情好轉，又回去加州的家，到她再度回國來就醫，我本和華

嚴姊約好，與畢璞幾位文友乘她的車同去中壢看梅音，可惜我臨時不適，未能同去。後來聽說梅音昏迷了，好容易盼她醒來，正慶幸間，她竟撒手人寰！

梅音，安息吧！你已寫了很多文章；做了很多事情。最後，伯祺先生也實現了你「慈光療養院」的心願，世人不會忘記你。在你的追思禮拜上，多少親朋追思你！多少文友悼念你！袁樞真教授、耿修業先生、孫如陵先生，還有姚葳、晉秀、羅蘭。當年同赴蘇澳，而今健在的都來了，鍾珮是夫婦一齊來的，紀瀅先生還報告了故人生平。而當年我們幾個同時出版第一本散文集的秀亞、艾雯和《婦友》的錦端姊，接棒人畢璞，大家全哀默的在懷思你！當我注視著你的遺像，又看到遺像旁《婦友》月刊獻給你的素菊花籃時，真泫然欲泣，往事不再，斯人已逝！

梅音，梅音，請安息吧！

——選自《中央日報》，1984 年 2 月 18 日，第 12 版

機緣
「天堂歲月」鍾梅音

◎王琰如[*]

好友劉枋，最近自澳大利亞雲遊歸來，發心要捐贈一批文藝書刊到雪梨烏龍崗光天寺、及澳洲另一大城普里斯班中天寺。我雖不是一個虔誠的佛教徒，但因枋妹在高雄佛光山靈修八年的成果，使我深深感覺到她的思想境界，以及行為舉止，大可為我之師，因而搜集家中藏書，捆捆紮紮，竟有七、八大包。更巧的是，無意中發現了兩本我未曾過目的鍾梅音所著《天堂歲月》，使我頓時喜不自勝，如獲至寶，也覺得人世間許多事情，是機遇，也是緣分。多時未提的筆，忽然靈思泉湧，有一吐為快的興奮。

梅音患帕金森氏疾多年，痛苦不堪，不幸英年早逝，以她的聰敏才智，多才多藝，天假以年，成就必更驚人。

猶憶民國 40 年夏，梅音自蘇澳來臺北，當時《中央日報》「婦女與家庭」欄主編武月卿女士，刊出了一張鍾梅音、林海音、艾雯和我在新公園合影的照片，另外還有四名幼兒，是梅音的愛兒余占正，以及我的大小兒黃小元（湘）、海音的大女兒美麗（夏祖美）和二女兒咪咪（夏祖麗）。時隔四十多年，當年的小孩子，如今都是中年人了，時光催人老，誠為可歎！

自那以後，文友的交往，更為密切，我不但作過梅音家的座上客，也常到重慶南路三段海音家串門子，更去過老同事岡山艾雯（熊崑珍）家作短暫停留。最令人難忘的是每年農曆年初二，去海音家向林伯母拜年，她

---

[*]王琰如（1914～2005），筆名一言、琰如，江蘇武進人。散文家、小說家。

家的流水席，和美味的蘿蔔糕，總是百吃不厭。還記得民國 41 年初夏，外子黃肇中隨公路局林副局長則彬先生踏勘東西橫貫公路時，途經蘇澳，承余伯祺兄及梅音夫婦邀請肇中在余府設宴款待，盛情可感之至。

記得當年初來臺灣，文藝風氣，猶在開創之初，鍾梅音蟄居蘇澳海濱，主持中饋，撫育幼兒小灝（余占正）之暇，根據她自己的說法，因自幼多病，從來都是「裹傷而戰」，不斷的有佳作見諸報端。復因她的堂兄鍾鎮瀛先生是肇中鐵路局工務處同事，因此，當她第一本著作《冷泉心影》出版後，我義不容辭的自告奮勇為她捧場，在極端拮据的生活費用中抽出 250 元買了 50 本《冷泉心影》分送親友，而事前事後，也並未讓梅音知道。若干年後，我遠適異域北非利比亞，生活的枯燥乏味，唯有借助於國內的書刊以為調濟。那時梅音已出版名噪一時的《海天遊蹤》，而且獲得嘉新文藝獎。其後他們賢伉儷不時出國，新加坡、曼谷……生活在「天堂歲月」之中，她和女兒出版了一冊《我從白象王國來》，我是在報上看到這一則消息，高興之餘，飛函梅音索書，一方面是賀喜，一方面也要看看余令恬的文章，是否青出於藍而勝於藍。

談交情，談我們之間的多年往還，出於意料之外的，梅音居然抹了我一鼻子灰！

她說：「如果琰如需要《我從白象王國來》，除非你買我幾本《海天遊蹤》，我可以送你一本。」

梅音啊！你不是一個市儈商人，我們真可以算得上在寶島臺灣相逢的道義之交，你怎麼可以對我如此薄情？！

當然，我沒有再理會這件事，但此事，時隔二十餘年，一直使我耿耿於懷。故人已遠，我不用再提往事，也顯得我王某人多麼小器。然而蒼天有眼，她還是給了我另一本書——《天堂歲月》。梅音啊！在萬千世界裡，人不必太斤斤計較，我很珍惜我們的友誼，希望你在另一個世界裡，重拾這份友情，這就是機緣。

附註：鍾梅音，福建上杭人；嫁江蘇宜興人余伯祺；子余占正、女余

令恬，現均長住美國。余伯祺浙江大學畢業，與臺大名教授吳恪元同學。
更巧的是先夫黃肇中和吳恪元教授是蘇州高中部同學。

——選自王琰如《文友畫像及其他》

臺北：大地出版社，1996 年 7 月

與病魔抗爭的寫實能手
鍾梅音

◎應鳳凰[*]
◎鄭秀婷[**]

> 我們為甚麼旅行？無非希望享受造化的賜予，拓廣知識的天地，風土人情，歷史藝術，處處都是可以互相印證的學問。
>
> ——鍾梅音，〈禮帽下的兔子〉[1]

　　鍾梅音一生都在與死神、病魔搏鬥，然而這並不使她有藉口慵懶地過日子，她反而竭盡己能不斷地創作，燃燒生命珍貴的每一刻，膾炙人口的《海天遊蹤》便是對她最好的回饋，她書中透露出幽默、堅毅的人生觀則是對讀者的最佳勉勵。

崎嶇不平的求學之路

　　鍾梅音，1922 年 1 月 25 日（農曆民國 10 年 12 月 28 日）生於北平，父親是福建上杭人。鍾父為西南長官公署軍法處長，但是頗富文采，著有《虛園詩存》，而鍾梅音的外祖邱瀏山，別號潛廬主人，是南社詩友。在這兩位長者的薰陶之下，沒有接受完整大學教育的鍾梅音依然奠定了良好的寫作及藝術根柢。三歲時，一場意外的小感冒卻因誤診而轉為支氣管炎，最後成了其終生所苦的喘病，身體不好的她就學時輟時續，因此雖然她考

---

[*]發表文章時為成功大學臺灣文學系副教授，現為臺北教育大學臺灣文化研究所教授。
[**]發表文章時為成功大學臺灣文學研究所碩士生，現為鳳山高中國文科教師。
[1]鍾梅音，〈禮帽下的兔子〉，《中央日報》，1966 年 10 月 20 日，第 6 版。

上貴族化的南京私立中華女子學校，父母卻不願意進行這「奢侈的投資」，堅持讓她就讀市立漢西門小學。

小學畢業後鍾梅音以南京市會考第二名的資格保送中央大學實驗學校，但是體弱多病的她，身體承受不了繁重的課業，一個學期後喘病復發，只好休學回家休養。隨後即發生七七事變，全家因避難而離開南京，鍾梅音隨堂兄遷居漢口，並以同等學力考上湖北藝專，卻因為武漢大撤退而未能進入湖北藝專就讀，再避難廣西。1939 年鍾梅音又考上廣西大學文法學院法律系，雖然藝術才是她的興趣所在，但她還是順從父親的要求選擇法律就讀，正準備開始夢寐以求的讀書生涯時，她認識了任職於第五軍的工程師余伯祺先生，兩人旋即訂婚，並於 1942 年結婚，定居雲南，坎坷的求學之路上，鍾梅音終究沒有拿到學位。

文學路上的特殊經歷

1948 年鍾梅音舉家遷往臺灣，定居蘇澳，因離鄉背井的思鄉情愁，又眼見蘇澳的風光明媚，於是鍾梅音提起筆來開始寫作，1949 年於《中央日報》副刊發表第一篇散文〈雞的故事〉，並於隔年出版第一本散文集《冷泉心影》，此書收錄約三十篇散文，內容則以懷鄉懷舊、鄉居閒情、家庭生活為主，是雋雅怡人的小品文。回想起寫作的緣起，鍾梅音自言她幼年常為母親及外祖母代筆寫信，母親不會寫字，卻會讀，她總是要年幼的鍾梅音在信中表達一般兒童很難理解之事，因此一封信常要改個三、四次；而外祖母雖目不識丁，但她要求鍾梅音信寫完之後需一字不漏地唸給她聽，修改至她認為滿意為止。她們兩位要鍾梅音轉達的都是極為複雜的事情，這迫使鍾梅音思想早熟，也間接磨鍊出她的表達能力，奠定後來寫作的基礎。1956 年她主編《婦友》月刊，做事認真的她一向認文不認人，堅持刊登好文章，而不是只刊登有名氣的作家的文章，因此她還開罪了一位女作家。

來臺後的鍾梅音為了完成藝術的夢，她開始學畫，晚年並且在加州洛

杉磯藝術學院舉行個人畫展；送女兒去學鋼琴之餘，她也培養自己欣賞音樂的能力，1958 年她受青年寫作協會的邀請到金門勞軍，恰巧遇上八二三砲戰再度開火，回臺後她深感國軍的英勇，便將此行經驗寫成〈金門頌〉混聲大合唱曲的歌詞，隔年訪馬祖，並與俞南屏先生合寫〈不朽的八二三〉合唱曲歌詞，充分發揮她藝術方面的才華。1963 年她主持臺視「藝文夜談」，是第一位主持電視節目的女作家，備受讚譽，忙碌的她兼顧事業與家庭，並且從沒放棄她最愛的散文創作，至此她已有《母親的憶念》、《海濱隨筆》、《小樓聽雨集》、《塞上行》……等七部散文作品問世，及一部短篇小說集《遲開的茉莉》，這也是她唯一一本小說創作。

旅遊文學的先鋒

1964 年 6 月，隨夫婿業務旅行出國，恰好環遊世界 80 天，遊歷亞、歐、美等 13 個國家，在 25 個城市停留，回臺後她將旅遊的所見所聞所感寫成遊記，先在《中央日報》副刊連載，後來集結成書自資出版《海天遊蹤》二冊，受到熱烈的回響，總共再版 16 次，被譽為「最完美的遊記」，並獲得 1966 年嘉新文藝創作獎。此書不僅記遊，於瀏覽美景之際，鍾梅音看到了各個國家的歷史、文化、興衰、民族性，並以之對比臺灣，指出社會及教育的問題，思考國家發展停滯不前的原因，在書中寄寓深刻的體悟與高尚的民族情操，文藝評論家趙滋蕃先生稱讚：「放眼世界，心存故國；活的地球，活的縮影。」晚年接受訪問時，鍾女士笑著說她跟許多讀者一樣，有一個時候只喜歡《海天遊蹤》。張瑞芬則指出此書為鍾梅音散文寫作的轉折期與分水嶺，前期的寫作以小品文為主，題材多以鄉居情趣、家庭瑣事為主，一件細小的事情，一個平凡的風景，在她筆下竟也活了起來；也有寫給兒女的信，真情流露，將做母親的心情與對兒女的期望作最細微的描寫，偶論時事卻又正氣盎然，此時期的風格並無一致，有自然流露的抒情文章，也有正氣磅礴的說理議論；後期筆觸較為成熟圓渾，寓情理於幽默詼諧之中。張瑞芬評論：「前者樸拙天成，是初執筆時的『熱情盲

目』；後者是遷居臺北寫專欄練就的深刻筆力。」

鍾梅音創作力旺盛，絲毫不因喘病而放棄了筆耕的理念，集結專欄文章與藝術欣賞等 40 篇文章出版《摘星文選》，自言在氣喘病中掙扎與奮鬥的過程，猶如寫作，都是「向痛苦索取代價」。後又出版《我祇追求一個「圓」》，此書有遊記、回憶、隨筆、時事評論、藝術欣賞等，難得的是鍾梅音第一次自我剖析，析論自己寫作時的經驗與心境，並特別指出《中央日報》副刊對作品品質嚴格的要求，是如何促使她不斷在寫作上自我要求與成長，其中〈禮帽下的兔子〉一文可說是鍾梅音對散文理論的分析，以及她奉之為圭臬的寫作態度及方法。1968 年出版由女兒日記改編而成的兒童文學《我從白象王國來》，內容描述泰國的風土人情、古蹟、產物，因丈夫工作關係，1969 年移居泰國曼谷，仍持續寫作，並將《中央日報》副刊專欄「蘭苑隨筆」集結為《蘭苑隨筆》。後又移民新加坡，並重遊歐、美兩洲，將旅遊兩個月的感想出版遊記《旅人的故事》，這本書寫人事重於寫景物，搭配所旅遊的城市而有愛迪生、莎士比亞、貝多芬等偉大人物的介紹，或者歷史與動植物的介紹，可見鍾梅音人文素養的深度與知識涉獵的廣度。1977 年移民美國洛杉磯。

病吾病以及人之病

鍾梅音一生與喘病奮鬥，多次從死神手中溜走，但是仍不幸於 1979 年罹患帕金森氏症，行動逐漸遲緩不便的她並不因此氣餒，於 1980 年出版第 19 本散文集《天堂歲月》，此書以〈裹傷而戰〉為序文，足見鍾梅音對文學的執著以及與病魔抗爭的勇氣。1982 年因病情惡化回臺大醫院接受治療，是年底因想念家人又返回美國，隔年又返臺治療，並住進在醫院相識的特別護士樓美美家中療養，此時鍾梅音已無法提筆寫字，說話也漸趨無力，但是仍由她口述，余伯祺先生代筆完成〈何處是歸程〉一文，發表於美國《世界日報》，這是她最後一篇散文。一生與病魔抗爭的她發揮「病吾病以及人之病」的精神，由先生代為籌建慈光療養中心，希望能照顧那些

為病所苦的人，1984 年鍾梅音病逝林口長庚醫院，享年 63 歲。張瑞芬認為鍾梅音開啟了臺灣女性旅遊散文的先聲，並且在那個男作家只寫反共懷鄉文學的年代，她率先立腳臺灣，書寫臺灣的在地感情，勇於尋找自己的定位，相當值得肯定。

延伸閱讀

- 鐘麗慧，〈「追求一個圓」——鍾梅音〉，《織錦的手——女作家素描》（臺北：九歌出版社，1887 年），頁 165～177。
- 張瑞芬，〈文學兩「鍾」書——徐鍾珮與鍾梅音散文的再評價〉，李瑞騰主編，《霜後的燦爛——林海音及其同輩女作家學術研討會論文集》（臺南：國立文化資產保存研究中心籌備處，2003 年 5 月），頁 385～426。
- 鍾梅音，《海天遊蹤》第一、二集（臺北：大中國圖書公司，1966 年 4 月）。
- 鍾梅音，《我祇追求一個「圓」》（臺北：三民書局，1971 年 3 月）。

——選自《明道文藝》第 357 期，2005 年 12 月

鍾梅音的天堂歲月

◎衣若芬[*]

> 我愛新加坡，正因為這個國家雖然建在都市裡，可是街上有樹蔭，鬧市
> 有野趣。
>
> ——鍾梅音（1922～1984）

　　1969 年 5 月，作家鍾梅音女士從臺灣移居泰國。和她 1948 年隨夫婿余伯祺先生從大陸遷徙到臺灣一樣，這位以家庭為重的賢妻良母，再次因丈夫工作的異動而轉換起居空間。不同的是，她開始了長達 13 年的異國生活，其中有八年多在南洋。

　　在泰國兩年三個月後，1971 年 8 月，鍾梅音再隨夫婿移居新加坡，其間曾經遊歷馬來西亞，1977 年 7 月移居美國。

　　鍾梅音熱愛南洋，早在 1952 年〈我的寫作生活〉一文裡，她便對南洋充滿想像，她嚮往「曼谷、吉隆坡，這些整年開著四時不謝之花的熱帶天堂」。八年多的南洋生活體驗，她形容為一生中的天堂歲月。「天堂歲月」也是她的一本書名。

　　如果說閱讀旅遊文學是張開面向世界的眼睛，鍾梅音和三毛是我的兩位啟蒙者，一位望向文明勝景；一位探密原始荒野。鍾梅音在 1960 年代環遊世界 80 天，寫下了《海天遊蹤》，在那個環臺灣島旅遊都算隆重大事的時期，《海天遊蹤》裡豐富的知識，有趣的見聞，激發了多少像我一樣好奇的讀者的旅行夢想！

[*]南洋理工大學人文與社會科學學院副教授兼系主任，作家。

　　我比鍾梅音晚移居新加坡 35 年，重讀她書寫南洋的文章，她對南洋生活的全心投入與文化認同，35 年後新加坡的「變」與「不變」，相映成趣。她盛讚李光耀先生治國有方，新加坡的組屋制度良善，值得臺灣學習。在新加坡建國十周年，她對新加坡的進步發展寄予殷切祝福，對新加坡的文學繁榮抱著很高的期望。

　　一向被外人批評的「新加坡式英語」，以及「半調子」文化，她都很欣賞，她說：

> 新加坡人喜歡這種特別的 Accent，似乎無意，也不可能，甚至根本不必要改過來——改得像誰呢？英國？美國？為什麼要完全像別人呢？新加坡就是新加坡，這是鄉土的標識。
>
> 說到文化，有人批評不中不西，又中又西，沒有個性。我卻以為這「不中不西，又中又西」，正是新加坡文化的個性，事實上他們還混合著印度和馬來西亞的影響。

　　溫暖的南國，合適游泳的氣候治療了她的氣喘宿疾。她在聖公會教堂受洗，成為虔誠的基督教徒。教會和游泳池是她在新加坡的另兩個家，她拜畫家陳文希為師，畫室也是她經常出入的地方。寫作、習畫、唱聖歌、鍛鍊身體，這些活動之外，更令我佩服的是她澈底實踐「活到老，學到老」的精神，年近五十歲，學習英語和泰語，不但在日常生活使用溝通，還能從事兒童文學的翻譯工作。

　　翻閱鍾梅音譯著的《紅山》及《皇冠的奇蹟》，我還發現了新加坡式的簡化字。比如「要」字寫成上「又」下「女」；「獅」字寫成左「犭」右「西」，「信」字寫成左「亻」右「文」。歷史的痕跡鮮明。

　　因緣際會，承蒙曾慶華（Tom Tseng）牧師介紹，我聯繫到了鍾梅音的千金余令恬女士。余女士告訴我，她記憶中的母親是：「她自小好學不倦，很有毅力，在泰國時學習英文和泰文，非常努力。她看上去很有風度，高

貴而謙和。在新加坡時，和鄰居相處融洽，和當地的藝文界常有往來，交流活動。」余女士的父親於去年（2013 年）12 月去世，追思禮拜上，懸掛的是母親畫的「天堂之鳥」。

　　不久，余女士寄來「天堂之鳥」的照片。那是南洋常見的植物天堂鳥，設色明朗，莖葉如有微風吹拂，充滿靈動活躍的生機，宛若鍾梅音天堂歲月的懷想與紀念。

——選自新加坡《聯合早報》，2014 年 6 月 28 日，第 2 版

文學兩「鍾」書
徐鍾珮與鍾梅音散文的再評價

◎張瑞芬*

一、1950 年代女性散文：臺灣文學的一頁空白史和誤讀區

（一）徐鍾珮和鍾梅音是誰？

去年（2001）年底至今，在文學出版界一片不景氣聲中，不知何故，文學選集反倒一時大盛。[1]其中散文一類，九歌的《散文教室》（2002 年 2 月；重印自《簷夢春雨——當代臺灣十二大散文名家選集》，朱衣出版社，1994 年），和洪範版《現代中國散文選續編》（2002 年 8 月）放在一起，頗可看出一些微妙的訊息。

這些年度跨越 20 年（甚或 30 年）的文學選集，尤其是知名出版社所編選出版者，某種程度上是作者及文學作品典律化的指標，同時也是文學研究與文學史建構不可或缺的基礎。它的編選標準和入選名單，也因此具有形成某種「論述」（discourse）[2]的效用。洪範版《現代中國散文選續編》編者顏崑陽在此書前言中，即不諱言此點——所有的文學選集，其實都在

---

*發表文章時為逢甲大學中國文學系副教授，現為逢甲大學中國文學系教授。

[1]除洪範書店、九歌出版社之外，近來鍾怡雯、陳大為主編，《天下散文選》（臺北：天下遠見出版公司，2001 年 10 月）集 1970 至 2000 共 55 位作家之散文。周芬伶、鍾怡雯主編，《散文讀本》（臺北：二魚文化公司，2002 年 8 月）收 34 位作者之散文，年代跨度未作說明（上起梁實秋，下至鍾怡雯）。前者因「近三十年」之限，作者及作品屬性較為年輕，後者則作為教材之用，體例篇幅有限，亦未能求全。

[2]此處引用傅柯（Michel Foucault）的說法，「discourse」又譯為「話語」，泛指所有知識訊息有形無形的傳遞現象。在訊息傳遞的過程中，往往暗含了權力的過程，它至少包含了建立秩序、追求理性和真偽二分的排他性這幾項特質。參見傅柯著；王德威譯，《知識的考掘》（臺北：麥田出版公司，1993 年）。

建構「具體微型的文學史」。

文學選集果然是「具體微型的文學史」的話,九歌版這本重印自 1994 年《簷夢春雨——當代臺灣十二大散文名家選集》的《散文教室》即頗有參考價值。主編陳義芝在書前序文提出 1977 年源成文化十大散文家的名單,以對照近二十年後的「12 大」。可以明顯看出的是,不到二十年,名家幾乎全部易主(相同者僅二人,以下畫線標記):

> 1977 年,源成版「十大散文家」:
> 張秀亞、思果、徐鍾珮、琦君、蕭白、<u>王鼎鈞</u>、<u>張曉風</u>、顏元叔、子敏、張拓蕪。
> 1994 年,朱衣版「十二大散文家」:
> <u>王鼎鈞</u>、余光中、林文月、陳冠學、楊牧、<u>張曉風</u>、黃碧端、陳列、阿盛、劉克襄、莊裕安、簡媜。

朱衣版 12 大散文家當然並非定論,隨著時序更移,想必每隔 10 年或 20 年,不同名單當陸續產出。然而當我們對照著洪範版散文精選正、續編(自五四以降,起自周作人,終於張惠菁),和 1989 年許達然編的《臺灣當代散文精選(1945～1988)》(新地文學出版社)時,突然發現臺灣當代散文史可能會出現一個明顯的空缺,那就是 1950 年代女性散文。

出現在以上三本散文選[3]裡,1950 年代自大陸來臺的外省籍女性散文家,加起來總計只有八位:蘇雪林、琦君、林海音、張秀亞、胡品清、羅蘭[4]、鍾梅音、艾雯。而根據完整的統計數據,在中文研究所中,40 年來的

---

[3]三本散文選如下:
　(1)楊牧、顏崑陽編,《現代中國散文選續編》(臺北:洪範書店,2002 年 8 月);
　(2)陳義芝編,《散文教室》(臺北:九歌出版社,2002 年 2 月);
　(3)許達然編,《臺灣當代散文精選》(臺北:新地文學出版社,1989 年)。
[4]胡品清、羅蘭為外省籍第一代來臺女性散文家,然胡品清詩作較早,第一本散文選《胡品清散文選》出版於 1973 年。羅蘭第一本散文集《羅蘭小語》(第一輯)出版於 1963 年。嚴格來說,她們應屬 1960、1970 年代的作家,此處姑且從寬計入。

博碩士論文以臺灣當代散文為研究對象的，則總計只有五位女性作家在名單之內，分別是：蘇雪林、琦君、林海音、張曉風、簡媜。[5]

　　臺灣當代散文史的這項空缺，一方面是持中國史觀的文學研究者及史家向來對 1950 年代臺灣女性散文持刻板印象，並未深入了解與研究（包括了中文系的所有研究者）；[6]另一方面，新設立的臺文系所基於意識形態，強調本土、在地，往日治時代上溯文學源頭，自然也不可能拿這些上接五四傳統的外省來臺女作家為主要論述或研究對象。於是在女性主義及相關研究者（如范銘如）都已經注意到 1950 年代女性小說的重要性時，1950年代和小說創作量一樣驚人的女性散文，卻仍然是一片荒漠。那兒所有的，只是「白色而荒涼」[7]的花朵（葉石濤語）。

　　曾經獨領一時風騷（1972 年，張曉風主編的巨人版中國現代文學大系，散文部分三十位居其一；1977 年時，列名源成版當代十大散文名家）的徐鍾珮，從第一本散文《英倫歸來》（臺北：重光文藝出版社，1954年）至今，近來已完全消失在所有臺灣當代散文選集之中。半世紀以來，僅僅得到一篇單篇論文研究。[8]寫過 19 本散文集的鍾梅音，著作超過百萬字。卻僅有一篇出自《冷泉心影》的〈鄉居閑情〉，在國中國文課本中一再出現（許達然編《臺灣當代散文精選》時又援例引用）。這卻是她所有散文創作中，最早期且自認為不成熟的作品。50 年來，鍾梅音所得到專書與單篇論文研究則是掛零。

[5]參見方美芬，〈有關臺灣文學研究的博碩士論文分類目錄（1960～2000）〉，《文訊》第 185 期（2001 年 3 月）。徐杏宜，〈1999～2002 臺灣當代文學研究之博碩士論文分類目錄〉，《文訊》第205 期（2002 年 11 月）。
[6]鄭明娳早已指出，中國文學研究所以現代文學為論文範圍者，大抵以「名家」為論文題目，「這樣才有現成的資料可以抄寫」，創見極少，多半只是拼湊前人說法。鄭明娳，〈誰來研究臺灣文學〉，《自由時報》，2000 年 4 月 2 日，第 39 版。
[7]葉石濤，〈五〇年代的臺灣文學——理想主義的挫折和頹廢〉，《臺灣文學史綱》（高雄：文學界雜誌社，1991 年），頁 88。
[8]鄭明娳，〈一個女作家的中性文體——徐鍾珮作品論〉，鄭明娳主編，《當代臺灣女性文學論》（臺北：時報文化出版公司，1993 年），頁 309～336。鄭明娳此篇論文，半數是談徐鍾珮小說《餘音》，亦非專就散文立論。此外，曾鈴月，〈女性、鄉土與國族——戰後初期大陸來臺三位女作家小說作品女性書寫及其社會意義初探〉（靜宜大學中國文學所碩士論文，2001 年）亦稍稍提及徐鍾珮小說《餘音》，但未及其散文。

在荒涼的 1950 年代，臺籍作家鍾肇政及鍾理和，身隔異地，互相打氣的兩地書信，成就了《臺灣文學兩鍾書》（錢鴻鈞編，臺北：前衛出版社，1997 年）。如今想來，文章千古事，寂寞的，只有鍾肇政和鍾理和嗎？

徐鍾珮和鍾梅音是誰？邱七七、王文漪、蕭傳文、王明書、張雪茵又是誰？畢璞和畢珍、姚葳和姚姁、葉曼和葉蘋、雪韻和雪茵，又有誰分得清楚呢？

（二）徐鍾二人的時代定位及當時外省籍女性文友群

在所有 1950 年代文學屬性與討論之中，「遷臺女作家群」有幾項特質是值得注意，且近年來已被提出者：

1.相對於男性／官方的反共意識，女作家在依附主流的表象之下，其實以自由人文主義的精神反文化霸權，對當時的文藝政策進行「突破」。這之間發揮最大影響力的，自然是身兼編者的林海音與聶華苓。[9]

2.文化（學歷）與背景的優勢之下，面臨的是性別劣勢與顛沛流離的生活，這使她們甚至淪落至與中下階級女性無異的艱難處境。張雪茵的〈烽煙歲月〉逃難史和王明書〈學步十年〉一篇文章稿費「賺了車縫兩百套衣服的錢」[10]最為代表。

承襲五四文化傳統，對女性意識與身分認同頗多著墨，兼跨性別和國族雙重挑戰。在她們筆下，很早就呈現了「家臺灣」的傾向，[11]並且放棄了不切實際的「反攻大陸」幻想。

這與 1950 年代制式的反共印象，和對女作家的負面評價——「社會觀點稀少」、「風花雪月」、「彷彿不知道是身在這樣驚心動魄的大時代裡」，[12]

---

[9]相關論點，並見郭淑雅，〈國族的魅影，自由的天梯——《自由中國》與聶華苓文學〉（靜宜大學中國文學所碩士論文，2001 年）。陳芳明，《臺灣新文學史》第 12、13 章，見《聯合文學》第 200～201 期（2001 年 6～7 月）。應鳳凰〈《自由中國》、《文友通訊》作家群與五○年代臺灣文學史〉，《文學臺灣》第 26 期（1998 年 6 月）。

[10]張雪茵，〈烽煙歲月〉，《中外雜誌》第 19 卷第 3 期（1976 年 3 月）。王明書，〈學步十年〉，《四海一家春》（臺北：臺灣商務印書館，1972 年），頁 141；又見吳裕民，《女作家自傳》（臺北：中美文化出版社，1972 年）。

[11]范銘如，《眾裏尋她——臺灣女性小說縱論》（臺北：麥田出版公司，2002 年），頁 50、61。

[12]劉心皇，〈自由中國五十年代的散文〉，《文訊》第 9 期（1984 年 3 月），頁 54～82。

當然已經有了很大的差距。除此之外，相對於官方的「中國婦女寫作協會」，[13]女作家們的私下結社——另一種文友群「女作家慶生會」（起因於林海音為新生的小女嬰祖葳請滿月酒），竟一辦 30 年，每月從未間斷。起頭的 11 個人，其中之一即鍾梅音。[14]而林海音、鍾梅音和徐鍾珮三人，正是早先在《中央日報》「婦女與家庭」周刊投稿結識的文友。

　　據陳紀瀅先生所記，鍾梅音於民國 39 年上半年已與在臺北的男女作家由熟稔而有了友誼。當時她隨丈夫余伯祺在蘇澳，夫婦都好客，先後於民國 39 年夏秋之交，分次迎臺北文藝界友人到蘇澳去遊玩。第一批有海音夫婦，第二批則包括孫多慈、徐鍾珮、武月卿、王文漪（筆者按：民國 44 年，梅音隨夫婿調職至臺北，即接任王文漪主編中央婦工會的《婦友》月刊）等。[15]

　　以年齡長幼排序，徐鍾珮（1917）稍長，林海音（1918）居中，鍾梅音（1922）最末。另一項有趣的巧合是——徐鍾珮和林海音都是新聞科班出身，擔任過編輯工作的，是林海音和鍾梅音。在當時文壇上，林海音和鍾梅音又被並稱為「二音」。[16]如今「二音」已成絕響，往事已矣，斯人已

---

[13]「中國婦女寫作協會」原名「臺灣省婦女寫作協會」（簡稱「婦協」），1955 年由蘇雪林發起。成立 14 年後，於 1969 年改組，更名「中國婦女寫作協會」。婦協之成立，固然是為了拓展反共文學的筆隊伍，增強反共抗俄的力量，但是也因「鼓勵女性創作，研究婦女問題」，舉辦多場座談會，又有計畫的出版作品，因而促使女性從事創作的人數及作品大為增加，形成一股潮流。除發起人蘇雪林之外，尚有張秀亞、艾雯、鍾梅音、謝冰瑩、張漱菡等，但琦君、林海音並不在其內。

[14]林海音《剪影話文壇》（臺北：純文學出版社，1984 年）記發起「女作家慶生會」的 11 人，分別是琦君、鍾梅音、林海音、陳紀瀅太太、張漱菡、王琰如、張雪茵、黃眭思、劉枋、劉咸思、黃媛珊。

[15]陳紀瀅，〈憶梅音〉，《傳記文學》第 262 期（1984 年 3 月），頁 72～76。徐鍾珮，〈零落的海濱故人〉，《我在臺北及其他》（臺北：純文學出版社，1986 年），頁 248 也提到這段蘇澳文友聚會的往事。

[16]徐鍾珮、林海音、鍾梅音三人資料表列如下：

姓名	生卒年	籍貫	學歷	經歷
徐鍾珮	1917～2006	江蘇人	中央政治學校新聞系畢業	《中央日報》駐英特派員 國民大會代表 大使朱撫松夫人
林海音	1918～2001	苗栗人，生於日本大阪，長於北平	北平世界新聞專科學校畢業	北平《世界日報》記者 《聯合報》副刊主編 純文學出版社發行人

杳，在林海音被海峽兩岸熱切注意的同時，徐鍾珮和鍾梅音的寂寞，愈發凸顯出另一種人世的荒涼。

在王德威提出「傷痕見證文學」一詞，以及范銘如「臺灣新故鄉」[17]之說之後，1950 年代及女性文學似乎稍稍得到平反。連楊照也對 1950、1960 年代屬於非主流的女性散文持正面評價，「相對於『反共』、『現代』雙雙走離現實，反而是女作家作品還保留了一點現實的紀錄」。然而，誠如楊照所說，她們所刻畫的世界，只是臺灣社會的一小角，「集中在都會的外省人圈圈裡」[18]嗎？

長久以來，女性散文作品，其實是一頁空白史和誤讀區（所謂「文學史上最大的空白」[19]）。我們一直以為，小說這項文類，可以代表當代思潮和所有的美學觀念。在許許多多的 1950 年代兼善小說和散文的女作家之中，如雪茵、王文漪、蕭傳文、王琰如、劉枋、羅蘭、畢璞，包括林海音，文學研究者都不自覺的側重了她們小說方面的成就，忽略了散文表現。其中，臺灣文學史及文學研究中漏掉的最重要的兩位 1950 年代散文作家，就是徐鍾珮和鍾梅音。

（三）「想像」與「真實」的角力：徐鍾二人所代表的女性散文美學理論與實踐

散文，身為一種相對於小說、詩、戲劇的一種文類（Literary genre），由於寫作者較少結社成黨，介入論戰，「幾乎沒有風潮，更缺乏諸種藝術流派的辯證」，[20]散文向來是處於較邊緣的位置上。然而，我們應該注意到的

| 鍾梅音 | 1922～1984 | 福建人 | 廣西大學法律系（未卒業） | 《婦友》月刊主編《大華晚報》副刊主編 |

[17]王德威，〈一種逝去的文學？——反共小說新論〉，《如何現代，怎樣文學？》（臺北：麥田出版公司，1998 年），頁 141～158。范銘如，《眾裏尋她——臺灣女性小說縱論》，頁 50、61。
[18]楊照，〈文學的神話，神話的文學——論五○、六○年代的臺灣文學〉，《文學、社會與歷史想像》（臺北：聯合文學出版社，1995 年），頁 121。
[19]鍾肇政 1950 年代時，曾引松本正義，〈臺灣文學的歷史與個性〉一說，「五○年代是台灣文學史上最大的空白時期」。引自鍾肇政，〈感慨話五○年代〉，《中國時報》，1992 年 9 月 23 日，第 27 版。
[20]鄭明娳，《現代散文》（臺北：三民書局，1999 年）。相關論證請參閱拙作〈建構女性散文在當今

是，林燿德早在七年前〈傳統之軸與前衛之輪——半世紀的臺灣散文面目〉一文中，即已指出：「追求現代性，一直是台灣現代散文發展過程中的一個巨大軸線」。散文家的獨行俠特質，並不代表散文在臺灣只是一種邊緣文類。「散文家本身以創作或評論提出的『隱性宣言』，才是真正值得重視的」。[21]

這些沉默的宣言，從王鼎鈞、楊牧，到阿盛、簡媜諸名家筆下，可謂包羅萬有。如果以女性散文為例，1950 年代的張秀亞、徐鍾珮、鍾梅音，即頗有闡發。相對於 1969 年余光中〈剪掉散文的辮子〉[22]強調散文的修辭能力，1981 年張秀亞的〈創作散文的新風格〉[23]則是散文概念的拓寬，她強調：

> 新的散文已逐漸地擺脫了往昔純粹以時間為脈絡的寫法，而部分的接受了時間與空間、幻想與現實的流動錯綜性。在描寫方面，不只是按時間順序排列起來貫串的事件，而更注意生活橫斷面的圖繪，心靈上深度的掘發。

所謂「意識流」、「思想斷片」、「象徵」、「意象」，其實暗喻與詩、小說文體的靠近（林央敏 1984 年的「散文出位」[24]乃藉此衍生而來）。張秀亞並且說，新的散文「映射出行為後面的真實，生活的精髓，並表現出比現實事物更完全，更微妙，更根本的現實」。[25]

世界上，有比現實更微妙，更根本的現實嗎？張秀亞所指，究為何

文學史的地位〉，成功大學臺灣文學史書寫國際學術研討會論文，2002 年 11 月。

[21]林燿德，〈傳統之軸與前衛之輪——半世紀的臺灣散文面目〉，原發表於《聯合文學》第 132 期（1995 年 10 月），後收入楊宗翰編，《新世代星空》（華文網，2001 年）。

[22]余光中，〈剪掉散文的辮子〉，《逍遙遊》（臺北：大林出版社，1969 年）。亦見何寄澎編，《當代臺灣文學評論大系‧散文批評》（臺北：正中書局，1993 年）。

[23]張秀亞，〈創造散文的新風格〉，《人生小景》（臺北：水芙蓉出版社，1981 年），頁 3～5。

[24]林央敏，〈散文出位〉，《文訊》第 14 期（1984 年 10 月）。收入何寄澎編，《當代臺灣文學評論大系‧散文批評》。

[25]張秀亞，〈創造散文的新風格〉，《人生小景》，頁 4。

物？如果我們參照一些男性散文家傳統的觀點，當真能得到一個丈二金剛，摸不著頭腦的答案。

散文家亮軒就說，「散文必須尊重常識層次邏輯性的論述」，包含「作者很明白的，期望傳達的感覺或是啟發」。[26]而鍾梅音在她早期（1969 年）的散文《風樓隨筆》序言中卻說：「創造最需要的還是敏銳的直覺，當我們集中注意力於知識時，留給創造的活動空間就變小了」。理性邏輯和「妙悟」（張秀亞語）、「化境」（張曉風語）、[27]「直覺」之說，相距何其遠矣！說穿了，女性在散文中所實踐的隱性宣言，就是「想像力」與「直覺」。正如史密斯（Alexander Smith）解說散文：「作為一種文學形體，散文類似抒情詩，因為是由某種中心的心情範疇而成。有了心情，散文從第一句到末一句便圍著它長，正如繭之於蠶」。

「真實」與「想像」，看似二元分立，事實上並不然。女性善於以感覺、直覺去感知事物，種種「瑣碎」、「流動」、「情緒」與「想像」、「獨白」，遂成直指內心真實的途徑。羅蘭巴特（Roland Barthes）曾引拉岡（Jacques Lacan）的話說，現實是指一個外在固定的物象，而真實，必包含主體活動的過程。所以他說：「我如果不寫作就什麼都不是。然而，我卻在別處，而不在我的寫作之中」（《羅蘭巴特論羅蘭巴特》）。

當男性研究者及散文家汲汲於（或「苦惱」於）分類、歸納、定義眾散文作家及文本時，我們回頭讀徐鍾珮和鍾梅音散文中的「隱性宣言」，尋繹其散文寫作觀念，竟然發現這種異於主流／男性的散文美學——「想像力」。

1917 年出生，出身於中央政治學校新聞系的徐鍾珮，號稱「中國第一位女記者」。曾任職中央宣傳部國際宣傳處，抗戰勝利後，奉派為駐英特派員，《英倫歸來》即其返國後所成之報導。她的散文清麗明快，簡潔凝練，

---

[26]亮軒，〈文辭如水，一筆如舟——散文如是我觀〉，《自由青年》第 699～700 期（1987 年 11～12 月）；後收入陳幸蕙編，《七十六年文學批評選》（臺北：爾雅出版社，1988 年）。

[27]張秀亞，〈略談我散文寫作的經驗〉；張曉風，〈散文，在中國〉，並收入《中央月刊》第 13 卷第 5 期（1981 年 3 月），文藝座談，「談散文寫作」。

一般人只讚歎她「知性」的一面，不黏不滯，「高貴」、「典雅」、「瀏亮」。乾淨俐落，幾近透明，善於把「我」抽離出來。[28]然而，就在最需旁觀立場的小說《餘音》（1961 年）一書中，她卻以細膩的情感贏得了所有讀者的心。她在書前序言〈熟了葡萄〉中，說明了她寫這本小說的緣由：

> 我時常懷疑自己有沒有想像力。作為一個記者，幾乎像一個史家，我處處求「真」。為求「真」心切，我也許無形中扼殺了自己或有的想像力。我既已無緣重作馮婦，為什麼不把這一份可能尚未完全滅絕的想像，解救出來？我想這是我試寫《餘音》的動機。[29]

寫作《餘音》時的徐鍾珮，歷經甲狀腺疾病所苦，時值中年（44 歲），這番領悟，正好介於她前期散文《英倫歸來》（1948 年）、《我在臺北》（1951 年）和晚期的《追憶西班牙》（1981 年）之間。這或許可以給我們一些啟示。這是一個作家力求突破自己時的體悟，身為專業記者出身的她，是不是正在說，真正客觀的事實是不存在的呢？或者說，這世界有不摻雜主觀情感的客觀事實嗎？

和徐鍾珮同時期寫作的鍾梅音，總共有 19 本散文集（詳見下文表列），她強調寫散文重在對美的感受力量，散文的價值在於意境、韻律、風格和文采，而非內容：

> 散文最要緊的條件便是能夠構成動人的完整境界，假如辦不到，一切敘述和描寫都是浪費。

---

[28] 鄭明娳，〈一個女作家的中性文體──徐鍾珮作品論〉，鄭明娳主編，《當代臺灣女性文學論》，頁 309～336。

[29] 徐鍾珮，〈熟了葡萄〉，《餘音》（臺北：重光文藝出版社，1961 年），頁 5。《餘音》之寫作，距離她上一本散文已有十年之久，時隨夫婿朱撫松派駐加拿大，患甲狀腺疾病，仍勉力完成，全書共 20 萬字。

在〈禮帽下的兔子〉一文中，鍾梅音指出「把讀者的想像力凝聚起來」是首要之功。[30]

想像力美學的支持者，另有一位近來以時間空間的辯證和跨文類方法解構散文的張讓（盧慧貞）。她說：「好的散文，總引領我到一個想像的空間」。[31]她認為，人根本上是孤立的，必須經由彼此的記憶來照見自己，「作家是尋找語言的人，成功的作家是找到語言的人」。[32]試舉張讓一段文字為例，她寫在安那堡街上看到一個胖子，竟可以這樣形容：

> 一個普通人。臉以下發瘋了，一裹不思不語的獸慾，和人扯不上關係。臉歸臉，身體歸身體，各行其是。[33]

藉由「想像」以到達內在認知的「真實」（real），而不僅是外在表象的「現實」（reality），是女性散文作家喜歡書信、手札、日記、獨白體散文的原因，這也是張秀亞所謂「比現實更微妙，更完全，更根本的現實」。她們不談理性邏輯的題材、分類、及散文的作用、反而強調「像漣漪般一圈圈擴揚的聯想」[34]、「境界」、「想像力」這種非「邏輯、理性、可以言詮」的特質。徐鍾珮《餘音》書前序文，在某種程度上，隱合菲力普‧樂然（Philippe Lejeune）「自傳契約」的說法。作者某種暗含或公開的表白（寫作意圖），就如同作者和讀者達成一道默契，作者把書當作自傳來寫，讀者把書當作自傳來讀。[35]廣義一點來說，一切作品都是自傳，都指向內在最真

---

[30]鍾梅音，〈禮帽下的兔子〉，《我祇追求一個「圓」》（臺北：三民書局，1969 年），頁 89。這篇文章，原為一篇講稿，是鍾梅音完整詮釋其散文理念極重要的代表作。同書中〈逆水行舟〉亦可補充她的散文創作觀。

[31]張讓，〈想像的空間〉，《當風吹過想像的平原》（臺北：爾雅出版社，1991 年），頁 2。

[32]張讓，〈十月手記〉，《斷水的人》（臺北：爾雅出版社，1995 年），頁 206。

[33]張讓，〈平常記事〉，《斷水的人》，頁 219。

[34]艾雯喜以書簡體行文，她認為「書信是最溫柔、率真、親切、自然、平易，而且可以包含一切的文學。正合適意到筆隨的融抒情、敘事、說理於一爐。見劉叔慧，〈生活的藝術家──訪艾雯女士〉，《文訊》第 101 期（1994 年 3 月），頁 95～98。

[35]Philippe Lejene, *Le Pacte Autobiographigue*, 1982.一書中譯本，楊國政譯，《自傳契約》（北京：生活‧讀書‧新知三聯書店，2001 年 10 月）。

實的自我，這是超越「文類」、「作用」諸說的一種「前衛之輪」（林燿德語）散文美學理念的實踐。

當散文作者虛構的時候，並不妨礙其為真實的閱讀契約。「想像」與「真實」的角力，代表著一種不同於主流的、男性「傳統之軸」的省思，女性的「前進之輪」，正在隱隱蓄勢待發，而生機勃然。

因此，當我們看到張秀亞、鍾梅音和徐鍾珮在 30 年前如此跨越邊界、想像飛躍的女性散文「隱性宣言」時，對照一篇日前發表於《聯合報》的男性散文觀：

> 散文作為文學的一大門類，大體上可分為敘事性散文、論說性散文與抒情性散文三種。敘事性散文向長度伸延，就派生出報告文學。如果敘事過於曲折，便向小說靠近，但它不是小說，因為它不許虛構，寫的一定是實人實事。論說性散文派生出雜文，寫長了便向論文靠近，但它一定不是學術論文，因為論文訴諸邏輯，而雜文等論說性散文筆端則帶情感。[36]

將散文作用，抒情、敘事、論說三分，二者之差，直不可以道里計。散文的跨文類現象及想像美學，果真是一種代表作者的「美感迷失」或「權力欲求」的焦慮？還是男性評論者「邏輯理性掛帥」下的焦慮呢？[37]

---

[36] 劉再復，〈我的散文理念〉，《聯合報》，2002 年 11 月 15 日，第 39 版；後收入陳義芝主編，《劉再復精選集》（臺北：九歌出版社，2002 年 10 月），序言。

[37] 周慶華〈臺灣當代散文的文類焦慮〉一文認為「作者在創作某一類型的作品前，如果覺得走既有的常熟的該一類型作品的路線沒有『出息』或難以『新人耳目』（而招徠讀者的賞愛），他就會力求突破『現狀』而以較不一樣的型態來呈現，這就構成文類焦慮的事實。」他並指出，散文的跨文類（出位）現象代表一種作者的美感迷失和權力欲求，終將被讀者捨棄，而難以為繼。九歌文教基金會「臺灣現代散文研討會」論文，1997 年。與周慶華持不同看法的，例如楊牧。他認為以後的文學，應具有以下三個特徵：文類將呈混淆狀態、明朗寬厚、不受外力拘束。見楊牧，〈以後的文學〉，《聯合報》，2002 年 1 月 16 日，第 37 版。

二、徐鍾珮和鍾梅音散文的特殊性

（一）以散文為主要創作文類

徐鍾珮代表「知性」一系，鍾梅音則偏重「抒情」美文。在我們個別分析二人文本之前，首先將、徐、鍾二人的資料及著作回顧一遍：

1. 徐鍾珮（1917～2006）[38]

1917 年 2 月 10 日生，江蘇常熟人，筆名另作「余風」。

徐鍾珮畢業於中央政治學校（政治大學前身）新聞系，曾任職中央宣傳部國際宣傳處，擔任新聞檢查員（小說《餘音》曾描述過這段以「藍鉛筆」扣發外國新聞記者電報的經歷）。其後入重慶《中央日報》任採訪。1945 年，抗戰勝利，奉派為駐英特派員。時歐洲冠蓋雲集，重要國際會議多在歐召開，曾在英採訪第一屆聯合國大會，在法採訪第一次國際文教會議及對義和會，並赴德訪問劫後柏林。

1947 年返國，翌年出席第一屆行憲國民大會，寫《倫敦和我》及《英倫歸來》；來臺後，將上述兩書及其在英所寫的《英倫閒話》合併成一書——《多少英倫舊事》（臺北：大林出版社，1969 年）。《我在臺北》（臺北：重光文藝出版社，1951 年），原發表於臺北《中央日報》副刊，共 20 篇散文，後改名為《我在臺北及其他》（臺北：純文學出版社，1986 年）。居臺北期間，並翻譯出版莫里哀小說《哈安瑙小姐》、毛姆《世界十大作家及其代表作》。

自 1956 年後，在海外生活十餘年，先後隨夫婿朱撫松去美、加、西班牙、巴西、韓國等國，著有《餘音》（臺北：重光文藝出版社，1961 年）、《追憶西班牙》（臺北：純文學出版社，1976 年）及《徐鍾珮自選集》（臺北：黎明文化公司，1981 年）等書。

---

[38]以下資料，參考中央委員會文工會剪報資料，《中華民國當代名人錄》（臺北：臺灣中華書局，1978 年）、《她們的世界》（臺北：純文學出版社，1984 年）、《中華民國作家作品目錄》（臺北：文建會，1999 年）、《織錦的手》（臺北：九歌出版社，1987 年）、徐鍾珮手書著作年表（文訊文藝資料中心典藏）。所錄書籍，以首次出版為準，以釐清時間先後次序。

徐鍾珮作品，依年代先後表列說明如下：

序號	書名	性質	出版項	說明
1	英倫歸來	散文	中央日報社，1948年 重光文藝出版社，1954年 大林出版社重印，1969年，合為《多少英倫舊事》 大林出版社重印，1977年，合為《靜靜的倫敦》	1947年，結束兩年倫敦特派員生活，回到南京，在《中央日報》寫的15篇報導。包括〈揮別倫敦〉、〈外國不是天堂〉、〈她們的腳大了一號〉、〈皇帝萬歲〉、〈相逢不相識〉等篇。
2	我在臺北	散文	重光文藝出版社，1951年 純文學出版社，1986年，易名為《我在臺北及其他》	1950年到臺灣後，在武月卿主編的《中央日報》「婦女與家庭」周刊上所寫的20篇散文。作者自言，此書泰半為真人真事。她寫家人、好友、好友的愛犬〈海祿和瑪尼〉，在地情感〈發現了川端橋〉，姊姊的女兒〈失去的幼苗〉等。其中〈熊掌和魚〉寫職業婦女家庭事業不能得兼之苦；〈地獄天使〉寫逃難至臺灣的經歷；〈寄居〉和〈我的家〉可以看出「家臺灣」的情感；〈父親〉一文，則是一再被選集注意的佳篇。
3	哈安瑙小姐（莫里哀）	譯作	皇冠出版社，1951年	1950年間於臺北翻譯出版。

4	世界十大作家及其代表作（毛姆）	譯作	純文學出版社，1951 年	
5	餘音	長篇小說（20萬字）	重光文藝出版社，1961 年 純文學出版社重印，1978 年	在加拿大病甲狀腺，以回憶抗戰年間及個人成長經歷為主軸，為一「擬自傳」型小說。此書先於《大華晚報》上登載，再由重光文藝出版，極受好評。被與《藍與黑》、《滾滾遼河》視為抗戰三大小說。其散文〈父親〉可與之對照（收入《我在臺北及其他》）。全書以抗戰前十年中國社會為背景，敘述重心在父女二人的情感。家庭的乖葛，時代的亂離，直如「西風馬嘶，長空雁唳」（馬星野語），感人至深。書前〈熟了葡萄〉一文，為婦女處境絕佳省思，亦是一篇絕佳散文。
6	多少英倫舊事	散文	文星書店，1964 年	《英倫歸來》、《倫敦和我》、《英倫閒話》三書合編而成。〈落霞孤鶩〉、〈依稀禮義之邦〉、〈櫃臺底下〉、〈我的寂寞〉、〈這也算是夏天〉、〈一日幾茶〉、〈大家都小氣了〉，均頗值得再三玩味。
7	追憶西班牙	散文	純文學出版社，	包括 11 篇文章，29 幀照

			1976 年	片。乃隨夫婿駐西班牙五年最後一年所寫，連載於《中央日報》副刊。三年後才出書。林海音讚譽此作不但捕捉了西班牙的「精氣神」，更把握了歷史的縱橫，兼遊記、歷史及精神於一體。
8	徐鍾珮自選集	散文	黎明文化公司，1981 年	分「散文」、「新聞寫作」、「遊記」三編，集舊作而成。卷首並有生活照片、手跡、小傳。

2. 鍾梅音（1922～1984）

1922 年 12 月 28 日生，[39]福建上杭人，1984 年辭世。筆名另有「音」、「愛珈」、「綠詩」等。

鍾梅音幼年即患氣喘病，未能按部就班上學，抗戰軍興，她流徙內地，以同等學歷考取藝術專科學校，三年後又考取國立廣西大學文法學院法律系，但皆未畢業。民國 37 年春，她隨夫婿余伯祺來臺，居蘇澳六年。第一篇散文〈雞的故事〉發表於《中央日報》「婦女周刊」，由此開始了她的寫作生涯。曾主編《婦友》月刊，《大華晚報》副刊，並主持電視節目「藝文夜談」。她的創作以小品和遊記最多，同時也有兒童文學、繪畫等創作，也曾翻譯義大利民歌和維也納歌劇。在題材的選擇上，是以生活周遭事物為主，特別是她的家庭，同時充滿對往事的回憶。

鍾梅音作品，依年代先後表列說明如下：

序號	書名	性質	出版項	說明
1	冷泉心影	散文	重光文藝出版社，1951 年	第一本散文集，共計 30 篇散文。時夫婿任職臺肥

---

[39]鍾梅音生年，據《文訊》藝文資料庫年表為 1921 年，中央委員會文工會及國圖當代文學史料目錄及《九歌散文選》則均作 1922 年。究為如何，仍有待查證。今暫作 1922 年。

				蘇澳廠廠長，鍾梅音攜子遷居宜蘭蘇澳，因「鄉居無俚，夜坐寂寞」，故開始創作。〈雞的故事〉（按：鍾梅音第一篇散文）、〈鄉居閑情〉、〈賣蛋記〉、〈阿蘭走了以後〉均出於此書，以懷鄉憶舊，以及鄉居生活描寫為主。
2	母親的憶念	散文	復興書局，1954 年	寫故人往事的懷思及鄉居雜感，此外，還有三十餘首歌詞。
3	海濱隨筆	散文	大華晚報社，1954 年	1952 年起在《中央日報》撰寫「每周漫談」，筆名「音」、「小芙」，為早期的專欄小品。此書集《中央日報》、《大華晚報》、《新生報》、《中華日報》專欄文章而成。內容頗多對時事、教育、女權之闡發。〈木瓜之喻〉即出於此書。
4	遲開的茉莉	小說	三民書局，1957 年	唯一的小說創作集，共收十篇短篇小說。〈路〉一篇寫婦女家庭事業難以得兼的困境，頗能與散文〈木瓜之喻〉相呼應。鍾梅音的小說調性與林海音頗接近，道盡那一代女子在婚姻、愛情、事業間的無奈與徬徨。
5	小樓聽雨集	散文	大中國圖書公司，	1955 年遷居臺北。生次女

			1958 年	「令恬」（即「小白羊」），1956 年曾主編《婦友》月刊，因宿疾發作而止。此書集 1954 年下半年散文而成。並於自序中表明決定把「未來的歲月，完全獻給散文」，因為在小說與散文中，自己實更愛散文創作。此書集隨筆、畫評、說理而成，典型的「守在搖籃邊一面讀一面寫的日子」所作。
6	塞上行	散文	光啟出版社，1964 年	共 35 篇文章，分散文、隨筆、遊記三卷，其中〈送病文〉、〈啼笑人間〉堪稱最能表現鍾梅音文字技巧和為病苦所累的主題。十封〈寫給女兒〉的信，堪稱對天下女孩的期許。〈塞上行〉、〈金門二度行〉是反共時代文字的見證。
7	十月小陽春	散文	文星書店，1964 年	1963 年主持臺視「藝文夜談」半年。是第一位主持電視節目的女作家，備受讚譽。此書半數為前列數本舊作內容，半數為新作。
8	海天遊蹤（兩冊）	散文	大中國圖書公司，1966 年	1964 年 6 月，隨夫婿業務旅行出國，恰好環遊世界 80 天，歷 13 國 25 城。集為二冊，先在《中央日

				報》副刊連載，而後自資出版，再版 16 次，被譽為「最完美的遊記」。此書曾獲得 1966 嘉新文藝著作獎。
9	摘星文選	散文	三民書局，1967 年	此書包括小品專欄和藝術欣賞共 39 篇，在序文〈耳朵、素描及其他〉中，鍾梅音自言氣喘病中掙扎與奮鬥的過程，猶如寫作，都是「向痛苦索取代價」的事。在此本散文集中，作者顯然有了不同的進境，擺脫瑣細事物，發揮幽默與世情的深度，篇幅雖短，卻十分耐人尋味。〈唐寶雲的哭〉、〈圍城之喻〉、〈聰明之累〉、〈俗得可愛〉均極佳。
10	我祇追求一個「圓」	散文	三民書局，1968 年	內容包含遊記、講稿、隨筆、繪畫欣賞、寫作心得。此書中，〈禮帽下的兔子〉、〈逆水行舟〉二文，是作者唯一剖析散文理論及寫作經驗之作，頗值參考。
11	我從白象王國來	兒童文學	大中國圖書公司，1968 年	與女兒余令恬合著，描述泰國古蹟、土產、風土人情。（根據女兒日記改寫，為方便小朋友閱讀，並加上注音）。
12	夢與希望	散文	三民書局，1969 年	28 篇散文，全為舊作，將

				偏重寫景的文字和遊記類合併。
13	風樓隨筆	散文	三民書局，1969 年	1969 年 5 月移居曼谷，臨行前出版此作（一本從「臺北校到曼谷」的散文集）。由於寫作完成於臺北住家小樓之上，心繫身在曼谷的丈夫，故名之。內容包含談藝術、教育、婚姻、讀書，甚至談「吃」。據作者序言所稱，20 年來，著作已破百萬字，「最快樂的書，完成於最痛苦的心情中」，使現實成為可忍受的事，唯寫作而已。
14	蘭苑隨筆	散文	三民書局，1971 年	「蘭苑隨筆」原為副刊專欄，共收 12 篇。為旅居曼谷時所寫。1971 年 8 月，移居新加坡。
15	啼笑人間	散文	香港小草出版社，1972 年 皇冠出版社再版，1977 年	因應香港小草叢刊出版，集舊作（1953～1972）合為一帙。作者喟歎往昔的時光不能重回，她永遠珍惜那些從靈魂深處發出的「內心的聲音」。
16	春天是你們的	散文	三民書局，1973 年	21 篇散文，〈春天是你們的〉寫兒子，〈早飛的小鳥〉寫女兒，〈看花與種花〉寫自己。及論環境保育的〈生態二題〉。其他 17 篇為舊作。

17	旅人的故事	散文	大地出版社，1973年	1972 年 4 至 6 月，集旅遊歐、美兩個月文字而成。時仍居新加坡。此書內容與《海天遊蹤》相較，寫人寫事重於景物，如林肯、愛迪生、莎士比亞、貝多芬，增添了歷史與人文的悠緩與深度。
18	昨日在湄江	散文	香港立雨公司，1975 年 皇冠出版社再版，1977 年	1975 年，「東南亞在短短四十天忽然失去了半壁江山」，戰禍使作者憶起旅居曼谷的種種，遂以此為主題寫作此書。此書前半收錄泰、新二地雜感，後半則側寫泰國人文、風俗種種。〈兩首小詩〉一文談新加坡英語及移民史，至為精彩。
19	這就是春天	散文	皇冠出版社，1978年	1977 年移居美國加州洛杉磯。此書集雜感短文而成，談電影、畫作、學英文，各地旅遊瑣憶。
20	天堂歲月	散文	皇冠出版社，1980年	1979 年羅帕金森症，此書以〈裹傷而戰〉為序，作為最後一本散文，半世紀寫作的餘音。此書集在美國發表的文字而成，原擬以「夕陽無限好」為名。1982 年回臺療養。1983 年，發表最後一篇散文〈何處是歸程〉，1984 年病逝長庚醫院。

　　徐鍾珮和鍾梅音的著作並列之下，很容易可以看出，前者「要言不繁」的特性，作品量少質精，篇篇令人驚豔；後者則充滿繁複瑣細的特質，品類紛呈（畫評、書評、心得、雜感、書簡……兼備），結集複沓，典型「家常愛寫」（Familiar Essays）的風格。徐鍾珮的散文，嚴格說來總共只有三本，《英倫歸來》系列（包括《多少英倫舊事》）、《我在臺北》、和《追憶西班牙》，和鍾梅音洋洋灑灑的 19 本比起來，簡直不成比例。然而她卻能在文壇上引發所有文友和讀者的讚歎折服。劉枋就自認，其他文友如張秀亞、孟瑤，均非不可及，「只有徐鍾珮，任我再埋頭苦讀苦寫，也難望其項背」。[40]

　　論者或為徐鍾珮秉新聞記者之筆，立場客觀，情感節制，語境明淨，為其最佳處，簡而言之，就是一般女性作家筆下少見的「中性特質」。[41] 1950、1960 年代，在外省女作家群中，跑新聞出身的，除林海音之外，又如張明（筆名姚葳）。張明長徐鍾珮兩歲，同是中央政治學校新聞專修班畢業，曾任上海《申報》南京特派員，《新生報》採訪主任，亦曾擔任第一屆國民大會代表。然而讀其《籠中讀秒》，但見戰地碉堡、巾幗志氣，報導意味十足，非常的戰鬥文藝。在〈主婦這個事業〉一文中，她甚且持「主婦應以家中為志業」[42]之保守（傳統）觀念。在同時期女作家中，王文漪、王明書、王琰如的風格亦庶幾近之（或許和軍人子女、軍眷背景有關）。徐鍾珮的不同，在於客觀簡靜之餘，猶有清靈神韻。既有豪氣熱情於外，復有細膩敏悟於內（張明稱是「一腔熱心腸和一個冷靜頭腦」[43]），遂成就了一種「一清如水」，旁人難及的所謂「中性文體」。

---

[40] 劉枋，〈哀佩鍾珮──記徐鍾珮〉，《非花之花──當代作家列傳》（臺北：采風出版社，1985年），頁 32。劉枋小徐鍾珮兩歲，曾任《西北日報》、南京《益世晚報》、《京滬日報》、《公論報》及《文壇》月刊主編。並擔任臺灣省婦女寫作協會文化組長，中國婦女寫作協會總幹事。

[41] 鄭明娳，〈一個女作家的中性文體──徐鍾珮作品論〉，鄭明娳主編，《當代臺灣女性文學論》，頁 309～336。

[42] 張明，《籠中讀秒》（臺北：三民書局，1970 年）。此本文集，部分是隨中國文藝協會、婦協訪金、馬、東引之報導，部分抒病中雜感（如〈籠中讀秒〉一文），以及短篇小說而成。

[43] 姚葳，〈鍾珮其人〉，徐鍾珮，《我在臺北及其他》（臺北：純文學出版社，1986 年），卷末。

徐鍾珮觀察入微，描寫精準，常在理性的眼光下，作抒情想像之發揮。她形容國際會議中的中國代表「他們雖有毅力有技巧，却只是一架沒有降落和根據地的凌空飛機」，[44]英國老太太們在西方社會中街頭躑躅，如「一片落霞，一群獨飛的孤鶩」，[45]獨自一人穿越海德公園夜歸，擔心的不是剪徑強徒，而是「月淡燈昏，在叢草深處，驚碎了滿園春意」。[46]這使她的報導不只是描寫（實寫），更兼以虛筆成趣的文學境界。她的幽默（或許和喜愛莫里哀的小說有關）雋永，兼以不枝不蔓，簡靜中有耐人尋味的意境。在〈依稀禮義之邦〉一文中，寫戰時的倫敦，紳士人家，仍「鳴鑼就食」，規矩大極：

> 初入飯店，見侍者人人一襲燕尾服，我彷彿是見到若干中國新郎官。想不到八年抗戰，抗得民窮財盡，却沒有抗去侍者身上的禮服。
>
> 英國以繁文縟節著名，而今醬缸雖翻，架子仍在。衣食雖受配給，侍者依然衣冠楚楚。他們走路時，常叮噹作聲，燕尾服裏藏的是雇主付賬的銀幣。[47]

物質供應緊縮，肉店夥計一刀下去，「可以決定你一星期有多少肉吃」。

> 如果他對你不差，可額外施恩多給些，如果他和你認真，那麼除配給量外休想多得分毫。通常肉店夥計和魚店夥計同其可憎，我聽得一位太太問：「今天有沒有心出賣？」夥計摸摸胸口說：「心嗎沒有，你如果一定要，可以拿我這顆去。」[48]

---

[44]徐鍾珮，〈相逢不相識〉，《多少英倫舊事》（上冊）（臺北：大林出版社，1969年），頁61。
[45]徐鍾珮，〈落霞孤鶩〉，《多少英倫舊事》（上冊），頁86。
[46]徐鍾珮，〈滿園春色〉，《多少英倫舊事》（上冊）頁92。
[47]徐鍾珮，〈依稀禮義之邦〉，《多少英倫舊事》（上冊），頁81。
[48]徐鍾珮，〈揮別倫敦〉，《多少英倫舊事》（上冊），頁7。

　　以寫作年代先後來分，小說《餘音》若為分水嶺，《英倫歸來》、《我在臺北》應算早期作品，《追憶西班牙》則屬晚期作品。徐鍾珮早期的才情既已驚才絕豔，筆落風神，辭去記者一職，回歸家中，繼而隨夫婿赴美加。大病初癒，而後寫作《餘音》20 萬言，應視為作者欲突破自我之創作。發表之後，佳評如潮，足證她的文字魅力，不僅擅精簡，且富感性。小說中的「多頭」（小名，意為多餘的小孩）和父親父女連心，卻在母親的強勢和家庭的糾葛中無法曲盡心意的無奈，將亂離人間的悲苦，刻畫得細膩深刻，令人動容。[49]

　　取徐鍾珮《餘音》與蘇雪林的《棘心》相比，杜醒秋對母親的依戀顯得直接而草率，「這世界，沒有一椿感情不是千瘡百孔的」（張愛玲語），《棘心》以《詩經》典故，作孺慕父母之抒發（尤其表彰母親之賢孝典型），卻未能在情感的深處作挖掘，是不及《餘音》，亦不及林海音〈爸爸的花兒落了〉之處。

　　《追憶西班牙》一書，以在西班牙居住五年的深入觀察，從歷史人文著手，寫皇宮、記帝王、遊博物館、看鬥牛與西班牙人的悠閒。子敏形容這本書是「作者騎著想像的馬，鬆轡緩行，從現代西班牙走進古代西班牙，自由來去，來去自由，馬蹄過處，留下朵朵語花」。[50]她的文字飽含「情趣」和「創造意味」，可見一斑。

　　平心而論，女作家寫遊記者，不知凡幾，徐鍾珮散文的殊勝非特題材，還在於文字本身的意境。幽默而有情味，「典雅」又「瀏亮」的語言，在在引人驚奇（鄭明娳甚以「峭拔」讚美她〈熟了葡萄〉〔小說《餘音》序文〕一文結尾）。〈我看鬥牛〉一文，將民俗、人情、文化寫得節奏明朗，

---

[49] 《餘音》一書，父親去世那一幕，主角「多頭」第一次被對家事徵詢意見。「我聽見自己的聲音：『我主張把蔘湯停了，既然已經沒有救，何必再要他受苦？』」在一個充滿死亡氣息的房間裡，她感覺當天是她的葬禮。眾人皆飲泣，「我的眼淚是乾的，我還有長長的一生，為他痛哭」。此段寫來頗令人鼻酸淚落。

[50] 子敏，〈充實的材料，不羈的想像——讀《追憶西班牙》〉，《書評書目》第 41 期（1976 年 9 月），頁 106～109。

陽光燦亮,報導文學能寫到這樣,幾乎已臻化境。她寫鬥牛結束,眾人起身大鼓其掌:

> 我急忙站起來,我一直錯交的同情到今天才有一個正當的出口。我熱烈的鼓著掌,對那條血漬斑斑的牛:你鬥得太勇敢,因此給人割去雙耳,不得全屍而死。我鼓掌非特鼓得熱烈,而且鼓得虔誠,是誠心誠意的鼓掌,沒有絲毫作偽。

而一場激戰和緊張的鬥牛賽,在通篇節奏明快之下,結尾處卻來個出人意表的幽默:

> 人如潮湧出,我們伸著頭找車,忽然一陣風吹來,吹亂了我的頭髮。我說:「幸好現在才起風,聽說鬥牛時有風好麻煩,風一吹,鬥牛士手裏的紅巾就動,牛就出其不意的來了。我們的成語『風馬牛不相及』,在西班牙是不能用,不是嗎?」我的同伴忽然發現了我們的車,如獲至寶,急忙的拉我過街,沒有接腔。那時人聲嘈雜,也許他沒有聽見,也許他聽見了,卻覺得我這種想法才是真正的風馬牛。[51]

那真是一種「意境」(「境界」),很難言詮的會心。

相較於徐鍾珮,鍾梅音雖然也以散文為主要創作文類,但她的風格完全是溫情委婉一派。和艾雯、琦君同一理路。簡而言之,徐「明快」,而鍾「委婉」,一快一慢,然各有專擅。徐鍾珮專業記者出身,受西文影響大。鍾梅音則是秉持家學傳統,舊式文學的根柢,寫抒情派散文的典型。

父親鍾之琪為西南長官公署軍法處長,頗富文采(著有《虛園詩存》),外祖邱瀣山,別號潛廬主人,是南社詩友。未受過完整大學教育的

---

[51]徐鍾珮,〈我看鬥牛〉,《追憶西班牙》(臺北:純文學出版社,1976年5月),頁149。

鍾梅音，她的寫作根柢和藝術天分，得自先天及家學傳承為多。和許多
1950 年代來臺外省籍女作家一樣，她的散文創作以懷鄉思親為起點。在
《冷泉心影》中，她憶雙親、念弟妹、寫吾兒、記友人，完全是懷鄉文學
的典型。和王明書〈懷念慈暉〉（《那一段可愛歲月》）、邱七七〈遙念父
親〉（《邱七七自選集》）、張雪茵〈親情似海〉（《親情似海》）、王琰如〈心
淚〉、〈寸草心〉（《琰如散文集》）、小民〈想我母親〉、〈父親的相片〉（《淡
紫色康乃馨》）等並無二致。

　　鍾梅音在 19 本散文集之中，《海天遊蹤》（1966 年）是一個分水嶺，
也可稱為她散文寫作的轉折期。這部浩大工程的遊記之前，她在報紙副刊
寫的小品文，是典型家常瑣細風格。體製短小，主題多樣，充滿藝術、文
學、人生多方面的情趣，偶爾也論女子教育、生活時事、愛情、詩畫等
等。因為寫得多，也就不易見出一致的風格。這個時期的散文，最有特色
的當屬蘇澳冷泉鄉居情趣，以及談詩論畫話人生的文人品味。前者樸拙天
成，是初執筆時的「盲目熱情」；後者是遷居臺北寫專欄練就的深刻筆力。
可惜她被注意的是前者（也就是她自認為學步時期之作）。《冷泉心影》
中，〈鄉居閑情〉一再被選錄，作者本人是頗不以為然的。[52]（又如〈鳥歌〉
〔《蘭苑隨筆》〕亦常入選選集，她就認為《這就是春天》中的〈好鳥枝
頭〉顯然好得多。）

　　她的文人品味，和古典文言的融裁功力，舉〈送病文〉為例（篇題借
韓愈之〈送窮文〉），起首引魯迅由丫鬟攙扶到庭中，吐血賞海棠花之事，

---

[52] 鍾梅音在晚年病中接受訪問，她自述：「有一件事使我不服氣的是，人人選讀我的作品，包括最
高學府，都只選我早年的作品〈鄉居閑情〉，好像我這一生只寫下了這一篇文章，其實這個文章
比初中小朋友寫得好不了多少。甚至國立編譯館選來譯成英文、法文的，也都是這篇文章，我很
懷疑人們的欣賞能力，有些書的書評，誇得也不是地方。」引自《《當代作家研究資料彙編》之
三·鍾梅音卷》，《文訊》第 32 期（1987 年 10 月）。鍾梅音的文言腔調和古典文人風格，司徒衛
在〈鍾梅音的《冷泉心影》〉一文中，所舉的例證是〈人間有味是清歡〉一文：「每當興至，便邀
約三數知己，或冬日圍爐，烤芋蒸糕。或夏夜談心，調冰削藕：『問答乃為已，呼兒羅酒漿。』
是何等款洽的氣氛？『待到重陽日，還來就菊花。』是何等親切的情懷？『人散後，一鉤新月天
如水。』又是何等幽遠的意境？」司徒衛並且對鍾梅音筆下一些不脫五四習氣的歐化句法稍有微
辭。見司徒衛，《五〇年代文學論評》（臺北：成文出版社，1979 年）。

導入正文。中段歷歷陳述病史，種種看病之折騰，諧謔至極：

> 更使我想到「時日曷喪」，恨不得「與汝皆亡」的是，正在此全無尊嚴可
> 言時，忽然有位護士小姐把你認了出來，還要道聲「久仰」。

自嘲之極致，當屬文末，作者拿了一瓶氣喘疫苗，作詩一首，禱而誓
之曰：

> 喘病乎，喘病乎，君其休矣，君其休矣！有我無你，有你無我！吾非與
> 汝拚了不可！而今而後，決不與君進行和解，誓死準備作戰到底！
> 半年不能，期以一年；一年不能，期以三年。念爾半生苦纏，不無多難
> 興邦之感，謹以疫苗致祭，尚饗！[53]

1964 年，鍾梅音隨夫婿余伯祺出國考察，海天歸來，她眼界大開，這
使她創下了寫作佳績。《海天遊蹤》二冊，創下空前銷售數字，也幾乎成了
她最著名的代表作。在這部「最完美的遊記」之後，鍾梅音的腳步開始逐
漸移向海外，1969 年移居曼谷，與丈夫團聚；1971 再隨丈夫的事業，至新
加坡，1977 年到洛杉磯。海外時期，她仍心心念念臺灣的故友，並且陸續
又出了 10 本散文集。

《海天遊蹤》之後的鍾梅音，移居到海外，接受異國文化的衝擊，筆
觸愈發成熟細膩，觀察更加敏銳，使她寫出像〈兩首小詩〉、〈昨日在湄
江〉這樣有著文化省思的文章。1973 年《旅人的故事》，再遊歐美數月，
堪稱《海天遊蹤》姊妹作，卻明顯寫人事而略景物了。

鍾梅音在鄉居情趣、文人品味，和海天遊蹤之外，其實有一種和徐鍾
珮一樣迷人的文字魅力，就是幽默諧謔。舉《摘星文選》（臺北：三民書

---

[53] 鍾梅音，〈送病文〉，寫於 1959 年 11 月病後，收入《塞上行》（臺中：光啟出版社，1964 年），又
　收入《啼笑人間》（臺北：皇冠出版社，1977 年）。

局，1966 年）這本她自喻為「向痛苦索取代價」的中後期的散文（這也是她自己較滿意的作品）為例，〈圍城之戰〉寫全家圍捕一隻耗子；〈聰明之累〉說女人的處世觀；〈唐寶雲的哭〉寫女明星的演技；〈俗得可愛〉寫愛情古今解；篇篇精簡妙悟，令人會心莞爾，實為方塊小文中，不可多得的佳構。徐鍾珮看似「知性」，實有熱情敏慧，鍾梅音委婉盡意，卻另有豪情瀟灑，二者一簡一繁，令人賞愛不釋則一也。在小說創作多於散文的當時，[54]這樣的散文豐收，實在是文學史上不可忽略的極大成就。

（二）外省籍女作家最早的在地化寫作

1950 年代超過三百名的外省籍女性作家，在離亂的時代中，如飄蓬一般，身不由己的隨政府與軍隊落腳於臺灣。在臺灣文學史上，在另一層不可輕忽的涵義，那就是五四傳統和臺灣精神的融合。

相較於男性文人在許多小說中尋求家國的重返，心心念念於失去的故土和反共理念，女性作家「家臺灣」的實際行動，透過文字的書寫，在在顯露出對這塊土地的情感與託負。正如范銘如所謂「女性文本比較不像男性文學一般，存在對過去秩序、威權的渴望」，「如果復國成功，回到父權體制羅織嚴密的故鄉，她們能否再享有相似的資源？即使老家富甲一方，干卿底事？」[55]從中原往邊緣挪移，對許多遭受骨肉流離之痛的作家而言，未必不是心靈重建，找尋自我定位的契機。最典型的例證，正如羅蘭。戰亂使她骨肉離散，愛情夢碎，她是遠別仍在大陸的親人，隻身遠赴海島（臺灣）尋找自己的未來的。[56]

誠然，如張誦聖所言，在官方意識形態（「右翼」色彩，標榜人性）之下，女性抒情文類得到額外的正統性，並且在文學生產場域裡分配到很人

---

[54] 劉心皇〈自由中國五〇年代的散文〉提到，由於過去文獎會沒列散文這一項，引起潛意識裡輕視散文的現象，為了作品的出路，許多作家不約而同調轉了筆頭，向小說發展。事實如何，不得而知，不過 1950 年代專攻散文的作家，除徐、鍾二人，確不多見。

[55] 范銘如，〈臺灣新故鄉──五〇年代臺灣小說〉，《眾裏尋她──臺灣女性小說縱論》，頁 30～31。

[56] 羅蘭（原名靳佩芬），為第一代來臺的外省籍女作家，八年抗戰使出身名門富首的她流離失所，隻身來臺打拚時，甚且未婚。這段早年經歷，詳見《歲月沈沙》三部曲（臺北：聯經出版公司，1995 年）。

的空間。[57]這是她們明顯比省籍作家如鍾理和優勢的地方。然而,在精神上必須切斷父兄家國的臍帶,在現實中要努力適應一個文化上如同異國(從語言到日式榻榻米都不適應)的地方,卻也不是容易的事。外省女作家的在地化,一方面表現在題材上(大量描寫居家、女佣、菜市、鄰居……等),一方面表現在「女兒」到「母親」的角色變換上(書寫心態從憶念雙親到兒女瑣事)。

徐鍾珮和鍾梅音的散文,在外省籍女作家最早的在地化寫作上,又有另一層涵義,相對於在大陸文壇即已成名的蘇雪林、張秀亞,徐、鍾二人的散文事業等於是開始於臺灣的。(徐鍾珮的《英倫歸來》寫成稍早〔1947年〕,然 1954 年在臺北重光文藝出版;鍾梅音則完全是在蘇澳才開始寫作,並出版第一本散文《冷泉心影》〔1951 年〕。)

以臺灣新故鄉為起點,「父親」及「父親的憶念」,雖仍然不時出現於早期筆端,[58]作為「懷鄉文學」(或稱「回憶文學」)的表徵,畢竟家國已遠,女兒的孺慕孝思漸漸為縈根斯土的母性所取代。如果我們仔細觀察1950 年代女性散文(畢竟散文相較於小說是比較「寫實」的文類),會發現女性散文中並不如想像中那麼沒有「在地感」。[59]

或許是主婦離不了瑣細家事,及切切實實的生活體驗,因此,在〈吾廬〉一文裡,即使破舊狹小,幾扇紙門千瘡百孔,「不缺少陽光和溫暖」的

---

[57]張誦聖,〈臺灣女作家與當代主導文化〉,《文學場域的變遷》(臺北:聯合文學出版社,2001年)。

[58]以徐鍾珮為例,〈父親〉一文最為代表,《我在臺北》一書中,另有〈失去的幼苗〉、〈十年〉、〈懺悔〉諸篇。鍾梅音〈父親的悲哀〉、〈未寄的信札〉(給二妹)、〈遙寄〉(給二妹)、〈吾兄〉、〈弟弟〉、〈十年〉(記昔日戀人)皆出自《冷泉心影》。其他著名佳篇,如段永蘭〈我的父親〉(《女作家散文選》,亞洲文藝,1989 年),葉蟬貞〈母親〉、〈大哥〉、〈祖父〉(《婦女創作集》),王琰如〈母親的心〉、〈祖母的一生〉、〈父親〉(《王琰如自選集》),羅蘭〈父親的照片〉(《羅蘭小語》第一輯),邱七七〈遙念父親〉(《邱七七自選集》)、王明書〈懷念慈暉〉(《那一段可愛歲月》)、張雪茵〈親情似海〉(《親情似海》)皆是。

[59]楊照,〈文學的神話,神話的文學——論五〇、六〇年代臺灣文學〉一文,謂相較為外省作家,本省籍作家較有「在地感」。他說:「張秀亞、徐鍾珮、琦君、胡品清、羅蘭的散文……她們所刻劃的『熟悉』世界只是台灣社會的一小角,集中在都會的外省人圈圈裡,和本省籍男性作家所寫的農村鄉土形成強烈對比。」收入《文學、社會與歷史想像》,頁 121。

陌居仍然是蕭傳文心之所繫的家。[60]在〈浮萍〉一文中，徐鍾珮丈夫質疑她剛來臺灣，怎麼一點「浮萍之感」也沒有。王明書〈我們的臺灣朋友〉中，寫民國 38 年，全家以難民的姿態，隨丈夫的部隊遷到北縣新界的泰山鄉，竟獲本省籍鄰居溫情相助，甚且拜了「乾媽」，兩家成了至親。「此泰山比之山東老家那泰山，……毋寧說前者只是一種憧憬」。[61]同樣在民國 38 年與丈夫攜幼兒渡海來臺的畢璞（周素珊），在臺北落地生根 40 年，她說：「儘管她的馬路千瘡百孔，公車擠如沙丁魚」，「我早已把她當作我的第二故鄉，也把她當作我的母親」。[62]

鍾梅音以蘇澳冷泉為題的《冷泉心影》是不用說的（養鴨賣蛋、鄉居閒情），「原來只是一個小小泉池，她卻寫得那樣美」。[63]徐鍾珮的〈發現了川端橋〉，某種程度上，等同於「發現臺灣」，也是「我在臺北」的絕佳見證。銜接北市和永和，原名川端橋的「永和橋」，在 1950 年代，靜謐安詳，有牛車緩緩而行，夕陽中幾個花衣服的女孩跪著洗衣服。在水邊橋畔，徐鍾珮似乎找回了一種失落的希望。即使今日川端橋已然易名，昔日的靜穆也早已失去，「但是我對它的感應卻是今昔相同」。[64]

時移事往，景物全非。即使人早已離去，心仍遺落在川端橋的，不會只有徐鍾珮一人，以是我們看李奭學質疑范銘如所稱這些 1950 年代「家臺灣」的女作家，似乎最後都落腳到新大陸去（歷史現實，「諷刺的是和現實常產生落差」，「批評理論跟不上實際」[65]）時，並不覺得男性文學評論者真正明白了「心靈故鄉」為何解。

---

[60]蕭傳文，《鄉思集》（臺北：正中書局，1953 年）。徐鍾珮，〈浮萍〉，《我在臺北及其他》。

[61]王明書，〈我們的臺灣朋友〉，《四海一家春》（臺北：臺灣商務印書館，1972 年），頁 150。另有一文〈我們都在天堂裡〉，《那一段可愛的歲月》（臺北：水芙蓉出版社，1976 年），同記此事。

[62]畢璞，〈兒不嫌母醜〉，《第一次真好》（臺北：文經出版社，1988 年），頁 105、104。

[63]王文漪，〈懷思梅音〉，蕭蕭編，《七十三年散文選》（臺北：九歌出版社，1985 年）。

[64]徐鍾珮，〈發現了川端橋〉，《我在臺北及其他》。司徒衛曾指出：「《冷泉心影》裡的一些文字，和《我在臺北》裡的，恰好成為有趣的對照：家人、新居、閑情、友愛、下女、書札、家犬等等，兩個作者筆下的人、物與故事幾乎相差無幾，然而，幾十篇文章如混在一起，明眼的讀者也自能把鍾梅音和徐鍾珮的，清清楚楚的辨別。」詳見司徒衛，《五○年代文學論評》。

[65]李奭學，〈燈火闌珊處〉，《中國時報》，2002 年 4 月 28 日，開卷版。

在性別的落差之下，女作家的居住地與命運經常是隨著婚姻或家人身不由主的流轉如飄蓬。魚與熊掌，本難得兼，愈是教育水準高的女性愈見如此窘境，家在何處，往往不是女性所能決定的。（此一論點，詳見下節所述。）

在 1950 年代外省籍女作家筆下，很有趣的在地化象徵，還包括了「下女」現象，甚而有以「下女作家」一詞稱當時的女作家者（按：指女作家專寫她們的下女）。[66]

「女佣」（或稱女僕），會成為一種現象，與遷臺女作家多雇本地年輕女孩幫忙操持家務有關（無論職業婦女或家庭主婦）。外省女作家文化背景與社會經濟地位普遍略為優勢，當然也是因素之一。原籍湖南，出身名門大家的葉曼（劉世綸），和徐鍾珮一樣有個外交官夫婿（田寶岱），她在一篇〈臺灣女僕群相〉的散文中，慨歎「一年半的時間之內，竟更換了十三個女僕」的痛苦。此文指，女僕已成為臺灣居「一個最嚴重的問題」，其习蠻甚至不分內地（大陸）、本地。在不堪家務勞劇之餘，最後找來一個只會說日語的，作者於是打定主意，「即使她只說拉丁文，我也要把拉丁文學好」。[67]

出身革命先烈遺孤，與徐鍾珮同庚的葉蟬貞，一般人只注意她的散文《青春集》、《燈下》多鄉思遺緒，其實她在《懷鄉集》中有一篇〈阿蘭〉寫女佣寫得溫情感人，令人讀之難忘。在平靜的生活中，天外飛來一個被養母毒打脫逃的襤褸少女。為她療傷，教她識字之餘，她出落得愈來愈亭亭玉立，最後竟與老何（工友）有了孩子。最後作者不但出資為她成婚，更且挹注二人房舍之需，成全了一個和樂的人生。[68]

---

[66] 姚葳（原名張明），〈身邊瑣事可以寫嗎？〉，《姚葳自選集》（臺北：黎明文化公司，1982 年），頁 3。此指文壇上頗有人認為女作家專務瑣細，專寫下女。姚葳則認為柴米油鹽並非不可寫，只是應擴大生活圈子，使作品更完美。

[67] 葉曼之名，取母姓（「葉」）父名（劉君「曼」），曾隨夫任所遷居美、日，而後才在臺北定居。1956 年，鍾梅音編《大華晚報》時，她才開始寫散文。〈臺灣女僕群相〉，《葉曼散文集》（臺北：大林出版社，1977 年）。

[68] 戰火流離中，葉蟬貞獨自承擔一門孤弱的重擔。她也是來臺後才開始創作的，《懷鄉集》且得到

蕭傳文的〈訪〉一文，也是「主僕篇」的溫情之作，簡陋的矮巷居家裡，她去探視她的女佣阿芳。周旋在幼弱和貧窮之間，阿芳「以女主人的身分親切的招呼我」，自在和寬容在主僕之間，盈溢著一種人性的純美。含蓄內斂的表達方式，是這篇散文成功的地方。[69]

相較於葉蟬貞和蕭傳文，邱七七和鍾梅音的「阿蘭們」，[70]就多了一點無奈。身世堪憐，家計無著的共性之下，本地阿蘭頗有人性化的個別動作。邱七七的「阿蘭」，會向她要一只假鑽戒借她戴去喝喜酒風光一下；鍾梅音的「阿蘭」有口無心，粗枝大葉，終被辭退。然而，鍾梅音寫女佣，有一點是值得玩味的，在主僕吵嘴辯駁之間，她把人性的細微處描繪得至為細膩。在女佣的粗心大意之下，女主人被反鎖在門內一下午，當下即斥責之。主僕吵架一段，敘寫頗為生動：

「不知道，我沒拴！」她氣勢洶洶地。
「不是你拴的，難道是我自己爬到牆外去拴的？」我的喉嚨也粗了。
「不知道就是不知道！我沒拴就是我沒拴！」
「我不過是告訴你，下次不能這樣做，並沒有叫你把這兩扇門板吃下去呀！」我的手在發抖了。
「我跟你說，不是你這兒的工錢大，只是別人請我去我不要去！」
從前她氣人的話，只能使我發怒，而這次的話，卻是叫我傷心，於是更不多說，我立刻拉開抽屜，算好工錢甩了給她。

　　　　　　　　　　　　　　——鍾梅音，〈阿蘭走了以後〉

然而，剛辭退了她，女主人「眼眶又莫名潮濕起來」，想起往日相處情誼而猶豫躊躇。〈阿蘭走了以後〉，以丈夫一句笑謂「女人，女人，此之謂

第一屆中山文藝獎。此書原自費出版於 1966 年，臺灣商務印書館重印於 1980 年。
[69]蕭傳文，〈訪〉，《蕭傳文自選集》（臺北：正中書局，1953 年），頁 49。
[70]邱七七的女佣，和鍾梅音的恰巧也都叫「阿蘭」。邱七七，〈鑽戒〉，《邱七七自選集》（臺北：黎明文化公司，1985 年）；鍾梅音，〈阿蘭走了以後〉，《冷泉心影》。

『女人』」作終。從某種角度來看，女性作家深諳世情，故有如此調侃自己之作，其耐人尋味，亦正在此。

　　徐鍾珮在〈嘗試〉一文中，無獨有偶的也選擇了女佣作為人物速寫的題材。（按：與其問為什麼早期女作家專寫女佣，何不問：為何男作家們從不寫女佣？）她的幽默諧謔，在此文中可謂表露無遺。「我一直求才若渴，到處訪賢」，好不容易覓得一僕，實行民主政治，講求「下情上達」之下，女佣愈發無度，甚至批評主母出門衣著及寫稿：「寫字有什麼用？寫來寫去也不會賺錢」。女佣小姐最後以一去無回終。女主人的民主政治，「上情下達」作風，遂告終結。[71]

　　戰後遷臺女作家群，在五四傳統下，和臺灣精神相結合。她們的女性特質，使她們較男性作家實際的在「身邊瑣事、柴米油鹽」中與陌生環境奮戰，用一支文學的筆，在這塊土地上打拚。她們在散文中所傳達的在地情感（無論寫人寫事或寫景），或許是「隱性的」、「隱微的」聲音，在「反共懷鄉」的官方政策之下，卻是真真實實與官方意識形態一起存在著的微微聲波。這種隱微的抗議，在面對女性意識／處境時，尤為明顯，絕不是想像中那麼「遵循、維護主導文化的尊嚴的框架」的。[72]范銘如稱 1950 年代女作家頗具女性自覺，是「一群披著陰丹士林旗袍，狀似甜美的辣將」，[73]證諸徐、鍾二人之散文「在地化」（在臺灣書寫，並書寫臺灣），實有發人省思之處。

（三）開啟女性旅遊散文的先聲

　　徐鍾珮和鍾梅音二人，在臺灣當代文學史上的重要性，除了以散文為主要創作文類，開啟了最早的在地化寫作之外，成為後來女性旅遊散文的源頭，亦是其一。

---

[71]徐鍾珮此文寫成於 1950 年，收入《我在臺北及其他》。

[72]張誦聖〈臺灣女作家與當代主導文化〉一文云：「讀林海音的散文《芸窗夜讀》更清楚的感覺到那一代的作家怎樣生動而有創意地遵循並維護著主導文化的尊嚴和框架。」見《文學場域的變遷》。

[73]范銘如，〈臺灣新故鄉——五〇年代臺灣小說〉，《眾裏尋她——臺灣女性小說縱論》，頁 21。

　　在 1950 年代，1949 年 5 月 20 日政府頒布的戒嚴法，嚴格管制出入境旅客。其中的「臺灣省入境軍公教及旅客暫行辦法」，使臺灣這個小島雖名為民主政治，其實處在嚴密監控的半鎖國狀態。徐鍾珮和鍾梅音的海天遊蹤，歐陸隨筆，其實和她們的特殊身分有絕對關係——徐鍾珮身兼海外採訪員（記者）和外交官夫人，而鍾梅音則是臺肥總公司業務處長夫人。

　　徐鍾珮的英倫系列，起因於戰時奉派到倫敦採訪，不料記者只當了短短四年，便因結婚退居家中，以寫作為業。之後隨夫婿朱撫松的外交工作，先後到過美、加、西班牙、巴西、韓國等地，因而有了《追憶西班牙》。[74]

　　鍾梅音的《海天遊蹤》，起因於 1964 年 6 月隨夫婿（時任職臺肥）余伯祺業務訪查出國。歷時 80 天，足跡遍及歐、亞、日、美等 13 個國家，25 個城市，堪稱當時少見的環球旅行壯舉。（1972 年再遊歐美二月亦然，集成《旅人的故事》。）1969 年後旅居曼谷、新加坡、美國，故有《昨日在湄江》、《這就是春天》諸作（詳見前文鍾梅音作品年表）。

　　除去這種外交及業務訪查的官方身分，1950 年代其實是沒有合於當今「旅行」定義（個人，無特定目的）的旅行的。[75]正如同陳之藩《旅美小簡》、蘇雪林《歐遊獵勝》、謝冰瑩《菲島記遊》這些同樣寫於 1950 年代，名為「旅」、「遊」，實為留學或考察心得的文人作品，實際都和「逃離」、「回歸」、「漫步」，甚至「玩具」[76]概念大異其趣。而與稍晚（1960 年代）

---

[74]徐鍾珮抗戰時間駐英採訪，之後，民國 36 年為南京《中央日報》馬星野先生羅致，出任採訪組主任，後來因工作和家庭不能兼顧，才放棄晨昏顛倒的記者生涯，隨夫婿的外交工作四處居留。參考孫曼蘋、蘇妙嫻採訪，〈訪中國第一位女記者——徐鍾珮〉，《中央日報》，1989 年 9 月 1 日。另有夏祖麗，〈徐鍾珮永遠是新聞記者〉，《她們的世界》。徐鍾珮，〈熊掌和魚〉，《我在臺北及其他》。

[75]相關討論，見郝譽翔，〈「旅行」？或是「文學」？——論當代旅行文學的書寫困境〉以及東海大學中文系編，《旅遊文學論文集》（臺北：文津出版社，2000 年）中其他論文。亦可參考鹿憶鹿，〈走看九〇年代的女性旅行文學〉，《走看臺灣九〇年代的散文》（臺北：臺灣學生書局，1998 年）。

[76]「逃離」如師瓊瑜、鍾文音；「回歸」如席慕蓉、林佩芬；「漫步」如舒國治、愛亞；「玩具」則如張惠菁。相關論述，詳見拙作〈建構女性散文在當今文學史的地位〉，成功大學「臺灣文學史書寫國際學術研討會」論文，2002 年 11 月。

的林海音《作客美國》、何凡《何凡遊記》、司馬桑敦《扶桑漫步》、羅蘭的《訪美散記》諸作相仿。

報導考察之所以與文學性的散文遊記本質不侔，究其原因，前者重景物描摹及文化現象的深入析理，後者則景物只是背景，重點在於主觀心情及感覺的呈現。簡單來說，報導時論理是免不了的，而文學遊記則著重自我的情感投射。

以此看來，因為沒有確切的界分而徒增困擾的例子不少。例如有認為1950 年代旅遊文學（如鍾梅音之作）「心情太沈重」者，[77]亦有指此類散文（如徐鍾珮之作）「少不了有個光明的反共尾巴，或不自覺的吐露外國月亮圓的媚外心態」，僅僅算是「不傷心，不傷情的無害旅遊文學」者。[78]其實回歸到那個封閉而充滿限制的時代裡來看，這些疑慮恐怕並不必要。她們的出訪原本就肩負著使命，又是事屬不易，重點絕不在自己身上，理亦當然。

我們真正應注意的是，在沉重的使命以及當時頗為凝肅的反共氣氛之下，文學這朵自主而有尊嚴的小花，是怎樣在「石罅中萌芽」（借用彭瑞金論 1950 年代本土文學語）而出的。徐鍾珮、鍾梅音這些外省來臺作家，如前文所述，她們是婦協成員，在《中央日報》發表文章，鍾梅音甚且接任王文漪編過中央婦工會的《婦友》月刊，十足的官方立場，大概可以列入「反共附庸」之流。然而她們在《海天遊蹤》和《英倫歸來》、《追憶西班牙》中，至少有兩點是隱隱有批判／質疑主流的立場的：一是敏於直言時弊，二是以文學藝術性與政治的「意念先行」相抗衡。

官方立場，中央視角，某種程度上是否會限制了文學成就，這是鄭明娳質疑徐鍾珮散文之處。[79]徐鍾珮和鍾梅音的散文，其實都有一種「諧謔以

[77]阮桃園，〈從憂傷到浪漫──現代臺灣旅遊文學中的浪漫轉折〉，東海大學中文系編，《旅遊文學論文集》。
[78]彭瑞金，〈風暴中的新文學運動（1950～1959）〉，《臺灣新文學運動四十年》第三章（高雄：春暉出版社，1997 年）。
[79]鄭明娳〈一個女作家的中性文體──徐鍾珮作品論〉指出：「她的職業和身份，也限制了她的觀

寓諷喻」的特質。你看她們表面上是為主流／官方發聲，其實大有「正言若反」的玄機。「從窒息的英國回來，我只覺得到處是自由空氣」；[80]英國女人表面風光，內裡頗吃苦：

> 帶着對英國女人的殘餘印象，在京滬車廂遇見一群衣履入時的小姐太太，她們縱談着隔夕雀戰的戰略勝負，叱喝着僕役好好照顧孩子，向丈夫怒吼着好好照顧行裝，向全廂人顯示出她們主婦的威嚴。我委屈的念起英國的大腳太太，在享受自由上，她們固然不及中國太太，連在婦女解放上，也給中國佔了先。[81]

《追憶西班牙》寫西班牙歷史上有名的伊莎蓓拉王朝，伊莎蓓拉的皇位由次女華娜接任。華娜享年 76 歲，在位 51 年，是西班牙歷史上在位最長的君王，因受不了夫婿猝逝而瘋狂。在位雖久，「但是她一天也沒有統治過。先是由丈夫作主，以後由父親攝政，最後由兒子當國。她畢生最愛的三個男人，分享了她的皇權，她真正的實踐了『三從』。」

最輝煌的朝代裡有最悲哀的人生，用來看 1950 年代許多的人與事，多少人有桑品載一樣「從歷史的噩夢中醒來」的感覺。[82]

鍾梅音在兩度海天漫遊之中，時時有對中外兩地的比較。例如她在〈關於倫敦塔〉中說：

> 英國只有一千多年的歷史文化，他們也從不諱言自己是從極野蠻的境況

點，也限制了她的文學發展。她在《中央日報》、『中央通訊社』的工作，使她的觀察角度成為和『中央』吻合的唯一視角。後來的外交官夫人身份，使她一舉手一投足都代表了國家，無形中她失去自己的超然立場與發言權，且漸漸完全接受體制內的價值觀與意識形態。明顯影響她的政治觀、世界觀、價值觀、乃至文學觀都和政體合一。她日漸失去文學家以多重視角觀察生存環境、思考負空間的機會。」鄭明娳主編，《當代臺灣女性文學論》，頁 328～329。

[80]徐鍾珮，〈自由空氣〉，《多少英倫舊事》（上冊），頁 17。

[81]徐鍾珮，〈她們的腳大了一號〉，《多少英倫舊事》（上冊），頁 27～28。

[82]桑品載，〈從歷史的噩夢中醒來〉，《岸與岸》（臺北：爾雅出版社，2001 年），頁 4～7。

（包括那些祖宗的劣跡）進步到今天的情形。

……英國民族的性格，以及政府和人民之間那種相忍為國，推誠共濟的
精神，是更不可忽略的因素。否則如果我們只學得人家的形式，專門敷
衍表面，讓長官委員之流在宣誓就職以前也到安平古堡住一晚，能不把
七筒六餅帶進去「藉慰寂寥」，便已上上大吉了。[83]

　　除勇於針砭時事之外，鍾梅音這些以遊記為名的散文中，配圖精美，
文字細緻，（《海天遊蹤》除封面請美術家龍思良設計，篇首且有張佛千作
60 闋同題自由詞「海天行歌」附麗於前），使它除了內容豐贍之外，尤其
賞心悅目。大體而言，《海天遊蹤》較著重表面風景事物，到了之後的《旅
人的故事》，因為許多景點已是故地重遊，多了許多深刻的文化和名人傳記
的摹寫。

　　這兩部膾炙人口的遊記，篇題十分詩情古意，和徐鍾珮那種先聲奪人
的明快完全不同的，多了婉約含蓄，吞吐不露的情致。例如〈寂寞宮花
紅〉、〈春天永在〉、〈我欲乘風歸去〉、〈路邊繁花如繡〉、〈盛滿歡樂的輕
舟〉、〈不知今是何世〉、〈欸乃一聲水底藍〉、〈露水沾衣的清晨〉、〈威尼斯
的寂寂深巷〉、〈曉來誰染霜林醉〉等等。而文字意境更是醉人：

河上豪華遊艇，像夢一般馳入我倦欲眠的視界中，陽光透過濃密的枝葉
窺人，風軟如紗，鳥語清越。樹影裏，丈夫坐在一邊旁守着我……

　　　　　　　　　　　　　　　　　　　　——〈羅浮宮的一麟半爪〉

俯瞰群峰，初晴如洗……說它是鮫人灑下千萬匹摺綢的白綾？又哪有這
樣活潑生動，帶霧含烟？

　　　　　　　　　　　　　　　　　　　——〈一塵不染的日內瓦〉[84]

---

[83] 鍾梅音，〈關於倫敦塔〉，《海天遊蹤》（第一集）（臺北：大中國圖書公司，1966 年），頁 147。
[84] 鍾梅音，〈羅浮宮的一麟半爪〉，《海天遊蹤》（第一集），頁 223；〈一塵不染的日內瓦〉，《海天遊
蹤》（第二集）（臺北：大中國圖書公司，1966 年），頁 103。

是文學的意境，使她們的文字超拔出任何意識形態和主題論，建立了文學的價值與尊嚴。1960、1970 年代以降，女性智識漸啟，眼界亦開，於是承繼著「旅行」此一文類，而有「流浪」、「回歸」等不同的思索。從三毛、程明琤、李黎、荊棘、呂大明、師瓊瑜、愛亞、張讓、黃寶蓮、張惠菁，這一張女性的行走地圖，遂如此展開到「世界的盡頭」。正如知名的旅行家羅伯‧卡普蘭（Robert Kaplan）所說，冒險本是內在心靈的事，「而閱讀可以將你帶到那些他人只距離幾呎卻永遠看不到的地方」。[85]

用心眼去旅行，看世界與自己，徐鍾珮和鍾梅音的散文是女性在臺灣文學史上這樣一個不平凡的開始。

（四）職業婦女與家庭主婦的兩極思考

徐鍾珮和鍾梅音女性角色定位，初看很容易令人陷入前者為職業女性，後者為家庭主婦的錯誤印象中。事實上，徐鍾珮的專業記者生涯只作了短短四年，就因結婚後無法兼顧家庭，而辭去工作。應驗了大學畢業時，她老師說的話：「我不是給你澆冷水，你現在當然渾身是勁，一出嫁，一有孩子，就會差勁得多」（〈熊掌和魚〉）。

熊掌和魚，在女作家筆下成為兩難，即使頗安於主婦一職的鍾梅音，在家務與讀書、作畫之間，穿梭奔忙，亦有心餘力絀之感：

> 好容易趁嬰兒睡着，穿上工作衣，支好畫架，擠好顏料，忙了半天，待一切配備整齊，畫興正濃，她又醒了，這邊洗手都來不及！[86]

〈木瓜之喻〉一文，幾可與徐鍾珮的〈熊掌和魚〉並觀，卻很少被注意。事記一次午睡之中，夢見自己正煮蓮子羹吃，依稀聽見樓下家人採木瓜分而食之的聲響。心知不妙，若再遲疑，可能兩頭落空。於是「奮臂而

---

[85]Robert Kaplan, *The Ends of the Earth: A Journey to the Frontiers of Anarchy*。吳麗玫譯，《世界的盡頭——種族與文化的邊境之旅》（臺北：馬可孛羅文化，2000 年）。

[86]鍾梅音，〈讀書之樂〉，寫於 1957 年，收入《十月小陽春》（臺北：文星書店，1964 年），頁 28。

起，趕入飯廳」，果分得一塊而食之：

> 對於自己這次在夢想與現實間的英斷，至今提起還覺得非常得意，但也
> 有輕微的悲哀，因為我所獲得的不過是一片木瓜，而平心自問，我實在
> 不是一個饕餮之徒。倒是早年的日子，我曾在夢想與現實的邊緣上失去
> 了成功的機會。[87]

　　19 歲便嫁為人婦，20 歲生下長子的鍾梅音，在理想（學業）與現實
（家庭）之間，自認自己頗為「英斷」，那「輕微的悲哀」來自不可得兼的
遺憾。木瓜雖不及蓮子美味，平淡無奇之中也自有可靠之處。

　　「守在搖籃邊一面讀一面寫」的，不是只有鍾梅音，許多女作家都有
同樣的經驗。在保守的時代裡，認為「一個女孩子，最大的幸福就是找到
一個忠心相待的丈夫」者，[88]亦所在多有。小民的〈媽媽鐘〉，字字情真，
不曉得賺走多少人熱淚，她並且說：

> 女人的一生，如果沒有聽見孩子回家在門前煞車的那種聲音，如果沒有
> 聽見公寓房樓梯間響起孩子放學回家的那種聲音，如果她從來不曾以整
> 個生命去愛護她的孩子，她的人生是多麼空虛？[89]

　　「女兒」和「母親」，大約是舊時代中，一個女性所能扮演的唯「二」
角色。從反共懷鄉的思親大總匯（包括葉蟬貞、小民、張雪茵、王文漪、
林海音、張漱菡、張秀亞、王琰如、羅蘭、邱七七等），到相夫教子的母職
身分（以早期女作家為例，讀者似乎一閉上眼就能想到小民的保真、保健、
保康〔多兒〕，王明書的小明，鍾梅音的小白羊，張曉風的詩詩、晴晴等）。

---

[87]鍾梅音，〈木瓜之喻〉發表於《中央日報》，1953 年 3 月 4 日，第 6 版。多次收入她的散文集，
　如：《海濱隨筆》、《十月小陽春》、《風樓隨筆》，足見她對這篇小文章的在意。
[88]小民（劉長民），《婚禮的祝福》（臺北：道聲出版社，1977 年），頁 15。
[89]小民，〈母親多喜悅〉，《母親的愛》（臺北：道聲出版社，1980 年），頁 193。

　　然而，時代的更易，使得杜醒秋的母親（在祖母跟前形同一個沒有賣身契的奴隸），和杜醒秋這樣的女兒，都不能再得了。[90]蘇雪林後來從法國留學歸來，任職武漢大學中文系，曾有〈悼潤橘〉一文，哀悼武漢大學時教過的女學生。對於女性學者事業家計不能兼顧的戚戚之感，字字沉痛，讀之令人動容。而女子對家庭之負累，反應最決絕的當屬徐鍾珮。困坐家中，竟有欲破窗而飛去的衝動。[91]

　　「做個家庭婦女？還是做個職業婦女？」張秀亞此一「問」，[92]借一個在辦公室忙加班，而把生病的小孩丟在家中的職業婦女而發。整整一下午心神不寧後，回到家來，看到昏睡在小椅上的孩子，不覺雙淚滴落頰邊。

　　徐鍾珮在當了四年記者之後，回歸家庭，專事寫作。鍾梅音則是年紀輕輕就為人婦為人母，守在孩子的搖籃邊一面讀一面寫數年後，才轉戰編輯工作。未幾即因不堪勞瘁而止。同樣有著令人豔羨的天生才華，同樣在保守的 1950 年代中勉力兼顧著無法兼顧的理想。遷徙多方，泰半由於夫婿工作所致，正如人生的旅途，「旅人的故事」，永不絕於途。

　　女人，果真是「聰明由大門走進來，幸福由窗口飛出去」[93]嗎？而對一個個把自己「我」字小寫的母親們，[94]「自己的房間」容或如羅蘭所稱，只是一個白日夢？[95]那同時卻也隱含了女性為母則強的美德與包容。

　　在保守的 1950 年代，女性自覺／意識在徐鍾珮、鍾梅音等身兼家庭事業的女性作家筆下，已隱然發出自覺的先聲。相對於男性父權的主流文化，她們的立場不但不保守，反而是質疑的、反動的。即使那約略只等同

---

[90]蘇雪林自敘傳小說《棘心》（臺中：光啟出版社，1957 年）。她的散文集《綠天》中，〈小小銀翅蝴蝶故事〉也點出了女性在婚姻事業中的困境。

[91]徐鍾珮〈熟了葡萄〉（《餘音》序）：「我在華府住的公寓位在高高的七層樓上，東窗和客廳等長，幾竟佔了半截東牆。東邊因無高樓大廈，俯窗倚視，華府幾乎可盡收眼底，我給信國內的朋友：『我貼額在窗，看外面的萬千世界，恨不得脫下圍裙，破窗飛去。』我的圍裙上，印著"To hell with housework"四個大字，表示我對瑣碎家事的無言抗議。」

[92]張秀亞，〈問〉，《曼陀羅》（臺中：光啟出版社，1965 年），頁 78。

[93]鍾梅音，〈聰明之累〉，《摘星文選》（臺北：三民書局，1966 年），頁 4。

[94]徐鍾珮，〈為她們祝福〉，《我在臺北及其他》，頁 137。

[95]羅蘭〈寄給夢想〉一文，她嚮往一間山中小屋，可以生一爐柴火，燃松枝以取暖，邀三五好友，看書聊天，竟日高臥。見《晶晶散文集》（臺南：王家出版社，1970 年），頁 4。

於相對於男性的「女性化階段」（feminine stage），[96]也飽含著極大的啟發意義。

三、結語

散文女作家鍾梅音，在談寫作的一篇文章〈逆水行舟〉中指出，「有些事表面上看起來是一種浪費，實際上是有代價的」。在那個已然逝去的時代中，有一些發自靈魂深處真誠的聲音，它有著文學自身的尊嚴和價值，在時代的浪潮中逆流而上，勇敢找尋著自己的定位。

女性的處境和書寫文類的邊緣，使 1950 年代女性散文如徐鍾珮和鍾梅音（以及其他的許多作家），長期處於被誤解或忽視的境地。然而，她們在散文中早已傳達出理論的「隱性宣言」，及繁華多采的題材實踐。徐鍾珮文字的「個性美」，和鍾梅音散文的「性靈美」，她們所象徵的五四傳承與臺灣精神；書寫臺灣的在地情感和旅遊散文的題材創發，在在點出女性文學的多元化與無限潛力。也預示了一個精彩紛呈的女性文學發展遠景。值此臺灣當代文學史重新建構的時代，她們與「她們的文學」（Elaine Showalter, *A Literature of their Own*），值得文學史家及文學研究者注視，也應該得到不同於以往的文學定位。

——選自李瑞騰編《霜後的燦爛——林海音及其同輩女作家學術研討會論文集》
臺南：國立文化資產保存研究中心籌備處，2003 年 5 月

---

[96]美國評論家蕭華特（Elaine Showalter）曾指出女性文學在發展上可劃分為三個階段：女性化階段（feminine stage）、女性主義階段（feminist stage）、女性階段（female stage）。前兩階段重在性別和抗爭意義，最後才是真正具有女性特質的書寫。

從宜室宜家到海天遊蹤
論鍾梅音的閨秀散文（節錄）[*]

◎許珮馨^{**}

　　1950 年代典型的主婦文學作家鍾梅音，曾以溫馨樸實的筆調娓娓道出偏安寶島一隅的安居歲月，其被列為國中課文的作品〈鄉居閑情〉即曾傳誦多時，鍾梅音以溫潤的彩筆描繪出早期漁村的風情畫，將蘇澳漁港的恬靜之美深深烙印在無數讀者的心中。來臺後才展開創作的鍾梅音，在 1951 年出版第一本著作《冷泉心影》，寫出了移民者落腳初安、思鄉情切的心路歷程，以身邊瑣事的「小敘述」翔實的反映了大時代市井小民的心聲，宛如「剪燭西窗」的親切文字，撫慰了淪落天涯的異鄉人。鍾梅音曾提及促使她創作的動機正因為「鄉居無俚，夜坐寂寞」，再加上身處寧靜純樸的蘇澳，方能沉澱甫經戰亂的靈魂，去凝望諦聽帆檣潮浪；正如她筆下所寫的：「蘇澳是臺灣東北部的一個小小港灣，南方澳與北方澳像兩隻蟹螯，將海水彎彎地圍將過來，我的家，便是螃蟹的一隻眼睛，朝夕與萬頃碧波為鄰，那帆影濤聲，松風鳥語，曾經給我許多靈感，為了紀念這美麗的福地，我把書名贈與蘇澳的名勝──冷泉，也可以說是冷泉的芳澤，光耀了我的書名。」¹稱冷泉為福地，三言兩語已道出「家臺灣」的心聲，在往後謳歌寶島風情的文章中，亦可發現鍾梅音落地生根認同臺灣這個新故鄉的變化軌跡。正如范銘如在〈臺灣新故鄉──五〇年代女性小說〉一文中曾

---

[*]本文節錄自許珮馨，「第五章：各具風姿的閨秀散文──第五節：從宜室宜家到海天遊蹤──鍾梅音」，〈五〇年代的遷臺女作家散文研究〉（臺灣師範大學國文研究所博士論文，2006 年 6 月），題目為作者另定。

^{**}發表文章時為　臺灣師範大學國文研究所博士生，現為臺北大學中國文學系助理教授。

¹鍾梅音，〈自序〉，《冷泉心影》（臺北：重光文藝出版社，1951 年 7 月），頁 5～6。

分析這個微妙的認同心理：

> 台灣代表一個療傷止痛的空間，沈澱洗滌過往的錯失與罪愆；更重要的
> 是它象徵希望的溫床，對女性而言尤其是在出發的地點。相對地，大陸
> 則往往連接著痛楚和錯誤的意涵，是不堪回首、回歸的過往。[2]

　　在鍾梅音《冷泉心影》作品中，諸多篇章皆難掩小家庭其樂融融的心
滿意足，揮別了大陸故鄉家變的陰霾，在亞熱帶的臺灣，享受「蟲聲新透
綠窗紗」的家居生活，過去的風聲鶴唳、播遷的流離漂泊，一切拋到九
霄，聘下女、上菜場、養鴨植蔬、課子習字，一點一滴張羅出一派太平氣
象闔家歡的圖景，也使鍾梅音早先的創作以「家」為核心，不談治國，先
言齊家，充分表現女性創作的特質，也創造出許多溫馨可人的小品文，使
她成為典型的主婦文學作家，在 1950 年代的臺灣文學史自有其歷史定位。
　　然而鍾梅音的重要性不僅止於此，她豐富的旅遊文學作品，包括早期
來臺所陸陸續續寫成的「臺灣紀行」，雀躍地歌詠「臺灣好」，書寫心目中
寶島美麗的風光，又包括 1964 年與夫婿「環遊世界 80 天」所寫下的《海
天遊蹤》，足跡遍及 13 個國家，堪稱當時少見的環球旅行散文，使這本旅
行文集在 20 年間印行了 15 版，足見流傳之廣、影響之深，亦使當時仍處
於戒嚴時期鎖國狀態的臺灣讀者，圓了紙上神遊世界的美夢，之後又因伴
隨夫婿工作遷調的緣故，移居曼谷、新加坡、美國加州洛杉磯，先後寫下
《蘭苑隨筆》、《旅人的故事》、《昨日在湄江》、《這就是春天》、《天堂歲
月》等移居各地的旅遊見聞。大量的旅遊散文使鍾梅音成為帶動遷臺女性
作家書寫旅遊散文風潮的作家。

---

[2]范銘如，〈臺灣新故鄉──五〇年代女性小說〉，《眾裏尋她──臺灣女性小說縱論》（臺北：麥田
出版公司，2002 年 3 月），頁 25。

一、「裹傷而戰」的「天堂歲月」

鍾梅音，筆名小芙、音，祖籍福建上杭，1922 年 1 月 25 日（農曆民國 10 年 12 月 28 日）出生於故都北平，1984 年辭世。鍾梅音誕生在書香世家，父親鍾之琪，公餘之暇，亦擅詩文，著有《虛園詩存》，而她的外祖父邱澥山，別號潛廬主人，是南社詩友，鍾梅音在〈童年〉一文曾提及外祖父對她的啟蒙與影響：「外祖父希望我們能夠拜在柳老先生門下為及門弟子。」[3]南社是一個中國近代的革命文學團體，由陳去病、高旭、柳亞子等人於光緒 33 年（1907）在上海發起，宣統元年（1909）正式成立於蘇州的一個標榜氣節，以詩歌相酬唱的文學社團。[4]柳亞子正是南社的靈魂人物，外祖父希望鍾梅音能拜名師打好國學的基礎，所以當詩友集會時也將鍾梅音帶去。鍾梅音幼年的啟蒙教育幾乎由外祖父擔綱，外祖父帶著她遊賞江南景致，回家後還要背誦詩文，嚴肅地習作「之乎者也」的文言文遊記，然而外祖母卻是個風趣的人，鍾梅音沒事就纏著她講故事，之後鍾梅音投身兒童文學創作，為早期由何容策劃的中華兒童叢書寫下了《到巴黎去玩兒》、《不知名的鳥兒》、《燈》、《泰國見聞》、《我從白象王國來》（與女兒余令恬合著）等作品，正是受到外祖母在夏夜星空為其說故事的深遠影響。

然而父親給鍾梅音的回憶卻是苦多於樂，在〈父親的悲哀〉、〈遙寄我父〉兩篇文章中，可得知鍾梅音的父親因公職輪調因素長年不在家，只好由母親獨立照養七個小孩，在長期的分離下，父親久而久之就如候鳥般往返於姨太太與母親之間。在此期間鍾梅音親眼看見母親「如何飲下『棄婦』這盞苦杯」，[5]她同情母親、痛恨父親，後來鍾梅音跟著父親住在漢口，藉此之便用盡各種手段幫母親掙得一筆贍養費，變賣父親在重慶的新屋。然而處心積慮為母親撐腰的鍾梅音，最後換來的只是母親的冷漠與不

---

[3]鍾梅音，〈童年〉，《夢與希望》（臺北：三民書局，1969 年 2 月），頁 18～19。

[4]張堂錡，〈《夢社叢刻》研究〉，《從黃遵憲到白馬湖——近現代文學散論》（臺北：正中書局，1996 年 7 月），頁 53。

[5]鍾梅音，〈希望之光〉，《我衹追求一個「圓」》（臺北：三民書局，1968 年 2 月），頁 157～161。

諒解，這一場不幸的婚姻深深影響了鍾梅音的求學路，使母親對其學業漠
不關心，而父親因有了新寵，也無意出資支持，加上三歲時因感冒誤診而
染上氣喘病，使母親連幫鍾梅音辦休學也顯得駕輕就熟，在求學路上一路
走走停停，後來才以同等學力考進湖北藝專音樂科，但又奉父之命再考進
廣西大學文法學院，依違掙扎在克紹箕裘與音樂創作的興趣之間。鍾梅音
在 17 歲那年結識了任職於第五軍的工程師余伯祺，1942 年結婚，旋即洗
手做羹湯，放棄法學士的學位。

　　1948 年 3 月，鍾梅音隨夫婿攜長子來臺，在基隆待了一年，1949 年因
夫婿調職蘇澳，幽居海濱，安定的生活，讓鍾梅音覺得「第一次有了真正
屬於自己的家，更由於我一向喜愛農村風光，病後種花養雞，怡情悅性，
頗為自得其樂，喘病發作的次數才漸漸減少，寫作也從那時開始。」[6]第一
篇發表於《中央日報》副刊的散文〈雞的故事〉是鍾梅音初次習作的散
文，從家庭的角度仿擬童話故事的口吻，以擬人化的手法寫倖免於難留做
種的公雞成為守護家園、照顧母雞臨盆的雄赳赳衛士，藉這個親身觀察的
故事表達出她對家庭倫理的高度期許，只是因為初次執筆仍不免生澀，文
中時而以雞為第一人稱，時而又將第一人稱易換為自己，顯出混淆不清之
弊；爾後〈飯桌上的童話〉亦是同類型的作品，顯示其早期對書寫兒童文
學的高度興趣。1951 年鍾梅音出版散文集《冷泉心影》，之後又出版以議
論為主的《海濱隨筆》和書寫憶舊鄉居的《母親的憶念》，這三本作品皆是
定居蘇澳時期完成的。

　　1955 年鍾梅音遷居臺北，1956 年擔任《婦友》月刊的編務，由於體力
不支，只編了 20 期，在這段時間她也嘗試創作小說，《遲開的茉莉》是她
僅有的短篇小說集，1963 年應臺視邀請主持「藝文夜談」節目，鍾梅音在
〈電視與我〉這篇文章中提及當時製作節目所花費的苦心，而因訪談的對
象擴展了她的視野，使她往後的散文也多了畫評與樂評，豐富了鍾梅音的

---

[6]鍾梅音，〈與造化抗爭〉，《摘星文選》（臺北：三民書局，1969 年 4 月），頁 180。

散文世界。

　　1964 年鍾梅音因伴隨任職臺肥的夫婿出國考察，得以一圓環遊世界的美夢，她的夫婿一路權充特別護士伴隨她足跡走遍了 13 個國家、25 座城市，可謂一次壯舉，歸來後按步履所及寫下《海天遊蹤》上下兩冊作品，這本《海天遊蹤》也使她贏得 1968 年的中山文藝獎。鍾梅音自述：「獲知得獎的當天，忽然有痛哭一場的衝動，總難相信這是事實。」[7]創作背後的酸辛正是鍾梅音與病魔長期的抗爭，然而處於兩面作戰的鍾梅音，仍以達觀的心性戰勝喘病，陸續出版散文作品《摘星文選》、《我祇追求一個「圓」》，而《摘星文選》正是書寫《海天遊蹤》時期的副產品。1969 年鍾梅音為與在泰國創業的夫婿團聚而移居曼谷，臨行前又出版文集《風樓隨筆》，「風樓」是她在臺北的居所，移居曼谷後，鍾梅音也出版了描述泰國生活的《昨日在湄江》散文集，1971 年底舉家又遷移新加坡，移民新加坡之際，也出版了《蘭苑隨筆》，總結她在曼谷的見聞。往後兩年又重遊歐美，並寫下《海天遊蹤》的姊妹作《旅人的故事》，同期也出版了《啼笑人間》、《這就是春天》。1977 年 7 月鍾梅音移居美國洛杉磯，1979 年出版最後一本散文集《天堂歲月》，此後罹患帕金森氏症，創作銳減，僅在美國《世界日報》發表了最後一篇散文〈何處是歸程〉。

　　綜觀鍾梅音在短短的 63 年中，雖然行腳天涯、著書不輟，然而一生卻受病痛侵擾，糾纏一生的氣喘病和晚年的帕金森氏症，使她與藥罐為伍，往還病榻，但她始終以詼諧樂觀的心境「與造化抗爭」，努力要活出生命的圓滿；正如她的散文集《我祇追求一個「圓」》所說：「我真慶幸，我從痛苦中認識了人生，已逐漸領略到苦盡甘來的滋味。」她不怨天尤人，反而全心全意地享受生活裡單純的事物，而她視為最豐富美好的境界竟是身邊平凡的幸福，也使鍾梅音所創造出來的文學作品幾乎是以「幸福」為著眼點，甚至抒寫病痛的〈送病文〉、〈啼笑人間〉，[8]皆是幽默詼諧的作品，〈送

---

[7]鍾梅音，〈耳朵、素描、及其他〉，《摘星文選》，頁 3。
[8]鍾梅音在《啼笑人間》之〈內心的聲音──兼序《啼笑人間》〉中曾提及這篇文章創作背後的辛

病文〉是仿擬韓愈〈送窮文〉的篇名與旨趣，[9]以詼諧的筆調自我解嘲，這篇文章以戰爭打趣病況，幽默之至，而文末仿效民初「改組派」的新詩禱而誓之曰：「念爾半生苦纏，不無多難興邦之感，僅以疫苗致祭，尚饗！」結尾令人莞爾，足見作者以順處逆的智慧。

　　鍾梅音曾說「裹傷而戰」是她一生的最佳註解，遭逢國難、家變、痼疾，然而鍾梅音始終與造化對抗，不僅不耽溺憂傷、自怨自艾，反而更珍惜生命，為自己創造「天堂歲月」。在鍾梅音的作品中沒有怨天尤人的苦悶，有的只是溫馨與諧趣，讀者在她平淡的文字中讀到幸福只是人間清歡，天堂亦是近在咫尺，她書寫身邊的平凡幸福的隨筆，也感染讀者以知足惜福的角度看待生命的美好。

二、柴米油鹽的居家記實

　　鍾梅音的丈夫曾以滿足的長歎、拍拍她的肩膀讚揚鍾梅音是「今之芸娘」，足見她理家、教子、相夫，別具慧心巧思，受到丈夫的敬重與憐惜。[10]而在〈湖畔〉一文中夫妻倆在涵碧樓邊的對話，更可看出結褵 19 年彼此「珍惜眼前人」的情深意重；的確，家庭是鍾梅音「人生所追求的圓」中永遠的圓心，除了旅遊散文與部分的畫評、書評、樂評之外，幾乎多是家居生活的細寫。

　　鍾梅音是一個寧為女人的典型主婦文學作家。她樂於書寫家事，其實家事正是細緻生活的學習，鍾梅音的筆下總是將這些細緻的生活瑣事書寫出一種美感與樂趣，其中早期的〈我的生活〉正是不折不扣的主婦文學，本文是主婦一日的工作日誌，從晨起打掃庭除，接下來「沐浴曉風朝陽去

酸：「此文故事實際發生於〈送病文〉的一年前甚至兩年前，短短的幾天裏看盡人間冷暖悲歡，當時連落筆的勇氣都沒有。隨後因南遷高雄又進了醫院，決心從此棄聖絕智，不再寫作，俾能與病魔『背水一戰』。若非一年後《文壇》主編穆中南先生前來逼稿，它永遠不會與讀者見面，而當時寫來竟印象鮮明如昨。題目是全文一氣呵成之後才冠上的」。

[9]張瑞芬，〈文學兩「鍾」書──徐鍾珮與鍾梅音散文的再評價〉，發表於 2002 年 11 月 30 日～12 月 1 日「林海音及其同輩女作家學術研討會」論文集，頁 20。

[10]鍾梅音，〈今之芸娘〉，《夢與希望》，頁 24。

採購菜蔬，看青山一帶如畫，聽小鳥枝頭飛鳴，在我是一種享受。」然後料理豐美的午餐，午睡後做些針黹，晚膳後闔家圍坐一處聽無線電，或夫婦閒聊，或伴子習字。孩子入睡後，四周寂然，伴著潺潺雨聲、唧唧蟲聲，才是她閱讀寫作的時光，正是她身為主婦的一天，她在文末調侃自己：

> 記得一民先生曾經自比為家中的「反對黨」，太太是「執政黨」，那麼我這個「執政黨」幸賴「反對黨」的支持，與「人民」的愛戴，大夥兒頗能「安居樂業」，堪稱不失其「融融洩洩」之概。[11]

這番幽默的評論亦可見她對治家之道深有心得，還曾是《甜蜜家庭》雜誌的創刊人。[12]因為鍾梅音有許多漫談婚姻的議論小品，從這些「齊家之論」皆可以看出鍾梅音對傳統家庭倫理的重視，而 1950 年代自由主義的觀念延伸到兩性的議題，也使「男女平等」的觀念慢慢生根。1954 年鍾梅音在《中央日報》副刊「婦女與家庭」版面有一個專欄「每周漫談」，鍾梅音分別以「小芙」、「音」為筆名，寫了許多議論夫妻相處與婚姻議題的文章，1968 年鍾梅音為《婦女雜誌》創刊號發表了一篇〈我看婚姻制度〉的文章，在這篇文章中鍾梅音從候鳥遷徙的生態探討小別勝新婚的兩性相處的藝術，到婆羅洲的黑猩猩相互尊重的家庭關係，充滿天倫之趣，舉證歷歷，由各個角度切入婚姻制度，探索如何在平淡的婚姻生活保持新鮮感與靈活度，是一篇洋洋灑灑探討婚姻制度的文章。[13]

除了「治家格言」之外，「孩兒經」也占了鍾梅音家庭散文的大部分篇幅，早期鍾梅音的作品多是課子讀書，或伴子嬉戲的內容，甚至仿擬孩子的口吻寫日記，如〈小灝的日記〉一文。鍾梅音對於自己寫了那麼多關於

---

[11]鍾梅音，〈我的生活〉，《冷泉心影》（臺北：重光文藝出版社，1951 年 5 月），頁 53～55。
[12]鍾梅音，〈艱辛又快樂的歲月——我的女兒〉，《我祇追求一個「圓」》，頁 171。
[13]鍾梅音，〈我看婚姻制度〉，《風樓隨筆》（臺北：三民書局，1969 年 8 月），頁 157～165。

子女教育的文章,「一派『兒童教育專家』的樣子」,曾謙遜地提及在校對這些文章時,真有汗流浹背之感,其實鍾梅音是母性特質極強的女作家,字裡行間本就蕩漾著一股暖流竄入讀者的心中,令人分享她樂在母職的喜悅。

鍾梅音的母愛亦廣披於與她朝夕相處的女僕之間。因此鍾梅音也書寫了多篇有關主僕之間的散文,在這些書寫「下女」的文章中,亦可以清晰地看到本省籍與外省籍之間族群融合的痕跡,因為當時遷臺女作家書寫「下女」的文章為數頗多,所以一度曾被戲稱為「下女作家」,而鍾梅音來臺前前後後一連用了七個女傭,有阿蘭、王嫂、阿嬌、阿菊、阿鸞、阿珠、阿玉等,鍾梅音為她們寫了許多人物傳記,除了記敘了許多瑣細的家務,也記載了賓主相得的情誼。

除此,家居空間也是鍾梅音常寫的題材。她曾自嘲搬一次家可以寫五篇文章,鍾梅音曾待過基隆、蘇澳、高雄、臺北、曼谷、新加坡、洛杉磯;長年的遷徙,久而久之她也樂於為新家命名,如臺北的「聽雨樓」、「摘星樓」、「風樓」、曼谷的「蘭苑」,甚至以此為書名如《風樓隨筆》、《摘星文選》、《蘭苑隨筆》。雖然常常擺盪在難捨故居與適應新居之間,書寫家屋一直是女作家所鍾愛的主題,她寫搬家的文章包括〈鄉居閑情〉、〈樓〉、〈搬家〉、〈第七次搬家〉、〈新居試筆〉、〈新居二三事〉及〈回憶故居〉。在記敘搬家的過程,從買賣故居新屋、了解新居周遭的菜場、郵局,到打點裝修新居,使成「室內桃源」,一連串皆是主婦的重頭戲,因此即使皴染多次,殊為常態,而鍾梅音又是典型的主婦文學作家,自然可由此類作品彰顯她對家的主題書寫不倦的熱愛。

三、寶島采風／海天遊蹤

從郁永河的《稗海記遊》,到池田篤記的《臺灣紀行》,一批批的移民者總是寫下他們對臺灣的謳歌,鍾梅音的遊記散文也是先立足於臺灣,才放眼於世界,在鍾梅音筆下,臺灣是一個寶島,也是她第二個故鄉,她以

辛勤的筆耕來熱愛這塊土地，寫下屬於她的「新臺灣紀行」。而 1964 年起因伴隨夫婿出國任職，一路夫唱婦隨，鍾梅音竟也繞地球一圈，過了一段魚躍鳥飛的快意時光，然而因心繫臺灣足不離國的讀者，她寫下一連串組曲式的遊記散文，將她海闊天空的視界展示在讀者的面前。這番周遊列國的經歷使她回過頭來針砭遙望神州、新亭對泣的不切實際，反而提出應腳踏實地建設臺灣，因多難而興邦，她在《海天遊蹤》的序痛切的寫道：「我對自己的國家有『恨鐵不成鋼』的感慨，每完成一個小國的篇章，總叫我擲筆而起，繞室徘徊又徘徊。」[14]所以她將所觀察的各國立國之道、各城文化特色以饗讀者，也讓鍾梅音的遊記散文在臺灣文學史上寫下輝煌的一頁。

（一）臺灣印象

在鍾梅音初訪臺灣的寫景文章中，看不到顛沛流離的字眼，反而心懷美好的憧憬，以溫潤的筆觸刻畫她的「臺灣印象」。〈閑話臺灣〉一文鍾梅音寫下甫登岸時她對基隆港的匆匆一瞥：「臺灣給我最初的一瞥是黃昏、中興輪夜泊基隆港外，遙望一串明珠似的燈火，橫互於水天相接之處，把黝暗的星空，淡淡地映出一帶乳色的光暈，猶如仙女頸上的項鍊，幻麗而又神秘！」爾後短暫停留的一年中，成天面對基隆的濤波浪影，一一皆幻為家鄉的景物，既新奇又熟悉的感覺就雜揉在她的文字裡：

> 每當驟雨初歇，從我的窗戶裏，可以望見對面山上許多小瀑布，湍急奔流，宛如珠簾倒掛，泡沫在半空裏化成朵朵輕烟；「基隆八景」中的「社寮曉月」「仙洞聽潮」，只看這字句已够使人神往的了；在上海經常面對濁浪滔滔的黃浦江，一旦置身於碧波萬頃，白鷗點點的海邊，還有那松風、嵐影、蔚藍的天，詭譎的雲，又如何教人不喜愛臺灣呢？[15]

---

[14]鍾梅音，〈序〉，《海天遊蹤》（第一集）（臺北：大中國圖書公司，1966 年 4 月），頁 4。
[15]鍾梅音，〈閒話臺灣〉，《冷泉心影》，頁 100。

　　鍾梅音的臺灣紀行亦是帶著藝術的眼光看她流離的所在，落地即生根，不成天以筆端遊走神州故土，反而一步一腳印地踏踏實實地認識臺灣，以歡喜的心融入這片土地，這篇〈閑話臺灣〉寫於來臺第二年的光復節，她帶著愉悅的口吻寫著她欣賞喜愛忠厚不尚虛偽的本省同胞，甚至為三餐不繼的本省同胞向政府請命，不應漠視他們的疾苦，不應讓他們的血汗遭到剝削。這番論調是當年少見的，也可看出鍾梅音悲天憫人的情懷。

　　鍾梅音對於臺灣同胞胼手胝足、粗衣惡食，除替之報不平之鳴外，她的「臺灣印象」還包含本省特有的拜拜習俗，割雞宰鴨、煮肉烹酒、呼朋喚友的濃厚人情味，使她讚之歎之，初來臺總是有鄰友以龜糕結緣，令她盛情難卻。然而讓鍾梅音深刻的臺灣印象還包含每年夏季的颱風，初來臺即為「波濤洶湧，地氣沸騰」的景觀震懾住了，在大陸苦無機會看錢塘潮，不料颱風襲來，猛浪狂奔，竟使家人驚奇的倚窗貪看前所未見的景觀，於是寫下〈颱風〉一文描述觀潮的新奇，這篇將蘇澳港浪花淘盡的美感動態描寫得極有意趣，文末以風平浪靜對比先前的怒海狂濤，一動一靜，生氣盎然。亦可見鍾梅音皆以欣悅的慧眼觀照與故園大異其趣的風土民情，寫出新一代移民者的「臺灣印象」。

（二）桃源仙境──臺灣東岸寫生

　　鍾梅音為來臺的第一個落腳處基隆先寫了一篇〈閑話臺灣〉的散文記載基隆的港灣、魚市之外，另有一篇〈基隆一夕〉是三年後又舊地重訪時所寫下的遊記，描寫日益活潑富朝氣的基隆市，並記敘與昔日鄰居敘舊的情義。鍾梅音 1949 年 3 月搬到蘇澳，因氣喘病漸次好轉，開始在週末六、日闔家出遊臺灣東海岸。在〈無題〉一文中她曾說：「我愛宜蘭線的風景，更愛這沿著太平洋海岸的一段路程。」[16]為這美麗的東海岸她寫下一系列的遊記，如〈無題〉、〈礁溪半日〉、〈冷泉〉、〈蘇花之旅〉、〈福隆之遊〉、〈福隆的海濱〉、〈旅遊隨筆〉（描寫淡水至石門一帶）、〈新春遊蹤〉（描寫由野

---

[16]鍾梅音，〈無題〉，《冷泉心影》，頁94。

柳濱海沿線至陽明山與萬華）、〈臺灣橫貫公路一瞥〉、〈七寶樓臺棲蘭山〉共十篇散文，其中〈礁溪半日〉與〈冷泉〉兩篇文章尤可看出鍾梅音樂由「桃源」乘興而歸的快樂，〈礁溪半日〉宛如一幅初春踏青圖，而〈冷泉〉一文則狀聲極美，以各種村音野聲輻輳出「弦外之音」，令讀者於此也屏神諦聽迴盪在心間的聲響，足見鍾梅音對蘇澳相看兩不厭的感情，也將 1950 年代臺灣的純樸之美為後來的讀者留下紀錄。

此外，鍾梅音在移居高雄與臺北的期間也展開臺灣西岸風光的旅遊，但篇幅較少，只有〈南遊瑣憶〉（描寫南投、嘉義、臺南、高雄、屏東一帶）、〈板橋之春〉、〈夜上成功嶺〉、〈臺中快遊〉、〈南行散記〉（描寫臺南）共五篇散文，雖然這些文章也極力寫出各處明媚的風光，然字裡行間仍念念不忘在蘇澳的鄉居閑情，難免將東岸與西岸的景致相提並論。足見蘇澳對鍾梅音而言是「情人眼裡的西施」，所以著墨最多，不論專章濃妝一回，或在其他篇章淡抹一番，她皆百寫不厭。就連移居湄江、獅城，仍念茲在茲。

相對而言反而少「回顧所來徑」的懷鄉寫景散文，僅寫了〈滇西憶舊〉、〈火車之戀〉、〈啊！這麼多的燈〉幾篇憶舊文章，在 1950 年代一片追憶神州故園的懷鄉書寫中，鍾梅音的散文顯然更具本土味，就其創作的時間點而言，她也稱得上是「在地化作家」，對於生活二十幾載的臺灣她有濃濃的鄉情。在她最後一本散文集中有一篇書寫臺灣民謠的散文〈我心在臺灣〉，更真切的表達出她對臺灣這個新故鄉的感情，足見鍾梅音在臺灣生活二十幾載土親人親的心境寫照。

（三）「塞上行」

鍾梅音有三次到前線勞軍，分別是隨青年寫作協會、中國文藝協會、中華合唱團，足跡遍及金門、馬祖、大二膽、小金門，分別在 1958 年寫下〈接受金門砲火洗禮〉、〈塞上行〉，在 1959 年寫下〈赴馬祖途中〉、〈戰雲瀰漫訪馬祖〉，由於在 1958 年前往金門勞軍，故鍾梅音於一年後與俞南屏合寫了一部〈不朽的八二三〉的混聲大合唱曲，而在 1963 年隨中華合唱團

至金門巡迴演唱，寫下〈金門二度行〉這篇散文，在 1964 年出版散文集
《塞上行》。

這些作品皆是應官方的邀請而創作的，在 1958 年正好是「八二三」砲
戰的停火時間，文藝界帶一支筆隊伍往前線勞軍，也讓她們留下了一本文
集，由王琰如、張雪茵編輯為《金門‧馬祖‧澎湖》，以作為向前線三軍將
士致敬的獻禮。鍾梅音也貢獻兩篇散文在其中，分別是〈接受金門砲火洗
禮〉、〈戰雲瀰漫訪馬祖〉。

在鍾梅音書寫前線戰地的文章中，可以看出她悲憫的情懷，對於戰地
砲聲隆隆、戰地百姓生活在殘垣頹瓦、砲彈將田地犁成不毛之地，而戰士
仍須在此刻苦的環境中守衛家園，真是由衷感激。在〈戰雲瀰漫訪馬祖〉
一文中她反對作秀式的勞軍，也厭惡冠冕堂皇的致詞，使勞軍回歸到宛如
家人的殷切問候，足見其真性情的一面。[17]

在她筆下前往金門好像出塞，當吉普車馳騁在中央大道上，放眼望
去，竟是黃土丘陵，荒涼乾號的風沙，更有著邊塞的情調，因此在〈塞上
行〉這篇文章中，她將金門當玉門，她寫到「十年來，我第一次離開居留
的『美麗島』。的確，不離臺灣，不覺臺灣之美麗；而身在金門，就真給人
一種出塞的感覺。」而到了馬祖，終日陰沉的天色也令其深感前線戰雲瀰
漫的肅殺氣氛，當她歸來時，直有魯賓遜回到人間的感覺，對於戰地貧乏
的物資與書籍，使她深切體會前線戰士的寂寞，忍不住為其抱不平。

正因為參訪戰地給鍾梅音極深刻的印象，故鍾梅音一年後與俞南屏合
作寫成一支由 12 首歌謠所組成的壯闊樂曲，鍾梅音所寫的作品為〈大膽島
的國旗〉、〈神勇的蛙人〉、〈料羅灣的憤怒〉、〈火網中的空投〉、〈馬山望故
鄉〉、〈勝利的前奏〉。不管文章與樂曲，皆看出鍾梅音對臺灣真切的感情。

（四）浪遊記快

相對於張秀亞是典型「讀萬卷書」的創作者，鍾梅音則顯然是「行萬

---

[17]鍾梅音，〈戰雲瀰漫訪馬祖〉，《夢與希望》，頁 140～152。

里路」的創作者了。鍾梅音共寫了五本以旅遊為主題的散文集，而旅遊文學是鍾梅音晚期創作的主力，依照創作的次序，分別是《海天遊蹤第一集》、《海天遊蹤第二集》、《蘭苑隨筆》、《旅人的故事》、《昨日在湄江》等作品，除了《昨日在湄江》、《蘭苑隨筆》是專以東南亞，尤其是曼谷的民情風俗為主的遊記之外，《海天遊蹤》與《旅人的故事》皆是遍及歐美大陸的遊記作品。

《海天遊蹤》是鍾梅音在 1964 年 6 月至 9 月與夫婿環遊世界 80 天後所寫下的一系列連綴體散文（組曲式散文），鍾梅音採用母題底下列子題的方式寫長篇散文，藉以透過各種角度對景點作詳盡的介紹。對於這趟漫長的旅程鍾梅音採取的是以倒述的次第寫遊記，這本書寫了兩年多，近二十五萬字，可謂卷帙浩繁，在創作期間且陸陸續續在《中央日報》副刊連載。鍾梅音將寰宇的經驗透過生花妙筆呈獻給讀者，確實使這部遊記轟動一時、再版多次，更獲得中山文藝獎的殊榮。

其實鍾梅音歸來後擬執筆創作之初，曾詳閱朱自清的散文集《歐遊雜記》以為寫作之參考，[18] 汲取了朱自清洗練描寫景物的長處，以及對當地歷史與文明勤於考證的功夫，故鍾梅音常運用小掌故增添散文知性之趣，如〈關於梵諦岡〉一文介紹米開朗基羅的油畫作品「創世紀」與「末日的審判」，又運用了一些小掌故來增添敘事之趣，如〈卿本佳人〉一文因描寫到義大利羅馬，所以穿插「木馬屠城記」的希臘神話與伊利亞斯的故事來介紹羅馬的歷史與文明，甚至將春秋時代楚國大夫鬥穀於菟的故事與伊利亞斯的故事相互對照，使遊記富於知性之美。

文藝評論家趙滋蕃曾評論鍾梅音的《海天遊蹤》是「放眼世界，心存故國；活的地球，活的縮影」，的確鍾梅音在其海外見聞錄中常不忘將自己的國家與他國作一較量，抒發見賢思齊的感慨。正如鍾梅音在《海天遊

---

[18] 鍾梅音在《旅人的故事》之〈年華老去的花都〉曾提及第一次歐遊之旅，「歸來讀朱自清先生的《歐遊雜記》，他極力稱讚法國的麵包好吃——『外面酥，裡面軟』……」，足證曾參閱朱自清前輩文人的作品，以為寫作參考。

蹤》第一集的序文所言:「時間是最無情的,我們與其把『反攻大陸』當歌唱,何如今天就腳踏實地的一步一步先去學習一流國家的榜樣?」[19]因為《海天遊蹤》不是純粹的景觀式遊記,其中有許多以他國為借鑑的議論,對於未能踏出國門的讀者而言,無意開啟了一扇通往世界的窗口,其在當時的影響力是可想而知的。

另外,《旅人的故事》是記敘 1972 年鍾梅音在新加坡旅居時又一次展開為期兩個月的歐美旅行,這本舊地重遊的散文是《海天遊蹤》的姊妹作,全書的篇名經鍾梅音刻意安排皆是七個字,使篇名連綴起來有如詩歌,寫作的方式則較多短篇的散文,偶有長篇的連綴體散文,如〈年華老去的花都〉、〈三訪倫敦覓屐痕〉兩篇文章;而為了增添新鮮感,在景點上也多了一些名人故居的探訪,如莎士比亞、貝多芬、林肯、莫札特、華盛頓、甘迺迪、愛迪生等人的介紹。

綜觀這本散文集的主軸應是文化之旅,多篇散文是以詩歌起首,如〈陽光之城拿波里〉、〈我心仍在克普里〉,使遊記添上另一種風情。鍾梅音在《旅人的故事》一書的序言〈痛苦的昇華〉中曾寫道:「那些充滿義大利迷人風情的民歌,又把我帶回少女時代的夢境。」因此她試圖將這些詩歌翻譯在散文中,使作品增一分音樂性,也有別於往昔的遊記散文。

——選自許珮馨〈五〇年代的遷臺女作家散文研究〉
臺灣師範大學國文研究所博士論文,2006 年 6 月
——修改於 2014 年 8 月

---

[19] 鍾梅音,〈狄氏樂園一日遊〉,《海天遊蹤》(第一集),頁 4~5。

遷臺初期文學女性的聲音
以武月卿主編《中央日報》「婦女與家庭」周刊為研究場域（節錄）

◎封德屏*

「婦女與家庭」周刊與女作家

鍾梅音（1922～1984）

如果以女作家在《中央日報》「婦女與家庭」周刊發表的量來作統計，鍾梅音排名第一。鍾梅音自幼體弱，也從小患有哮喘病，來臺後，因先生余伯祺臺肥工作的原因，必須調往蘇澳工作，梅音舉家遷往，閒暇時，即以寫作自娛。開始時即用「音」為筆名，當時與林海音的筆名「海音」，被文壇稱為文壇「二音」，她們兩人還曾因讀者誤為同一人，而分別在《大華晚報》副刊為文說明此事。[1]或許因為「同病相憐」，鍾梅音與武月卿兩人的感情似乎更甚於其他女作家，鍾梅音家住蘇澳，清幽的住家環境，曾邀武月卿前往蘇澳養病，鍾梅音好客，亦曾多次邀臺北文友去蘇澳度假，武月卿當然在名單之列，陳紀瀅、徐鍾珮都曾經在文章中提到拜訪鍾梅音及赴蘇澳旅遊的情形。[2]

民國 38 年 6 月 14、15 日，鍾梅音來臺的第一篇文章〈雞的故事〉刊載在《中央日報》副刊，民國 38 年 8 月 14 日「婦周」第 22 期舉辦父親節

* 發表文章時為文訊雜誌社總編輯、淡江大學中國文學系博士候選人，現為文訊雜誌社社長兼總編輯。

[1] 〈本刊作者書簡──海音女士來函──編者按〉，《中央日報》，1950 年 3 月 12 日，第 7 版，「婦女與家庭」第 51 期。
[2] 陳紀瀅，〈憶梅音〉，《傳記文學》第 44 卷第 3 期（1984 年 3 月），頁 72～76。

徵文，鍾梅音以「音」的筆名，撰寫〈父親的悲哀〉一文獲選，此後即展開她的創作生涯。臺灣是鍾梅音創作生涯的起點，而她創作文類全部以散文為主，除了創作，鍾梅音曾主編過國民黨婦工會的《婦友》月刊、《大華晚報》副刊，她也是第一個主持電視節目的女作家。住在蘇澳的六年期間，[3]鍾梅音以一個家庭主婦身分大量創作，主要發表園地為「婦周」、《中央日報》副刊、《中華日報》副刊。民國 40 年 3 月鍾梅音的第一本散文集《冷泉心影》由「重光文藝」出版，總計 30 篇散文，分別發表在《中央日報》副刊、「婦周」及《中華日報》副刊。民國 38 至 42 年這段時間，是她大量創作的階段，在「婦周」上她以「音」及「小芙」兩個筆名輪流寫稿，談的題材相當廣，生活周遭事物的感受、往事故人的回憶，音樂、美術也都因興趣而有頗深的涉獵，兒童文學也曾涉足。單就民國 42 年 1 月至 9 月共計 36 期的「婦周」，鍾梅音就發表了 36 篇文章，幾乎每期都有她的作品，民國 43 年 11 月《海濱隨筆》由《大華晚報》出版，計有 100 篇小品文，其中就包括了在「婦周‧每周漫談」的 41 篇專欄文章。這些文章雖然都不長，皆在 500 字左右，但主題明顯，文筆清麗，耐人尋味。

文人相重，彼此情誼因文而深，但談文論藝，仍有各自主張。鍾梅音與孟瑤二位就曾因「背書」這個題目，彼此你來我往地表達不同的主張，[4]細讀二人文章，放在今日的白話文、文言文教學之爭，似乎有異曲同工之妙。可見女作家們溫婉謙和的背後，亦有一定理念的堅持。

鍾梅音在散文上的表現，至《海天遊蹤》二冊的出版，到達了一個高峰，曾被喻為「最完美的遊記」。1950 年代即享有文名的鍾梅音，不知是否因為成名較早，又有一長段時間隨丈夫旅居海外，直到 1982 年回臺灣養病，1984 年病逝臺北，她在散文方面的成就與表現一直未受應有的重視。她因患帕金森氏症回臺療養的同年，武月卿在美病逝，當年作者與主編情

---

[3]同前註。

[4]鍾梅音，〈背書〉、〈興趣〉、〈理解與記憶（孟瑤）〉、〈二年後再答孟瑤〉，《海濱隨筆》（臺北：大華晚報社，1954 年 11 月），頁 120～128。

誼深厚的兩位女性，卻先後凋零，難怪徐鍾珮在〈零落的海濱故人〉中，
會有懷故友歎造化的深深感觸。

——選自李瑞騰主編《永恆的溫柔——琦君及其同輩女作家學術研討會論文集》
桃園：中央大學琦君研究中心，2006 年 7 月

是為黨國抑或是婦女？
1950 年代的《婦友》月刊（節錄）

◎游鑑明*

前言

　　1950 到 1960 年的臺灣，為對抗中共政權與安定臺灣民心，非常重視政治宣傳；政治宣傳有很多種類，報刊是其中一種，不但最具效果，也是攏絡知識分子的利器。如果報刊只採用老套、呆板的社論、專論做宣傳，很難吸引大眾注意，但受這時期國民黨文藝政策的影響，報刊改變宣傳方式，把文藝創作加入宣傳的隊伍中。

　　臺灣戰後，隨著文化人陸續來臺，文藝界變得非常複雜，灰色、黃色的作品到處氾濫；直到 1949 年 11 月，中國國民黨中央宣傳部副部長任卓宣，兼任臺北市文化運動委員會主委，積極展開反共反蘇文化運動，又邀請作家孫陵撰寫〈保衛大臺灣歌〉，才扭轉當時文壇風氣，並開啟反共文藝的第一步。[1]中央政府撤退來臺後，有部分人認為，之所以失去中國大陸的政權是文藝工作的失策，必須加強文藝政策，因此，從 1950 年開始，政府開始介入文藝界，文藝政策也就熱鬧滾滾的展開。

　　在組織、理論與政策的交錯影響下，臺灣文藝界蓬勃發展，除了有文獎會、文協這些組織之外，1953 年以後，又有「中國青年寫作協會」、「臺灣省婦女寫作協會」、「女作家慶生會」等藝文組織的成立，這些正式或非正式的組織，讓作家之間的互動比過去緊密；這時期，雜誌的發行更達巔

---

*發表文章時為中央研究院近代史研究所研究員，現為中央研究院近代史研究所研究員兼副所長。
[1]劉心皇，《現代中國文學史話》（臺北：正中書局，1971 年），頁 816～817。

峰，1950 年代出版的雜誌就多達六十多種，內容包羅萬象，有戰鬥、懷鄉、通俗與理論，許多作家參與主編或編輯的工作，他們被賦予生產優美文藝作品、以及傳達反共抗俄使命與恢復民族意識的任務。受這樣氛圍的影響，國民黨中央委員會婦女工作會（簡稱「中央婦工會」、「婦工會」）發行的《婦友》月刊，在 1954 年 10 月問世，該刊歷時 43 年，1990 年改為雙月刊，直到 1997 年才停刊。《婦友》準備發行時，正是「文化清潔運動」展開之際，因此，這本刊物在宣傳黨國思想、倡導反共復國口號之外，也配合文化界，進行掃除三害運動。

　　本文無意對發行 43 年的《婦友》，進行全盤研究，僅選擇 1954 年 10 月到 1964 年 9 月這十年，一方面，這期間，中央政府正大力倡導反共復國思想，婦工會也積極推行「幸福家庭運動」，作為黨國喉舌機關的《婦友》，究竟如何配合宣傳？而由政黨主導而發行的刊物，除了具有為黨宣傳的目的之外，是否提供其他與宣傳理念無關的內容，以激起一般民眾的興趣？特別是給女性閱讀的刊物，如果過於泛政治化，是否得不到認可？上述問題，相當值得研究。

　　另一方面，《婦友》，是一本多元文化交會的場域，十年裡，該刊共計出版 120 期，每期有 32 頁，在封面與內頁附有照片與漫畫；並曾刊登 47 種專欄，[2]其中社論、論著、特寫、文藝、女青年園地等專欄，較為固定，每個專欄都多達百期以上。以十年為研究範圍，不僅容易掌握該刊編輯群的人事變動，研究課題也不易流於枝蔓。

　　目前研究報刊史，多半著眼文本分析，但如果資料充分，我們對知識生產過程應該一併探究，包括刊物的發行單位、編輯群、編輯與審查方

---

[2]分別是社論、論著、家庭與兒童、特寫、文藝、女青年園地、書評、專載、婦女史話、漫畫、報導、女作家動態、共匪迫害婦女傳真、特載、童話、長篇連載、專題研究、家庭小酌、美化庭園、婦友信箱、廣播文摘、時論、海外通訊、世界名著、童話音樂、專論、主婦生活漫談、兒童連環圖、床邊故事、蓪草造花法、大陸悲劇、讀書心得、中篇小說、廣播座談、溪邊瑣語、少女手冊、名著欣賞、治家偶得、西洋文藝講座、一月小說、家庭的幸福、窗前小品、中國文學欣賞、家政之頁、青年園地（104、105、106、107 期改回「女青年園地」）、每月小說、海外來鴻。

式、經費來源或流通情形。同時，編輯與投稿人、刊物與閱讀主體之間的
權利或互動關係，也不能忽視。因此，本文分成兩部分進行研究，首先，
討論《婦友》的生產過程與流通情形，作為一本政黨的婦女刊物，《婦友》
是由哪個單位發行？經費是否充裕？編輯成員的背景何如？是否全是黨
工？還有，政黨刊物是否只贈送而不販賣？讀者的反應又如何？接著進行
文本分析，並分成「《婦友》呈現的婦女特寫與婦女工作」、「幸福家庭在
《婦友》」與「《婦友》宣揚的反共思想」三組議題，觀察《婦友》是以何
種文類呈現給讀者；並進一步究明以婦女為出發的國民黨刊物，究竟想呈
現甚麼？是傳播黨國思想？還是啟發婦女？如果是後者，是否兼顧不同族
群？總之，透過這內外兩部分的研究，可以較清楚的勾勒一本由政黨發行
的刊物圖象。

一、《婦友》的出版機構與出版宗旨

　　《婦友》是國民黨的刊物，出版機構當然是國民黨的單位，而這個機
構為何要發行《婦友》？本身的組織結構如何？作為黨營刊物，該刊的出
版宗旨為何？

（一）出版機構：中國國民黨中央委員會婦女工作會

　　討論《婦友》之前，本文先對「婦工會」成立的背景和性質作說明。
1949 年年底，中央政府遷臺，為推動反共抗俄時期的婦女工作，宋美齡召
集陳譚祥、呂曉道、皮以書與錢用和等人，在 1950 年 4 月組成婦聯會。[3]
原本是臺灣最大的婦女團體——省婦女會，不再擔任龍頭老大的位置；不
過，婦聯會的組織固然龐大，僅是人民團體。1953 年 10 月 21 日，國民黨
成立的中央委員會婦女工作指導會議（以下簡稱「婦指會議」），才是戰後
臺灣婦女界的最高領導機構。

　　根據國民黨第七屆中央委員會常務委員會第 62 次會議的〈中央委員會

---

[3] 錢用和，《半世紀的追隨》（臺北：未註出版社，1976 年），頁 182；〈婦女工作指導會議幹事委員
談話會紀錄〉，手抄本，1954 年 11 月 9 日。

婦女工作指導會議暫行規則修正通過〉第三條規定:「本會議之任務,為加強婦運政策及工作之推進,並領導各級婦女機構或團體,展開本黨婦運工作」。[4]這項規定,清楚說明「婦指會議」的領導位置,而宋美齡也以指導長的身分出任領導。[5]同時,常務委員會第 62 次會議還議決「婦指會議」下設置「婦女工作會」,婦工會的任務則是「秉承指導長暨婦女工作指導會議之決議,掌理婦女運動工作及婦女團體之黨團活動」。[6]進一步說,這時臺灣的婦女組織是由「婦指會議」和「婦女工作會」帶領,前者是決策機構,不負責行政,後者是執行機構,執行婦工決策及指導會議的決議。[7]

儘管婦工會「掌理婦女運動工作」,在本質上,卻與國民黨過去的婦女組織不同,1953 年,宋美齡在婦指會的第一次委員會議中特別表明:

> 過去本黨所設立的婦運機構,僅是推行婦女運動,運動是一時的,不能奠定工作的基礎,現在組設的婦女工作機構,和運動就不同了。[8]

換言之,婦工會不進行婦女運動,而是從事婦女工作。根據〈中國國民黨婦女工作指導方案〉,婦工會指導方針有三項:加強婦女訓練、健全婦女組織、培養婦女知能;[9]隨著婦工會組織的演進,婦女工作的要點增為五項:以政策領導婦女群眾、以組織結合婦女人才、以訓練培養婦女知能、以服務輔導婦女生活、以文教指導婦女人生。[10]

---

[4] 〈中央委員會婦女工作指導會議暫行規則修正通過〉,〈中國國民黨第七屆中央委員會常務委員會第六十二次會議紀錄〉,1953 年 10 月 7 日。中國國民黨黨史館藏,檔號:「會議紀錄」7、3:5。
[5] 錢用和,《半世紀的追隨》,頁 180。
[6] 〈中央委員會婦女工作會暫行組織規則通過〉,〈中國國民黨第七屆中央委員會常務委員會第六十二次會議紀錄〉,1953 年 10 月 7 日。中國國民黨黨史館藏,檔號:「會議紀錄」7、3:5。
[7] 這兩個組織的職權在「婦指會議」的籌備會議與正式會議都一再說明,詳見〈中國國民黨中央委員會婦女工作指導委員會籌備委員會第一次會議紀錄〉,手抄本,1953 年 10 月 5 日;〈中國國民黨中央委員會婦女工作指導會議第一次幹事委員會議紀錄〉,手抄本,1953 年 11 月 7 日。
[8] 宋美齡訓詞,〈婦女工作指導委員會議的功能〉,中國國民黨中央委員會婦女工作會編,《指導長蔣夫人對婦女訓詞》(臺北:中國國民黨中央委員會婦女工作會,1979 年),頁 164。
[9] 〈中國國民黨婦女工作指導方案〉,〈中國國民黨第七屆中央委員會常務委員會第一○六次會議紀錄〉,1954 年 5 月 17 日。中國國民黨黨史館藏,檔號:「會議紀錄」7、3:9。
[10] 中國國民黨中央委員會婦女工作會編,《我們的工作》(臺北:中國國民黨中央委員會婦女工作

為落實婦女工作，婦工會在組織編制方面層次分明，中央設有正、副主任，負責推進工作，下有祕書、專門委員和幹事等，並設有五室，分別掌管總務、組訓、服務、研究及宣傳等業務。[11]1954 年 9 月起，則陸續設置向全島不同階層推動婦女工作的四個部門，包括地方、產職業、知識青年、前線。[12]1955 年 9 月，婦工會又建立義務幹事制度與婦工宣傳網，透過義務幹事和婦女宣傳員，在全省各地的鄉鎮村里，推行工作下鄉的政策，並深入家庭，展開宣傳工作。[13]另外，為發揮輻射性的組織功能，婦工會除了透過上述四大部門建立鞏固的外圍組織之外，又與其他婦女團體建立密切關係，特別是組織龐大的各地婦女會，更是婦工會聯繫的主要對象。[14]這種上下一貫、縱橫聯繫的整體工作網及龐大的組織人員，將國民黨的婦女工作深入基層。

除了有堅實的組織架構外，婦工會宣傳室在 1954 年 7 月擬訂編輯《婦友》雜誌計畫，並於當年十月，以月刊方式正式發行；這本刊物問世後，成為婦工會的組織內部和外界溝通的重要橋樑，也符合婦工會「以文教指導婦女人生」的工作要點。

（二）出版宗旨

婦工會何以要創辦《婦友》？出版的形式如何？透過婦工會的年度工作報告與《婦友》創刊詞，可以了解其中梗概。從創刊詞明顯看到，《婦友》是配合「文化清潔運動」而發行：

> 當國家民族遭受危難的時候，社會風氣的盛衰，人心的振靡，都與文化

會，1976 年），頁 2〜3。
[11]錢劍秋，《三十年來中國婦女運動》（臺北：中國國民黨中央委員會婦女工作會，1976 年），頁 14；中國國民黨中央委員會婦女工作會編，《我們的工作》，頁 1；婦友社編，《自由中國的婦女》（臺北：婦友社，1957 年），頁 18。
[12]游鑑明，〈臺灣地區的婦運〉，陳三井主編，《近代中國婦女運動史》（臺北：近代中國出版社，2000 年），頁 473。
[13]婦友社編，《自由中國的婦女》，頁 19；中國國民黨中央委員會婦女工作會編，《四年來本黨的婦女工作》（臺北：中國國民黨中央委員會婦女工作會，1957 年），頁 16。
[14]中國國民黨中央委員會婦女工作會編，《我們的工作》，頁 7。

的隆替有關，所以移風易俗，賴於發揚文化，申張正義，賴於讜論名言，不幸近日文化魔障瀰漫寶島，三害毒素，不脛而走，影響文風，於此為甚，關心文化的人士，鳴鼓而攻，口誅筆伐，同為掃除三害而努力，文化陣容，於以嚴肅，要圖澈底澄清文壇，發揮移風易俗的作用，應該積極提倡純真優美的民族文藝，藉以復興民族教育精神。[15]

創刊詞還強調，編行宣揚正義的刊物，是推行社會改造運動的重要工作，也申明「為組訓婦女，參加建國復興大業，教育婦女，培養齊家治國本能，喚醒婦女，揭發匪共禍國暴行，迫待義正辭嚴的理論，和輕鬆警闢的刊物，以實踐復興民族精神教育的任務」，是發行該刊的動機。[16]

　　此外，這本刊物是根據〈中國國民黨婦女工作指導方案〉的主旨及該黨婦女工作動向，訂定《婦友》發行計畫，並預訂三個目標，作為該刊的指針：一是表達純潔的思想，剖析婦女問題的癥結；二是闡揚真確的理論，指導婦女工作的前進；三是提倡優美的文藝，啟發婦女寫作的興趣。[17]

　　《婦友》的發行宗旨雖然充滿闡揚主義、宣導政策的冠冕堂皇話語，但為爭取廣大婦女的欣賞與愛護，《婦友》創刊詞特別表明，該刊的內容「採取綜合性」、形式「重在藝術化」，而且「雖不敢以脫盡窠臼而自詡，但必實踐避免拾取牙慧以自豪」。[18]這項說法的確落實在創刊號中，當期的《婦友》分成社論、論著、家庭與兒童、點心點心、特寫、文藝、女青年園地、書評等專欄，提供各界婦女閱讀。1956 年，中央婦女工作指導會議第 24 次幹事委員會議，還特別議決「改良《婦友》月刊內容，務使適合一般婦女閱讀」。[19]

　　這樣的編輯風格，始終不輟，刊登在《暢流》半月刊的《婦友》創刊

---

[15]〈創刊詞〉，《婦友》第 1 期（1954 年 10 月 10 日），頁 2。
[16]同前註。
[17]〈創刊詞〉，《婦友》第 1 期，頁 2。
[18]〈創刊詞〉，《婦友》第 1 期，頁 2。
[19]〈中央婦女工作指導會議第廿四次幹事委員會議紀錄〉，手抄本，1956 年 7 月 24 日。

號廣告，除了指出《婦友》是一本「促進婦女工作」、「改善婦女生活」、「研究婦女問題」、「提倡婦女文藝」、「發揚真善美」、「掃蕩赤黑黃」的刊物，並強調該刊「文字輕鬆」、「編排活潑」。[20]當《婦友》出版百期時，主編王文漪也再次表明：「就態度說，本刊是嚴正的，但情調卻是輕鬆的」，說出《婦友》是本嚴肅中不乏輕鬆的刊物，不是沉重的政治宣傳。[21]

二、《婦友》的編輯群與編輯方式

《婦友》是婦工會主導的刊物，編輯成員是否限定黨工人員？可有其他人參與編輯工作？該刊採用何種編輯方式？稿件來源如何？可曾對外徵稿？徵稿的對象如何？對於來稿，編輯部是否設有審查制度？

（一）從編輯群、編輯工作到編輯經費

在討論編輯群之前，我們先了解《婦友》的發行單位或發行人。透過版權頁可以看到其中變化，創刊時，該刊發行人是首位主任李秀芬；[22]但當年 11 月 9 日，李秀芬獲准辭職，[23]因此，第 2 期版權頁的發行人改為「婦友月刊社」。[24]而第 4 期的「編後」雖曾申明，發行人是接任婦工會主任職務的錢劍秋；[25]錢劍秋的名字卻是在第 54 期（1959 年 3 月）之後，才列進版權頁中；一直到第 120 期，《婦友》的發行人都是錢劍秋。

至於編輯群的名單，在《婦友》的版權頁中，只有「婦友月刊編輯委員會」的全稱，看不到編委們的名字；透過婦工會 1955 年度的工作報告，才得以看到主編和部分編委的名字：「聘請著名女作家鍾梅音為月刊主編，並於本年度加聘張明、陳約文為編輯委員」。[26]事實上，在本文研究的這

---

[20] 《暢流》第 10 卷第 4 期（1954 年 10 月 1 日），無頁碼。

[21] 王文漪，〈百期回憶〉，《婦友》第 100 期（1963 年 1 月 10 日），頁 4。

[22] 《婦友》第 1 期，無頁碼。

[23] 據錢用和的說法，李秀芬與婦聯會總幹事皮以書不睦，因此，出仕婦工會主任一年，便辭職。錢用和，《半世紀的追隨》，頁 184。

[24] 《婦友》第 2 期（1954 年 11 月 10 日），無頁碼。

[25] 《婦友》第 4 期（1955 年 1 月 10 日），頁 32。

[26] 《中國國民黨中央委員會婦女工作會四十四年度工作總報告》，頁 32。

120 期中，主其事者王文漪（筆名潔心、紫芹、煥然），曾主編《軍中文摘》、《軍中文藝》等刊物，為軍中文藝最早拓荒播種者之一；[27]後來王文漪轉入國民黨黨部服務，擔任婦工會第四室總幹事，負責宣傳工作，《婦友》便是由她創辦的。[28]第 8 期之後，王文漪因為受訓與生產，才由鍾梅音[29]接辦，鍾梅音一共主編 30 期；第 39 期之後，有三期是由婦工會專門委員陸慶（又名陸勉餘）代編。[30]因此，王文漪是《婦友》的實際主編，有長達 17 年的編輯經驗。[31]必須一提的是，儘管王文漪是婦工會的重要幹部，但她也是作家，與鍾梅音都是文協的成員。

鍾梅音是知名作家，當她接任《婦友》的主編工作時，婦工會非常重視鍾梅音，年度工作報告曾記載著：「（鍾梅音）銳意革新，極得文化界之重視」。[32]鍾梅音的編輯能力的確令編輯群稱道，王文漪曾讚美：「梅音編得很出色，而做事之快速，也是朋儕中少見的」。[33]作家陳紀瀅也表示，鍾梅音主編《婦友》時，時常以主編身分邀集作家座談，充分顯示她的組織能力與對婦運的熱心；陳紀瀅還提到，因為主編《婦友》，鍾梅音結交許多婦女界知心的朋友。[34]可惜 1957 年鍾梅音因氣喘宿疾，堅辭主編職務。[35]

至於編委的全部名單，直到第 103 期才清楚呈現，該期對 11 位編委作了簡介，這 11 位編委有教育部華僑教育委員會委員余宗玲、曾任中央黨部婦女運動委員會委員陸寒波、監察委員張岫嵐、國大代表張明、立法委員趙文藝、臺大教授盧月化、中國文化研究所（今中國文化大學）教授葉霞

---

[27]〈小傳〉，王文漪，《王文漪自選集》（臺北：黎明文化公司，1983 年），頁 1～2。

[28]王文漪，〈懷思梅音〉，《中央日報》，1984 年 2 月 18 日，第 12 版。

[29]鍾梅音筆名有音、愛珈、綠詩，曾就讀廣西大學文法學院法律系，1949 年，在《中央日報》副刊發表第一篇散文〈雞的故事〉，開始她的寫作生涯。

[30]王文漪，〈百期回憶〉，《婦友》第 100 期，頁 4。

[31]〈小傳〉，王文漪，《王文漪自選集》，頁 1～2。

[32]《中國國民黨中央委員會婦女工作會四十四年度工作總報告》，頁 32。

[33]王文漪，〈懷思梅音〉，《中央日報》，1984 年 2 月 18 日，第 12 版。

[34]陳紀瀅，〈憶梅音〉，《傳記文學》第 44 卷第 3 期（1984 年 3 月），頁 74。

[35]王文漪曾極力挽留，她回憶：「梅音那時既已倦勤，就一封封信寫給我，辭職不編了！她的信寫得很動人，看上去全是落筆成章，字體尤其娟秀，我至今還將她那時寫給我的一疊信保存得好好的。我雖極力留她，但也無效。」王文漪，〈懷思梅音〉，《中央日報》，1984 年 2 月 18 日，第 12 版。

翟以及作家徐鍾珮、辜祖文、張秀亞、鍾梅音；[36]其中張岫嵐、徐鍾珮、張秀亞、趙文藝，在創刊時就擔任編委。[37]除這 11 位編委之外，在婦工會工作報告中，還陸續看到前述的張明、陳約文，以及王理璜等人的名字。[38]

　　無論如何，編輯群來自各界女性菁英，不完全由發行單位婦工會的黨工組成。這種情形與婦聯會主編的《中華婦女》幾乎相同，該刊的編輯群也是匯集女性菁英，而且有部分編委與《婦友》重疊，除了李秀芬、錢劍秋之外，還有張岫嵐、張明。[39]但也不能忽視的是，儘管編委來自各界，其中不少人具作家身分，如前面所提，在強調國家文藝政策的時代，延攬作家參與報刊編輯工作，成為當時的趨勢，也因此，與國民黨有緊密關係的《婦友》或《中華婦女》的編輯群，都不以發行機構的幹部為主體。

　　由於《婦友》編委各有專長，也大多有編輯經驗，她們對編務十分熱心，不是徒具編委頭銜。據王文漪回憶，該刊每期集稿後，必定召開編輯會議，一面檢討上期內容，一面研究當期文稿；討論文稿時，先由她報告每一篇內容，大家再一絲不苟地認真討論。[40]王文漪還提到，有的編委因為遷居或出國，仍不時關心編務，例如，遷居臺中的張秀亞，一直熱烈支持該刊；而徐鍾珮在國外期間，還經常來函指導編務。[41]鍾梅音擔任主編時，也得到不少編委協助，在〈百尺竿頭──祝《婦友》百期紀念〉一文中，她感激張明曾在版面處理上，給了她許多建議；陸寒波則教導她注意標題，並告訴她：「任何性質的文字，寧可小題大做，切勿大題小做」。[42]對於這種情形，可以說是編輯群的同心協力，但也看得到權力關係的流動。

---

[36] 〈本刊編輯委員簡介〉，《婦友》第 103 期（1963 年 4 月 10 日），頁 7～9。
[37] 王文漪，〈百期回憶〉，《婦友》第 100 期，頁 5。
[38] 《中國國民黨中央委員會婦女工作會四十四年度工作總報告》，頁 32；《中國國民黨中央委員會婦女工作會四十五年度工作總報告表》，頁 33。
[39] 《中華婦女》第 5 卷第 1 期的版權頁呈現，該刊的編委有王國秀、李秀芬、李青來、武月卿、徐鍾珮、陳香梅、莫希平·張岫嵐、張明、傅岩、錢劍秋、謝寶珠等人。《中華婦女》第 5 卷第 1 期（1954 年 9 月 1 日），無頁碼。
[40] 王文漪，〈百期回憶〉，《婦友》第 100 期，頁 4～5。
[41] 同前註，頁 5。
[42] 鍾梅音，〈百尺竿頭──祝《婦友》百期紀念〉，《婦友》第 100 期，頁 6。

在編輯群中，主編的責任最重，特別是沒有單獨成立編輯和發行兩部組織的《婦友》，主編在處理編輯、審查等事務之外，還得面對校對、發行等瑣細工作。當時《婦友》將這所有工作交由主編和婦工會第四室兼辦，在人手有限下，第四室的幹部，叫苦連天。[43] 1958 年，婦工會工作報告的「工作檢討」項目中，把人手不夠列為「缺點」：

> 人手不夠，婦友未單獨成立發行機構，一切業務均由本室（四室）辦理。本室主管本黨婦工宣傳，僅有總幹事及工作同志三人，另臨時人員一人。婦友現由總幹事兼任主編，臨時人員擔任校對、製版，至訂戶發行等事，全由室內二同志兼辦，甚為忙碌，主編亦無暇外出聯絡作家寫稿，所幸本刊已普遍發行，來稿尚稱踴躍。[44]

但人手不足的問題，一直揮之不去，每年度的工作報告都出現同樣怨言。[45] 對王文漪來說，她不但得肩負婦工會各種宣傳工作，還必須兼任《婦友》的編輯工作，[46] 其中繁忙的編務令她備感沉重：

> 辦一個刊物並不僅是編輯，還有發行、訂戶、贈閱、經費收支、審閱來稿以及處理讀者來函等等，單以本刊每期發行近萬冊，封發投郵就夠辛勞了。……總是一樁費心力的事，好的文章要求去，投來的稿子要刪改，校對又怕有錯，而印刷廠的交道最難打，出版又有定期，那份懸心和緊張，真是難以言喻。[47]

---

[43]《中國國民黨中央委員會婦女工作會四十六年度工作總報告表》，頁 57。
[44]《中國國民黨中央委員會婦女工作會四十七年度工作總報告表》，頁 53。
[45] 1960 年婦工會的工作報告表，再度反映人手太少：「《婦友》完全在室內處理，婦友社僅對外之名稱而已。主編由本室總幹事兼任，發行由本室同志兼理，僅一臨時人員幫助校對、製版等工作，故甚形忙碌」，《中國國民黨中央委員會婦女工作會四十九年度工作總報告表》，頁 61。
[46] 王文漪曾以「十年煎熬」形容工作的艱辛：「宣傳工作，實在是極為紛繁的，固不限於編輯《婦友》，諸如叢書、廣播、宣傳網以及慶祝婦女節、兒童節、母親節等等，似乎都是我的事」。王文漪，〈十年煎熬〉，《十年》（臺北：文壇出版社，1960 年），頁 72。
[47] 王文漪，〈百期回憶〉，《婦友》第 100 期，頁 4～5。

而鍾梅音也和王文漪一樣，嘗盡在印刷廠坐候出版的辛苦滋味。[48]

　　有關編輯《婦友》的過程，鍾梅音曾作細膩陳述，例如，在畫家不願設計小刊頭或小眉畫的時代，她只好自己挑起版面設計的工作，她學習畫版樣，找圖案來美化版面，讓版面不單調乏味；甚至得考慮插圖的大小和擺放的位置，配合「節省篇幅與玲瓏美觀」的要求。同時，為「氣氛的調和」，她在嚴肅的文字中補白名人雋語、家政部分增加小幽默、文藝方面添加優美小詩。[49]雖然鍾梅音表示，在編輯中，她獲得許多訣竅，然而必須面面俱到的編輯工作，終於把鍾梅音累倒，只好辭去了主編職務，轉任編委。[50]

　　除了編輯工作繁瑣之外，編輯的經費也相當有限，根據王文漪對婦工會擬訂創刊計畫的回憶：

> 當時的勇氣可真不小，當時本刊不但沒有一文基金，幾乎連一文預算也沒有，但勇氣雖〔疑應是「則」字〕不小，另一方面，本刊也實在有些先天不足。[51]

不過，這種情形在 1950 年代相當普遍，《中華婦女》的編後語也曾提到，該刊在缺乏經費和人力下如何苦撐。[52]撇開非國民黨經營的《中華婦女》不論，國民黨出版的其他刊物，同樣有經費問題，由國民黨中央委員會第四組發行的《宣傳周報》曾在 1958 年度編印六種彩色連環圖畫，提供各級黨部和有關團體展覽與傳閱，卻因彩色圖畫製版費用昂貴，僅印 3000 冊；並

---

[48] 鍾梅音，〈百尺竿頭──祝《婦友》百期紀念〉，《婦友》第 100 期，頁 6。
[49] 同前註。
[50] 鍾梅音，〈百尺竿頭──祝《婦友》百期紀念〉，《婦友》第 100 期，頁 6。
[51] 王文漪，〈百期回憶〉，《婦友》第 100 期，頁 4。
[52] 「一年來，我們始終以有限的經費和令人難以相信的人力下，艱苦的支撐了這一卷刊滿，從創刊號以迄今，所有本刊的編輯、發行、校對以至於日常事務處理，都是編者一個人去擔負。」〈編後話〉，《中華婦女》第 1 卷第 11～12 期（1951 年 6 月 1 日），頁 23。

通知各單位，若需要加印，必須自行負擔紙張和印刷費。[53]

由此可見，在高呼反共抗俄的這個年代，為鞏固國民黨在臺灣的位置，國民黨固然極度需要借重文藝力量宣傳政策，但面對經濟的不景氣，並沒有對黨國支持下的刊物，投以大量經費補助，才會造成編輯人力與經費的捉襟見肘。這種現象似也顛覆部分人對國民黨文藝政策的高估。

（二）稿約、稿酬、文稿來源與審查標準

《婦友》是一本對外開放的刊物，在創刊號中，曾列有詳細的「稿約」規則：

1. 本刊園地公開，歡迎富有民族性及推進婦女工作之論文文藝，及有關家庭與兒童之文稿，尤歡迎各界婦女投稿。
2. 來稿一經採用，每千字稿酬三十元至四十元。短稿另計。詩歌以篇計，每篇二十元至五十元。
3. 女青年園地，歡迎女青年及各校女同學踴躍投稿，稿酬另計。
4. 來稿除特約者，敬請勿超過六千字。
5. 本刊對來稿有刪改權，不願者請先聲明。
6. 不用稿件，如欲退還，請附退稿郵資，其未附郵資者，概不退還。

在本文討論的這十年間，這則稿約沒有任何變動。從文稿的收錄原則看來，如同所有的婦女刊物一樣，《婦友》重視與家庭、兒童有關的文稿，但作為黨國的宣傳刊物，該刊對具國族概念和婦女工作的文章，也深表歡迎，這一點就與一般女性刊物不同；只不過，這些原則是否與實際刊登的作品內容完全一致，發表在《婦友》的文章果真如此樣板化？這個問題將在下面章節，進一步討論。

至於稿酬，《婦友》每千字 30 到 40 元的稿費，與當時其他刊物相較，

---

[53] 〈本組編印六種彩色連環圖畫〉，《宣傳周報》第 12 卷第 10 期（1958 年 9 月 5 日），頁 8。

相差不大，例如，1954 年 2 月《自由中國》的稿費每千字 40 到 50 元、1955 年 11 月《自由青年》是 20 到 50 元；而《中華婦女》創刊初期是 15 到 30 元，1957 年是 30 到 50 元。[54]重要的是，稿費對有家眷的作者來說，不無小補，舉例來說，1959 年中學教師的薪資大約在新臺幣 645 元左右，在物價高漲時代，有人認為以這份薪水養家，十分艱苦；[55]如果在《婦友》發表一篇 5000 字的稿子，大約有 150 到 200 元的稿酬，多少有助於作家養家活口，因此，豐厚的稿費吸引不少人投稿，讓《婦友》沒有缺稿的問題。另外，為《婦友》撰稿的婦指會議或婦工會的幹部，是否也有稿酬？根據 1958 年 2 月 1 日的婦指會議的會議紀錄透露，該會同志投稿《婦友》，稿酬以八折支付。[56]

對於該刊用稿的審慎仔細，王文漪特別歸功許詩荃，王文漪指出，許詩荃曾為《婦友》審閱數萬字，每逢不適合的文稿，都會和王文漪商量。[57]不過，嚴審來稿是當時臺灣文壇的一種風氣，以官營的報刊為例，王鼎鈞回憶，張道藩擔任《中華日報》董事長後，曾開闢「中學生周刊」，並邀請 50 名作家為中學生修改作品。[58]作為黨營的刊物，《婦友》當然不落人後，在婦工會的工作報告不時看到「選稿嚴格」、「盡量邀請名作家執筆，並嚴格審核稿件」的紀錄。[59]

審查或改稿需要耗費精神，而退稿也不是容易的事，特別是遇到有來頭的作者。王文漪記得，有一次，鍾梅音退了一位女作家的稿，這位女作家勃然大怒，寫信告到婦工會的高層，信中措辭十分不客氣；高層便囑咐

---

[54]「徵稿簡則」，《自由中國》第 10 卷第 4 期（1954 年 2 月 16 日），頁 11；「稿約」，《自由青年》第 14 卷第 9 期（1955 年 11 月 1 日），無頁碼；「徵稿簡約」，《中華婦女》第 1 卷第 2 期（1950 年 8 月 15 日），頁 17；「徵稿簡約」，《中華婦女》第 7 卷第 8 期（1957 年 4 月 10 日），無頁碼。

[55]胡虛一，〈教師與窮──介紹中學教師的待遇及其生活〉，《自由中國》第 20 卷第 11 期（1959 年 6 月 1 日），頁 16～17。

[56]〈中央婦女工作指導會議第三十四次幹事委員會議紀錄〉，手抄本，1958 年 2 月 1 日。

[57]王文漪，〈百期回憶〉，《婦友》第 100 期，頁 4。

[58]王鼎鈞，《文學江湖──王鼎鈞回憶錄四部曲之四》（臺北：爾雅書店，2009 年），頁 177。

[59]《中國國民黨中央委員會婦女工作會工作報告表（自五十年七月一日至五十一年六月三十日）》，頁 49；《中國國民黨中央委員會婦女工作會四十七年度工作總報告表》，頁 52。

鍾梅音回函，她只好將這位作家的大文，詳詳細細的評解一番。因為鍾梅音看稿很仔細、編得又認真，終於讓這位女作家心服，也平息了一場風波。[60]

　　儘管為了處理稿件，編輯部經常得大費周章；但也有讓她們愉快的時候。王文漪記得，有一次《婦友》舉辦徵文，湧來數百件稿件，為慎重起見，他們嚴格審查，先由王文漪和鍾梅音負責初審，再請羅家倫、張道藩等名家巨匠複審。名次評定後，有些陌生的作者名字，讓她們起疑，為了解這些獲選文稿是否出自作者本人，王文漪和鍾梅音乘坐了三輪車，一家一家的去訪問。在與一位年輕主婦相談後，果然發現，這位主婦與文藝寫作相距甚遠，而主婦也坦承，文稿不是她親自寫的，是出自她先生之手，於是這篇文稿沒有被錄用。[61]訪問時，她們曾發現徵文中最好一篇的作者喬曉芙，是臺大醫學院的學生、也是立委喬鵬書的女兒，後來這篇徵文得了第一名，她們也因此和喬曉芙成為文友。[62]

　　除此之外，《婦友》的「女青年園地」，是專供大專院校與中學學生發表作品的專欄，具有培養年輕作家的用意，因此，每回收到佳作，總讓編輯們興奮不已。王文漪回憶，第 98 期刊登了一篇文字流暢的 8000 字文稿〈從臺灣到加拿大〉，結果作者竟然是一位年僅 13 歲的女孩，王文漪為此深感喜悅。[63]值得注意的，這個深受女學生喜愛的園地，在這十年裡出版了109 期，收錄的文章大多數與抒情、懷舊有關，討論民族大義、反共思想或婦女工作的文稿，則少之又少。這說明在高唱反共文藝與戰鬥文藝的時代，《婦友》並沒有以黨國思想框限年輕學子，反而讓他們有多元的文藝創作空間。

　　在徵文和作者投稿之外，約稿在該刊也占不小位置，女作家是主要的約稿對象。為了邀請作家撰文，婦工會幹部在《婦友》創刊之前，訪問並

---

[60]王文漪，〈懷思梅音〉，《中央日報》，1984 年 2 月 18 日，第 12 版。
[61]同前註。
[62]王文漪，〈懷思梅音〉，《中央日報》，1984 年 2 月 18 日，第 12 版。
[63]王文漪，〈百期回憶〉，《婦友》第 100 期，頁 4。

招待了個別女作家，並向她們徵稿。[64]此後，負責《婦友》編務的婦工會幹部，與女作家們不斷保持良好互動，王文漪和婦工會的陸慶、章一苹常以私人名義，參加每月一次的「女作家慶生會」；也經常派員出席臺灣省婦女寫作協會等各類文藝團體的會議。[65]因此，王文漪曾肯定的說「我們敢說一句話，幾乎全國沒有一位成名的女作家沒有為本刊寫過文章」。[66]而根據本文的統計，1954 到 1964 年這十年間，約計有 37 名女作家在《婦友》發表文章或撰寫專欄。[67]

另外，為提倡婦女從事文藝研究，並表揚女作家，《婦友》開闢「女作家介紹」專欄，定期介紹女作家的作品和居家生活；[68]還陸續把作家們在該刊發表的作品或專欄，發行成單行本。對於《婦友》何以介紹女作家，王文漪在年度報告書中特別表明，該刊介紹的女作家並不是「國民黨同志」，但都是「黨友」。[69]由此顯示，《婦友》不是完全由具有國民黨身分的人執筆。

《婦友》其實不只向女作家約稿，男作家也是該刊的常客，但因為女作家的作品較多，一度引起外界質疑，編輯室曾為此解釋道：

> 起初自由人報八〇七期將本刊列為男作家禁地之一，實則不然，即以本期而論，男作家有南郭、朱梅雋、糜文開、鍾良沂四位先生，且前兩位

---

[64]《中央委員會婦女工作會四十三年度工作總報告表》，頁 12。
[65]《中國國民黨中央委員會婦女工作會工作報告表（自五十年七月一日至五十一年六月三十日）》，頁 53；《中國國民黨中央委員會婦女工作會五十年度工作總報告表》，頁 113。
[66]王文漪，〈百期回憶〉，《婦友》第 100 期，頁 4。
[67]張秀亞、蓉子（王蓉芷）、艾雯（熊崑珍）、畢璞（周素珊）、琦君（潘希真）、童真、徐鍾珮、王亞（王克非）、於梨華、程觀心、劉枋、蕭綠石、林太乙、林海音（林含音）、尉素秋、鍾梅音、張漱菡（張欣禾）、潘人木（潘佛彬）、郭晉秀、葉蘋（葉霞翟）、李芳蘭、王潔心、蕭傳文、張裘麗（張鍾嫻）、孟瑤（揚宗珍）、雪茵（張雪茵）、謝冰瑩（謝鳴崗）、繁露（王韻梅）、徐薏藍（徐恩楣）、蘇雪林（蘇筱梅）、嚴友梅、王琰如（王琰）、葉曼（劉世綸）、王怡之（王志忱）、盧月化、劉咸思（劉瑢）等。
[68]《中國國民黨中央委員會婦女工作會五十年度工作總報告表》，頁 113。
[69]《中國國民黨中央委員會婦女工作會工作報告表（自五十年七月一日至五十一年六月三十日）》，頁 52。

男作家係本刊專欄作家，每期均為本刊撰稿。[70]

除了邀請男女作家為《婦友》撰文之外，該刊也開闢各種專欄，邀請作家或專家撰寫，有菱子的「主婦生活漫談」，心蕊的「梅齋寄語」，南郭的「大陸悲劇」，琦君的「溪邊瑣語」，張秀亞的「少女手冊」（單行本更名為《少女的書》）和「窗前小品」，盧月化的「西洋文藝講座」，王怡之的「中國文學欣賞」，章一苹的「家庭的幸福」及朱梅雋所譯的「床邊童話」，[71] 以及黎烈文的名著譯稿、孟瑤等女作家的「一月小說」、師大家政系諸教授的「家政之頁」等。[72]

不過，有關國民黨政策、國內外時事或婦工會活動的專欄，則多出自婦工會同志或有參與黨務的學者專家之手，例如，婦女特寫或報導婦女工作的文稿，由楊百元、陸慶執筆；社論和論著則交由張明、葉霞翟、王文漪、盧月化負責。[73]其中，婦工會的副主任朱劍華，幾乎每期都為《婦友》執筆，令王文漪感動的是，朱劍華非但不接受稿酬，連名字也不願曝光。[74]

整體看來，《婦友》的執筆者包括作家、專家學者、學生與婦工會幹部，即連海外華僑也經常來稿，因此，內容相當多元。除有各類型文藝創作、學生園地與社論之外，還經常刊登宋美齡與錢劍秋的演講與活動，並報導婦工會的活動訊息。同時，《婦友》也介紹各界婦女生活、提供家政知識與理想的婚姻家庭觀、宣傳反共復國思想，甚至還有吸引兒童的童話故事、連環圖等。另外，該刊編輯認為婦女刊物雖然以婦女為本位，也應注意國際大事，因此，國際訊息不曾漏網。[75]為達到輕鬆、活潑的閱讀目的，

---

[70] 〈編後〉，《婦友》第 51 期（1958 年 12 月 10 日），頁 10。
[71] 王文漪，〈百期回憶〉，《婦友》第 100 期，頁 4。
[72] 《中國國民黨中央委員會婦女工作會四十四年度工作總報告》，頁 32；《中國國民黨中央委員會婦女工作會五十年度工作總報告表》，頁 110；《中國國民黨中央委員會婦女工作會工作報告表（自五十年七月一日至五十一年六月三十日）》，頁 50。
[73] 《中國國民黨中央委員會婦女工作會五十三年度工作報告表》，頁 118～119。
[74] 王文漪，〈百期回憶〉，《婦友》第 100 期，頁 5。
[75] 《婦友》第 20 期（1956 年 5 月 10 日），頁 31。

《婦友》的每一期封底或內頁，都附有照片、插圖或漫畫。呈現《婦友》有意把該刊向大眾推廣的企圖。

結論

綜觀前述，作為黨營的刊物，《婦友》確實背負著宣傳黨國政策、改善社會風氣的任務，不過，為促進婦女工作、改善並解決婦女生活，《婦友》也是一本為婦女服務的刊物。

從黨國這方面來看，《婦友》的發行單位是國民黨婦工會，編輯部門是婦工會宣傳室，清楚地呈現該刊的性質，而且該刊的發行動機或宗旨，基本上是呼應國民黨的政策。在刊物的流通上，雖然《婦友》歡迎各界訂閱，但贈閱的數量占多數，因為《婦友》贈閱的對象，多半負有宣傳的任務，例如，婦工會把《婦友》送給義務幹事和宣傳員，是希望把上層的政策或理念，推進底層社會或各個家庭，《婦友》所刊登的文宣與各種知識，正提供了宣傳的藍本。另外，海外人士與前線軍人之所以獲得《婦友》的贈閱，也是同樣道理，在資訊還不是很發達的時代，《婦友》讓他們對臺灣正在進行的政策或活動，有較多的認識。

《婦友》的內容也不乏黨國色彩，本文探究的三組議題，多半在傳遞黨國政策以及婦工會的工作與活動。專訪婦女的報導與動員婦女的紀實，主要由婦工會幹部或宣傳員撰寫，透過她們的陳述，讀者可以了解她們如何走向基層，進行婦女工作，以及基層婦女對組訓的反應。至於《婦友》對幸福家庭的建立與反共的宣傳，其中不少內容是在回應政策，試圖培養婦女美德、建構和諧家庭，並型塑黨國理想婦女形象。

然而，從另一個角度來看，《婦友》也是以婦女為主體的刊物，並提供女性發聲的機會。首先，在該刊的生產過程中，編輯群不完全是黨工，以女作家居多；另外，該刊雖然接受男性投稿，女性作者還是占大多數，而且來自各界，因此，從編輯群到作者的對外開放，說明了《婦友》並沒有被黨國完全框架。其次，《婦友》的出版帶給不少女性創作的空間，包括女

作家、學者專家、女學生、家庭主婦與婦工會的幹部,特別是《婦友》發掘了有文藝創作天分的女學生,這比《婦友》在闡揚主義、宣導政策上,顯然收穫更大,合乎了該刊「提倡婦女文藝」的目的。再者,在寫作的形式上,除了社論、論著、特寫之外,刊載在《婦友》的文章,不一定與黨國政策勾連,女青年園地、家庭或兒童專欄的文章,便有很大彈性,適合一般婦女閱讀。

從《婦友》的生產過程、刊物流通到《婦友》的內容,充分顯示該刊是一本既忠於黨國也屬於婦女的刊物。此外,在「戰鬥性第一、趣味性第二」的 1950 年代,國民黨的政治宣傳充滿藝文氣息,因此,《婦友》不是以枯燥無味的說教方式,走向讀者,而是以綜合性質發行這本刊物,這種嚴肅中不乏輕鬆的內容,使這本刊物的讀者不限於女性,也吸引男性與兒童閱讀,沒有性別與年齡限制。

儘管《婦友》受到各界肯定,也大量流通。但該刊在經費或人力上,始終浮現問題,不但編輯人力嚴重不足,從創刊開始就面臨經費拮据的情形,這種現象雖然也出現在其他黨營出版品上,但以「促進婦女工作」為標榜的定期刊物,似乎更應該獲得國民黨的支持,而事實顯示,《婦友》發行的八年裡,除 1959 年度沒有資料外,有六年是超支的,導致該刊必須向婦工會的其他單位挪用經費。從 1956 年度國民黨中央 12 處組會核定的預算觀察,婦工會核定 62 萬 4000 元,僅高於四個會,占各處組會總預算的 2.22%。[76]回顧國民黨成立婦女組織以來,婦女工作經費不足的問題,經常出現,而 1950 年代的國民黨婦工會仍不能避免這種窘境,這是否與國民黨偏忽婦女工作有關,值得深思。

值得一提的,《婦友》既然力圖「改善婦女生活」、「研究婦女問題」,那麼我們要以何種角度評價這本刊物?針對《婦友》記者的娼妓生活報

---

[76]1956 年度,婦工會核定的預算經費僅高於黨史史料編纂委員會、設計考核委員會、財務委員會、紀律委員會四會。〈中國國民黨第七屆中央委員會常務委員會第 369 次會議記錄〉,1957 年 6 月 24 日。中國國民黨黨史館藏,檔號:「會議紀錄」7、3:865。

導，張毓芬從女性主義視角認為，這其中充滿父權意識形態，如果是在女權思潮蓬勃的 1980 年代，《婦友》確實偏忽女性處境，但如果回到這個婦工勝過婦運、國家大於個人的時代，或許較能同情理解《婦友》的寫作風格。至於「幸福家庭運動」的推動，張毓芬也歸為是在保障傳統父權家庭，而建構幸福家庭始終是人們的期待，這顯然不能與黨國或父權相提並論。不過，《婦友》把婦女看成共匪暴力下的犧牲者或是社會道德的破壞者，讓民國以來好不容易建立的兩性觀念，大開倒車，令人匪夷所思。但我這樣的質疑，並沒有否定《婦友》還是容納女性意識，因為在藝文作品中，女性主體性是存在的，雖然那只是零星、片段。

　　總地來說，研究刊物史若只從文本著手，沒有掌握到知識生產的背景、過程與流通情形，是很難對刊物有全面認識，所幸，婦工會的年度報告、「婦指會議」與國民黨中央委員會的會議紀錄，讓本文能從廣袤的角度去探究《婦友》，也讓我確信解讀《婦友》時，必須採取多元視角，不能完全從黨國角度，去認定這本由國民黨婦工會發行的刊物，是純粹為黨國發聲。至於讀者對《婦友》的回應，受限於篇幅，本文無法作較多的展布，特別是透過婦工宣傳網向基層宣傳的結果，我將另文討論。

——選自《近代中國婦女史研究》第 19 期，2011 年 12 月

想像臺灣與再現本土（節錄）

◎王鈺婷[*]

一、鄉土想像之繁複面向

　　「鄉土」此一概念出現在戰後臺灣不同時期的政治時空之中，並扮演著重要的角色。「鄉土」這一個概念，往往被視為具有本土意涵，和純樸、鄉愁、傳統、懷舊、鄉村等指涉相聯繫，不僅關注的是地方主題的呈現，包含臺灣風土語境之下隱含特定文化面貌，具有抵抗外來勢力，或在現代性威脅下主體建構的積極意義。然而，臺灣戰後女性文學，對鄉土書寫作系統性的探討，主要皆著眼於 1970 年代鄉土文學發展過程，此一「壓抑的重返」[1]年代中女性文學的豐富面貌。楊翠從 1970 年代臺灣女性小說中關於「臺灣鄉土」之書寫，來細緻觀察出女性的時間意識與空間概念如何受到社會文化建構之影響，以臺灣「在地」鄉土現實之浮現，來回應社會的鄉土關懷，並詮釋鄉土的多元意義。[2]邱貴芬〈女性的「鄉土想像」——臺灣當代鄉土女性小說初探〉也同樣處理 1970 年代中葉至 1980 年代初期臺灣女性小說的發展，主要是藉由女性小說中的鄉土意象來探討土地／空間與認同的關係，引援麥西（Doreen Massey）指出土地沒有固定的歷史意義，來勾畫出女性觀點出發的「鄉土想像」之繁複面向，邱貴芬從土地意義的流動

---

[*]發表文章時為清華大學臺灣文學研究所助理教授，現為清華大學臺灣文學研究所副教授。
[1]邱貴芬，〈翻譯驅動力下的臺灣文學生產——1960～1980 現代派與鄉土文學的辯證〉，《臺灣小說史論》（臺北：麥田出版公司，2007 年 3 月），頁 238。
[2]楊翠，〈鄉土與記憶——七〇年代以來臺灣女性小說的時間意識與空間語境〉（臺灣大學歷史研究所博士論文，2003 年 7 月）。

性，以及想像不同勢力如何爭奪地理領域，來辯證出鄉土想像的複雜性。[3]

在這一波研究 1950 年代女性文學在地書寫的風潮中，以范銘如所提出「臺灣新故鄉」的研究框架最受矚目，也深具代表性。現今多數評論者皆延續范銘如提出「臺灣新故鄉」的框架，認為 1950 年代女作家從中原往臺灣島嶼挪移，在書寫「家臺灣」的實際行動中，呈現臺灣空間的真實圖象。[4]范銘如此一重要研究不僅牽引 1950 年代女性文學的走向，更攸關性別主體、認同政治等諸層面，也涉及地方再現此一重要的鄉土議題，使得1950 年代女性文學的評論立場由「懷鄉文學」位移至「在地書寫」，並進一步翻轉傳統批評中男性價值體系的論述策略，提出先鋒性和對話性的觀點。范銘如強調戰後第一代的女作家通過對懷鄉主題的顛覆，揮別父權體制長久壓制的故國，迎向性別的新生地──臺灣，女作家圍繞著家庭與身邊瑣事的寫作主題，不僅保留本土記憶，也建構出文化身分。范銘如的批評立場是建立在對 1950 年代除懷鄉與反共外無其他觀點的先行研究上，其對 1950 年代女性文學的重新定義，很大程度上是為表達女性的身分政治，在鋪天蓋地的反共文學主流論述中，力尋一個批判的空間。

臺灣文學長期以來從政治的「大敘述」框架來評價文學發展，也使得跟隨著國民政府來臺的戰後第一代女作家承受著「閨秀」、「蒼白」、「格局太小」等等刻板的定位，然而，女作家這些探討小我經驗的作品，往往圍繞在家庭，乃至於身邊所見所聞，她們作品所展現的臺灣圖景，是為反共懷鄉文學之外的異聲存在。徐鍾珮、鍾梅音、艾雯、張漱菡等女作家的文本中呈現出臺灣此一熱帶島嶼的時空背景，其空間書寫的經驗，反映出女性鄉土書寫的多重面貌，呈現出女作家書寫臺灣此一議題的複雜性。

首先，「鄉土」此一概念出現在臺灣不同時期的政治時空中，並成為不同勢力爭奪之所在，也呈現複雜的面貌，在本文中將「鄉土」視為一種

---

[3]邱貴芬，〈女性的「鄉土想像」──臺灣當代鄉土女性小說初探〉，《仲介臺灣・女人──後殖民女性觀點的臺灣閱讀》（臺北：元尊文化企業公司，1997 年），頁 74～103。

[4]范銘如，〈臺灣新故鄉──五〇年代女性小說〉，《眾裏尋她──臺灣女性小說縱論》（臺北：麥田出版公司，2002 年），頁 13～48。

「歷史建構物」，指出鄉土的概念並不是固著的，而是流動的載體，鄉土意義的追尋也視為一種詮釋與建構的過程。其次，如何呈現女性書寫臺灣此一議題的複雜面貌？如果將女性鄉土想像視為一種勢力交鋒的折衝處，1950 年代女性書寫所呈現出的鄉土空間，是多方角力之所在，此一鄉土想像也提供我們思索多重文化機制交錯下的女性主體實踐，並更深入釐清1950 年代女性文學中「家臺灣」之相關議題。

1950 年代這一代新移民女作家的視點中，在在聚焦於空間的意涵。新移民女作家從封閉內陸輾轉遷徙到傍海的臺灣，新移民女作家以介入姿態進入臺灣這塊土地時，如何看待風土意識不同於中原的異域，在書寫中構築著什麼樣流動的、與時俱進的空間意識呢？而由於 1950 年代來臺的女作家作品多重，同時期不同作家作品在不同層面上可能帶出多元的詮釋空間，本文以作品深具時代意義的鍾梅音之創作為考察對象，不同於在大陸早已享有文名的蘇雪林、張秀亞等人，鍾梅音是以戰後來臺為寫作起點，並在文本中呈現臺灣的時空背景，鋪陳出島嶼的空間結構。鍾梅音在 1950 年代此一歷史的現場，書寫出什麼樣的空間意象，並具有什麼樣的女性鄉土經驗呢？藉由這些繁複的土地意象，又會反映出什麼樣認同的轉變與矛盾呢？這是本文關切的問題。

二、流亡主體的記憶圖景與進步奇觀的臺灣敘事

幼年即罹患氣喘病的鍾梅音，未能按部就班上學，中日戰爭爆發，鍾梅音流徙於內地，以同等學歷考取藝術專科學校，隨後又考取廣西大學法律系，但皆未畢業，1948 年隨夫婿余伯祺來臺，居蘇澳四年。而在普遍以高學歷為主的 1950 年代女作家群中，鍾梅音的寫作得自家學與自修甚多，她偏向不具備經濟和象徵資本的流亡女性，是屬於隨同國家機器而撤退的家眷，必須透過婚姻關係才具備遷臺的基本條件。[5]由於空間的移動，女性

---

[5]趙彥寧分析：「流亡來臺女性比率遠低於男，具有近乎決定性的政治與文化因素。我的研究和訪談資料顯示，流亡來臺的女性可大致區分為以下數類：一、奉國府令隨同國家機器撤退的軍公教人

流亡主體穿梭於中國、臺灣等不同的社會文化環境，而使其在書寫地域時呈現浮移不定的狀態，然而，新移民女作家如何在流亡情境中觀看臺灣圖象呢？在當時瀰漫戰爭意識的創作氛圍中，女作家如何回應文化生產中的家國視景？

鍾梅音從大陸輾轉遷徙到傍海的臺灣，在〈閒話臺灣〉中描述抵臺之後第一個印象，也從海港地景開始描繪，鍾梅音以溫情委婉之筆繪製了一幅基隆港風情畫，鮮活表現出臺灣這一個「化外之地」所具有的熱帶風情：

> 臺灣給我最初的一瞥是黃昏，中興輪夜泊基隆港外，遙望一串明珠似的燈火，橫亘於水天相接之處，把黝暗的星空，淡淡地映出一帶乳色的光暈，猶如仙女頸上的項鍊，幻麗而又神秘！然而次日破曉入港，基隆便失去了美妙的想像，陰沉的天，泥濘的地，只有碼頭上悠揚的音樂，與花裙婆娑的南國少女，為這灰色的天地，點綴幾許青春的線條與色彩。[6]

鍾梅音捕捉下「花裙婆娑的南國少女」所具備熱帶風情，這修辭傳達了一種特殊觀看視角，也凸顯出在 1949 年臺灣省警備總司令公布戒嚴令，將臺灣建構為「反攻的跳板」前，1950 年代國家權力形塑臺灣為具有「現代熱帶風情」的「世外桃源」：「自 1931 年九一八事變，且特別自二次戰爭結束臺灣『回歸祖國』後，臺灣於中國大眾文化及國府正統論述中，逐漸被建構為一具『世外桃源』非世俗性、及『現代熱帶風情』特質的化外之地。」[7]

鍾梅音記錄下早期臺灣風土的差異，包括新移民從一個傳統社會中抽

員；二、流亡學生與孫立人所辦女青年大隊隊員；三、隨同國家機器撤退的家眷。」見趙彥寧，〈戴著草帽到處旅行——試論中國流亡、女性主體、與記憶間的建構關係〉，《戴著草帽到處旅行》（臺北：巨流圖書公司，2001 年 11 月），頁 211。

[6]鍾梅音，〈閒話臺灣〉，《冷泉心影》（臺北：重光文藝出版社，1951 年），頁 99。

[7]趙彥寧，〈國族想像的權力邏輯——試論五〇年代流亡主體、公領域、與現代性之間的可能關係〉，《戴著草帽到處旅行》，頁 150。

離，來到一個具備現代化雛形的小島，面對風土意識早已不同於中原的臺灣，此時臺灣甫脫離日本殖民，榻榻米、木門這些與故鄉相較差異性的人文景觀，高溫及溽雨的氣候特徵，都使得鍾梅音受到強大的衝擊。1948 年一次颱風，鍾梅音因氣喘病復發而住進臺北醫院，她對於尚未領教過的颱風感到惶恐，外面風雨交加，颱風不穩定的氣流，猶如密密的砂礫，狂暴地打在玻璃上，住進孤零零頭等病房的鍾梅音，如同驚弓之鳥：

> 恐怖的黑暗中，牆上的兩扇氣窗被風吹開，砰砰嘭嘭地旋轉起來，一聲巨響，玻璃豁朗朗砸下來，彷彿在我頭上，又像在我心裏重重地敲了一頓，帳子隨被掀開了，天！我連喊救命的本領都沒有，慌忙拉起身上的被單把頭也包進去，兩排牙齒兀自不住地碰擊着。[8]

聲勢浩大，令人驚心動魄的颱風，也構成臺灣異域空間的重要符號。鍾梅音與時代的互動與互涉，清晰呈現出新移民女性如何在流亡情境中觀看臺灣空間，留下真實生活印記。

　　仔細淘瀝鍾梅音的文本，除了可以看到流亡女性主體因時間置換而滋萌的空間意識，在以反共為主的 1950 年代文化氛圍中，臺灣等同於中華民族的復興基地／自由民主的反共堡壘／三民主義的模範省，這樣強力傾銷的口號，也在 1950 年代女性文學中清晰可見。現代化的科技建設置入臺灣鄉野空間，取代了本土風光，成為視覺焦點，這樣的觀看角度，凸顯書寫臺灣的另一重生產意義：現代形式的臺灣景物，體現了文化論述的操作意涵。某種程度上，鍾梅音部分的臺灣書寫，也吻合執政者所塑造的神聖堡壘形象，將移居地臺灣建構為現代化的敘事典範。鍾梅音以新興科技為敘事典範，刻意挪用現代化的符碼來重整臺灣圖象，而此一被召喚出來的本土，並非原有的本土意涵，主要為了服膺官方訴求下的現代性改革。

---

[8]鍾梅音，〈颱風〉，《冷泉心影》，頁41。

　　這種現代化土地改革，表面上觀之，和 1950 年代強調軍事科技改革是兩種本質大異的科技，然而趙彥寧精闢分析具有生產性的進步科技和絕對破壞性的軍事，兩者孕生著國家權力重整的可能，因為進步的奇觀，誇大了國家的榮光，也是估計反攻時刻的碼錶，流亡主體更經由對於科技的想望，在無限流亡與延宕中結合過去與未來，革命的認同亦得以強化。[9]1950年代的中國流亡主體與國家權力的縫合，在公眾領域與正統論述中形成「新興軍事科技」與「人定勝天」的敘事典範，鍾梅音所描述的中橫建設，是屬於此種進步的奇觀。

　　鍾梅音在 1959 年受青年寫作協會之邀，在暮春時節作了趟橫貫公路之遊，在鍾梅音筆下，由美援資助、退役榮民所進行的中橫建設，呈現出進步的奇觀。鍾梅音先敘述所搭乘的豪華金馬號：「金馬號遊覽車是臺灣公路局為了配合觀光事業賺取外匯而造的豪華大客車，機器新、性能好，為了使遊客可以仰觀萬仞絕壁的雄姿，車頂當中和四周都是天窗，窗下更有繃緊的窗簾以便調節陽光的直射。」[10]搭乘電氣化的金馬號，聆聽儀表與素質俱佳的車掌小姐之北京語解說，在盡是峭壁、斷崖與連綿曲折的山洞景致中，不但有鬼斧神工的自然景觀，亦有幾近垂直的大理岩峽谷，鍾梅音印證的是人比造物更偉大的「人定勝天」觀點：「它使我不得不驚歎造物的偉大，千年谷底，唯見苔蘚，陽光自群山隙縫裏射入，連草木都長不出來。可是渺小的人却比造物更偉大，因為他們從亂山的絕壁之間開出了暢行無阻的大路。」[11]她接著歷數臺灣橫貫公路地形的險阻，地質之鬆不但可說是遠東最惡劣，更可說是世界上最惡劣的，坍方是家常便飯之事，和日據時代完成工程最險，也最偉大的蘇花公路相比，橫貫公路在奇、險、壯三個字勝過蘇花公路許多。

　　鍾梅音指出橫貫公路的開鑿，更確認愚公移山的精神，在今日的臺灣

---

[9]趙彥寧，〈國族想像的權力邏輯——試論五〇年代流亡主體、公領域、與現代性之間的可能關係〉，《戴著草帽到處旅行》，頁 160～161。
[10]鍾梅音，〈臺灣橫貫公路一瞥〉，《塞上行》（臺中：光啟出版社，1964 年），頁 226。
[11]同前註，頁 227。

已不再是神話:「這一貢獻除了經濟開發與溝通文化的本身價值外,更帶來了工程師們豐富的經驗與堅強的信心,並且為沿線訓練出多少技術好手,他們本是只會種田的農民,如今却會熟練地運用機器從事涵洞、保坑、鑽山等等工作了。」[12]過了天祥抵達深水溫泉時,鍾梅音強調在雄偉壯麗的山川景色之中,都市文明如何天衣無縫地嵌入其中,帶給現今遊客許多的便利與舒適:「棚內的水泥地上已擺了一張長桌用茶,兩張圓桌用餐,還有許多舒適的籐椅,真沒想到一路上吐完了都市的文明氣息,飽吸了山谷的原始氣息,『山窮水盡』之後,忽然『柳暗花明』,又置身於高度文化之中了。」[13]鍾梅音最後藉著李白的詩句,再現家國之思,透過愚公移山式的中橫建設與科技的想望,鍾梅音似乎在睡夢中歸返家園:「倦極欲眠中,却想起了李白的詩:『朝辭白帝彩雲間,千里江陵一日還⋯⋯』睡眼矇朧地望着窗外雲海,是詩?是畫?斜着身體靠着機艙,我自己也有些模模糊糊了。」[14]鍾梅音的書寫臺灣也包含著現代化的意義,文明現代化的科技被置放入臺灣傳統的空間,取代了本土風光而成為視覺的焦點,這樣的觀看角度,凸顯書寫臺灣在官方論述下另一重新意義:藉著現代性之思維,呈現臺灣鄉土之改造/更新,進一步體現了文化論述的操作意涵。

三、最早的在地化書寫——臺灣「在場」的形成

　　女作家最初來臺只是作客,沒有久居的念頭,但是在政治局勢未明朗前,反攻號角遲遲未吹起,女作家於是安了家,落了戶,胼手胝足所創建的家園,在某個意義上是身歷烽火流離的暫時性居所。

　　寓居的家帶有庇護感,不僅是記憶的儲藏庫,回憶中擾攘雜遝的屋內人生,熟悉的生活型態,也開展出地方感。鍾梅音初抵臺灣的時候,暫居在一片蕭條的基隆工業區,臥室、飯廳、浴室、廚房一應俱全,可是經濟

---

[12]鍾梅音,〈臺灣橫貫公路一瞥〉,《塞上行》,頁229。
[13]鍾梅音,〈臺灣橫貫公路一瞥〉,《塞上行》,頁231。
[14]鍾梅音,〈臺灣橫貫公路一瞥〉,《塞上行》,頁233。

的設計，使人聯想起玩具模型：

> 漸漸地，我們終於習慣了這個新地方，儘管冷起來也和內地不相上下，
> 畢竟用得着厚衣服的日子很少，即使在霪雨連綿的時候，依然溫暖如
> 春，人們常說臺灣的鳥不語，花不香，可是在我對面山上，便終年響着
> 清澈的畫眉與杜鵑，夏來山邊水涯，開遍了潔白芬芳的百合花。[15]

隨著旅臺日久，新來乍到的陌生感漸趨消逝，也逐漸適應霪雨酷熱的氣
候，雖然心理認同對岸，但是由於在臺灣生活經驗的累積，碧波萬頃、白
鷗點點、嵐影也逐漸滲入記憶之中，更破除了「人們常說臺灣的鳥不語，
花不香」的貶抑偏見，鍾梅音對於臺灣各類菜蔬的描繪，充滿生活現實
感，呈現出與生活美學結合的樣貌，簡單又有情味，飽含人情物意之美：
「我却欣賞臺灣的菜蔬，花椰菜在內地很少，這兒可不希罕；豌豆在內地
要剝殼，這兒的可以連皮吃，甜津津地別有風味；還有絲瓜，內地是細而
長的好像黃鱔，難於削皮，這兒的却是肥而短像花旗麵包……。」[16]
　　鍾梅音的臺灣在地化書寫值得注意之處，是由於鍾梅音隨夫婿余伯祺
的職業調動而定居蘇澳四年，1950 年代臺灣東部的鄉居情趣與地誌書寫，[17]
都在鍾梅音抒情優美的文采中得以展現：「站在這草坪上，當晨曦在雲端若
隱若顯之際，可以看見遠處銀灰色的海面上，泛着漁人的歸帆。早風穿過
樹梢，簌簌地像昨宵枕畔的絮語，幾聲清脆地鳥叫，蕩漾在含着泥土香味
的空氣之中，只有火車的汽笛，偶然劃破這無邊的寂靜。」[18]在蘇澳海濱的

---

[15]鍾梅音，〈閒話臺灣〉，《冷泉心影》，頁 99～100。
[16]同前註。
[17]鍾梅音提到：「這本《冷泉心影》裏所容納的散文，僅及兩年來在各報發表的五分之一，假如依
　　照『敝帚自珍』的說法，大多是我所心愛的，而且都是在蘇澳寫的，蘇澳是臺灣東北部的一個小
　　小港灣，南方澳與北方澳像兩隻蟹螯，將海水彎彎地圍將過來，我的家，便是螃蟹的一隻眼睛，
　　朝夕與萬頃碧波為鄰，那帆影濤聲，松風鳥語，曾經給我許多靈感。」見鍾梅音，〈自序〉，《冷
　　泉心影》，頁 5。
[18]鍾梅音，〈鄉居閑情〉，《冷泉心影》，頁 31。

家屋中，鍾梅音以體溫見證時空，貪戀收音機早晨的音樂而延遲進食、沐浴著曉風朝陽採購菜蔬的情趣、蓄雞養鴨的生活實感、午睡之後縫補編織的活計、晚膳後家人聚在一處聽無線廣播的靜謐時光、蟲聲嚶嚶或雨聲潺潺相伴的寫作之夜。[19]雖然經歷過一段棲棲遑遑的時刻，親人遠在海洋的彼端，但生活的記憶卻由此開展，成為生命的一部分而無法排除。

　　鍾梅音在一次離開蘇澳遠赴臺北訪友探親的過程中，陳述出對那座樹圍花繞小屋的愛戀：「猶如中年的夫婦，儘管平日淡漠相處，一旦分離，便會感到難以描述的空虛」。[20]在依山傍海的鄉居生活中凝塑的家園情感，交纏於土地的生活經驗，使得一種感覺結構（structure of feeling）緩慢編成。雷蒙・威廉斯（Raymond Williams）提出感覺結構指涉實際經驗的「當即性」，著重於發掘出時空中對於生活的感覺，而將此種感覺結合成為思考和生活，這種生動鮮活的意義，使得空間記憶與地方感，於焉形成。[21]法國理論家巴舍拉（Gaston Bachelard）對家的觀點，賦予房屋與寓居力量，影響格外深遠：

　　　　一切真正為人棲居的地方，都有家這個觀念的本質。記憶和想像彼此相關，彼此深化。在價值層面，它們一起構成了記憶和意象的共同體。因此，房舍不只是每日的經驗，是敘事裡的一條線索，或是在你訴說的自己故事裡。透過夢想，我們生活中的寓居場所共同穿透且維繫了先前歲月的珍寶。因此，房舍是整合人類思想記憶和夢想的最偉大的力量之一⋯⋯。沒有了它，人只不過是個離散的存在。[22]

---

[19]鍾梅音，〈我的生活〉，《冷泉心影》，頁54～55。
[20]鍾梅音，〈無題〉，《冷泉心影》，頁92。
[21]參見陳明柔，〈典範的更替／消解與臺灣八〇年代小說的感覺結構〉（東海大學中國文學研究所博士論文，1999年6月），緒論中提及概念援引與文學語境。
[22]Linda McDowell著；徐苔玲、王志弘合譯，《女性主義地理學概說》（臺北：群學出版公司，2006年），頁98～99。

　　鍾梅音和蘇澳海濱長久以來所形構的感覺結構逐漸編織而成，和初抵基隆港的異國情調相較，有著完全不同的空間語境，隨著生活空間的熟稔，當鍾梅音接觸到另一個新的場域——熱鬧繁華的臺北時，竟然無法抽離情感的連帶關係，不斷地回憶起蘇澳的天空、海洋、乃至於氣味：

　　在臺北，有舒適的電影院，有美味的冰淇淋，有熱鬧的夜市，有……但這一切，只在初到時給我以新鮮之感。漸漸地，無論是彳亍在柏油路上，擁塞在公共汽車中，老是懷疑自己失落了甚麼？偶然抬頭望見天際一抹青山，靜臥在淡紫的斜暉裏，於是，我驀地想起了鄉下的家。
　　我想起這時鄉下深藍的天空，淡雲清掃，如鶴羽，如輕綃，近海的地平線上，疊滿了重重的晚霞，金黃顯得明麗，桃紅透着幽艷，嵌着一圈一圈雪白的銀邊，映着層巒遠岫，樹烟含翠。清流一泓，波光漾碧，農夫趕着牛車涉水而過，浪花四濺。[23]

　　鍾梅音在臺北的榻榻米上半夢半醒之際，依稀回到近海地平線上的蘇澳鄉居，她在檯燈下寫作，忽然覺得有雙柔軟的小手輕撫，低頭一看是倉皇渡海之際，陷落於對岸的女兒小安，仰著圓圓小臉微笑的模樣，鍾梅音為此夢境下了一個耐人尋味的註腳：「醒來更覺悵然，兩處鄉愁，竟攢到一個夢中來捉弄我了。」[24]這其中的兩處鄉愁，除了是記憶的中國家園，另一個當然是座落於東部海濱的蘇澳，與便利的臺北城相較，那裡獨特的空間成為心靈回歸的原鄉，含融著日常生活的經驗，進而成為一個新認同的指向，內化成新故鄉語境，「日久他鄉是故鄉」，使得第一人稱敘述者在細雨迷濛中，踏上宜蘭線的快車，火車翻山越嶺歸返蘇澳，竟雜揉著返鄉的雀躍與喜悅：

---

[23]鍾梅音，〈無題〉，《冷泉心影》，頁92～93。
[24]同前註，頁93。

當火車穿過一座長達二公里的隧道後，眼前一亮，一片海景呈現出來，我立刻意識到——家，近了！幾縷浮雲，像給龜山繞上絲巾；數點白鷗，輕巧地掠水而過。麗日當空，是誰，把天上璀璨的羣星撒向了蔚藍的海面？

只隔着一道三貂嶺，氣候便有不同。我愛宜蘭線的風景，更愛這沿着太平洋海岸的一段路程。沒有海，不能顯出山之壯肅；沒有山，不能顯出海的活潑。依山傍海而居的人家最是幸福……[25]

　　然而，和土地長久以來所形構的感覺結構，孕生了鍾梅音的蘇澳地方感，旅次中地景的變遷，更激發了新移民對於新住處的鄉愁，此種鄉愁意識，與遙遠廣袤的中國鄉土，形成兩種不同層次、各自獨立的鄉愁。因此，我們可以藉此討論一個重要的課題，土地認同的意識並非我們所想像的那般單一與獨斷，與其說是先驗性的存在，毋寧說是後設與相互辯證的。

　　1950 年代流亡主體來到臺灣，當生活在臺灣這座亞熱帶島嶼時，與臺灣異質性鄉土相濡以沫，逐漸凝聚出一種共感，鄉土想像便不再只是指涉神州大陸，而更涵攝出鍾梅音落腳的蘇澳，[26]土地的認同除了是歸屬感的追尋之外，更是與自身所處的時空脈絡有所連接，霍爾（Stuart Hall）如此闡釋認同：「我在這裡指稱流移經驗，不是由本質或純潔，而是由對必要的異質性和多樣性的承認所界定；由接受並透過差異而生活，而非不顧差異的『認同』概念，由混種所界定。」[27]也強調流移經驗中透過差異而產生的新認同。

---

[25]鍾梅音，〈無題〉，《冷泉心影》，頁 94。

[26]鍾梅音在東港之遊中吐露將蘇澳視為「第二故鄉」的心情：「我一直想念蘇澳。在高雄時，曾陪友人遊東港，在稅捐稽徵處的招待所裏，我害了懷鄉病，即使那美味的大蚶子也解不開我濃重的鄉愁，因為那景物，那房屋，簡直就是我蘇澳的故居。北遷後，有一天在中山堂附近遇見了蘇澳籍的省議員陳火土先生，他說：『太太，幾時到蘇澳來玩？你總不想念你的第二故鄉了嗎？』」見鍾梅音，〈旅途隨筆〉，《塞上行》，頁 222～223。

[27]Linda McDowell 著；徐苔玲、王志弘合譯，《女性主義地理學概說》，頁 287。

　　鍾梅音在 1950 年代提出「兩處鄉愁」，和反共文藝所標舉的政治正確之「中國鄉愁」，兩者在文學路數或是調性方面均是大異其趣，臺灣土地在其文學想像中重新定位，也改寫了反共文學的歷史敘述，雖然此種鄉愁究竟是立基於臺灣土地上生活經驗呢？還是觀想中國後所結合成的異鄉人之鄉愁？「蘇澳鄉土」是否是中國鄉土欲望觀想的替代物呢？值得進一步推敲。但「兩處鄉愁」也讓我們思索到單一土地認同的論述有值得商榷之處，顯示出認同是處於流變空間中主體抉擇與實踐的過程，更具現了外省第一代來臺女作家在歷史過程中，由於文化混雜而一再蛻變的土地認同模式；然而，這雙重的土地認同雖然是同時存在，臺灣在場顯然衝擊著大陸遷臺族群中「鄉土」概念之形構，但不可諱言的是「兩處鄉愁」也明顯存在著高低位階，尤其是當兩者存在著利益衝突時，鍾梅音如何去面對這雙重的認同之間隱含的矛盾與張力呢？

　　雖然臺灣（現實）與中國（過去）雖然在認同中相互建構，前者是現實生活中留存的痕跡，屬於個人的記憶；後者則是壯闊，包含民族情感的趨向，經常轉化為文化根源的追尋，卻在某些時刻呈現後者消解前者的弔詭關係，中國記憶圖象永遠比現實中臺灣文化優越。鍾梅音在沉緬童年記憶的美好時，抹消現今臺灣鄉土為「小盆景」，略顯鄙薄之意，在中國巨大的幻影覆蓋之下，島國的空間無疑是狹窄的：「我們都在臺灣這小盆景裡面蹲得太久太久了，天天看見這些人，天天聽見這些事，所有名勝已踏遍，所有土產已嘗遍，電影也千片一律，會固然懶得開了，連玩樂也不起勁了……」[28]而以臺灣空間為文本舞臺，內化的中國想像是如何輆轕著 1950 年代女性文本中的本土經驗與文化體驗，迫使臺灣語境不斷地變形，也呈現出閉鎖時代下多重時空交會之精神放逐：

　　　　可是林家花園又怎比得上西湖的氣魄呢？它像盆景，小得實在連個藝專

---

[28]鍾梅音，〈四十歲〉，《塞上行》，頁 25。

也容納不下。西湖，真是神妙，它偉大得可以兼容並蓄東西方不同的風
格。「若教西湖比西子，淡妝濃抹總相宜。」她是這般耐看，「一顧傾人
城，再顧傾人國。」好風景也正應如是。

板橋之春是寂寞的，春無踪跡誰知？春在故鄉的土地，春在我的心裡。
「曾經滄海難為水，除卻巫山不是雲。」走遍臺灣，更添鄉愁，懷鄉病
是一日比一日深了。板橋的天主堂再美些，美不過佘山；那沙漠似的藝
專校舍，更令人深深懷念西湖。春天也是故鄉的好啊！[29]

當類似的情境召喚時，欲望場景自然落在大陸故土，彼岸的山水充滿
文化傳統，而所謂的今昔滄桑，便在往／返記憶中油然而生。

四、結語

本文釐清 1950 年代女性文學中「臺灣新故鄉」相關議題，也回應女性
文學鄉土想像的複雜性，新移民女作家書寫臺灣土地的經驗，呈現出認同
的轉變，也無非是檢視女作家與當時政治場域、主導文化間權力關係一次
重要的解碼。鍾梅音在「書寫臺灣」此一主題中，再現鄉土想像，「臺灣」
在不同階段中所代表意義中具有相當流動性：它既是具有熱帶風情的化外
之地，也是遷臺族群被迫放逐的異域；既是國家機器下反攻復興的基地；
也寓寄對未來新生憧憬的新家園。而臺灣語境的表述模式，一方面迎合反
共氛圍意識，是以主導文化為準則而進行表述；一方面則蘊含主體思索與
新家園共處的交融策略。

從鍾梅音的作品，體現離鄉背井的漂泊失所，到新家園的誕生過程。
由於女作家擁有在臺灣日常生活經驗，透過具體而微的地誌書寫，使得空
間記憶的感覺結構逐步成形，此時鍾梅音定居的蘇澳，不再只是記憶中中
國家園的投影，而是成為一種新土地認同的趨向。此一濃厚的地方感，在

---

[29] 鍾梅音，〈板橋之春〉，《塞上行》，頁 255。

中國原鄉的血脈認同之外，建構出新生的身分認同，也促成土地認同之新形構。鍾梅音在 1950 年代提出「兩處鄉愁」，顯示出認同是處於不斷流變，亦是空間主體的實踐與抉擇，也挑戰著目前盛行的單一土地認同論述，反映出流亡主體的精神構圖，展演著不同形式的自我建構與解構。文本鎖定在性別化國家主體位置下的女性鄉土想像，其中臺灣在場的浮現，「土地認同」概念之形構，以及引伸而來的矛盾衝突，都具有時代指標性的意義。

——選自王鈺婷《女聲合唱——戰後臺灣女性作家群的崛起》
臺南：國立臺灣文學館，2012 年 12 月
——修改於 2015 年 1 月

萌芽與過渡 1949～1987
封閉中的出走（節錄）

◎陳室如[*]

一、觀看的方式──哀傷與期望

在鍾梅音的作品中，她於 1964 年隨夫婿出國考察，環遊世界一周，對照其他國家的表現後，在作品中抒發了如下的感觸：

> 看了挪威與比利時、瑞士、這些小國的表現，我覺得我們用「頭痛醫頭腳痛醫腳」的辦法去對付若干必須從根本解決的問題，只求得過且過，却把一切寄望於反攻大陸以後，是不成其為理由的，我對自己的國家確有「恨鐵不成鋼」的感慨……。
>
> 戰亂也不應作為不上進的藉口，所謂「多難興邦」……生活在一個充滿因循敷衍與僥倖心理的社會，才是最大的悲哀！[1]

這種沉重的語調，在鍾梅音的作品中十分常見，她在旅程中不時提醒自己，臺灣在社會建設、生活秩序、禮節等各方面不如人的傷感。對比日本人的認真辦事精神，她所聯想的卻是「自己社會上這種缺乏效率的顢頇作風」；旅遊歐美，人民有禮可愛，對比國內人民卻是「從區公所到郵局、商店、醫院、戲院，有何交涉，往往像誰害了他們似的」。[2]這種概括式的描

臺灣師範大學國文學系助理教授。
[1] 鍾梅音，《海天遊蹤》（第一集）（臺北：大中國圖書公司，1966 年），頁 4。
[2] 同前註，頁 41、110。

寫，或許不盡然完全公平，透過比較的過程，許多平日在國內被忽略的缺點，也就自然而然地被放大了，這也是為什麼旅人對於自己國家落後他人的情況，會表現出如此急切的焦躁與失望，此種心境，正反映了當時大多數人民對於臺灣前景的求好心切。

在反照的對比過程之中，除了表現出這種哀傷外，沉痛之餘，旅人也由實際層面著手，重新思考對故鄉的期望，希望能有實質進步的幫助：

> 因為沒有真正陶鑄人才的地方，所以沒有真正人才出現，因為沒有澄明清晰的見解，所以沒有剛毅果敢的決策與作為。……那麼，怎樣才能辦出一個劍橋來？校旁挖一條河？多買些茶壺茶碗？教授自掏腰包？學生辯到深夜？我有時感到困惑，有時又感到焦灼！[3]
>
> 對於沒有邦交的國家，國民外交的工作必須加強，商務互惠，不失為有效的途徑之一，最好能再經常選拔品學兼優的青年前往留學。我們若不出去走走一趟，永遠不知自己在這個世界上到底扮的甚麼角色，還要關起門來自稱自讚自誇自大呢。[4]

不再是單純地感傷與失落，改由實際層面著手思考如何針對現實環境作調整與改善。

一段純粹或從零開始的旅行是不可能的，旅行的主體永遠帶著原先的文化、語言結構或意識形態的眼鏡；主體帶著移動的結構一起旅行。在旅行所經過的土地上，主體同時也將原來的結構帶入這些地方；而主體同時也將異地的某些東西帶入結構中或帶回生長的土地上。所以，在此地與彼處之間的來回，同時也代表地進入彼處與彼處進入地此的雙向移動。[5]因此，當旅人們在異地遭逢陌生的文化風俗時，對照比較之下，對於家園故

---

[3]陳之藩，《陳之藩散文集》（臺北：遠東出版社，1986 年），頁 43～44。
[4]鍾梅音，《海天遊蹤》（第二集）（臺北：大中國圖書公司，1966 年），頁 99。
[5]李鴻瓊，〈空間，旅行，後現代——波西亞與海德格〉，《中外文學》第 26 卷第 4 期（1997 年 9 月），頁 109～110。

土的認知與思考也有所改變，除了上述的感慨抒發之外，最明顯的，在生活各層面所引起的「見賢思齊」之感，也開始調整對固有事物的認知結構，而有了新的思考方式。例如楊乃藩在參觀完美國芝加哥科學實業博物館後，開始思考公共建設對於民眾的教育價值，認為「我們的力量固然還無法辦一個這樣大規模的現代化博物館，不過，我們的經濟建設正在積極發展，我們博物館的展出，也不妨以芝加哥科學實業博物館為楷模，朝著這方向去做」。[6]開始以新的眼光與角度觀看自己國家，提出積極的實際建議。

鍾梅音在《海天遊蹤》的序言中，明言自己作品的定位：

> 願它不祇是一部增益見聞怡情悅性的遊記而已，更願它能為這充滿因循敷衍與僥倖心理的社會打開一面天窗，其中值得我們政府與同胞效法的事情很多，我們非不能也，乃不為也。[7]

期許自己的作品不但能拓展讀者視野，更進一步由對照比較的過程中，由細微的內在層面著手，反思國家的處境與現況。從沉重的哀傷到對未來的期許與希冀，透過旅行文學作品，也可由不同的角度去審視當時旅人眼中所反照出的臺灣面相。

二、拼貼的世界——游離的角度

即使是同樣的遊歷地點，同一作者在不同時期的不同角度下，所觀看出來的他者，也可能經過相當程度的轉變。像鍾梅音在第二次重遊美國時，所書寫的內容已迥異於先前，跳脫出「大美國主義」的情懷，不再避重就輕，開始以客觀持平的態度，看待美國的黑暗面，不再只是一味地讚歎。例如她見到白宮外的嬉皮時，已開始反思表象之後的意涵：

---

[6]楊乃藩，《環遊見聞——北美之部》（臺北：九歌出版社，1979年），頁133。
[7]鍾梅音，《海天遊蹤》（第一集），頁4。

> 我也不完全同意美國的生活。
>
> 不同意的事太多了，過份發達的工業，養成只顧孳孳為利的風尚；鼓勵消費的市場竭澤而漁，準備把地下的資源坐吃山空。金錢可以買到一切，惟有失去的愛，永遠無法補償……，當然更不同意把頹廢和淫猥當作「神聖的生命」。[8]

再一次重訪，她已走出先前初來乍到的炫奇驚豔，不再單純只以光明面來評斷美國生活。

旅行者本身的中介位置，成了書寫內容深入與否的決定性因素，以宏觀的角度與敏銳感受體驗所開展的旅程與書寫也就更為豐富。像楊乃藩書寫參訪美國的過程中，對於其優點固然興起不少「見賢思齊」之感，卻也同時著眼於美國的許多社會問題，因而有了全面性的評論，認為美國「有其繁榮的一面，但也有其陰暗的一面」，「並不是十全十美的天堂，無憂無慮的樂園，而是一個生氣蓬勃的現實的社會」，旁觀者應該「挬破幻想，認清事實，才能瞭解美國社會的真相」，[9] 一語道破旅人眼中的「美國迷思」，也提醒旅人應採取更寬廣的角度觀看他者，才能在出走與回歸自我的過程中，對於他者有更為完整的認識。

——選自陳室如《相遇與對話——臺灣現代旅行文學》
臺南：國立臺灣文學館，2013 年 8 月

---

[8] 鍾梅音，《旅人的故事》（臺北：大地出版社，1973 年），頁 60。
[9] 楊乃藩，《環遊見聞——北美之部》，頁 333。

文學跨界與會通
蘇雪林、謝冰瑩及鍾梅音的南洋經歷與書寫的再思（節錄）

◎許文榮*

一、前言

　　跨界能產生跨文化的體驗與認知，這對寫作者個人不啻是珍貴的經驗，也對促進兩地或多地的社會交往與文化事業有積極作用。文學的跨界在臺、馬兩地的文學界早已存在，只是晚近學界較關注馬華的旅臺文學／在臺的馬華文學，非自覺的忽略了臺灣文學的境外經營或影響，後者至少有三條線索可以去探尋：一是南來的臺灣作家學者，尤其是女作家，早期有謝冰瑩、孟瑤、蘇雪林、鍾梅音等，近期則有衣若芬等；二是嫁到海外的臺灣女性，後來提筆寫作，如馬來西亞的戴小華、永樂多斯及唐彭、菲律賓的張琪等；三是學成回到東南亞國內的留臺生，如大馬的商晚筠、傅承得、方路、李宗舜等。本文將從歷史的視角結合田野訪談與文獻作品去追溯第一條線路的跨界足跡與交往會通。

　　哈貝馬斯的交往行為理論鼓勵社會個人之間進行交往，以破除偏見，讓超驗系統與社會生活產生交接，達至思想文化的共識，同時也拓展與提升個人的理性知見，免受工具理性的絕對束縛。[1]從 1950 年代末開始越界跨域到南洋的幾位與臺灣關係密切的女作家對兩地文學界產生怎樣的激

*馬來西亞拉曼大學中華研究院副教授。
[1]Habermas, J., *The Theory of Communication Action, Vol. 1: Reason and the Rationalization of Society*, trans. by T. McCarthy, Boston: Beacon Press, 1983, pp.99-101&286-288.

盪？對於她們個人的人生觀、思想有著怎樣的衝擊？對於她們的寫作又有著怎樣的刺激與增進？經過了半個世紀的今天，應該是有再思的意義。本文故以蘇雪林（1897～2000）、謝冰瑩（1906～1999）及鍾梅音（1922～1984）為個案，深入考掘這三位著名女作家的南洋行蹤，通過蘇雪林日記式的私人寫作，謝冰瑩的當地題材小說以及鍾梅音與謝冰瑩的遊記散文，解讀她們在南洋期間的生活、交往及書寫，從中窺探早年兩地文學交流的實況。

選擇女作家，或更具體的說這三位女作家，是希望能夠比較完整的勾勒早期跨界與會通的景況，當年跨界者以女作家居多。另外，由於這三者是友人關係，從她們的互動中或許可覓得一些較私密的缺角。謝冰瑩、蘇雪林與鍾梅音三者之間，以謝冰瑩與蘇雪林交往最篤。[2]蘇雪林在 1964 年 9 月 8 日的日記中記載，在南行臨別之前，蘇雪林特地在臺北向謝冰瑩等文友告別。在新加坡時，謝冰瑩一直是與蘇雪林通信最頻密的友人之一。蘇在 1965 年 8 月 3 日的日記寫說：「接謝冰瑩信：知其子文湘又將赴美。冰瑩家不過三個兒女，個個出國，亦殊可羨！」[3]可見蘇對謝家的動態瞭若指掌。至於蘇與鍾，交情雖然沒有那麼深，但彼此還是時有聯繫。蘇在 1964 年 12 月 4 日的日記中寫道：「孟瑤來交鍾梅音寄野茶一包，約斤許」。[4]從鍾梅音通過孟瑤轉贈禮物，可見鍾與孟交情比較好，但並不妨礙鍾與蘇的交往，甚至還有推動作用。另外，蘇也曾評論鍾梅音的作品，在《遲開的茉莉》再版後記〈小說創作話艱辛〉，鍾寫說：「接蘇雪林先生賜寄近作《讀與寫》一書，內有〈遲寫的書評〉一篇，對拙作《遲開的茉莉》有許多懇切的批評，非常感謝。」[5]無論如何，她並不完全同意蘇的看法，但卻尊重蘇對她作品的評語。筆者在成大歷史博物館的蘇雪林展區中，意外發

---

[2]謝冰瑩在一次的訪談中透露她曾與蘇雪林在臺北師範大學同事二十多年，見孟華玲，〈謝冰瑩訪問記〉，《新文學史料》1995 年第 4 期，頁 104。
[3]蘇雪林，《蘇雪林作品集——日記卷》第四冊（臺南：國立成功大學出版組，1999 年），頁 401。
[4]同前註，頁 294、401。
[5]鍾梅音，《遲開的茉莉》（臺北：三民書局，2008 年），頁 174～175。

現謝冰瑩與鍾梅音所寄給蘇的賀年卡，謝從馬來西亞寄來，鍾從泰國寄給蘇，見證了她們的交情與友誼，頗有歷史價值。

二、跨界與新的人生經歷

　　鍾梅音在南洋的經歷，最值得一談的是她在信仰上的轉變。她其實出身道教家庭，不過在 1958 年負責《婦友》的編輯工作時，其中一位編輯委員陸寒波曾向她傳教，陸對她說：「若你肯研究聖經，文章會寫得更好。」鍾在〈往事如夢〉中寫道：「若干年後，我真的讀了一部份聖經，祇是尚未『得救』」。[6]後來她旅居泰國三年多，浸濡在佛教氣氛濃厚的泰國，對佛教給泰國人的安詳與快樂也很欣賞，不過卻沒有皈依佛教。1970 年到新加坡旅居前，她未曾到過教會。〈在新加坡的日子〉中她這樣說：「我從未否定上帝的存在。我從花裏看見上帝，更從一切自然的美景與造化之奇妙體認上帝」，也讀過《聖經》，「創世紀的說法和我的觀念大致相符，耶穌說的話，我能了解的也很喜歡，但從未想到要去教堂。」[7]後來一位在新加坡的友人驟逝，她去參加追思禮拜：「是追思禮拜的詩歌感動了我，使我決定打疊起精神，更珍惜地走完這段剩餘的旅程，學畫也是那年耶誕節才開始的。第二年五月就與外子一同領洗。」[8]根據她自己在〈往事如夢〉的小註中交代，她與丈夫余伯祺是在 1975 年 5 月 18 日在新加坡聖公會教堂接受洗禮，之後她便積極參與教會，成為虔誠的基督徒，每個禮拜天都到教堂參加主日崇拜。[9]她曾經這麼形容，在新加坡期間（1970～1976）她有三個家：一是自己的屋子，二是「新加坡游泳俱樂部」，三是教堂。[10]歸信基督之後的鍾梅音，「其作品處處流露出對生命的禮讚以及面對人生的勇氣。」[11]

---

[6]鍾梅音，〈往事如夢〉，《昨日在湄江》（香港：立雨公司，1975 年），頁 48。
[7]鍾梅音，〈在新加坡的日子〉，《這就是春天》（臺北：皇冠出版社，1978 年），頁 204～205。
[8]同前註，頁 205。
[9]鍾梅音，〈往事如夢〉，《昨日在湄江》，頁 49。
[10]鍾梅音，〈在新加坡的日子〉，《這就是春天》，頁 204。
[11]三民書局編輯部，〈再版說明〉，鍾梅音，《遲開的茉莉》，頁 1。

鍾梅音在新加坡居住期間的第二件大事，是拜師學畫。若從上段的引文中「學畫也是那年耶誕節才開始」來推算，應該是在 1974 年的 12 月底。她的繪畫老師是南洋著名畫家陳文希，專攻花卉蟲鳥。或許是具有繪畫天賦，鍾在繪畫上進步神速，短短一兩年便獲得老師的青睞，辦畫展時邀她一起參展。後來她移居到美國，仍然繼續畫畫，積累了相當的成果。1979 年，美國洛杉磯的蓋堡藝術學院為她舉辦個人畫展，獲得中外人士的好評。[12]從另一個角度說，若鍾梅音未曾旅居南洋，她或許不一定會信基督教，她的繪畫天賦或許也不一定被發掘，因跨界使她生命產生了另一種轉變。

《海天遊蹤》（臺北：大中國圖書公司，1966 年初版）是鍾梅音的第一部遊記，但一推出便賣得滿堂紅，到了 1978 年便已出版了第 16 版，一時無兩。這部遊記也成為一個範本，影響當時臺灣的旅遊文學。這部遊記是她在 1960 年代中期環遊世界 80 天後所寫的，足跡踏遍東南亞、東亞、歐洲、美國等大小 13 個國家 25 個城市，絕對稱得上她這一生的壯遊。這次壯遊讓她有機會首度遊覽泰國與新加坡，寫下最早的南洋印象。無論如何，比起她後來寓居泰國與新加坡之後較深度的敘述，當時的遊記顯得比較蜻蜓點水了。在〈星馬行脚〉中得知，鍾第一次的新加坡遊，是由孟瑤去接機。孟帶她去南大參觀。她對南大的環境挺喜歡，特別是教師宿舍：「宿舍在山上，雖然是公寓式」，[13]但背山面水，環境清幽，令她神往。她當時也描述了在南大的所見所聞：「我們抵達星加坡前一日，政府剛從南大捕去四十多名學生，南大牆外還貼着許多標語，措詞之荒謬狂妄，一如大陸淪陷以前的學校標語」。[14]按照她遊記推算，再以蘇雪林的日記比照，鍾梅音去南大參觀應在 1965 年 10 月 31 日。在蘇雪林 10 月 30 日的日記中有提到有軍警人員進入校園拘捕被開除而不肯離校的學生，故鍾梅音去南大

---

[12]黃聞，〈女作家鍾梅音的後半生〉，《民國春秋》1999 年第 3 期，頁 60。
[13]鍾梅音，〈星馬行脚〉，《海天遊蹤》（第二集）（臺北：大中國圖書公司，1978 年），頁 213。
[14]同前註，頁 214。

時，蘇雪林也在南大校園，當天又是星期天，蘇也沒上課，根據蘇的日記，由於當天下雨，她也沒到教堂望彌撒，但為何孟瑤沒有安排鍾與蘇見面，這又是令人好奇的。唯一能解釋的是孟瑤不知蘇沒到教會，以為她不在。另外，鍾梅音把南大學潮一味的歸咎於共產黨的煽動，「利用純潔的青年作為政治工具」，[15]只掌握一面，沒有看到學生自發的反南大被改制的另一面。這是她還未融入新加坡的社會語境前所作出的判斷，正如吉爾茲（Clifford Geertz）所說的未從當地人／局內人的視角去看，[16]當然所下的判斷是很片面的，完全只倒向官方（媒體）的說詞。鍾在新加坡旅居六年後於 1978 年出版的《這就是春天》的序文中有這樣交代：「當我寫《海天遊蹤》時（1966 年），序文裏曾有『恨鐵不成鋼』的話，沒想到兩年之後我就去了東南亞，而且一去近十載（1968～1976）」。[17]她前三年在泰國，後六年在新加坡，親身在東南亞經歷了當地的現實生活後，與當地人自由交往溝通後，較能從當地人／局內人的視角去看，不再寫那些不切實際的想法，反之更能理解東南亞政治社會文化的特殊性，這是她在創作上與思想上的蛻變。

三、交往與影響

　　鍾梅音與蘇雪林、謝冰瑩一樣，在南洋期間，也接觸了《蕉風》文藝雜誌社的負責人。她在〈漫遊散記〉（1974 年）中敍述說，當她們一家從東海岸看海龜產卵後，與同行的友人分道揚鑣。友人一家返回新加坡，她們一家又繼續遊馬來西亞。到了吉隆坡之後，由於人地不熟，正憂愁的時候，「幸虧文友姚天平先生却在這時趕到。十餘年前，姚君任香港友聯出版公司《中國學生周報》的總編輯，我曾為他們寫稿。不久之後，姚君轉到馬來西亞定居至今，曾屢次邀我們遊吉隆坡」。[18]她所提到的姚天平，正是

[15]鍾梅音，〈星馬行腳〉，《海天遊蹤》（第二集），頁 214。

[16]Geertz, C., *Local Knowledge: Further Essays in Interpretive Anthropology*, Basic Books, 1983, pp.55-72.

[17]鍾梅音，〈自序〉，《這就是春天》，頁 7。

[18]鍾梅音，〈漫遊散記〉，《昨日在湄江》，頁 109。

後來在馬來西亞出版界非常知名的作家、出版家姚拓。他所經營的友聯出版社曾經是馬來西亞最大的教科書出版公司，他本身也是著名的散文、劇本與小說寫手，最為人津津樂道的是他畢身支持《蕉風》的出版，使《蕉風》能夠成為出版壽命最長的文藝刊物。姚先生極盡地主之誼，帶她們一家到離吉隆坡 30 公里以外的巴生吃海鮮，過後又帶她們去參觀博物館等。姚先生也帶鍾一家到自己府上，鍾這樣形容姚氏夫婦：「姚君任總編輯時，太太甘美華是執行編輯，夫婦倆志同道合，過着又讀又寫又畫又編的詩意生活。」[19]姚太太為人低調，鍾的這些文字對研究《中國學生周報》與《蕉風》，都是極為珍貴的文獻，讓我們知道原來姚拓是夫唱婦隨，對馬來西亞的文學界、文化界貢獻良多。與此同時，也揭示了馬、臺、港三地文學在當時的微妙關係。

　　鍾梅音在新加坡期間與學者兼作家王潤華與其夫人作家淡瑩交往甚篤。王氏夫婦經常受邀到她家裡用餐。王潤華解釋說，當時鍾梅音在新加坡朋友不多，知道了他們夫婦都是曾經留學臺灣，並且喜愛寫作，再加上他們也剛從美國回來不久，因此很快就彼此熟絡起來。鍾梅音當時住在一棟很豪華的公寓，離公寓不遠就是當時的中華游泳池，鍾梅音很喜歡游泳，這與她從小患哮喘病有關，因此經常去游泳，有時他們也在泳池見面。王潤華形容鍾梅音是一位長得非常漂亮的女人，為人親切友善並好客。[20]王潤華對他們兩家人的交往，印象最深的一次是受邀到鍾的府上看曇花。有成語謂「曇花一現」，形容世事變化的迅速。而曇花確實從開花到凋謝，就那麼一瞬間嗎？王追憶說，他們被鍾通知說當晚曇花會開花，因此夫婦倆便懷著萬分期待的心情，從晚上八點開始來到鍾府等候，當晚曇花比預定的時間推遲開花，因此她們就一直聊天等候。最後終於等到曇花綻放的那一刻，白皚皚的花瓣，一朵接一朵的展現自己燦爛的容貌，然後又

---

[19]同前註，頁 111。
[20]筆者與王潤華教授的訪談，2012 年 12 月 20 日，下午 3 時至 5 時，於南方大學學院副校長辦公室。

逐漸消逝自己的幽香。第一次看到曇花花開花謝，留下了很難忘的印象。
當晚王氏夫婦回到家時，已經過了凌晨四點。王夫人淡瑩仍然沒有半點睡
意，把當晚對曇花的情感化為詩句，寫了一首名為〈曇花〉的詩：

守候三年
你應該覺察
這遽爾發生的
預兆：今晚八點
我決定將過去
辛勤吸取的
天地精華
一點一滴
吐露出來
還給多難的人間

我下凡的跫音
響向蔓遠的黑暗
你無需側起右耳
反正我燦爛的容貌
必然會依時
一瓣瓣地綻放
在你冷寂的心眼

雪白是我的肌膚
雪白是我的身世
今晚，請記住呵
僅僅今晚，你可以
沾著任何一支花蕊

深入我雪白

的夢鄉，觸摸

我易斷的靈魂

凌晨四時

雞未啼

幽香卻散盡

我不得不

回去，捧著一臉的

憔悴，向眾花神啟稟

我是怎樣嘔心瀝血

把畢生的美麗

全部還給了

這多難的人間[21]

這首詩的表層雖是詠曇花，但深層文本則涵涉著淡瑩夫婦與鍾梅音的友情。「三年」可以指對曇花的等候，也可轉喻為她們交情之久。其他字句如「燦爛的容貌」、「一瓣瓣地綻放／在你冷寂的心眼」、「深入我雪白」、「畢生的美麗」等，都語帶雙關，可以理解對曇花的禮讚，也可視為詩人對雙方友情的珍重。

四、記述與創作

蘇雪林的南洋行蹤是以日記形式記述，屬於純私人寫作。雖然她去世後成大出版了她完整保存下來的日記，不過在她寫作的當下，不一定是為著身後出版打算。由於是私人寫作，文字直陳其事，不假修飾。對於所提及的課題，也沒有進行背景鋪陳，與謝冰瑩與鍾梅音的遊記文學大不相

---

[21]淡瑩，《太極詩譜》（新加坡：教育出版社，1979 年），頁 101～102。

同。蘇雪林比較像記者，不加修飾的把事件報導出來，有時無意捕抓到第一現場或第一手資料，就如對南大學潮的記述。謝冰瑩與鍾梅音比較像遊客，帶著獵奇與尋美的心理，與讀者分享她們「美的收穫」。兩人當中，謝比較傾向於生活型的旅者，深入民間，文字較富感情；鍾比較屬於學者型的旅者，文字較具知見，經常從報紙報導或學者的相關論文去寫她的遊記。

以知性見長的鍾梅音，遊記中的信息量不少，況且她也喜發己見，不是那種導覽式的遊記，而是具有半學術半文學的特質。例如寫〈小國裡的大人物〉，曾引用一位澳洲大學教授的的觀點，認為新、馬有一天仍會合併。「可是當我四年住了下來，發現至少在李光耀任上是不可能的，『十年媳婦熬成婆』，今日的新加坡已經是個有頭有臉的國家，不但在英屬聯邦裡是個重要角色，就在整個世界局勢中也扮演着重要的角色」。[22]她雖引用學者的文獻，但也有自己獨到的見解。至少鍾的觀點，經過了 40 年，比那位澳洲學者還靈驗。另外，她對新加坡的文化特徵有細微的描述：「有人批評新加坡不中不西，又中又西，沒有個性。我却以為這『不中不西，又中又西』，正是新加坡文化的個性，事實上他們還混合着印度與馬來西亞的影響」。[23]這樣的特徵正是現今新加坡文化特徵的實體展現，不得不佩服鍾梅音在三十多年前已具有這樣的先知性眼界。

鍾對遊記的書寫比較具有自覺。她在東南亞遊記《昨日在湄江》中提出了自己獨特的遊記觀：一是資料的收集，並非只是導覽式的敘述。她認為：「要參考許多有關歷史地理的資料」、「包括我所能買到的民間故事與詩集，以及他們的古典文學」，「若不關心這些資料，華盛頓的櫻花與日本的櫻花又有甚麼不同？新加坡的平民大廈與紐約的哈林區，除了一個整潔有序，一個凌亂骯髒，又有甚麼兩樣？」二是否有美化所走過的國家之嫌？「我想這是觀念問題。因為我是出來旅行，並非考察；我寫的是遊記，不

---

[22]鍾梅音，〈小國裡的大人物〉，《昨日在湄江》，頁 146。
[23]鍾梅音，〈星島近事〉，《昨日在湄江》，頁 139。

是報告。藝術是有剪裁的，如果作品只是事實的再現，那就不是文學」，「我曾在這些地方都過得很快樂，我愛那些人們的單純與樸實，正如誰也不許碰一下我的『台灣同胞』，包括我自己也不能否認的缺點，只許我自己在國內批評；一旦出了國門，我的祖國連同一切的一切，都是神聖不可侵犯的。」[24]她以出國後不批評國人作對比，為寫外國遊記一味說別人好尋找合理依據，這似乎不是同一個概念。無論如何，她認為遊記文學需要剪裁，並非現實的機械再現，在今天高舉文學性的時代，將獲大部分讀者的認同。

謝冰瑩與鍾梅音對南洋的異言中文（Chinese of difference）[25]頗敏感，整理了不少南洋與臺灣不同的字彙詞語，相信她們兩位是最早談論這課題的臺灣作家。謝冰瑩在〈馬來亞僑胞的口語〉中揪出一些南洋特有的中文語彙，如「吃茶」為喝咖啡／汽水等的統稱、「咖啡烏冰」是咖啡加冰塊和糖不放牛奶、「生抽」為醬油、「原曬油」是指專門用來做紅燒菜的黑色醬油、「腳車」為腳踏車、「打風」是指為（輪胎）打氣、「火」是指燈（開火即開燈）、「吃風」為兜風、「吃風樓」為別墅、「吃風亭」為涼亭等。鍾則在〈兩首小詩〉、〈從「做工」談起〉等文中大談南洋中文的異質性，如「三萬」為法院傳票（英文 summons）、「做工」為工作／替人打工（拿薪水的那種）、「頭家」為老闆、「不懂」是不知道、「搞通」是明白了或知道了、「紅毛」是指洋人等。反之，蘇的寫作明顯比較注重時事性與思想性的事物，對南洋化的中文並沒那麼有興致，或者可說比較後知後覺，她在 1965 年 8 月 28 日的日記中寫道「余直到今日始知黃梨即鳳梨，即波羅密。」[26]也就是說，她住了將近一年才發覺南洋這裡把鳳梨稱為黃梨，大陸稱為波羅，她又把波羅密與鳳梨等同，在南洋「波羅密」是另一種熱帶水果，可見她又搞錯了。

---

[24]鍾梅音，〈美的畫像——《昨日在湄江》序〉，《昨日在湄江》，頁 1～2。
[25]張錦忠，《南洋論述——馬華文學與文化屬性》（臺北：麥田出版公司，2003 年），頁 216。
[26]蘇雪林，《蘇雪林作品集——日記卷》第四冊，頁 414。

　　鍾梅音的南洋遊記寫得比謝冰瑩的馬來西亞遊記晚十多年，具有受後者影響的痕跡。例如謝以臚列的方式，鍾梅音則以較靈活與可讀性的方式談南洋異言中文。鍾的〈兩首小詩〉以民間的打油詩來展示，其中一首為「土生最愛滅茶那，認得倫敦是祖家，不怕囉吱三萬到，絕無出境二王花」（「滅茶那」是馬來語 Medera，即訴訟的意思；「三萬」是英文 summons 的音譯，即法庭傳票；「二王」指殖民時代的輔政司；「花」是英文的 warrant，驅逐出境的意思等）。[27]另外，謝寫異族的婚嫁風俗，而鍾也談及，〈在莎地亞家「抹乾」〉便是她親自參加馬來族婚禮後的記述，比起謝只找馬來學生來詢問後寫就又有所推進。再者，謝雖遊遍馬來西亞大江南北，就是未踏足東海岸，而鍾梅音後來特選東海岸為其旅遊重點，並撰寫遊記，應是有意補謝《馬來亞遊記》之缺。換言之，鍾雖受謝的影響，但又比謝更靈活與更有開拓。

五、餘論

　　從臺灣跨界到南洋寓居的那段日子，這三位女作家在信念、思想與人生觀方面是否有所轉變？根據蘇雪林 1965 年 4 月 18 日的日記中自述說：「預備《論語》、孔子之生平，甚有趣味，余對孔孟本來無甚好感，自讀孔子有關之書（《孔子家語》、《論語注疏》數部），覺得孔子果是聖人」。[28]她在南大第一學期開設「詩經」、「孟子」；第二學期開「詩經」、「孟子」、「楚辭」、「論語」，在備課的過程中，讓她重新認識真真地閱讀與孔子相關的書籍，很奇妙的改變了她對孔子的觀念。

　　謝冰瑩則對南洋婦女的忍耐力與艱苦勞作肅然起敬，對南洋華族的披荊斬棘與拚搏精神也另眼相看，特別推崇他們熱心興學辦校的精神，開始曉得華人在南洋一步一腳印的蹣跚步履，對他們有近距離與真實的認知後，不再人云亦云。鍾梅音則在信仰上有重大的轉變，受洗成為基督徒，

---

[27]鍾梅音，〈兩首小詩〉，《昨日在湄江》，頁 6。
[28]蘇雪林，《蘇雪林作品集——日記卷》第四冊，頁 353。

後來她在作品中不避諱的使用「上帝」，注入更多愛的話語，有時也引用聖經的金句，如寫福州人隨宣教士南來，英語很好，這樣才能「修直主的道路」[29]等。

　　當然，這三位女作家的文字，有些也出現一些誤判，她們短暫的旅居無法完全轉換成絕對的在地知識，就如吉爾茲所說的，局外人永遠無法成為當地人，只能以比較接近當地人的眼界去看，當然也有出錯的時候。以下略舉謝冰瑩與鍾梅音的例子。謝在〈詩一般的福隆崗〉、〈福隆崗日記〉中，認為福隆港的「港」字可能是「崗」字的誤譯，因為福隆港是山區，不是在海邊或海港。無論如何，這與馬新殖民時代所實行的港主制度有關，過去馬來統治者把一些地方租借給華人去開闢與發展，這些開發區就稱為「港」。因此，該地的中文名就稱為什麼什麼港，例如吉隆坡的文良港也一樣不是海港，故「港」字並非「崗」字之誤，謝冰瑩由於沒有深入南洋華僑史，因此不知道這個掌故。

　　鍾梅音〈在旅途中〉[30]中寫橡膠樹的由來時說：「第一棵橡膠樹至今還供存在新加坡植物園裡」，[31]「卻是六十年前（1910）由我國廈門大學校長林文慶博士與星加坡植物園主任李德禮共同試種成功。」新加坡的第一棵橡膠樹確實種在新加坡植物園，但是卻並非林文慶所種，而是英國官員早在 1877 年便從英國移植過來。林文慶是後來看到橡膠的商機，第一位大規模種植並投資橡膠業的華商。[32]至於馬來西亞的第一棵橡膠樹也是於 1877 年種植在馬來半島偏北的江沙市，至今還堅韌地生長著。[33]提出她們的錯誤

---

[29] 鍾梅音，〈兩首小詩〉，《昨日在湄江》，頁 3。
[30] 鍾梅音，《蘭苑隨筆》（臺北：三民書局，2005 年），頁 113。
[31] The first rubber tree was successfully transplanted in Singapore Botanic Gardens in 1877, from seedlings taken from Brazil to the Kew Gardens in the UK. The tree is originally called the Para rubber tree. There are 12 species in Brazil, only H. brasiliensis was widely introduced to Malaysia.
[32] 林文慶興趣廣泛，涉足多方面的活動，而且多有建樹，1896 年，他與陳齊賢合作試種從南美洲引進的樹膠，開辦馬來西亞第一家樹膠種植園，被陳嘉庚稱為「馬來西亞樹膠之父」。
[33] The first rubber tree planted in Malaysia that stands to this day is in Kuala Kangsar. The only survivor of the 1st nine planted, it was the forerunner of Malaysia's world famous rubber industry. It was planted from seeds brought over from London's Kew Gardens in 1877, when Sir Hugh Low was the British Resident in Perak. There's a memorial plaque at its base to commemorate its rich place in Malaysia's history.

並非意在批判，而是讓後來者有些參照，避免以訛傳訛，促進兩地的共識。

　　若有所謂的「文如其人」，謝、蘇和鍾這三位女作家的南洋經歷與書寫可以歸納如下：謝冰瑩的個性與文字樂觀颯爽，生活氣息濃厚，就如開滿遍地的胡姬；蘇雪林則批判性強，但卻孤立清高，猶如玫瑰；鍾梅音則富文人雅士的氣質，淡泊悠然，一如菊花。不論她們屬於哪種類型，在她們跨界的經歷與書寫中，會合與打通了兩地的文學界，留下了一些可供後人解讀與玩味的經歷與文字，以及兩地文人作家最早期的交往紀錄。臺灣文學在為自己劃界的同時，如何去進行更多的越界跨國，打通任督二脈，吸收更多的養分，同時擴大本身的交往線與影響力，甚至臺灣整體的軟實力。前人已立下了良好楷模，包括謝、蘇、鍾的南洋行旅，三毛的撒哈拉經歷等，學界如何去歸納總結，或許是讓臺灣文學重新出發和拓展的理論依據與啟導力量之一。

參考文獻：

- Geertz, C., *Local Knowledge: Further Essays in Interpretive Anthropology*, BasicBooks, 1983.
- Habermas, J., *The Theory of Communication Action, Vol.1: Reason and the Rationalization of Society*, trans. By T. McCarthy, Boston: Beacon Press, 1983.
- 陳昌明主編，《蘇雪林作品集》第六冊（臺南：國立成功大學，2011年）。
- 淡瑩，《太極詩譜》（新加坡：教育出版社，1979年）。
- 黃聞，〈女作家鍾梅音的後半生〉，《民國春秋》1999年第3期。
- 李錦宗，《馬華文學步步追蹤》（新加坡：青年書局，2008年）。
- 馬來西亞《太平華聯中學高中第二屆畢業紀念刊1959》。
- 孟華玲，〈謝冰瑩訪問記〉，《新文學史料》1995年第4期。
- 蘇雪林，《蘇雪林作品集——日記卷》第四、五冊（臺南：國立成功大學

出版組，1999 年）。

・唐潮，〈女兵作家謝冰瑩的婚戀傳奇〉，《海內與海外》1995 年第 5 期。

・新加坡《南洋大學創校十周年紀念特刊 1956～1966》。

・謝冰瑩，《愛與恨》（吉隆坡：蕉風出版社，1960 年）。

・謝冰瑩，《馬來亞遊記》（臺北：海潮音月刊社，1961 年）。

・謝冰瑩，《冰瑩遊記》（臺北：三民書局，1991 年）。

・張錦忠，《南洋論述──馬華文學與文化屬性》（臺北：麥田出版社，2003 年）。

・鍾梅音，《昨日在湄江》（臺北：皇冠出版社，1975 年）。

・衣若芬，〈蘇雪林日記中的南洋時光〉，《聯合早報》，2008 年 5 月 18 日。

・鍾梅音，《海天遊蹤》（第二集）（臺北：大中國圖書公司，1978 年）。

・鍾梅音，《這就是春天》（臺北：皇冠出版社，1978 年）。

・鍾梅音，《蘭苑隨筆》（臺北：三民書局，2005 年）。

・鍾梅音，《遲開的茉莉》（臺北：三民書局，2008 年）。

・2012 年 2 月 15 日與孟沙先生訪談資料。

・2012 年 12 月 18 日與游振湘先生訪談資料。

・2012 年 12 月 20 日與王潤華教授訪談資料。

・2012 年 12 月 21 日與黃孟文先生訪談資料。

・國立成功大學歷史博物館蘇雪林展區資料、圖片。

──發表於「臺灣文學研究的界線、視線與戰線國際研討會」
成功大學臺灣文學系、成功大學文學院、成功大學閩南文化中心主辦，
2013 年 10 月 18～19 日

賢慧‧智慧‧使命感
鍾梅音散文中的家庭主婦形象

◎天神裕子[*]

　　鍾梅音於 1948 年從上海遷到臺灣，翌年三月開始創作，《中央日報》「婦女與家庭」周刊是她發表以家庭、婦女、育兒等主題散文的主要版面。「婦女與家庭」周刊於 1949 年 3 月開版，武月卿主編，是一個經常討論性別議題的園地。[1]謝冰瑩、徐鍾珮、張秀亞、琦君、艾雯、孟瑤、林海音、鍾梅音等 1950 年代的著名作家，都在那裡發表了不少有關女性生活的文章，其中鍾梅音投稿量最多。我們可以看出，與其他「婦周」散文家一樣，鍾梅音散文裡也往往出現屬於「賢妻良母」型的家庭主婦形象。[2]在鍾梅音作品中，經常呈現出細心思考育兒問題的母親形象，如她散文中提到：「我常說做個賢妻容易，做個良母可真不容易，但現在我已發現如何自處之道，那就是本來我要他做十分，現在只盼他能做五分；假如我已跑了百步，何妨停下來等他五十步。」[3]或者絕不出風頭的溫順妻子，如同鍾梅音闡述：「我只是說婚後的婦人無論在自己的性情上，在表現的機會上，最好都保留三分。」[4]或者直接贊同賢妻良母：「假如我是男人，我一定選擇

---

[*]日本御茶水女子大學博士後期課程比較社會文化學專攻學生。

[1]范銘如，《眾裏尋她——臺灣女性小說縱論》（臺北：麥田出版公司，2002 年），頁 19。

[2]封德屏，〈遷臺初期文學女性的聲音——以武月卿主編《中央日報》「婦女與家庭」周刊為研究場域〉，《永恆的溫柔——琦君及其同輩女作家學術研討會論文集》（桃園：中央大學中文系琦君研究中心，2006 年 7 月），頁 22～24。王鈺婷，〈語言政策與女性主體之想像——解讀《中央日報》「婦女與家庭」周刊中女性散文家之美學策略〉，《臺灣文學研究學報》第 7 期（2008 年 10 月），頁 48～77。

[3]鍾梅音，〈望子成龍〉，《中央日報》，1953 年 9 月 2 日，第 3 版。

[4]鍾梅音，〈保留三分〉，《中央日報》，1953 年 6 月 3 日，第 6 版。

賢妻良母爲配偶。」[5]

　　不過值得注意的是，鍾梅音筆下並非全然溫順被動的「賢妻良母」典型，而是描寫出一個「聰明能幹」的家庭主婦，她主張爲了構築幸福家庭，夫婦之間需要相互尊重及信賴，尤其鍾梅音認為婚姻中的男性也負有同等責任，提出對於先生的要求：「所以你必須了解你的妻子，並且幫助她，愛護她，給她以幸福的信心，須知道只有妻子是真正和你休戚與共的伴侶。」[6]另外鍾梅音也闡釋夫妻相處之道，她相信女性和男性相較，並不缺乏聰明才幹，只是為顧及丈夫顏面，而「表面」求全：「其實，先生們的聊天也並不都是值得領教的……你明明懂，也最好裝著懂得不多，這樣才能使聊天的空氣愉快起來。……人們可以批評我這『宏論』沒出息，但卻沒辦法否認這是事實。」[7]這些文章裡出現的家庭主婦，對丈夫，不是一味服從，而是強調幸福的婚姻應該建立在男女雙方的尊敬和容忍上，共同營造出和諧的家庭。在鍾梅音筆下，也表現出勇於承擔教育責任的聰明母親形象，她對自己的家庭，對自己的孩子有一定的使命感。可以說，這種家庭主婦形象和當時國民黨執政的社會情況不無關係，1950 年代國民黨政府全面推行反攻大陸的政策，在此大時代裡，家庭主婦也要擔任重要的角色，鍾梅音這麼寫下：「每一位軍公教人員的家庭主婦，都是無名的克難英雄，這有幾年來的事實爲證。」[8]在當時以第一夫人宋美齡爲中心構成的婦女界，[9]鍾梅音所寫的家庭主婦，與宋美齡主張的「德重於才，母親們必須要培養他們子女的頭腦」[10]，都有不少呼應之處。

　　此外，影響鍾梅音家庭主婦形象形構的另一個重要因素，也來自於她

[5]鍾梅音，〈賢妻良母需要智慧〉，《中央日報》，1952 年 1 月 17 日，第 4 版。
[6]鍾梅音，〈給新郎〉，《中央日報》，1953 年 4 月 15 日，第 6 版。
[7]鍾梅音，〈談話〉，《中央日報》，1953 年 1 月 21 日，第 6 版。
[8]鍾梅音，〈祝壽〉，《中央日報》，1952 年 10 月 30 日，第 6 版。
[9]游鑑明，〈是為黨國抑或是婦女？——1950 年代的《婦友》月刊〉，《近代中國婦女史研究》第 16 期（2011 年）。
[10]宋美齡，〈我將再起——婦女與家庭〉，《蔣夫人言論集》（臺北：生生印書館，1940 年 6 月），頁 44～46。

本人的家庭經驗。她散文裡也經常提到於中國大陸時期少女時代的家庭生活。鍾梅音回憶:「當我開始能記憶的時候,最先覺得佔據我生命中的大部分的還是父親。母親因為在我的後面跟來了密密的三個弟弟和三個妹妹,所以很早就把撫育我的工作移交給父親。」[11]鍾梅音非常敬愛父親,因此與母親關係疏遠,而她父母的夫婦關係並不和睦,後來父親單身赴外地發生了「最嚴重的錯誤」──娶了姨太太。雖然父親依然疼她,這件事無疑使得少女梅音遭受了嚴重的打擊。這使我聯想到范銘如教授的主張,遷臺女性在空間遷移的過程中,脫離大陸傳統父權經濟,來到代表新天地的臺灣,范教授認為:「畢竟,台灣正處於百廢待舉的狀態:一則父權還沒全面滲透箝控政治與文化機制,二則台籍作家還在與中文掙扎中,無從競爭。」[12]這裡也能讓我們想見了大陸──傳統舊社會,和臺灣──新天地小家庭的兩極機制中,遷臺女性重新思索家的意義和形構。臺灣的小家庭,對鍾梅音來說是一自己能管理的幸福家庭,具有正面空間政治的意涵。

　　1949 年前後遷到臺灣而登臺的一群女作家,包括鍾梅音在內,大部分女作家在大陸時代都受過一定程度的高等教育,以及受到五四文化的薰陶,她們大部分也都從事政府、軍隊幹部、教育和文學界等行業,也同樣是孩子的母親。她們均是 1955 年政府主導下設立的臺灣省婦女寫作協會會員,鍾梅音也是其中主要成員。老照片裡的女作家都穿著大方的旗袍,臉上掛著充滿氣質的微笑,她們是新時代的職業婦女,或是兼職主婦,又賢慧又能幹,而且頗有牽引新時代的使命感。這可以說是自由中國的新主婦,它與共產中國的婦女意象相比,卻又大有不同。

　　最後要舉的一篇是鍾梅音給大陸時代的老朋友寫的一封信:「我又有了不少可以跟我們舊時友誼媲美的新朋友,當我再到臺北時,我將讓你與她們一一認識,她們之中大多跟你我一樣,已是家庭中的這個主婦,但是都有着不願為平庸生活所征服的意志,換句話說,就是我們仍要從平庸的生

---

[11]鍾梅音,〈父親的悲哀〉,《中央日報》,1949 年 8 月 8 日。
[12]范銘如,《眾裏尋她──臺灣女性小說縱論》,頁 31。

活裏去探索理想。」[13]這裡可看出，鍾梅音雖是一個平凡家庭主婦，但是不甘心埋沒凡俗塵務裡，依舊追尋生命的理想。鍾梅音與其他女作家相同，爲了護衛自己所管理的小家庭，在臺灣這個新天地而努力奮鬥，也要追求自己文學志業，而發展個人創作潛能。鍾梅音的家庭主婦形象，顯示著標示自由中國的新主婦，在這裡並沒有看到從祖國逃避到陌生地的悲傷，反而浮現了在臺灣要創造新家庭，以及展現出此一家庭主婦形象的靈活性和強大意志力。

——本文發表於「御茶水女子大學中國文學會七月例會」
御茶水女子大學中國文學會主辦，2014 年 7 月 5 日

---

[13]鍾梅音，〈人生的黃金時代〉，《中央日報》，1951 年 5 月 16 日，第 6 版，「婦女與家庭」第 79 期。

旅行文學之誕生
試論臺灣現代觀光社會的觀看與表達（節錄）

◎蘇碩斌*

一、前言：旅行文學何以是苦的？

　　旅行文學在 1990 年代的臺灣，突然誕生為一個專有名詞。這個「旅行文學」一方面被表達為時代獨有的新文類，另一方面卻也被連繫到中國古典遊記文學的系譜裡。

　　1990 年代突然崛起的旅行文學，大量的辯詰重心都放在胡錦媛設定的「台灣當代的『時代文學』」[1]、鍾怡雯設定的「新興的次文類」[2]、或郝譽翔設定的「旅行文學是新興文類」[3]等方向相似的問題之上。然而臺灣文史學界其實在 1990 年代也開始探討文學史散落的各種宦遊紀錄、文人遊歷、海外遊蹤等文學及文獻，並串聯成線性的「旅行文學系譜」。這條線性系譜，如李瑞騰在評述郝譽翔〈「旅行」？或是「文學」？〉一文的相反主張：「『旅行文學』源遠流長，而在最近幾年有比較令人驚豔的發展現象」。[4]李瑞騰說的源遠流長，不久後在兩岸旅行文學（中國大陸習稱旅遊文學）研究史中逐漸落實下來。先有中國學者章尚正指稱「旅遊文學是起源最早

*臺灣大學臺灣文學研究所副教授。

[1]胡錦媛，〈臺灣當代旅行文學〉，陳大為、鍾怡雯編，《二十世紀臺灣文學專題 II——創作類型與主題》（臺北：萬卷樓圖書公司，2006 年 9 月），頁 170～201。
[2]鍾怡雯，〈旅行中的書寫——一個次文類的成立〉，《臺北大學中文學報》第 4 期（2008 年 3 月），頁 35～52。
[3]郝譽翔，〈「旅行」？或是「文學」？〉，東海大學中國文學系編，《旅遊文學論文集》（臺北：文津出版社，2000 年 1 月），頁 279～302。
[4]李瑞騰，〈「旅行」？或是「文學」？——論當代旅行文學的書寫困境講評〉，《旅遊文學論文集》，頁 348。

的文學品種之一」，就精神面，可溯至夸父追日、黃帝戰蚩尤等神話，就文
學史，可溯至南朝蕭統《文選》中的畋獵賦、紀行賦、遊覽賦、遊仙賦、
遊覽詩、行旅詩等十多類。[5]臺灣則接續有楊正寬蒐羅龐大歷史文獻的《明
清時期臺灣旅遊文學與文獻研究》[6]、陳室如以 1840 年以來遠赴域外的豐
沛文學史著解析接受異國他者衝擊思想轉變的《近代域外遊記研究（1840
～1945）》[7]、林淑慧以日治報刊深探顏國年、林獻堂、雞籠生等作品的
《旅人心境——臺灣日治時期漢文旅遊書寫》[8]等，其他運用旅行文學、旅
遊文學、旅行文化等概念於臺灣遊記文學的諸多論著，也都在 1998 年後相
繼提出，為臺灣古典文學史開出「旅行文學」的支脈。旅行文學是新興出
現的文類？抑或源遠流長的典型？這兩種對旅行文學的相反認知，之所以
同時發生臺灣的 1990 年代中期，原因無非也是「旅行者置身觀光時代」的
社會脈絡之故。

　　是以，1990 年代浮現於臺灣社會的旅行文學，在文體的表達形式方
面，明顯與清末來臺宦遊（如八景詩）、及日治時代出國的文人李春生及林
獻堂的舊詩文表達傳統不同；但是，在戰後初期遊歷歐美的作家陳之藩、
鍾梅音等人的異國風景書寫中，似可見到相似的寫實描述風格。那麼，為
何旅行文學作為時代特質，沒有發生在陳之藩、鍾梅音的年代？是一個值
得追問的問題。事實上，陳之藩與鍾梅音的年代，並不存在「拒斥觀光」
那樣的書寫特質。以下將以 1960 年代鍾梅音的遊歷文學作品為對照，說明
兩個階段的旅行及書寫，也是歷史的兩個不同階段。

---

[5]章尚正，《旅遊文學》（福州：福建人民出版社，2006 年 10 月），頁 1。
[6]楊正寬，《明清時期臺灣旅遊文學與文獻研究》（臺北：國立編譯館，2007 年 5 月）。
[7]陳室如，《近代域外遊記研究（1840～1945）》（臺北：文津出版社，2008 年 1 月）。
[8]林淑慧，《旅人心境——臺灣日治時期漢文旅遊書寫》（臺北：萬卷樓圖書公司，2014 年 2 月）；
　林淑慧，〈臺灣清治時期遊記的異地記憶與文化意涵〉，《空大人文學報》第 13 期（2004 年 12
　月）；林淑慧，〈臺灣清治前期旅遊書寫的文化義蘊〉，《中國學術年刊》（春）第 27 期（2005 年 3
　月）。

二、旅行文學的風景框架與文體轉折

　　文學不是社會的單純反映，旅行文學當然也不是觀光社會的單純反映。否則，1990 年代的臺灣旅行文學豈不應是歡悅逸樂的氣息？文學其實也在規範如何觀看世界。旅行文學在逆著文學「外部」的觀光社會風勢，拉開了一張獨特的風箏，還必須在「文學內部」規範其觀看風景、表達風景的特殊文體形式。1990 年代觀光條件大大優於過去的環境下，旅行文學卻具有艱苦意涵的原因，除了抗衡外在的社會，也與文體內在大有相關。

　　1990 年代出國旅遊已經遠較幾十年前交通便利，所有的旅行文學作者，也都享受了搭乘飛機、鐵路船運、電車巴士就能快速到達目的地。旅程勞頓造成的肉體苦痛，絕對比不上過去的前輩，也比不上底層流寓被迫遷徙的無奈。因此，旅行文學要求的苦痛，並不是來自觀看風景的肉體經驗，而是來自於觀看風景的「內在自省」模式，以及隨之而來的孤獨感。楊澤在第一屆華航旅行文學獎的序，提示了一個相當切合文體特質的主張：

> 這份莫名的嚮往清楚說明了旅行經驗的內在張力：一方面，旅行中人感受著、享受著空前未有的自由與孤獨感，一方面又盼望接觸、認識他人，重返「人海」。……深刻的旅行文學……讓我們的旅行經驗能呈現更孤獨自由，卻也更寬廣豐富的面貌。[9]

　　楊澤所說的「孤獨自由」，正是當代臺灣旅行文學最主要的特質。但是，這種「孤獨自由」，並非旅行（或旅行文學）不證自明的本質。訴諸孤獨自由的旅行文學，並不是清末遊記或八景詩的特質、不是日治時代仕紳出國雜記的特質、也不是戰後初期海外遊蹤散文的特質。

---

[9] 楊澤，〈在文明的邊緣流浪〉，舒國治等，《國境在遠方——第一屆華航旅行文學獎精選作品文集》（臺北：元尊文化企業公司，1997 年 12 月），頁 15、18。

　　1990 年代臺灣旅行文學的研究，頗多以議題開創者宋美璍[10]的論文為參考基礎，強調旅行文學「自我主體」的內涵。雖然這有不可否認的重要性，但仍應注意，「自我主體」在西方旅行文學歷史發展中，也不是超越時空的本質。若以英國史學家 Charles Batten Jr.所著的 *Pleasurable instruction: form and convention in eighteenth-century travel literature* 一書為論據，Daniel Defoe 等人創於 18 世紀的旅行文學在歷史上的重要性，是因為提出一種「知識與樂趣兼備」（utile dulci）的全新文學認識論，[11]也就是，以科學（Science）的實地探訪資訊，加上事件（Events）豐富的異地風格敘事。[12]

　　Batten Jr.主張「旅行文學」在西方文學史的重要意義，也恰與 Ian Watt 主張 Daniel Defoe 是現代小說創造人之一的關鍵，具有一致的看法。Ian Watt 論證的重點不在於 Defoe 小說表現的內容情節，而是主張 Defoe 提出了現代小說的「表現方式」，亦即以一種前所未有的「客觀、科學」態度來審視人生百態的方式（儘管絕不可能真的達成）。[13]

　　1900 年代的臺灣旅行文學，也具有一種「客觀、科學」的表現方式。但問題是，客觀的文體表現，何以會展露出深切艱苦、孤獨自由的特質？以下借助日本思想家柄谷行人「現代風景的發現」作為考察論點。

　　風景，並不只是單純的存在於大自然的客體對象。現代風景，是觀者觀看自然對象的主體感受；既是一種感受，就需要主體的感受力。因此是否看到風景，責任在於觀察者這位主體，不在風景物自身（landscape itself）。柄谷行人借用 Edmund Burke 及康德（Immanual Kant）對於美學經驗的兩種基本類型：美（beauty）及崇高（sublime）之對比來論證。「美」是人透過想像力在對象之中發現合目的性而獲得的愉快感，反之，崇高則

---

[10]宋美璍，〈自我主體、階級認同與國族建構——論狄福、菲爾定和包士威爾的旅行書〉，《中外文學》第 26 卷第 4 期（1997 年 9 月），頁 4〜28。

[11]Charles Batten Jr., *Pleasurable Instruction: Form and Convention in Eighteenth-Century Travel Literature*（Berkeley and Los Angeles: University of California Press, 1978），p. 25. 其中 Daniel Defoe 的著作主要是指 *Tour Through the Whole Island of Great Britain* 一書。

[12]Charles Batten Jr., *Pleasurable Instruction: Form and Convention in Eighteenth-Century Travel Literature*, p. 46.

[13]IanWatt 著；魯燕萍譯，《小說的興起》（臺北：桂冠出版公司，1994 年 10 月），頁 3、21。

是在面對超出想像力界限的對象之外、透過主體能動性而發現合目的性的快感。[14]簡扼言之,「美」指涉的是作為客體存在意義的傳統風景,「崇高」則近似作為主體觀察意義的現代風景。

柄谷行人主張「風景作為一種方法」,並不是將風景作為對象來討論,也不是研究文學家記錄了哪些風景、說了什麼;而是將風景作為「認識的框架」(認識の布置)來分析,研究文學家如何看風景、如何描寫觀察對象。柄谷行人主張,日本文學作品在歷經明治 20 年代(1890 年代)「寫實主義」洗禮後才出現「現代風景」的觀看方式。[15]意思是說,現代風景這個認識性框架,使自由的作者主體可以直接面對風景,並且直接觀察風景,再根據自由的心靈記述風景。寫實主義的文學運動,擺脫傳統文學橫亘在作者與他所看到對象之間的「文學格套」,而使現代風景的兩個必備條件得以成立:一是作者可直接觀察客體,二是作者可自由表達主觀感受。

柄谷行人以日本古文學的「山水畫」或「山水詩」來對比,在山水畫的世界中,畫家並不是透過「可觀察的對象」來看風景,他並不「觀察事物」,而是利用某種先驗的概念來「比對事物」。對古文學家而言,風景只是「過去的文學」之折射,都是在與傳統文人世界中的「過去的文學」對話。[16]這種格套也是中國傳統文學的認識框架,鄭毓瑜即主張,古典詩文就是將事物放入高度比喻性的「類物(類應)」關係網所建立的文學世界,因此中國傳統文人看待「物」,不可能當作客觀外在的「對象」單獨思考,而必須回應過去文人認識世界的象徵體系。[17]

---

[14]康德在《判斷力批判》一書界定「對於自然之美,我們必須在我們自身之外去尋求其存在的根據,對於崇高則要在我們自身的內部,即我們的心靈中去尋找,是我們的心靈把崇高性帶進了自然之表象中的」。「崇高」或說「主體」這種美學經驗,必須透過可觀察的特定對象所引發的感覺與知覺才能完成,卻也在人類的歷史命運愈來愈重要,也凌駕了傳統以感覺主義立場的均衡、協調、清明作為美的古典主義美學。柄谷行人借用此區分,指稱現代文學根源的「風景」是作者主體將自己的心靈帶入自然的表現。參考柄谷行人著;趙京華譯,《日本現代文學的起源》(北京:生活・讀書・新知三聯書店,2006 年 8 月),頁 1~6。
[15]柄谷行人,《日本近代文學の起源》(東京:講談社,1980 年 8 月),頁 11~12。
[16]例如柳田國男指摘的松尾芭蕉著名俳句《奧之細道》「其中沒有任何一行『描寫』」,全部都是與古文對話的美文傳統。柄谷行人著;趙京華譯,《日本現代文學的起源》,頁 11~12。
[17]鄭毓瑜,《引譬連類——文學研究的關鍵詞》(臺北:聯經出版公司,2012 年 9 月),頁 24~26。

　　上述的文學理論討論，旨在說明現代文學的寫實主義式「客觀」描述，其實賦予了「主體」重要的觀察責任。

　　臺灣在 1990 年代界定旅行文學必須是硬派的困難經歷或軟派的深思體會（而不能是上車睡覺、下車尿尿的觀光團客），都是在建構「現代風景」作為旅行者的「認識框架」。這樣的認識框架，提升了「主體的態度之觀看」，而貶抑「作為自然存在之名勝」，結果就如本文前一節所討論的，旅行文學否定觀光團尋訪的「名勝景點」，也否定一般導覽書人云亦云的資料觀察。旅行文學，要求作者自由探尋的特殊風景，以及別出一格的特殊描寫。臺灣現代旅行文學，因而是一種新的文體（或說新的文類）。這個新的「文體」，借柄谷行人之用語，既是內在主體的創生、同時也是客觀對象的創出，並由此產生了自我表現及寫實等。[18]

　　臺灣的旅行文學研究者亦曾提出相似的論點。鍾怡雯曾指出，「一篇成功遊記的首要條件是獨特的視角，俾以提供旅人靈視的觀物角度；其二是如何透過有效的文字重新去掌握時間，經營空間」，因此閱讀一篇遊記不應滿足於純粹的風格和景物的敘述，「而是期待作者提供他觀看世界的方式，以及他的思考」。[19]

　　這些「觀看」及「表達」的文體特性，以及伴隨而生的主體之孤獨自由，可透過柄谷行人「風景」理論來分析指出：1990 年代臺灣現代旅行文學的作家與作品，起於「作者可直接觀察客體對象、作者可自由表達主觀感受」的風景認識框架。這種風景認識框架，在 1990 年代以前的旅行書寫並不明確見到，而是 1990 年代旅行文學的獨特意義。本文將以戰後到 1970 年代的旅外作家（如陳之藩、鍾梅音、余光中、何凡等）作品的特質來作為文體歷史發展的對照，尤其是 1960 年代的鍾梅音與 1990 年代的舒

---

[18]引自柄谷行人，《日本現代文學的起源》的英文版序。柄谷行人原意在於闡釋「言文一致」並不是完全放棄任何文體約束，而是形成新的文體約束，這種約束以給予作者自由為其特色。柄谷行人著；趙京華譯，《日本現代文學的起源》，頁 10。

[19]鍾怡雯，〈風景裡的中國──余光中遊記的一種讀法〉，《無盡的追尋──當代散文的詮釋與批評》（臺北：聯合文學出版公司，2004 年 9 月），頁 41。

國治為中心，分析二人各自一篇主題近似的造訪香港作品之「風景認識」
及「表達方式」。

如前所述，1990 年代的旅行文學蘊藏著「觀光客的不安」的反觀光心
理，但這種心理狀況並不見諸戰後初期的時代遊記之中。以鍾梅音 1966 年
的《海天遊蹤》兩冊為中心，可看到她對於前述討論的「旅行／觀光」二
詞的概念。

鍾梅音不僅不避談「觀光」這兩個字，在許多篇章之中，她也會大方
撰寫自己的身分就是個觀光客，並且時時惦記著臺灣的觀光業。一篇名為
〈漫談觀光〉[20]的雜文中，她甚至記載了東京旅程的觀光行程，稱許觀光旅
行社的一路接待。

> 觀光事業的發達，已使歐美城市每一個旅館都可代為接洽觀光旅行，有
> 「夜晚觀光」「半日觀光」「全日觀光」……對於人地生疏、舉目無親的
> 旅客，這是最簡捷穩妥的辦法。付錢之後，自有車來接你，嚮導人員會
> 一路照顧你，甚至為你安排午晚餐，邊走邊談，也決丟不了你。[21]

這種對「觀光」不僅不加拒斥，甚至有所歡迎的一階觀光客，大量出
現在「禁絕出國觀光」的時期，當然也不會出現「反觀光客」的文學訴
求。即使後來十年的 1975 年，臺灣的旅行書寫也都有類似的視線，例如身
兼記者身分的何凡在美國採訪之後考察夏威夷，也自動陷入對臺灣觀光的
國族期待：

> 台灣的條件不弱於夏威夷，治安良好情形更在亞洲任何國家之上。看了
> 夏威夷以七十餘萬人口而年得四億餘元觀光收入，我們為什麼不急起直

---

[20]鍾梅音，〈漫談觀光〉，《海天遊蹤》（第一集）（臺北：大中國圖書公司，1966 年 4 月），頁 11～
21。
[21]同前註，頁 17。

追，創造台灣為遊客太平洋土的第二天堂呢？

這個時期的陳之藩、鍾梅音、余光中、何凡，都並不置身在戰後臺灣的戰鬥文學或反共文學的隊伍裡，他們的旅遊雜記也看似與民族無關，但是卻都隱匿著一個父祖之國的框架。因此只要談到日本，鍾梅音便成為典型的民族主義者。例如參觀德意志博物館的科學設計，鍾梅音仔細介紹了各式新發明，但來到了染織機前，鍾梅音卻一反之前的喟歎，並暫時失去原有的優雅，批判：

> 唯一令我不滿的，是染織方面竟把最早的織布者讓日本人去掠美，一位和服女子的蠟像，端坐在一具織布機前，地上是榻榻米，四周是木窗、紙門。其實自漢代以來，各種生產技術都由中國相繼傳入日本……。[22]

背負著中國民族情感的鍾梅音，在周遊亞美歐各國的《海天遊蹤》之中，只要談到日本，就透露出她自己都無法解釋的「預鑄情感」。鍾梅音這裡的主觀感受，顯然不是來自客觀觀察，而是受到民族情感的重大干擾。作為一個中國人，鍾梅音的視線在觀察日本之前，應該已經預鑄了中國人對日本（如八年血戰）的敵仇記憶：

> 我並不十分喜歡日本這個民族，我對他們的不滿，以後在別的文章裏會提到。……日本曾是一個以出賣色情馳名的國家，北投伴浴，酒家陪飲，都是日本人在臺灣留下的劣跡……。[23]

1960 年代旅行文學的另一名代表作家余光中，1968 年《望鄉的牧神》

---

[22] 鍾梅音，〈比京漫步〉，《海天遊蹤》（第二集）（臺北：大中國圖書公司，1966 年 4 月），頁 61～62。
[23] 鍾梅音，〈漫談觀光〉，《海天遊蹤》（第一集），頁 20。

更是背負父祖之國的集體框架之典型視線。陳室如如此評述這一本旅行散文:「沒有旅人慣有的瀟灑態度,余光中的旅行書寫中,蘊含了大量對於父祖之國的想望,以至於當旅行到風景類型各異的景點時,卻仍然以同樣的態度,在旅途中不斷與中國古典山水相遇」。[24]這個預設的父祖之國情感,使得他們的主體感受無法經由客觀的觀察而衍生,而是如「美文傳統」一般被預先支配。

《海天遊蹤》旅途中所見的外在人事物的敘事與描寫,明白顯示她是「觀察」得來,亦即,她已能在自我主體與寫實客體之間,進行一種「現代風景」式的觀察。但是,鍾梅音在此的觀察視線,卻不是一個「個體性主體」的姿態,而是背負責任的「集體性主體」的觀察,承載著「為國人觀景、為國人論景」的框架。換言之,鍾梅音並不是一個「孤獨」的觀察者,她是身處在禁絕觀光時代的「觀光團員代理人」。既然鍾梅音對待她遊歷的國家,不是就事論事的客觀態度,當然也就不會展現 1990 年代那種「孤獨自由」的旅行者之主體感受。

1960 年代與 1990 年代的旅行書寫,若由鍾梅音與舒國治同樣看與寫的香港來作一比較,更可看出二個時代「看風景、寫文章」的差異。鍾梅音〈香江屐痕〉與舒國治〈香港獨遊〉兩則篇幅相若(均約五千字)的香港遊記,有極為相似的動機。鍾梅音說她「發現由日本返臺途中繞一下香港,只須多花九元美金的旅費……這回索性多留幾日,好好地看看香港」,[25]舒國治亦是「特意要自歐洲返台前一停的香港。哪怕是一兩天也好」。[26]而兩人看的香港景點,卻是天差地遠。鍾梅音是一般集體觀光客的代表,她的景點就是觀光客景點。鍾梅音在香港幾天,前面二天都在和朋友聊、採購,第三天開始遊香港:

---

[24]陳室如,〈出發與回歸的辯證——臺灣現代旅行書寫研究(1949~2002)〉(彰化師範大學國文學系碩士論文,2003 年),頁 36。

[25]鍾梅音,〈香江屐痕〉,《海天遊蹤》(第一集),頁 25。

[26]舒國治,〈香港獨遊〉,舒國治等,《國境在遠方——第一屆華航旅行文學獎精選作品文集》,頁 26。

香港也真小，只大半天工夫就遊遍了淺水灣、扯旗山、香港大會堂、卡爾登花園飯店，晚上又去香港仔。[27]

接下來鍾梅音展現她優異的文筆，以頗大的篇幅介紹每一個景點的特色：

淺水灣是海水浴場，……附近的麗都飯店門前，種滿了各色的鳳仙花，……山頂公寓地如其名，正在扯旗山頂……香港大會堂對着皇后碼頭，該堂一百年前便已落成，至今壁上還留着巨幅繪畫……。[28]

而 1997 年華航第一屆旅行文學獎首獎得主，後來成為臺灣最具知名度旅行文學作家的舒國治，在〈香港獨遊〉的那一趟不知何故過境的香港之遊則沒有行程，但也這麼留了八天。文章裡的去處，與鍾梅音相反，他的觀看由「不去」開始：

我不想一下子就進入任何情景的專注之中；不想去「茶具文物館」，不想去「牛奶公司」舊址的「藝穗會」，不想去看都爹利街的老樓梯及煤氣路燈，不想獨坐「陸羽」飲茶吃點心，而去蘭桂坊喝一杯也嫌太早，不想逛「神州」舊書店，不想逛荷李活道古董店，不想看匯豐銀行、中國銀行、力寶大廈的新建築，也不想看文武廟、洪聖古廟等舊建築。[29]

舒國治完成現當代典型旅行文學家的責任：拒絕一般觀光景點。也不必須到什麼多特殊的怪異場所，舒國治在文章中，沒有任何目的，跳上往堅尼地城的電車到香港島西南端，然後再上了 170 路巴士通過幾個隧道來

---

[27]鍾梅音，〈香江屐痕〉，《海天遊蹤》（第一集），頁 27～28。
[28]同前註，頁 28～29。
[29]舒國治，〈香港獨遊〉，舒國治等，《國境在遠方——第一屆華航旅行文學獎精選作品文集》，頁 28～29。

到 26 公里外的沙田，再上了 81 路回到旺角，在花園街富記吃了白斬配飯、在生力冰廳喝了鴛鴦，回到了尖沙咀。[30]

　　鍾梅音的旅行文學，彷彿是作為中華民國代表的集體身分在凝觀、表達香港，而舒國治的旅行文學，卻是必須擺脫集體觀光客的獨特個人。1998 年《聯合報》記者為華航旅行文學獎頒獎報導提了以下問題：「同樣去旅行，甚至舒國治首獎〈香港獨遊〉的香港有人去了八百次，憑什麼是舒國治得獎？」記者解釋：「旅行文學並或許不是作家的專利，但是記錄感受及看見發生，懂得如何書寫，仍然是作家一項先天優勢」。[31]

　　老練的作家得獎，一方面是「觀光客的不安」發生作用，另一方面，也代表文學所全新定義的旅行者，必須不落入任何「非玩不可」、「名勝景點」的集體視線之中。他必須別出心裁、走一般導覽書不走的行程，或者，走一般的行程但卻看到一般人看不到的風景。第二屆華航旅行文學獎首獎得主湯世鑄，一趟阿根廷伊瓜蘇瀑布的自助旅行，不僅描寫號稱「魔鬼咽喉」的壯麗瀑布，更看人所不能看地去觀察了路上萍水相逢的印第安人便車司機，並將之烙印在心中。

> 晚上，我們就在該處紮營，我在睡袋中翻來覆去，心中盤迴不去仍是魔鬼咽喉和印第安人……
> 這個印第安人不過是從「魔鬼」中看到了「上帝」，卻讓一個台灣去的年輕人失眠一夜。[32]

　　走觀光客所不走、看觀光客所不看，不斷強化著 1990 年代旅行文學的獨特內涵。第三屆華航旅行文學獎首獎林志豪〈異地眾生〉，再一次展露這種觀看：

---

[30]同前註，頁 29～33。
[31]蘇林，〈旅行就是一個大獎〉，《聯合報》，1988 年 5 月 11 日，第 48 版。
[32]湯世鑄，〈魔鬼‧上帝‧印地安──記伊瓜蘇瀑布之旅〉，湯世鑄等，《魔鬼‧上帝‧印地安──第二屆華航旅行文學獎精選作品文集》（臺北：元尊文化企業公司，1998 年 12 月），頁 38、40。

著名的風景或古蹟早就經由文字、影像在腦海中建築出完整的模型，等
實地一見，不過是印證存在的事物果然存在而已。真正造成文化衝擊
的，卻是隨處可見的乞者。[33]

1990 年代末的兩大旅行文學獎之後，臺灣的旅行文學大致已展現其專
屬於現代社會之文體特質。新的觀看視線、表達方式形成的文體，促使文
學式的旅行者不停深省內在、持續檢視自我。原本 1990 年初期寫過導覽書
的廖和敏，在前述《跟紐約戀愛》一書中，仍是旅遊資料與自助指南的形
式，但到旅行文學已然樹立的 1999 年，她已經改換一種觀看和表達的方
式：

不知為何，後巷對我有種莫名的吸引力，直到那次布拉格行的小巷行。
在頓悟的剎那竟是種泫然淚下的震動。認識自己某一層面時有一種感
動，而更深入瞭解自己為什麼會有這樣的感受，則是一種靈動。這個經
驗讓我更認定旅行是瞭解自己的最佳介面。……旅行變成一種內在檢索
的過程，外在眼睛看風景，內在眼睛觀自己。[34]

被選入胡錦媛《臺灣當代旅行文選》之一篇的張復〈在西安〉，描述他
第一次到中國大陸西安的探親之旅，也展露了這種拒斥一般行程，卻放縱
自我主體去隨意觀看：

我們去看兵馬俑。說老實話，我對於歷史上的事情並沒有太大的興趣。
我繼續走下去，背後又出現疑似罵人的陝西話。我走了一會兒，高亢的
聲音也緊隨在我身後。我故意拖慢腳步，看到一個中年男人從我身邊經

---

[33]林志豪，〈異地眾生〉，林志豪等，《在夢想的地圖上——第三屆華航旅行文學獎得獎作品集》（臺
　北：天培文化公司，2000 年 11 月），頁 19。
[34]廖和敏，《在旅行中發現自己》（臺北：麥田出版公司，1999 年 3 月），頁 108～109。

過，跟隨他亦步亦趨的則是一個小男孩，個頭挺高的，長長的脖子露在衣領外——常遭大人責罵的小孩似乎都長著那樣的長脖子。[35]

　　張復花費諸多心力在觀察、描寫導覽書上不會有的不起眼路人（卻是主體自由意識無法忘懷的對象），對於這個觀看，張復也自承「我渴望多看看這裡的人和物。這變成了我的需要，而不只是好奇」。[36]

　　「現代風景」的個人主義式視線中，同時展現「作者可直接觀察的客體、作者可自由表達主觀感受」兩個重要的結構元素，作為個人主體的旅行文學家，才能夠在客觀對象上消磨他的感受，並漸漸配合 1990 年誕生的旅行文學「新文類」。他們以一種實證的客觀方式、合理的科學態度去描寫每一個場景，但是，他們的眼睛卻被限定不應該去看普通的對象，因而，也就形塑出柄谷行人所稱的「風景」——不是以客觀的美而存在的風景、而是必須由主體感受以表現的風景。

　　臺灣旅行文學的「文學內部」的變革至此也已然形成。不論是舒國治、湯世鑄、張復，或是更多旅行文學獎的作品，已完全找不到父母之國的集體視線；甚至陳室如的分析也指出，余光中 1990 年代兩本散文《隔水呼渡》與《日不落家》中的遊記，已退下前期 1960 年代「在異地尋鄉」的沉重祖國愁緒，轉而展現知性與感性結合的文人風格。[37]

　　如此的文體，既是觀看方式的變化、也是表達方式的變化，更培養出完全不同於前幾個世代的「孤獨自由」的旅行者。1990 年代旅行文學並不是過去的宦遊記、八景詩等等的古典文學史延續，而是面對特定時代而規約形成的新的文學觀看與表達方式。[38]

---

[35]張復，〈在西安〉，胡錦媛編，《臺灣當代旅行文選》（臺北：二魚文化公司，2004 年），頁 51、55。

[36]同前註，頁 56。

[37]陳室如，〈出發與回歸的辯證——臺灣現代旅行書寫研究（1949～2002）〉，頁 177～178。

[38]這裡絕非主張中國古典文學作品從不曾出現過客觀描寫、自覺內省的寫作文體。遠者如六朝鮑照〈登大雷岸與妹書〉、宋柳宗元〈石澗記〉，近者如郁達夫的遊記等，都是客觀描寫之案例。但一如前引鄭毓瑜所稱中國文學對於「物」之處理乃寓於固有類應的認識框架，遊記文學的客觀描

——選自《臺灣文學研究學報》第 19 期，2014 年 10 月

述，都在以抒情方式回應舊有文學的象徵體系。至於將親身的經歷、客觀的描述導至個人內在感受之探索，則為當代寫景文學的特質。參考鄭毓瑜，《引譬連類——文學研究的關鍵詞》。

鍾梅音的《冷泉心影》

◎司徒衛[*]

　　翻開散文集《冷泉心影》來，就彷彿置身在一間清潔而帶「人味」的房間裡，面對著一位坦率、慷慨、熱情而又多情的中年主婦，聽她滔滔不絕地談她的「思想、感慨、遭際、願望，乃至平日所見到的種種人間相。」有時眉飛色舞，妙語如珠，有時也滿面愁容悲從中來。鄉居的日子縱然是寂寞，可是她向來就澹泊寧靜，樂於如此的生活。（她的生活實實在在包括了家庭生活的全部。）她活得蠻有勁道與興味，連病痛也減少了；聽她的話題之多，談鋒之健，就可見到她「當年那種喜歡橫衝直撞的銳氣」，還依然完好無恙。據鍾梅音女士自己說，《冷泉心影》的產生，就「實在是因為鄉居無俚，夜坐寂寞，在與知己剪燭西窗的心情之下寫成的」。

　　鍾梅音女士是一位女作家，更是一位文雅的家庭主婦，她的寫作只為了排遣環境裡的「寂寞」，（毫不隱諱，多可貴的一份率直。）因此，我們就毫不感到奇怪：身邊瑣事幾乎成為她題材的全部。父母、兄嫂、妹弟、丈夫與孩子，全成為寫作的對象；下女和雞、鴨、小犬，也無不在她的筆下活龍活現。寫家族的有：〈父親的悲哀〉、〈未寄的信札〉、〈給——〉、〈弟弟〉、〈遙寄〉、〈吾兒〉、〈遙寄我父〉、〈嫂嫂〉等八篇，寫家庭生活中其他人與物的有四篇：〈阿蘭走了以後〉，以及用童話體裁寫成的〈雞的故事〉、〈飯桌上的童話〉與〈瓊尼〉。此外，友情（包括與她家庭建立的友情，）

---

* 司徒衛（1921～2003），本名祝豐，江蘇如皋人。文學評論家、散文家。發表文章時為臺北成功中學（今成功高中）教師。

在作者的生活中所占的分量並不輕，在作品裡可以見到：〈有朋自遠方來〉、〈十年〉、〈友情〉、〈孩子的朋友〉等四篇。其餘，寫的多是家庭生活中的情趣，如〈鄉居閑情〉，如〈賣蛋記〉。即使是寫景較多的：如〈十月小陽春〉，如〈冷泉〉；以及帶點敘事性的作品如〈家鄉味〉、〈人間有味是清歡〉等篇，也還脫不了這一範圍。家庭生活成為鍾梅音女士作品的全部天地。

　　身邊瑣事，有此時此地應否被採作文學題材的問題，記得曾經有人討論過。其實，重點在於作者本身生活的性質及態度如何，如果過的是有意義的生活，在筆下即使是表現的「瑣事」，也還能反映出真實的人生，或透露出時代的精神。但生活的內涵豐富，自然不是件件「瑣事」可以成為寫作的材料；如果只有瑣事可寫，或須藉「瑣事」才能體現他的主題；那末，怎樣的「瑣事」才能入選，體現怎樣的主題，這有關於一個作者的人生態度和文藝修養。文學題材可汲取處真是無限廣闊，寫作的自由也正是無可限制，身邊瑣事只可算是題材來源之一；原則性的談論它可否用來寫作，似乎還不免籠統。自然這裡並不存半點偏見；對現實生活廣泛而切實的體驗，對世界與人生清晰而深刻的觀察與認識，以及對文學修養與創作技能不斷的加深與提高，這還是根本的對一個文藝作者的要求。能如此，任何作者自將不會現出筆下的狹窄與侷促，甚至是貧乏；又豈會獨獨鍾情於生活裡的一些繁瑣、平凡的事物？《冷泉心影》裡的一些文字，和《我在臺北》裡的，恰好成為有趣的對照：家人、新居、閑情、友愛、下女、書札、家犬等等，兩個作者筆下的人、物與故事幾乎相差無幾，然而，幾十篇文章如混在一起，明眼的讀者也自能把鍾梅音與徐鍾珮的，清清楚楚的辨別。自然這不是「冷泉」與「臺北」這兩個產地不同，作品的口味各異；同樣多屬於「身邊瑣事」，但各自的人生態度與文藝修養，卻使之截然兩途。你會簡括地說：各有其獨特的風格。鍾梅音女士曾覺得「世上原來沒有那末多曲折離奇的故事可供寫作」，她讚賞「以不平凡的筆調，寫出最平凡的事實，」這或許可看出她對創作的看法，以及風格形成的原因之一端。

　　鍾梅音女士對家庭生活裡的形形色色，真是說得淋漓盡致，繪影繪聲；她說得又多，又快，又傳神；在你的眼中便覺得應接不暇，彷彿由於內容太豐富，你聽了後頭又忘了前面的；無法抓住它的中心。因此，作者的筆下不但有時顯得「鬆」與「散」；還不免感到她的主題需要經一度摸索，才能發現。這樣的例子，顯而易見。像在〈雞的故事〉這一篇裡，就很難看出，這篇童話式的作品是要表明戀愛的偉大呢？命運的無常呢？還是指出現代社會婚姻問題的畸形的一面呢？好像這些都有份，然而又並非如此。同時，作者的心情也是難以揣測的；在她聽到大雄雞還有「妻子」的時候，立刻感到「混賬！我勃然大怒」；看到「每當小母雞進餐時，牠老是乖覺地站得遠遠的側着眼睛覷着」，覺得「又好氣又好笑。」等到雄雞在大發牢騷說「造化從來嫉妒美滿的命運」時，她居然「無精打彩地」走進屋去。而當小母雞成為大雄雞的「外室」後，在「臨盆」時候，「大雄雞一聲不響地挺着胸脯站在她旁邊，左顧右盼地儼然像一個雄糾糾的衛士；」鍾梅音女士又會感慨地說：「……多負責呀，人類裏能有多少趕得上它啊！」在這些地方，全然摸不到作者的愛憎何在，以及感情發展的線索。這和主題的朦朧，應該同屬於思想上的模糊。就結構來說，如此一篇童話式的故事，似乎無須把現實的生活同它糅合摻雜起來描寫。（也並發現不到有何對比的作用在。）因此，把占著十頁篇幅的故事讀完後，對於文字上「散」與結構上「鬆」的感覺，就特殊鮮明。

　　此外，像在〈父親的悲哀〉裡，為什麼到底還愛父親同情父親？對於成為「棄婦」了的母親又是如何態度？它無法告訴我們其他什麼，只是顯示作者一段錯綜的感情而已。同樣的，連這段數經變化的感情發展，作者在結構上也沒肯安排個清楚。再如〈再婚〉這篇文章，主題是指出如此女性的遭遇是在「中國數千年來的家庭制度下最普遍的現象」呢？還是表明命運的播弄？或是人情的冷暖？黃太太如何又與丈夫「破鏡重圓」，作者固然是住院分娩，不知其詳，但遺憾的是，在結構上也沒能給我們作一番佈置，以致對黃太太如何在「產前就遷回故居，仍與婆太太同住；」以及從

有初期肺病象徵時的苦悶，到「臉色雖有點蒼白，却是豐腴如前」時的愉快；就免不了有突兀與驚奇之感。

　　應該是由於鍾梅音女士的談鋒之健，一些冗長的句子，常出現在她的字裡行間，就像是在匆忙中把幾句話併成一句說，免得占了她暢談的時間。這原是不足為怪的事；文字表現的方法也並不違背經濟這一原則；但是，如撇開文字在作品中其他的一切作用不談，詞句本身的職能，應該是明白而動人地表達出一定的意思。文句不論長短，都須同具有這一基本的職能。作者筆下的長句子，像：

　　　　母親跟父親的結合雖然是由於父母之命媒妁之言，却一直有着少女在戀
　　　　愛時期中的情操，對於為甚麼不在父親的職業穩定之後便立即實踐父親
　　　　行前的建議——帶了我們去和他住在一起的解釋，母親的回答是……

　　　　　　　　　　　　　　　　　　　　　　　——〈父親的悲哀〉，頁 9

　　　　……終於照樣能够自由翱翔於太空之中的羽毛尚未豐滿的小鳥，……

　　　　　　　　　　　　　　　　　　　　　——〈未寄的信札〉，頁 15～16

　　　　……願意冒着盛暑長途跋涉，從臺北不遠千里而來降臨寒舍使蓬蓽生輝
　　　　的，當然不是同窗，便是知己。

　　　　　　　　　　　　　　　　　　　　　　——〈有朋自遠方來〉，頁 18

　　　　……可是窗臺上那一堆小灝因為抽屜不够收容而擴展地盤到外面來的寶
　　　　藏……

　　　　　　　　　　　　　　　　　　　　　　　——〈我的生活〉，頁 53

　　這裡顯明的表現出文句構造的歐化；似乎一些直譯的文字所給與的影響更大。（鍾梅音女士說不定是一位具有優良外文基礎的作者，或是一位熱心的世界名著中譯本的讀者。）文句的適當歐化，本無可議論；只是文字裡語言的自然音節，或是文字背面的情緒的律動被它破壞時，作者不得不注意他的詞句，來保持本國語言自身的美點，來保全文字表達內容的職

能。不如此，歐化文句，便成為一種累贅的表現形式。作者顯出了她的疏忽。純文藝的散文對於文字語言的運用，須力求其精鍊，並不亞於詩。

我們再看作者的另一些文句。比如：

> 日子一多，也就懶得再與牠計較，只是當牠分食小母雞的米飯時，不否認是小器，由衷的厭惡也是事實，少不得要順手拿起門邊的長掃帚一揚，但那雄雞却機靈的很，只要一感覺低氣壓襲來，就趕快先跑開了。
>
> ——〈鷄的故事〉，頁26
>
> 我更愛在天邊殘留着一抹桃色的晚霞，暮靄已經籠罩大地的時候，等着鴨寶寶的歸來，差不多像時鐘一般準確——當上學的和辦公的都陸續回到家裏之後，你可以看見小溪的那一頭，遠遠地有一個白點出現了，這就是我們唯一的「披著白斗蓬的隊長」，領着它的隊伍正在向歸途行進……
>
> ——〈鄉居閑情〉，頁32

這裡，我們不但感到讀長句時的「吃力」，而且不免有一份茫然；似乎弄不清真正的意思，句子的重心也須加以一番尋找。在前者，26 頁上的一大堆句子裡，缺少了主詞「我」，便成了癱瘓；而後者，32 頁上的那幾句裡，既有了「我」，同時又還有第二人稱的代名詞「你」——它同樣居於主詞的地位；讀者便無所適從。這不是苛求或心存挑剔，文學既是語言文字的藝術，任何作者都須關心他的詞句。歐化的長句，在鍾梅音女士筆下所引起的不良影響，無論是修辭上或文法上的，我願有坦直的陳述。

與歐化相反的，是中國舊文學對於鍾梅音女士作品的影響；這不但體現在文辭上，而且在它的意境上表現。我曾經指出徐鍾珮女士作品內文言辭藻的運用，然而，那僅僅是辭藻方面的，舊文學還未影響她的思想與感情，她無法獲得中國舊文學中的那些意境。這又是這兩位女作家相似而又不同之處。

　　作者「在十一歲那年的夏天」，就聽到她父親在給她講「大學」了；在十歲生日的那天，父親送給她的禮物，就是「一套珂羅版精印的國畫」；鍾梅音女士是在這樣的環境裡長大的。她雖然承認的是國畫給她「畢生的性格留下極深的影響」，「在長久的薰染陶冶之中」，養成了「一種澹泊寧靜的性格」；但是，可以想見舊文學給予她的影響，也同樣深刻而擴大。如要得到證明可以看下列一段：

　　　　我們愛到山林中遨遊，垂釣，也愛在明窗下寫讀，縫紉；每當興至，便邀約三數知己，或冬日圍爐，烤芋蒸糕，或夏夜談心，調水削藕；「問答乃未已，呼兒羅酒漿。」是何等款洽的氣氛？「待到重陽日，還來就菊花。」是何等親切的情懷？「人散後，一鉤新月天如水。」又是何等幽遠的意境？

　　　　　　　　　　　　　　　　　　──〈人間有味是清歡〉，頁105

　　這全然是舊文學中的境界；在辭句上更直接地運用了文言的詞彙，爽快地嵌入了舊詩舊詞。像〈鄉居閑情〉、〈雨〉、〈人間有味是清歡〉等篇，以及其他各篇中寫景的片段，便充滿了這些舊詩詞的情調。〈雨〉這一篇，幾乎全由舊詩詞的句子編織成的。鍾梅音女士風雅的性格，和她目前濱海的鄉居生活，真是相得益彰！因此，她的「心影」除了家庭瑣事之外，多的是「風花雪月」的反映。這也說明了一點：她的散文集裡為何存有不少「言志」的文章。

　　因此，作者的愛好寫景，就成為自然而然的事。在一些色彩繽紛的插寫裡，由於過分受舊詩詞影響的牽累，往往顯露出雕琢與刻畫的痕跡；缺少生命的光輝。（這又正與王文漪女士的喜愛寫景，相似而又不同。）試看：

　　　　我想起這時鄉下深藍的天空，淡雲掃輕，如鶴羽，如輕綃，近海的地平線上，疊滿了重重的晚霞，金黃顯得明麗，桃紅透着幽艷，嵌着一圈一

圈雪白的銀邊，映着層巒遠岫，樹烟含翠。清流一泓，波光漾碧，農夫
趕着牛車涉水而過，浪花四濺。

——〈無題〉，頁 93

你可曾看見過月亮從烏雲裏露出半個臉兒的情景？我彷彿在黃昏的花園
裏看見過，——一朵掩藏在葉底的嬌媚的白玫瑰，然而不及月的皎潔；
又彷彿在古畫裏看見過，——一個用團扇遮面的含羞的少女，可是不及
月的瀟灑；那麼超然地、悠然地、在銀河裏凌波微步。

——〈鄉居閑情〉，頁 32

　　這裡，又須加以說明的是：文言詞彙適度地加以吸收與運用，可以進
一步豐富我們的語言；這並無錯誤；如果一定要把文言的用語機械地嵌進
作品中去，或是用以替代活的語言，那卻是不必要的與無足稱道的。對於
作品中舊詩詞境界的體現，本也無可置評；——任何一個作家有他自己的
人生態度、教養與創作自由。只有在作品必須體現時代精神及擔負時代使
命這兩點意義上，作者對於舊文學在作品上（尤其是內容上）的影響，就
必須加以考慮與檢討；至於求其作品內容上的思想、感情、意志和信念的
和諧與一致，猶其餘事。

　　讀完《冷泉心影》，就彷彿和一位文雅、善談、而又好客的主婦告別，
對於她的慇懃款待和高雅流暢的談吐，留下的印象極深。除此而外，還會
領略到一層深厚的人情味。這人情味在如此亂離的歲月，令人感動而又神
往！沉浸在人情味中，我們才活得更加健壯；為了保持這社會與世界上的
人情味，我們往往不惜付出生命這樣大的代價。你說我對鍾梅音女士作品
裡的人情味，有十分的愛好麼？是的，我特別欣賞的是：〈十年〉、〈弟
弟〉、〈阿冬的小情人〉和〈孩子的朋友〉這幾篇。

——選自司徒衛《書評集》
臺北：中央文物供應社，1954 年 9 月

鍾梅音《冷泉心影》
女作家在地書寫

◎應鳳凰

　　蘇澳「冷泉」乃宜蘭風景名勝，鍾梅音 1948 年自大陸來臺，很幸運地住進這濱海小鎮。居處偏僻雖不免寂寞，但朝夕與大海為鄰，帆影濤聲，松風鳥語，提供作家絕佳書寫環境，得以全副精力創作。《冷泉心影》精選三年來發表在各報短文 30 篇，追憶往事，記錄鄉居閒情，抒發來臺所見所思，感情細膩，文字親切有味。

　　1950 年代臺灣出現大批女性作家，散文、小說量多而質精，橫掃讀書市場，令男性作者刮目相看。陳紀瀅在書序提到：「我們的女作家替這時代貢獻了她們特別豐富的情感和思想，燦爛了自由中國文學史篇。」此語帶有三分弔詭；眾所周知，戰後各版「臺灣文學史」無不將這「十年文學」歸入「反共戰鬥」時期；解嚴前後兩岸男性史家眼中，女作家關心的是「婚姻愛情，家庭瑣事」，眼光短淺，「不管國家興亡」，不能反映偉大時代。

　　《冷泉心影》便是道地一本「身邊瑣事」散文，書中各題目是最好說明：〈雞的故事〉、〈鄉居閑情〉、〈賣蛋記〉、〈阿蘭走了以後〉、〈閒話臺灣〉、〈遙寄我父〉、〈礁溪半日〉……在地書寫正是此書特色，也是戰後來臺女作家風格特徵：她們的文本流露「臺灣新故鄉」落地生根的思維。

　　有別於城市作家，鍾梅音住濱海的蘇澳，鄉居淳樸，有園地可種菜。《冷泉心影》作為書名，書裡並無一篇同名文章，只是讓地名反映在書本上，就像她把第二部文集取名為《海濱隨筆》一樣。鍾梅音究竟住在宜蘭蘇澳什麼地方？書中有段精采導覽：

蘇澳是臺灣東北部的一個小小港灣，南方澳與北方澳像兩隻蟹螯，將海水彎彎地圍將過來，我的家，便是螃蟹的一隻眼睛。

多好的描寫，日日能與藍海為鄰，又是多麼幸福。鍾梅音（1922～1984），福建人，在北京出生。念過湖北藝專、廣西大學文法學院，雖因戰亂未正式畢業，一樣造就她能寫能畫、多才多藝的生活。來臺後曾主編《婦友》月刊、《大華晚報》副刊，主持電視節目「藝文夜談」，很活躍於戰後初期文壇。她出版的眾多書籍中，名氣最大的，當是環球遊記散文，風行書市多年的《海天遊蹤》，談戰後臺灣「旅遊文學」祖師奶奶，鍾梅音該當之無愧罷。

——選自《文訊》第 337 期，2013 年 11 月

寫在《母親的憶念》前面

◎蘇雪林*

　　離開大陸整整三年，又回到祖國懷抱的我，第一件教我驚奇而又高興的事，便是自由中國新文藝進步之速，用「一日千里」四字來形容是絕不嫌其過分的。不管那種報紙的副刊，不管那種雜誌的文藝園地，都可以讀到一些短小精悍，如珠如玉，而涵蘊又有相當之深的文章，形式和內容都勝過五四以來任何時代。而且有個朋友告訴我：近數年以來，自由中國新出女作家甚多，她們修養的深湛，技巧的精鍊，不但目前可與男作家平分秋色，將來尚可易幟中原，接替過去許多有名女作家的地位。聽了這番話，我對女作家的作品便特別留心起來，見這些姊妹們的文字，果然都寫得綺麗細膩，活色生香，特有女性之美，而最先蒙其以作品相投贈，並最先蒙其惠臨相訪者，則為散文作家鍾梅音女士。

　　梅音第一集散文《冷泉心影》現已再版，其筆墨之清新雋永，耐人尋味，本已有口皆碑，在文化胃納素來欠佳的臺灣，居然有再版的機會，可說是很不容易的一件事，也就證明了該書正確的評價。現在她的第二集散文《母親的憶念》又將付梓了。這個小小集子裡二十幾篇文章，我大都在《中央日報》副刊、《暢流》那類刊物優先拜讀過，現在再讀她送來此書的校樣，仍感到初讀時的喜悅，可見此書動我如何之深。

　　或者有人要說作者所寫文字，無非是一個歲月過得相當清閑，而生活也相當舒適的家庭主婦的身邊瑣事。集中所有無非是雲呀、月呀、花呀、

*蘇雪林（1896～1999），安徽太平人，學者、散文家、小說家。發表文章時為臺北省立師範學院（今臺灣師範大學）國文系教授。

樹呀、雞呀、狗呀、丈夫呀、孩子呀、油鹽柴米的日常呀、清遊雅集的快
樂呀，這類文章無論它寫得怎樣美妙，多讀了也會使人膩得發慌。作者在
生活小圈子裡，一味放開她甜潤的歌喉，歌唱她個人的幸福，對於世界風
雲的緊張；大陸人民水深火熱的痛楚；宿業牽纏，欲求桎梏，人類共同命
運的悲慘，她何嘗有所體會？她的筆底何嘗有隻詞片語的出現？這類文章
是所謂「案頭清供」一類的玩意兒，只能供有閑階級的流連晤對，摩娑賞
玩，生活於這個充滿火藥味、血腥氣的大時代的人，讀了是不能感到什麼
興趣的。這話或可以反映某些讀者的心理，但絕不能代表一般讀者的意
見。要知道一顆沙可以包涵四大海水，一粒粟可以湧現大千世界，只須你
具有心靈的眼睛，所謂慧眼也者，在這些表面上似乎近於風花雪月的小文
裡，仍可以看出血淚模糊的時代悲劇，仍可體會到悲歡離合的人世辛酸，
更可味嘗到一種成熟智慧所結晶的人生哲學意味。

　　我國文字無論韻散，均以簡短為貴，唐宋古文很少在千字以上，或以
為中國人應該都是小品散文的專家，其實那些文章只能說是篇幅緊縮了的
大文，而不能算是真正的小品散文。自西洋文藝思潮流入中國，小品散文
也湧入學校社會之間，作為研讀外文的材料，但翻譯方面只注意她們的小
說戲劇或長篇學術論文，很少有人以介紹小品散文為事者，所以我們文學
界也很少有人能作出真正像樣的小品散文。過去林語堂先生對於小品散文
的提倡確曾盡過一陣相當大的氣力，他替小品散文劃出無數定義，又辦了
無數文藝雜誌——即我們所戲稱為「風」的雜誌——專刊國人習作的文字
以為示範。但大約因為我們幾世紀的習慣難於驟改之故，好的小品散文仍
然產生不多。直到我們撤退到這寶島上來以後，報章雜誌的篇幅講求經
濟，作家也不能不遵從約束，語堂先生從前播下的種子，現在才黃雲萬
畝，結出豐富的果實來了。而梅音散文我嘗許為正合乎語堂先生所提倡小
品散文標準，有我給她的信為憑。過去語堂先生之提倡小品散文曾飽受左
派文人「小擺什」、「有閑階級的玩意」一類別有用心的攻擊，現在文壇對
於語堂先生的誤會似仍未盡消除，這都是左派文人的遺毒，我們非極力予

以澄清不可。倘有人見了絮語家常的文字，而即擺起衛道的臉孔來，我不知別人意見如何，我個人卻要惋惜他中左派的毒太深，無心替他們作傳聲筒、廣播器而不自知！

況且家庭生活又何嘗容易寫？前幾時偶然在某報上看到一篇替女作家作品辯護的文字，大意是有人輕視女作家，以為她們所寫大都是身邊瑣事式的文章，這是不知寫作甘苦之論。要知道畫鬼神易，畫犬馬難。鬼神無論怎樣畫得 璋連犿，不過是些空中樓閣，只須有點想像力便可隨意亂塗；而犬馬則須就實物觀察，大小精粗，都有固定的輪廓，差錯一點兒便會教人看出。我們女作家之寫身邊瑣事也如畫家之畫犬馬云云。我近來正利用神話題材嘗試著寫些不像樣的小說，讀了這段議論，頗覺惶愧，而且也深以為然。假如寫文章的手腕是可以換的話，我是很願意將自己一雙手去同梅音兌換她那一隻可愛的手的。但梅音卻不屑於同我換，那是當然之理不必多說的了。

談到手，我又想起作者這本集子裡〈我的手〉那篇文章來。作者是個天分頗高的人，她的文章與其說得之於學力，不如說得之於性靈。我想讀她作品的人都能獲得這種感覺。因其資質聰明，天然多才多藝，她的鋼琴彈得頗有功夫，可惜我對音樂素係門外，現在固沒有機會聽她彈奏，即使將來有機會聽，也絕不會欣賞。對繪畫則因自己也曾進過幾天藝術學校，略能懂得一點皮毛。梅音從畫家孫多慈女士學畫，經過短期木炭的基本訓練，居然能畫出很圓熟的人像、靜物、風景等，使我驚羨不已。你看她〈我的手〉那段文章：

……管他呢！我的手原不是留著給人欣賞和親吻的，我的手是要拿出來做事的。提起這些，它不值得驕傲嗎？除了鋤頭、糞勺，它不但拿起筆來可以寫文章；而且拿起鍋鏟，它能煮出可口的食品；拿起針線，它能縫出合體的衣裳；它在鋼琴上彈過動人的曲調，也曾在畫板上塗過美麗的山水；它愛撫著丈夫兒女，也愛撫過負傷的戰士；乃至愛撫過一切我

所愛的人，使他（她）們快樂與幸福。這，寶石鑽戒又怎比得上它的光
輝？

這話或者有人覺得她過於自負吧？然而這正是天才的自負。從來對於
自己天才的了解，是沒有比作者本人更深澈、更明白的！

——民國 43 年 4 月 17 日於臺北師院

——選自鍾梅音《母親的憶念》
臺北：復興書局，1954 年 4 月

讀《海天遊蹤》

◎子敏[*]

　　女作家鍾梅音，前年秋天「環遊世界 80 日」，走過 13 國，逛過 25 個名城的大街，寫下了 25 萬字的文章，出版了兩冊「由自己設計，安排，督印」的漂漂亮亮的遊記，可以說是一次豐收。遺憾的是，她無意中停落童話王國的大門口（哥本哈根機場），卻因為不巧的原因，沒能進門拜訪人魚公主、醜小鴨和賣火柴的女孩，就又匆匆忙忙的起飛了。

　　一個作家，長年關在「格子」籠裡磨筆尖的結果，必定會把「派克」磨成「五彩筆」（楊思諶的一本書名）。那時候，她對讀者最好的「副貢獻」，應該是用那枝五彩筆畫一幅「世界萬里圖」。那就是擱下筆出去看看地球，再回來寫一部遊記，只要機會許可。鍾梅音女士獲得這樣的機會（一次愉快的銀婚旅行），兩冊《海天遊蹤》就是她畫出來的「萬里圖」。

　　讀「文學的遊記」和讀「知識的遊記」感受大大不同。讀知識的遊記，是讀「地球照片」。讀「文學的遊記」，是讀「地球畫」。「文學的遊記」是「有個性的遊記」，它的「地球畫」是一種「有風格的繪畫」。因此，作者的思想，作者的感受，作者用來寫遊記的那枝五彩筆，作者無意中勾畫出來的細節，作者偶然所談的風趣的題外話，都能使讀者含笑會心。

　　久居倫敦的人，沒資格寫倫敦遊記。因為對他，倫敦只是個吃飯，睡覺，賺錢養家的地方。他所寫的倫敦，一定充滿「事務感」。「杜拉佛加」廣場，也許只是他陪太太買毛皮大衣回家，路邊吵嘴的地方而已。寫倫敦

---

[*]本名林良。作家，發表文章時為《國語日報》出版部經理，現已退休。

的最好的方法，是先離開倫敦，設法先和倫敦「陌生」，先使倫敦「在心裡新鮮起來」，然後才能寫出倫敦的「真」面目。

因此，「老遊子」的遊記，通常給人的反倒是一種「模糊的印象」。一個地方的「神祕的帷幕」，只給初次會面的「新遊子」揭開一兩天。過了那「黃金時刻」，代表那地方的特色和韻味的「曇花」就謝了。

鍾梅音女士這次去看「曇花」，在「曇花未謝」以前就「速寫在心裡」，又趁「心裡的曇花未謝」以前，「速寫在格子紙上」。因此，她的遊記能給人一幅「有個性的世界萬里圖」，值得我們欣賞。

鍾梅音女士是一位女作家，同時也是一位盡職的家庭主婦，又是本版的出色的撰稿人。她的兩冊《海天遊蹤》，等於是「一位好母親、好妻子的銀婚旅行的文學的報告書」。很值得向本版讀者推薦。

民國 55 年 4 月 29 日

——選自洪炎秋、何凡、子敏合著《茶話（第二集）》
臺北：國語日報社，1976 年 11 月

臺灣現代散文女作家筆下的父親形象（節錄）

◎鄭明娳[*]

　　父親是女兒生命中第一個認識的男性，成長中她逐漸在父母身上認知男女之別、在父親身上逐漸理解男性的特徵。因此父親的總體印象也大為影響日後女兒對男性的看法。比方說，在寡情父親的身教下成長，女兒容易過度保護自己、不能放懷愛人。父親如果移愛於外室，冷落糟糠，女兒容易對男性缺乏信心，在鍾梅音〈父親的悲哀〉[1]中，父親娶了外室，母親哀痛欲絕，女兒則「不但痛恨父親，並且痛恨世上所有的男人」。但是，老一輩女作家仍然接受父親的家庭地位及他應得的敬愛，所以本篇結尾仍然回到對父親的歉疚與懊悔。

　　鍾梅音〈父親的悲哀〉是老一輩女作家中題材較為獨特者，文中的父親因娶細姨而不為女兒諒解甚且痛恨，並時常作梗以使老父傷心，女兒直到最後才愧悔莫名。文中父親的言行仍是多由女兒介紹出來，父親性格的特徵如「個性剛強、思慮縝密」等，都未曾以行動或語言來呈現，反而顯示父親性格的模糊，這是早期散文的普同現象。張秀亞在多篇散文中敘寫父親，但是讀者並不能歸納出乃父的具體形象。琦君、羅蘭等記載父親的事情較多，但也是以介紹為主，讀者仍然難以掌握其人物個性。

——選自鄭明娳《現代散文現象論》

臺北：大安出版社，1992 年 8 月

---

[*]發表文章時為臺灣師範大學國文學系教授，現為東吳大學中國文學系教授。
[1]鍾梅音，《冷泉心影》（臺北：重光文藝出版社，1971 年）。

臺灣新故鄉

五〇年代女性小說（節錄）

◎范銘如[*]

　　1950 年代初期，不是還在蔣介石提出「一年準備，兩年反攻，三年掃蕩，五年成功」（1950 年）的保證期限嗎？全島軍民不是都在為反共復國而臥薪嘗膽、秣馬厲兵嗎？為什麼劉枋和徐鍾珮這兩位跟隨國民政府遷臺的女作家，一個坦臥榻榻米上，怡然自得，[1]而另一位看到的反共堡壘洋溢著歌舞昇平的太平氣氛呢？[2]到底真相是什麼？還是真相從來就不只一種？

　　1940、1950 年代是臺灣近代史上一個重要的轉折。一方面社會政治上面臨劇烈的轉變，人口結構在一波波撤出、移入中進行重整和調適、文學上也因正式回歸到以中文為主要創作媒介，造成臺灣文壇的大洗牌。在這個幾乎各方面的秩序都在瓦解和重新建構的時期，島上的舊居民和新移民也都必須在混沌和混亂間探索建構自身的主體性，並在族群間碰撞出共存的各種方式。不管是衝突對立，還是妥協包容，互動對話其間迸發出的複雜性和多聲部豈是「全民一心，反共復國」這個官方論述所能粉飾？當臺灣本地菁英因為文字和政治的因素，自願或被迫地暫時在文壇上噤／禁聲時，大陸移民卻得以占語言優勢，記載一些族群接觸交流的點滴，再現新移民在這塊土地上初期的摸索過程。

　　對大陸移民來說，經過 50 年日本統治的臺灣，風土意識早已不同於中原。名義上，臺灣雖是故土，實質上不啻異域；臺灣同胞號稱舊雨，無異

---

[*]發表文章時為淡江大學中國文學系副教授，現為政治大學臺灣文學研究所教授兼所長。
[1]劉枋，〈陋室〉，《千佛山之戀》（臺北：今日婦女出版社，1955 年），頁 65。
[2]徐鍾珮，〈寫在前面〉，序臺灣重版的《英倫歸來》（臺北：重光文藝出版社，1954 年）。

新知。同源同種的熟悉面貌，彷彿預告著重逢的種種展望，異言異行的陌生文化，卻又彰示無法溝通的重重障礙。當新移民隨同國民黨來臺的同時，他們遭逢的本省同胞，有著如此曖昧弔詭的身分。同自故鄉來的內地同胞，即使曾有相似的生活背景，卻也容易因時空置換，彼此的差異性已大於相同性，而故情不再。孰親孰友？異質同質？身分認同危機在戰後臺灣文學的第一頁中即被質詰，為往後數十年來明裡暗地的身分論述揭開序幕。

　　值得注意的是，最早思考書寫這個歷半世紀未解的族群問題的，是在當時文壇上相當活躍、卻幾乎在當代文學研究中被淡忘的女作家群。1940年代開始在臺嶄露頭角的大陸作家中，女作家是質量都不容忽視的一群。仔細淘瀝歷史文獻，我們當可發覺，這一批具有強烈性別意識的女性知識分子，文本中探討的主題時而逸出官方限制。她們的作品，固然也有大量呼應當時蔚為主流的「反共」和「懷鄉」文學，卻也有部分創作開始以臺灣為背景，描寫斯土斯民的生活現象。更重要的是，她們的文本不僅正視、討論到島上的性別和省籍的議題，並且流露出落地生根的意願。她們書寫的重點在於思量在此重建家園的困境與方法，而非弔念和重返失樂園。

　　「家鄉」觀念的轉變，是 1950 年代女性文學迥異於當時主導論述的明顯特色。本文將藉由空間閱讀法析論，在女性文本中，臺灣從一個暫時寄安的蠻荒落腳處，蛻化為一個長居久安的新家園。對女性而言，尤其是重新發展的立足點。一部分的女性小說著重探討的，是當來自故鄉的舊交們在臺重逢，前情舊夢一一粉碎以後，女性如何從固有的主體性和意識形態下解套，尋求再建構的可能。另一部分女作家則留意到了省籍議題的重要性，藉由「通婚」這個最基本直接的交匯象徵，探究族群身分的衝突與融合問題。在新舊移民的互動對話中，為臺灣塑造出一個共有的新故鄉雛形。當官方意識形態還停留在將臺灣設定為反共的跳板時，抵臺的女性作家已然放下行李，思索著新居布置的問題了。

雞兔同籠——世代面臨的代數難題

女作家們對臺灣這塊土地已經產生某些認同，儘管情感上不能與過去截然而分，對現時現地的生活狀態卻是肯定的。但是立足在不同的位置和地理環境上，她們的性別身分與省籍身分，在新舊文化空間的變換衝擊下，是否也將發展出不一樣的身分敘述？甚至改變新空間裡原有的結構配置？

詹姆士・克里佛（James Clifford）在他影響深遠、廣為引用的〈旅行文化〉（Traveling Cultures）一文中指出，外來者往往只專注於他觀察的文化中最穩定、純粹的部分，忽略了文化如何在接觸其他文化時所產生的化學變化。[3]外來者以為所觀察的是一個「穩固」的空間，但是空間裡的他者也許正因觀察外來者而有所變化；在接觸他者的文化時，外來者往往也改變了自己原來的文化位置。弗瑞蒙在空間閱讀法的介紹中，一再申明身分與空間的一連串關聯。身分敘述要求心理和身體透過空間的移位、越過某種疆域與他者接觸，經由與異文化的相較後才能產生知覺。但是經過異文化接觸，身分已經不是「原來」，而是「混種」的身分了。弗瑞蒙因此斷言，文化混種正是所有文化的特質——語言、食物、藝術、宗教、社會習慣——而且經常是不均衡勢力的產物，儘管所有的文化都假裝自己有質純正一的本源。在任何社會中的每一個個體因而都是「多文化」的產物。[4]離家，正好開啟與異文化互動之門，叛離國家機器的意識形態統治、階級和性別的根本認同，瓦解、移動總體化思維模式與社會箝管機制。

1950 年代大陸移民來臺的意義是雙重的、曖昧的。一方面它是倉皇、被迫的逃離，一方面也有接收、開墾失土的意涵。執政者一方面將臺灣依中國「圖誌化」，讓北平、南京、重慶等故城變為街道符號再現失土縮影，

---

[3]James Clifford, "Traveling Cultures" in *Routes: Travel and Translation in the Late Twentieth Century*（Cambridge: Harvard University Press, 1997），pp.17-46.

[4]Susan Stanford Friedman, "Telling Contacts" in *Mappings: Feminism and the Cultural Geographies of Encounter*（Princeton: Princeton University Press, 1998），p.135.

一方面又要建設臺灣為模範省去解放大陸。簡單地說，臺灣要照著老家的模式建造，然後再拿這個新家的模式去改造老家。這種自相矛盾的邏輯只說明了一件事：從大陸移植過來的文化敘述必須是選擇性、片面性，甚至是虛構性的。被「扭曲」的故鄉文化在臺灣這個地理空間裡衍生出的新作用及解釋，也許連大陸移民都感到陌生。當移民者面臨著「我們」共有的文化敘述在臺逐漸變質時，他們的身分認同是否還能「依舊」？

「他鄉遇故知」是中國傳統論述中的人生四大樂事之一。故知不僅是共同分享過往歷史與經驗的人，更是生命中的見證，故知象徵生命的穩定和延續。1950 年代的移民在歷劫來臺後，與親友異地重逢，應當是悲喜交加，從此更緊密團結才是。然而這個傳統樂事，在女性小說中卻時有變相的闡述。

重相逢的作用是讓新舊時空在恍如交疊的瞬間顯現差異。讓橫跨兩個時空的主體在觀看對方的改變時，知覺自己的變動。彼此的位置在各自移動後，已經不再協調，甚至產生對立。曾經認同的（欲望）對象既已更改，主體對自我身分的定位如何能如既往？弗瑞蒙教授在論證身分論述時曾指出，文化身分不只要求分得清「異類」、「己類」間的差異，它同時要求分辨「己類」間的相同性是什麼。[5]換言之，當「我們」之間的同質性逐漸瓦解時，主體原本分別「異類」的立足點即不足憑藉。主體的身分認同勢將進行再建構。

在近年來的社會政治論述中，似乎偏向將族群簡易二分，將解嚴前的外省人形容為強勢、壓迫者，本省人則為弱勢、反抗者，彼此因權力分配不均而種下至今糾葛的省籍情結。不同政治立場的學者對族群強弱傾軋的歷史自有其評斷，本文不敢妄言。然則將省籍二分的慣例，其實忽略了外省人之間也有多重族群（例如所謂的「邊疆」民族等），正如本省人也包含多種族群（福佬、客家、九族原住民等），各族裔間的資源分配或爭奪並不

---

[5]Friedman, *Mappings*, p.19.

能「省略」為絕對的強弱。二元對立的論述其實更容易簡化族裔的多元性及其互動中的複雜性，再度強化島上族群的問題。尤其不容否認的是，族群交接互動中並不乏善意，不少外省移民也同樣為了民主理念成為高壓政治下的受難者。而雷震、殷海光等外省菁英倡導的自由民主思想帶給臺灣政治和學術圈的貢獻，則是有目共睹。

同樣地，由 1940 年代到 1950 年代的女性小說中，我們也看到了外省移民對本省居民的關懷，以及流露出希望族群融合的欲望。鍾梅音寫於民國 39 年光復節的〈閒話臺灣〉是一篇很好的例子。在前半段散文，她肯定臺灣的風土與物產甚於內地，而她眼中的本省同胞大多「忠厚淳樸，不尚虛偽，假使他們肚裏不高興你，絕不會在臉上跟你裝出『相見恨晚』的表情，反之，他們是誠心誠意地和你交往」。[6]這段文字，與其視為客套話，不如說是開場，先鋪陳本省同胞的優點，以便為之請命。因為下半段筆鋒一轉，婉轉地批評了政府社會福利政策的局限性。鍾梅音更引述一段與本省友人的對話：她慨歎住在盛產水果的臺灣，竟吃不起水果；友人答說比日治時代水果必須運往外地，想吃都吃不著強。本省友人充滿民族情懷的「官腔」令她十分感動，但是鍾梅音還是認為日治時代的「吃不著」與光復後的「吃不起」並無太大的差別。她繼續寫下頗具左派思想的論述：「許多東西在產地本來便宜，只因介於生產者與消費者之間，存在着囊括雙方膏血的剝削階級，以致消費者既然『吃不起』，生產者亦復辛苦經年難獲一飽。」[7]

這段文章在今日看來也許平常，但在剛剛撤退來臺的翌年，即以馬克思色彩強烈的說法批評患有恐共症的國民政府及其資本主義政策，為本省同胞進言，實不可謂不激進，尤其發表日期選在原應歌功頌德的光復節當天！新移民對舊居民的善意溢於言表。

---

[6]鍾梅音，〈閒話臺灣〉，《冷泉心影》（臺北：重光文藝出版社，1954 年），頁 101。
[7]同前註，頁 102。

結論

　　重讀戰後第一代女性文本，我們在 1950、1960 年代文學史的單音神話外，聽到了久被湮沒的話語。在反共懷鄉的高分貝下，不少女作家輕巧地把家的座標挪置於臺灣。在新的空間配置結構中，她們頻頻發聲捍衛自己的性別及書寫身分；也紛紛允許文本中的女性切斷故土前塵的羈絆，趁著固有象徵秩序的斷裂空檔，尋覓、設定新的身分定位。當她們檢視大陸移民在新舊空間裡彼此關係的微妙變換時，她們也正視到島上不同族群文化的遭逢與衝突。透過通婚，她們企圖泯滅省籍的界線與隔閡，在文本的象徵性空間中，建構起和諧共生的新家園。

　　回顧早期女性小說中解決省籍矛盾的策略，當代的讀者難免嗤之以天真和一廂情願。畢竟，群族融和這個絕大多數地區都面臨到的棘手難題，非經年累世的多方溝通與努力不足以致之。通婚所能帶來兩家族的和解和睦，終究只是文本中投射的欲望。1950 年代女性文學留給我們的，與其說是她們思考、促進族群文化交融的策略，不如說這些女性文本本身正是異文化匯集下的結晶，蘊含著主體觀看、辯證自我與己／他類、家／異鄉間的往返蹤跡。筆者以本省籍身分閱讀析釋外省作家的文本，本篇論文也正是異文化接觸下的產品，在特定的時空位置上，充當不同立場論述對話折衝的境域。

　　本文企圖塗改省籍二分論述的做法，也許將招致兩面不討好，甚至兩面夾攻的局面。本文主題的取向似乎也很容易惹來政治性聯想，誤以為是呼應某種特定意識形態。其實當臺灣這個能指近年來在各政治人物創造出的新意指間延宕、衍異時，正是一再暴露關於臺灣本質性論述的破綻。本文如果說有任何政治性意涵，在於質疑為何在今日看來非常政治性的 1950 年代女性文本，會一直被標籤為「不反映現實」？為什麼女性小說中探討臺灣本土上的性別及省籍議題，輕易被強勢論述消音，一概只聞懷鄉與反共？在「不政治」的表象下，女作家的書寫臺灣是否正是一種激越的政治

性？她們對性別和族群問題的思考及解決方式即使過於單純，但是她們至少在遷臺初期即注意到問題存在，並且嘗試提出對策。畢竟，忽略問題，只會更加劇問題。探勘 1950 年代女性小說，我們在看到大陸女性如何定位，思索臺灣這空間文化的同時，更察覺到性別、族群和文本政治在這塊空間裡運作合謀的痕跡。

本文原發表於「中國女性書寫國際學術研討會」，淡江大學中文系主辦，1998 年 5 月 1 日。並收入淡江大學中文系主編，《中國女性書寫——國際學術研討會論文集》（臺北：學生書局，1999 年），頁 349～380；《中外文學》第 28 卷第 4 期（1999 年 9 月），頁 106～125；梅家玲編，《性別論述與臺灣小說》（臺北：麥田出版社，2000 年），頁 35～65。
國科會補助之研究計畫編號：NSC88-2411-H-032-006

——選自范銘如《眾裏尋她——臺灣女性小說縱論》
臺北：麥田出版公司，2002 年 3 月

輯五◎
研究評論資料目錄

作家生平、作品評論專書與學位論文

學位論文

1. 張詩宜　　反共文學之外的另類書寫——以五、六〇年代三位女作家為分析對
　　　　　　象　成功大學臺灣文學所　碩士論文　應鳳凰教授指導　2004 年 6
　　　　　　月　118 頁

本論文選取的潘人木、徐鍾珮、鍾梅音 3 人為例，探討其作品的表現脫離官方文藝
政策——「反共文學」、「戰鬥文藝」的範圍，突顯出 3 人與「反共文藝」不同的
地方，以新的角度重新思考女性作家在五〇年代文壇上的意義。全文共 6 章：1.緒
論；2.國家文藝體制下的臺灣文壇；3.筆的兩端——縱橫小說創作與兒童文學的潘人
木；4.新聞的心、文學的筆——徐鍾珮的文學世界；5.摯愛人生、鍾情文學——鍾梅
音的創作世界；6.結論。文後附錄〈三位女作家著作年表（以五、六〇年代出版為
主）〉。

2. 邱吉汝　　鍾梅音及其散文之研究　銘傳大學應用中國文學系碩士在職專班
　　　　　　碩士論文　汪娟教授指導　2008 年 7 月　263 頁

本論文探討鍾梅音的生平、創作及其散文的意涵與藝術的表現。全文共 6 章：1.緒
論；2.鍾梅音的人生經歷；3.鍾梅音的寫作生涯；4.鍾梅音散文的主題內涵；5.鍾梅
音散文的藝術分析；6.結論。

3. 王彥玲　　鍾梅音散文題材研究　淡江大學中國文學系在職專班　碩士論文
　　　　　　呂正惠，蘇敏逸教授指導　2008 年　167 頁

本論文探討鍾梅音的一生經歷及其創作生涯，透過作家生平逐步剖析其與作家作品
的關聯，並希望藉此研究，凸顯作家於文壇的特殊定位。全文共 7 章：1.緒論；2.鍾
梅音的生平經歷與文學創作觀；3.親情與懷鄉；4.搬家與居家；5.婚姻與兒女；6.海
外遊蹤；7.結論。正文後附錄〈鍾梅音生平年表〉。

4. 李雅情　　徐鍾珮、鍾梅音遊記散文研究　東海大學中國文學系　碩士論文
　　　　　　李金星教授指導　2008 年　180 頁

本論文主要研究徐鍾珮和鍾梅音的遊記散文，並以徐鍾珮和鍾梅音的生平對創作的
影響為主軸，分析二人在遊記創作上所展現的文學藝術，及在臺灣女性旅遊文學中
的地位。全文共 6 章：1.緒論；2.徐鍾珮生平及其創作；3.鍾梅音生平及其創作；4.
徐鍾珮、鍾梅音遊記書寫之比較（上）——臺灣遊記部分；5.徐鍾珮、鍾梅音遊記書

寫之比較（下）——海外遊記部分。正文後附錄〈徐鍾珮・鍾梅音生平年表〉。

5. **許婉婷　五〇年代女作家的異鄉書寫——林海音、徐鍾珮、鍾梅音、張漱菡 與艾雯　清華大學臺灣文學研究所　碩士論文　賀淑瑋教授指導 2008 年　175 頁**

本論文分析五〇年代女作家的異鄉書寫，在政治影響下，作家一方面「異域化」臺灣，另一方面強調「在地化」的臺灣經驗，交融出既保守又前衛的文學思想與多面向的創作態度。全文共 5 章：1.緒論；2.五〇年代國家文藝體制下的女性文學；3.臺灣不在場——女性的失落故園想像；4.臺灣「新」故鄉五〇女性文本的延異空間；5.結論：女性書寫空間的位移。正文後附錄〈林海音、徐鍾珮、鍾梅音、張漱菡、艾雯生平著作一覽表〉。

作家生平資料篇目

自述

6. 鍾梅音　自序　冷泉心影　臺北　重光文藝出版社　1951 年 7 月　頁 5—6

7. 鍾梅音　《冷泉心影》再版後記　中央日報　1954 年 3 月 21 日　6 版

8. 鍾梅音　《母親的憶念》作者附記　聯合報　1954 年 4 月 25 日　6 版

9. 鍾梅音　作者附記　母親的憶念　臺北　復興書局　1954 年 4 月　頁 158—159

10. 鍾梅音　《遲開的茉莉》後記　中央日報　1957 年 12 月 8 日　6 版

11. 鍾梅音　後記　遲開的茉莉　臺北　三民書局　1957 年 12 月　頁 141—142

12. 鍾梅音　後記　遲開的茉莉　臺北　三民書局　1969 年 7 月　頁 141—142

13. 鍾梅音　後記　遲開的茉莉　臺北　三民書局　2008 年 1 月　頁 169—171

14. 鍾梅音　《小樓聽雨集》自序　中央日報　1958 年 5 月 31 日　6 版

15. 鍾梅音　自序　小樓聽雨集　臺北　大中國圖書公司　1958 年 6 月　頁 1—3

16. 鍾梅音　寫作甘苦談　小樓聽雨集　臺北　大中國圖書公司　1958 年 6 月　頁 155—156

17. 鍾梅音　寫作甘苦談　中外名家散文集粹　臺北　同光出版社　1979 年 6 月

頁 170—172

18. 鍾梅音　放手寫去！　小樓聽雨集　臺北　大中國圖書公司　1958 年 6 月　頁 157—169

19. 鍾梅音　小說創作話艱辛　聯合報　1959 年 7 月 4 日　7 版

20. 鍾梅音　小說創作話艱辛（再版後記）　遲開的茉莉　臺北　三民書局　1969 年 7 月　頁 143—146

21. 鍾梅音　小說創作話艱辛（再版後記）　遲開的茉莉　臺北　三民書局　2008 年 1 月　頁 173—177

22. 鍾梅音　過河卒子（上、下）　徵信新聞報　1963 年 4 月 20—21 日　8 版

23. 鍾梅音　《十月小陽春》序　文星　第 78 期　1964 年 4 月　頁 48

24. 鍾梅音　自序　十月小陽春　臺北　文星書店　1964 年 4 月　頁 1—2

25. 鍾梅音　自序　十月小陽春　臺北　文星書店　1965 年 3 月　頁 1—2

26. 鍾梅音　自序　十月小陽春　臺北　傳記文學出版社　1969 年 12 月　頁 1—2

27. 鍾梅音　《海天遊蹤》序　中央日報　1966 年 3 月 25 日　6 版

28. 鍾梅音　序　海天遊蹤‧第一集　臺北　大中國圖書公司　1966 年 4 月　頁 1—6

29. 鍾梅音　序　海天遊蹤‧第一集　臺北　大中國圖書公司　1967 年 3 月　頁 1—6

30. 鍾梅音　《海天遊蹤》再版後記　中央日報　1966 年 5 月 10 日　6 版

31. 鍾梅音　再版後記　海天遊蹤‧第一集　臺北　大中國圖書公司　1967 年 3 月　頁 240—244

32. 鍾梅音　禮帽下的兔子　中央日報　1966 年 10 月 20 日　6 版

33. 鍾梅音　禮帽下的兔子　我衹追求一個「圓」　臺北　三民書局　1972 年 3 月　頁 87—97

34. 鍾梅音　耳朵、素描及其他——《摘星文選》代序　中央日報　1966 年 12 月 13 日　9 版

35. 鍾梅音　耳朵、素描、及其他——代序　摘星文選　臺北　三民書局　1967年1月　頁1—4

36. 鍾梅音　耳朵、素描及其它——代序　摘星文選　臺北　三民書局　1974年3月　頁1—2

37. 鍾梅音　逆水行舟　中央日報　1966年12月30日　6版

38. 鍾梅音　逆水行舟　我祇追求一個「圓」　臺北　三民書局　1972年3月　頁98—106

39. 鍾梅音　逆水行舟　筆墨生涯　臺北　中央日報社　1979年9月　頁32—39

40. 鍾梅音　神秘的礦藏——《我祇追求一個圓》（代序）　中央日報　1968年3月7日　9版

41. 鍾梅音　神秘的礦藏——代序　我祇追求一個「圓」　臺北　三民書局　1972年3月　頁1—5

42. 鍾梅音　神秘的礦藏（代序）　我祇追求一個「圓」　臺北　三民書局　1979年10月　頁1—5

43. 鍾梅音　《我從白象王國來》序　中央日報　1968年5月2日　9版

44. 鍾梅音　序　我從白象王國來　臺北　大中國圖書公司　1968年5月　頁1—6

45. 鍾梅音　《夢與希望》後記　大華晚報　1969年1月27日　8版

46. 鍾梅音　《夢與希望》後記　夢與希望　臺北　三民書局　1969年2月　頁180—182

47. 鍾梅音　《夢與希望》後記　夢與希望　臺北　三民書局　1970年7月　頁180—182

48. 鍾梅音　《夢與希望》後記　夢與希望　臺北　三民書局　1975年9月　頁180—182

49. 鍾梅音　前記　風樓隨筆　臺北　三民書局　1969年8月　頁1—3

50. 鍾梅音　前記　風樓隨筆　臺北　三民書局　1972年2月　頁1—3

51. 鍾梅音　　漫談寫作（上、下）　中央日報　1971 年 8 月 13—14 日　12 版

52. 鍾梅音　　內心的聲音——兼序《啼笑人間》（上、下）　中央日報　1972 年 12 月 19—20 日　9 版

53. 鍾梅音　　內心的聲音——兼序《啼笑人間》　啼笑人間　香港　小草出版社 1972 年　頁 1—6

54. 鍾梅音　　內心的聲音——兼序《啼笑人間》　啼笑人間　香港　半島書樓 1975 年 8 月　頁 1—6

55. 鍾梅音　　內心的聲音——兼序《啼笑人間》　啼笑人間　臺北　皇冠出版社 1977 年 5 月　頁 7—12

56. 鍾梅音　　《春天是你們的》序　中央日報　1973 年 1 月 17 日　9 版

57. 鍾梅音　　序　春天是你們的　臺北　三民書局　1973 年 3 月　頁 1—2

58. 鍾梅音　　序　春天是你們的　臺北　三民書局　1978 年 7 月　頁 1—2

59. 鍾梅音　　跋　旅人的故事　臺北　大地出版社　1973 年 8 月　頁 333—335

60. 鍾梅音　　跋　旅人的故事　臺北　大地出版社　1979 年 1 月　頁 333—335

61. 鍾梅音　　我的寫作生活　女作家寫作生活與書簡　臺南　慈暉出版社　1974 年 10 月　頁 70—78

62. 鍾梅音　　美的畫像——《昨日在湄江》序　聯合報　1975 年 8 月 4 日　12 版

63. 鍾梅音　　美的畫像——《昨日在湄江》序　昨日在湄江　香港　立雨公司 1975 年 8 月　頁 1—4

64. 鍾梅音　　美的畫像——《昨日在湄江》序　昨日在湄江　臺北　皇冠出版社 1977 年 2 月　頁 5　9

65. 鍾梅音　　痛苦的昇華——《旅人的故事》三版綴語　聯合報　1975 年 10 月 22 日　12 版

66. 鍾梅音　　痛苦的昇華——三版綴語　旅人的故事　臺北　大地出版社　1979 年 1 月　頁 1—4

67. 鍾梅音　　自序　這就是春天　臺北　皇冠出版社　1978 年 4 月　頁 3—8

68. 鍾梅音　裹傷而戰（代序）　天堂歲月　臺北　皇冠出版社　1980 年 6 月　頁 5—10

他述

69. 柳綠蔭　萬能手——鍾梅音　中國一周　第 246 期　1955 年 1 月 10 日　頁 21

70. 林海音　我的朋友鍾梅音　中國一周　第 347 期　1956 年 12 月 17 日　頁 18

71. 藍　雲　與造化抗爭的鍾梅音　婦友　第 55 期　1959 年 4 月　頁 16—17

72. 梁容若　梁容若教授序　海天遊蹤・第二集　臺北　大中國圖書公司　1966 年 4 月　頁 1—3

73. 余伯祺　我的老婆大人　中華日報　1976 年 11 月 22 日　11 版

74. 余伯祺　我的老婆大人　我的另一半　臺北　中華日報社　1982 年 7 月　頁 151—163

75. 陳長華　鍾梅音病中作畫　聯合報　1980 年 1 月 23 日　9 版

76. 郭淑敏　宗教・生活・理想——鍾梅音二三事　天堂歲月　臺北　皇冠出版社　1980 年 6 月　頁 218—222

77. 晶　鍾梅音健康欠佳　民生報　1980 年 11 月 3 日　7 版

78. 鐘　鍾梅音返國就醫　民生報　1982 年 4 月 28 日　7 版

79.〔王晉民，鄺白曼主編〕　鍾梅音　臺灣與海外華人作家小傳　福州　福建人民出版社　1983 年 9 月　頁 217

80.〔聯合報〕　鍾梅音病逝　聯合報　1984 年 1 月 14 日　3 版

81. 徐開塵　一支感性的筆，正是豐收時節——鍾梅音走得太早了!　民生報　1984 年 1 月 16 日　9 版

82. 徐開塵　一支感性的筆，正是豐收時節——鍾梅音走得太早了!　文藝月刊　第 176 期　1984 年 2 月　頁 18—19

83. 鐘麗慧　與病魔搏鬥一生的鍾梅音[1]　青年戰士報　1984 年 1 月 16 日　11 版

---

[1] 本文後改篇名為〈不向病魔投降的鍾梅音〉、〈「追求一個圓」——鍾梅音〉。

84. 鐘麗慧　　不向病魔投降的鍾梅音　文藝月刊　第 175 期　1984 年 1 月　頁 9—16

85. 鐘麗慧　　「追求一個圓」——鍾梅音　織錦的手　臺北　九歌出版社　1987 年 1 月　頁 179—191

86. 張佛千　　敬悼鍾梅音女士　中央日報　1984 年 1 月 30 日　11 版

87. 王文漪　　懷思梅音　中央日報　1984 年 2 月 18 日　12 版

88. 王文漪　　懷思梅音　七十三年散文選　臺北　九歌出版社　1985 年 4 月　頁 297—301

89. 黎　芹　　摯愛人生・鍾情文學——悼念作家鍾梅音女士　中華日報　1984 年 2 月 18 日　10 版

90. 黃和英　　當晚霞滿天——悼梅音　美國世界日報　第 26 期　1984 年 3 月 6 日　頁 179—191

91. 陳紀瀅　　憶梅音　傳記文學　第 262 期　1984 年 3 月　頁 72—76

92. 程其恆　　憶鍾梅音女士　青年戰士報　1984 年 5 月 8 日　11 版

93.〔蕭蕭主編〕　紀念鍾梅音女士　七十三年散文選　臺北　九歌出版社 1985 年 4 月　頁 292—293

94. 王晉民主編　鍾梅音　臺灣文學家辭典　南寧　廣西教育出版社　1991 年 7 月　頁 430

95. 王琰如　　機緣——「天堂歲月」鍾梅音　文友畫像及其他　臺北　大地出版社　1996 年 7 月　頁 93—97

96. 黃　聞　　女作家鍾梅音的後半生　民國春秋　1999 年第 3 期　1999 年 5 月　頁 59　60

97. 鄭仁桂　　鍾梅音（1922—1984）　傳記文學　第 518 期　2005 年 7 月　頁 145—148

98. 應鳳凰，鄭秀婷　與病魔抗爭的寫實能手——鍾梅音[2]　明道文藝　第 357 期 2005 年 12 月　頁 48—53

---

[2] 本文後改篇名為〈鍾梅音——四海遨遊的散文作家〉。

99. 應鳳凰　　鍾梅音——四海遨遊的散文作家　文學風華——戰後初期 13 著名
　　　　　女作家　臺北　秀威資訊科技公司　2007 年 5 月　頁 101—111

100. 三民書局編輯委員會　再版說明　遲開的茉莉　臺北　三民書局　2008 年 1
　　　　　月　頁 1—2

101. 〔封德屏主編〕　鍾梅音　2007 臺灣作家作品目錄　臺南　國立臺灣文學
　　　　　館　2008 年 7 月　頁 1366—1367

102. 李宗慈　　海天遊蹤——鍾梅音　誰領風騷一百年——女作家　臺北　天下
　　　　　遠見出版公司　2011 年 9 月　頁 106—109

103. 游鑑明　　是為黨國抑或是婦女？——1950 年代的《婦友》月刊〔鍾梅音部
　　　　　分〕　近代中國婦女史研究　第 19 期　2011 年 12 月　頁 85—
　　　　　86，92—93

104. 衣若芬　　鍾梅音的天堂歲月　聯合早報（新加坡）　2014 年 6 月 28 日　2
　　　　　版

訪談、對談

105. 翁碧英　　我們怎樣寫作——我的寫作生涯與習慣　中國一周　第 793 期
　　　　　1965 年 7 月 5 日　頁 21

106. 劉毓珠　　鍾梅音難忘握筆聽雨聲　掃指線　第 3 期　1982 年 6 月　頁 30—
　　　　　32

107. 劉毓珠　　鍾梅音難忘握筆聽雨聲　婦友　第 335 期　1982 年 8 月　頁 15—
　　　　　16

108. 陳　白　　人間情夢尚相惜——訪病中的作家鍾梅音女士　聯合報　1983 年
　　　　　10 月 12 日　8 版

年表

109. 王彥玲　　鍾梅音生平年表　鍾梅音散文題材研究　淡江大學中國文學系在
　　　　　職專班　碩士論文　呂正惠，蘇敏逸教授指導　2008 年　頁
　　　　　165—167

110. 李雅情　　徐鍾珮・鍾梅音生平年表　徐鍾珮、鍾梅音遊記散文研究　東海

　　　　　大學中國文學系　碩士論文　李金星教授指導　2008 年　頁
　　　　　165—173

111. 許婉婷　林海音、徐鍾珮、鍾梅音、張漱菡、艾雯生平著作一覽表　五〇
　　　　　年代女作家的異鄉書寫——林海音、徐鍾珮、鍾梅音、張漱菡與
　　　　　艾雯　清華大學臺灣文學研究所　碩士論文　賀淑瑋教授指導
　　　　　2008 年　頁 157—175

作品評論篇目

綜論

112. 李若子　鍾梅音和她的作品　書和人　第 33 期　1966 年 6 月 4 日　頁 1—
　　　　　8

113. 葉石濤　臺灣文學史大綱（後篇）——五十年代的臺灣文學——理想主義
　　　　　的挫折和頹廢——作家與作品〔鍾梅音部分〕　文學界　第 15 期
　　　　　1985 年 8 月　頁 143

114. 葉石濤　五〇年代的臺灣文學——理想主義的挫折和頹廢——作家與作品
　　　　　〔鍾梅音部分〕　臺灣文學史綱　高雄　文學界雜誌社　1991 年
　　　　　9 月　頁 101

115. 葉石濤　臺灣文學史綱——五〇年代的臺灣文學——理想主義的挫折和頹
　　　　　廢——作家與作品〔鍾梅音部分〕　葉石濤全集・評論卷五　臺
　　　　　南，高雄　國立臺灣文學館，高雄市文化局　2008 年 3 月　頁
　　　　　113

116. 鐘麗慧　鍾梅音卷（1—5）　文訊雜誌　第 32—36 期　1987 年 10，12
　　　　　月，1988 年 2，4，6 月　頁 252—258，237—242，163—168，
　　　　　240—244，231—234

117. 張超主編　鍾梅音　臺港澳及海外華人作家辭典　江蘇　南京大學出版社
　　　　　1994 年 12 月　頁 707

118. 張瑞芬　文學兩「鍾」書——徐鍾珮與鍾梅音散文的再評價　霜後的燦

爛——林海音及其同輩女作家學術研討會論文集　臺南　國立文
化資產保存研究中心籌備處　2003 年 5 月　頁 385—424

119. 陳室如　萌芽與過渡——臺灣現代旅行書寫發展述析（上）1949—1987
〔鍾梅音部分〕　出發與回歸的辯證——臺灣現代旅行書寫研究
（1949—2002）　彰化師範大學國文學系　碩士論文　王年雙教
授指導　2003 年 6 月　頁 30—33，48

120. 陳室如　萌芽與過度 1949—1987——封閉中的出走〔鍾梅音部分〕　相遇
與對話——臺灣現代旅行文學　臺南　國立臺灣文學館　2013 年
8 月　頁 20—23，43—44

121. 王景山　鍾梅音　臺港澳暨海外華文作家辭典　北京　人民文學出版社
2003 年 7 月　頁 851—852

122. 封德屏　遷臺初期文學女性的聲音——以武月卿主編《中央日報‧婦女與
家庭週刊》為研究場域——鍾梅音（1922—1984）　琦君及其同
輩女作家學術研討會　桃園　中央大學中文系琦君研究中心
2005 年 12 月 15—16 日　頁 14—15

123. 封德屏　遷臺初期文學女性的聲音——以武月卿主編《中央日報‧婦女與
家庭週刊》為研究場域——鍾梅音（1922—1984）　永恆的溫
柔——琦君及其同輩女作家學術研討會論文集　桃園　中央大學
中文系琦君研究中心　2006 年 7 月　頁 22—24

124. 張瑞芬　海天歸來——論鍾梅音散文　五十年來臺灣女性散文‧評論篇
臺北　麥田出版公司　2006 年 2 月　頁 88—95

125. 許珮馨　移植五四美文傳統於臺灣文藝新生地——五四時期美文風格的流
風餘韻——豐子愷、夏丏尊質樸文風的餘緒——鍾梅音　五〇年
代的遷臺女作家散文研究　臺灣師範大學國文學系　博士論文
柯慶明教授指導　2006 年 6 月　頁 109—113

126. 許珮馨　各具風姿的閨秀散文——從宜室宜家到海天遊蹤——鍾梅音　五
〇年代的遷臺女作家散文研究　臺灣師範大學國文學系　博士論

　　　　　　　文　柯慶明教授指導　2006 年 6 月　頁 258—274

127. 王鈺婷　　流亡主體、臺灣語境與女性書寫——以徐鍾珮和鍾梅音五〇年代
　　　　　　　的散文創作為例　臺灣作家的地理書寫與文學體驗　臺北　國家
　　　　　　　臺灣文學館　2007 年 3 月　頁 293—322

128. 張瑞芬　　徐鍾珮、鍾梅音及其同輩女作家[3]　臺灣當代女性散文史論　臺北
　　　　　　　麥田出版社　2007 年 4 月　頁 85—145

129. 張瑞芬　　建構女性散文在當今臺灣文學史的地位〔鍾梅音部分〕　臺灣文
　　　　　　　學史書寫國際學術研討會論文集・第二集　高雄　春暉出版社
　　　　　　　2008 年 6 月　頁 552—554，570—571

130. 王鈺婷　　語言政策與女性主體之想像——解讀《中央日報・婦女與家庭週
　　　　　　　刊》中女性散文家之美學策略〔鍾梅音部分〕　臺灣文學研究學
　　　　　　　報　第 7 期　2008 年 10 月　頁 59

131. 陳昱蓉　　亂離中的女性先行者——瞥見繽紛的那扇窗：鍾梅音的旅行藝術
　　　　　　　遷臺女作家域外遊記研究（1949—1979）[4]　中央大學中國文學系
　　　　　　　碩士論文　李瑞騰教授指導　2013 年 6 月　頁 55—66

132. 許文榮　　文學跨界與會通：蘇雪林、謝冰瑩及鍾梅音的南洋經歷與書寫的
　　　　　　　再思　「臺灣文學研究的界線、視線與戰線」國際研討會　臺南
　　　　　　　成功大學臺灣文學系，成功大學文學院主辦；成功大學閩南文化
　　　　　　　研究中心協辦　2013 年 10 月 18—19 日

133. 衣若芬　　文筆・譯筆・畫筆——鍾梅音在南洋　「第一屆文化流動與知識
　　　　　　　傳播——臺灣文學與亞太人文的相互參照」國際學術研討會　臺
　　　　　　　北　臺灣大學臺灣文學研究所主辦　2014 年 6 月 27—28 日

134. 天神裕子　賢慧，智慧，使命感——鍾梅音散文中的家庭主婦形象　御茶
　　　　　　　水女子大學中國文學會例會　東京　御茶水女子大學中國文學會

---

[3]本文比較徐鍾珮、鍾梅音的書寫美學。全文共 4 小節：1.前言：徐鍾珮、鍾梅音是誰？；2.徐鍾
珮、鍾梅音及「五〇、六〇年代」女性散文的書寫美學；3.徐鍾珮和鍾梅音散文的開創性；4.結
語。
[4]本文以鍾梅音的遊記創作為經，臺灣政治、經濟、文化、外交環境為緯，分析其域外遊記作品。

主辦　2014 年 7 月 5 日

135. 蘇碩斌　旅行文學之誕生：試論臺灣現代觀光社會的觀看與表達〔鍾梅音
　　　部分〕　臺灣文學史研究學報　第 19 期　2014 年 10 月　頁
　　　274—278

分論
◆單行本作品
散文
《冷泉心影》

136. 陳紀瀅　序《冷泉心影》　冷泉心影　臺北　重光文藝出版社　1951 年 7
　　　月　頁 1—4

137. 李　平　《冷泉心影》評介　中國一周　第 66 期　1951 年 7 月 30 日　頁
　　　90

138. 承　楹　小城風味——兼介《冷泉心影》　中央日報　1951 年 11 月 10 日
　　　6 版

139. 司徒衛　鍾梅音的《冷泉心影》　民主憲政　第 3 卷第 9 期　1952 年 7 月
　　　頁 20—21

140. 司徒衛　鍾梅音的《冷泉心影》　書評集　臺北　中央文物供應社　1954
　　　年 9 月　頁 21—28

141. 司徒衛　鍾梅音的《冷泉心影》　五十年代文學論評　臺北　成文出版公
　　　司　1979 年 3 月　頁 65—72

142. 司徒衛　十部散文簡介——《冷泉心影》　書評續集　臺北　幼獅書店
　　　1960 年 6 月　頁 126

143. 王鈺婷　多元敘述、意識型態與異質臺灣——以五〇年代女性散文集《漁
　　　港書簡》《我在臺北及其他》、《風情畫》、《冷泉心影》為觀察對象
　　　臺灣文學研究學報　第 4 期　2007 年 4 月　頁 41—74

144. 詹宇霈　來自蘇澳的聲音——鍾梅音的《冷泉心影》　文訊雜誌　第 262
　　　期　2007 年 8 月　頁 60

145. 應鳳凰　　鍾梅音／《冷泉心影》　人間福報　2012 年 12 月 31 日　15 版

146. 應鳳凰　　鍾梅音《冷泉心影》——女作家在地書寫　文訊雜誌　第 337 期
　　　　　　　2013 年 11 月　頁 3

《母親的憶念》

147. 蘇雪林　　寫在《母親的憶念》前面　母親的憶念　臺北　復興書局　1954
　　　　　　　年 4 月　頁 1—4

148. 蘇雪林　　寫在《母親的憶念》前面　蘇雪林作品集・短篇文章卷 3　臺南
　　　　　　　成功大學中國文學系　2007 年 10 月　頁 38—42

《海濱隨筆》

149. 田家聲　　讀《海濱隨筆》　中央日報　1954 年 11 月 28 日　6 版

150. 俞南屏　　鍾梅音與《海濱隨筆》　聯合報　1955 年 7 月 1 日　6 版

151. 曉　星　　我讀《海濱隨筆》　中央日報　1955 年 7 月 11 日　6 版

《海天遊蹤》

152. 吳　癡　　讀《海天遊蹤》後記　中央日報　1966 年 4 月 13 日　6 版

153. 申　望　　讀《海天遊蹤》　中央日報　1966 年 4 月 25 日　6 版

154. 朱星鶴　　讀《海天遊蹤》[5]　自由青年　第 37 卷第 10 期　1967 年 5 月 16
　　　　　　　日　頁 18—19

155. 朱星鶴　　幸運的瓶——我讀《海天遊蹤》　一沙一世界　臺北　文豪出版
　　　　　　　社　1979 年 12 月　頁 195—199

156. 朱星鶴　　幸運的瓶——我讀《海天遊蹤》　一沙一世界　臺北　采風出版
　　　　　　　社　1985 年 1 月　頁 221—226

157. 子　敏　　讀《海天遊蹤》　茶話（二）　臺北　國語日報社　1976 年 11 月
　　　　　　　頁 71—73

158. 陳　鮮　　《海天遊蹤》令人神往　我最喜愛的一本書　臺北　國語日報社
　　　　　　　1990 年 3 月　頁 108—111

159. 〔文藝作品調查研究小組〕　　《海天遊蹤》　心靈饗宴　臺北　國家文藝

---

[5] 本文後改篇名為〈幸運的瓶——我讀《海天遊蹤》〉。

基金管理委員會　1992 年 6 月　頁 92—93

160.〔文藝作品調查研究小組〕　　《海天遊蹤》　書林采風　臺北　國家文藝
　　　基金管理委員會　1992 年 6 月　頁 67—68

161. 楊　　照　四十年臺灣大眾文學小史〔《海天遊蹤》部分〕　文學、社會與
　　　歷史想像——戰後文學史散論　臺北　聯合文學出版社　1995 年
　　　10 月　頁 58—59

162. 陳達鎮　《海天遊蹤》　翰海觀潮　臺北　行政院文建會　1997 年 5 月
　　　頁 133—135

163. 阮桃園　從憂傷到浪漫——「心情太沉重」、「恨鐵不成鋼」的五、六〇年
　　　代〔《海天遊蹤》部分〕　旅遊文學研討會論文集　臺北　文津
　　　出版社　2001 年 1 月　頁 169—171

164. 張毓如　她從海外來——以徐鍾珮《多少英倫舊事》、鍾梅音《海天遊
　　　蹤》、王琰如《我在利比亞》論 50、60 年代臺灣女性文學的旅行
　　　敘事　第 11 屆國際青年學者漢學會議：域外經驗與中國文學史的
　　　重構　嘉義　中正大學中文系主辦；中正大學臺文所，哈佛訪問
　　　學者協會合辦　2012 年 5 月 26—27 日

《蘭苑隨筆》

165. 三民書局編輯委員會　新版說明　蘭苑隨筆　臺北　三民書局　2005 年 1 月
　　　頁 1—2

166. 李福鐘　記憶一個美好而單純的年代　在閱讀與書寫之間——評好書 300
　　　種　臺北　三民書局　2005 年 2 月　頁 180

《啼笑人間》

167. 朱星鶴　淺析鍾梅音的《啼笑人間》　中華文藝　第 114 期　1980 年 8 月
　　　頁 85—87

《旅人的故事》

168. 李子俊　《旅人的故事》[6]　書評書目　第 12 期　1974 年 4 月　頁 18—19

---

[6] 本文後改篇名為〈風景片和月曆牌——評《旅人的故事》〉。

169. 李子俊　　風景片和月曆牌——評《旅人的故事》　第三隻眼　臺北　洪建
　　　　　　　全文教基金會，書評書目出版社　1976 年 2 月　頁 39—40
170. 陳宗敏　　讀《旅人的故事》　中華日報　1974 年 7 月 1 日　5 版

《昨日在湄江》

171. 于葉田　　我讀《昨日在湄江》　中華日報　1976 年 8 月 19 日　9 版

小說

《遲開的茉莉》

172. 羅家倫　　序言　遲開的茉莉　臺北　三民書局　1957 年 12 月　〔2〕頁
173. 羅家倫　　序言　遲開的茉莉　臺北　三民書局　1969 年 7 月　〔2〕頁
174. 羅家倫　　序言　遲開的茉莉　臺北　三民書局　2008 年 1 月　〔2〕頁
175. 黎烈文　　一本值得推薦的書——鍾梅音《遲開的茉莉》　自由青年　第 19
　　　　　　　卷第 4 期　1958 年 2 月 1 日　頁 65—72
176. 喬曉芙　　鍾梅音《遲開的茉莉》讀後　聯合報　1958 年 2 月 9 日　頁 6
177. 蘇雪林　　遲寫的書評　讀與寫　臺中　光啟出版社　1979 年 3 月　頁
　　　　　　　175—178

單篇作品

178. 王鎮庚　　酸了的酒就倒掉——讀〈急流勇退談創作〉有感　中央日報
　　　　　　　1968 年 1 月 23 日　9 版
179. 撫萱閣主　〈十月小陽春〉按　你喜愛的文章　臺北　史地教育出版社
　　　　　　　1969 年 11 月　頁 87
180. 季　薇　　撼人心弦一剎那——鍾梅音的〈大羚紀這麼說〉　自由青年　第
　　　　　　　45 卷第 3 期　1971 年 3 月 1 日　頁 91–99
181. 季　薇　　撼人心弦一剎那——鍾梅音〈大羚紀這麼說〉　劍橋秋色　臺北
　　　　　　　自由青年社　1973 年 4 月　頁 37—48
182. 李明理　　關於文藝作品的音樂性表現——讀鍾梅音〈漫談寫作〉一文有感
　　　　　　　中國語文　第 29 卷第 4 期　1971 年 10 月　頁 92—97
183. 〔鄭明娳，林燿德主編〕　〈母子之間〉　有情四卷——親情　臺北　正

中書局　1989 年 12 月　頁 122

184. 陳維松　〈鄉居閒情〉賞析　臺灣散文鑑賞辭典　太原　北岳文藝出版社
　　　1991 年 12 月　頁 321—322

185. 蔣守謙　忙與閑的辨証──讀鍾梅音〈鄉居閒情〉　語文月刊　1992 年第
　　　12 期　1992 年 12 月　頁 18

186. 鄭明娳　臺灣現代散文女作家筆下的父親形象〔〈父親的悲哀〉部分〕
　　　現代散文現象論　臺北　大安出版社　1992 年 8 月　頁 123，
　　　128—129

187. 鄭明娳　當代臺灣女作家散文中的父親形象〔〈父親的悲哀〉部分〕　文
　　　藝論評精華　臺北　中國文藝協會　1993 年 2 月　頁 215，221

188. 洪富連　鍾梅音〈鄉居情趣〉　當代主題散文的研究　高雄　復文圖書出
　　　版社　1998 年 4 月　頁 229—233

189. 張　健　現代散文欣賞──〈閒話臺灣〉賞析　明道文藝　第 269 期
　　　1998 年 8 月　頁 142—144

190. 范銘如　臺灣新故鄉──五十年代女性小說──雞兔同籠──世代面臨的
　　　代數難題〔〈閒話臺灣〉部分〕　中外文學　第 28 卷第 7 期
　　　1999 年 9 月　頁 118—119

191. 范銘如　臺灣新故鄉──五〇年代女性小說〔〈閒話臺灣〉部分〕　性別
　　　論述與臺灣小說　臺北　麥田出版公司　2000 年 10 月　頁 55—
　　　56

192. 范銘如　臺灣新故鄉──五〇年代女性小說〔〈閒話臺灣〉部分〕　眾裡
　　　尋她──臺灣女性小說縱論　臺北　麥田出版公司　2002 年 3 月
　　　頁 36—37

193. 范銘如　臺灣新故鄉──五〇年代女性小說〔〈閒話臺灣〉部分〕　眾裡
　　　尋她──臺灣女性小說縱論　臺北　麥田出版公司　2008 年 8 月
　　　頁 36—37

194. 應鳳凰　《自由中國》《文友通訊》作家群與五〇年代臺灣文學史〔〈湯餅

　　　　　　　會〉部分〕　文藝理論與通俗文化（上）　臺北　中研院文哲所
　　　　　　　2004 年 12 月　頁 126

195. 王鈺婷　　想像臺灣與再現本土——觀看・臺灣空間語境與生活圖像——最
　　　　　　　早的在地化書寫——在場臺灣與感覺結構的形成〔〈我的家〉部
　　　　　　　分〕　女聲合唱——戰後臺灣女性作家群的崛起　臺南　國立臺
　　　　　　　灣文學館　2012 年 12 月　頁 149—154

196. 王鈺婷　　想像臺灣與再現本土——現代化象徵與進步奇觀的臺灣敘事
　　　　　　　〔〈臺灣橫貫公路一瞥〉部分〕　女聲合唱——戰後臺灣女性作
　　　　　　　家群的崛起　臺南　國立臺灣文學館　2012 年 12 月　頁 158—
　　　　　　　160

多篇作品

197. 則　正　　兩首童話詩的欣賞〔〈不知名的鳥兒〉、〈知了博士的婚禮〉〕
　　　　　　　國語日報　1973 年 12 月 23 日　3 版

198. 王鈺婷　　想像臺灣與再現本土——觀看・臺灣空間語境與生活圖像——流
　　　　　　　亡主體的記憶圖景與空間語境〔〈閒話臺灣〉、〈颱風〉部分〕
　　　　　　　女聲合唱——戰後臺灣女性作家群的崛起　臺南　國立臺灣文學
　　　　　　　館　2012 年 12 月　頁 142—143

199. 王鈺婷　　代言、協商與認同——五〇年代女性文學中臺籍家務勞動者的文
　　　　　　　本再現——詮釋他者，建構自我：鍾梅音的認同書寫〔〈阿蘭走
　　　　　　　了以後〉、〈阿玉〉、〈祝福〉、〈勝利者〉、〈靜靜的日午〉、〈自求多
　　　　　　　福〉〕　成大中文學報　第 46 期　2014 年 9 月　頁 262—266

作品評論目錄、索引

200. 〔封德屏主編〕　鍾梅音　臺灣現當代作家評論資料目錄（七）　臺南
　　　　　　　國立臺灣文學館　2010 年 11 月　頁 4587—4593

國家圖書館出版品預行編目資料

臺灣現當代作家研究資料彙編. 64, 鍾梅音 / 王鈺婷編
選. -- 初版. -- 臺南市：臺灣文學館, 2014.12
　面；　公分
ISBN 978-986-04-3269-5(平裝)

1.鍾梅音 2.傳記 3.文學評論

863.4　　　　　　　　　　　　　　103024278

【臺灣現當代作家研究資料彙編】64

鍾梅音

發 行 人　翁誌聰
指導單位　行政院文化部
出版單位　國立臺灣文學館
　　　　　地　　　址／70041 臺南市中西區中正路 1 號
　　　　　電　　　話／06-2217201　　　　　傳　　　真／06-2218952
　　　　　網　　　址／www.nmtl.gov.tw　　　電子信箱／pba@nmtl.gov.tw

總 策 畫　封德屏
顧　　問　林淇瀁　張恆豪　許俊雅　陳信元　陳義芝　須文蔚　應鳳凰
工作小組　汪黛姈　陳欣怡　陳鈺翔　張傳欣　莊雅晴　黃奎婷　詹宇霈　蘇琬鈞
編　　選　王鈺婷
責任編輯　汪黛姈
校　　對　杜秀卿　汪黛姈　陳欣怡　詹宇霈
計畫團隊　財團法人台灣文學發展基金會
美術設計　翁國鈞・不倒翁視覺創意
印　　刷　松霖彩色印刷事業有限公司

著作財產權人　國立臺灣文學館
　　　　本書保留所有權利。欲利用本書全部或部分內容者，須徵求著作財產權人
　　　　同意或書面授權。請洽國立臺灣文學館研究典藏組（電話：06-2217201）

經銷展售　國家書店松江門市（02-25180207）
　　　　　國立臺灣文學館—雪芙瑞文學咖啡坊（06-2214632）
　　　　　三民書局（02-23617511）　　　　　五南文化廣場（04-22260330）
　　　　　台灣的店（02-23625799）　　　　　府城舊冊店（06-2763093）
　　　　　南天書局（02-23620190）　　　　　唐山出版社（02-23633072）
　　　　　草祭二手書店（06-2216872）

初版一刷　2014 年 12 月
定　　價　新臺幣 350 元整
　　　　　第一階段 15 冊新臺幣 5500 元整　第二階段 12 冊新臺幣 4500 元整
　　　　　第三階段 23 冊新臺幣 8500 元整　全套 50 冊新臺幣 18500 元整
　　　　　全套 50 冊合購特惠新臺幣 16500 元整
　　　　　第四階段 14 冊新臺幣 5000 元整

GPN　1010303064（單本）　ISBN　978-986-04-3269-5（單本）
　　　1010000407（套）　　　　　　　978-986-02-7266-6（套）

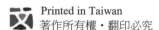